HEYNE
BÜCHER

KAREN ROBARDS

IM ZAUBER DES MONDES

Roman

Aus dem Englischen von
Miriam Mayr

Deutsche Erstausgabe

WILHELM HEYNE VERLAG
MÜNCHEN

HEYNE ALLGEMEINE REIHE
Nr. 01/8116

Titel der Originalausgabe
DARK OF THE MOON

Der Titel erschien bereits in der Reihe »Heyne – Der große Liebesroman«
unter der Band-Nr. 28/144.

2. Auflage
1. Auflage dieser Ausgabe

Printed in Germany 1993
Umschlagillustration: Franco Accornero/Schlück
Umschlaggestaltung: Atelier Ingrid Schütz, München
Gesamtherstellung: Ebner Ulm

ISBN 3-453-07382-7

1

Es war ein nebliger Nachmittag im April 1784, und niemand, der Caitlyn O'Malley durch die engen Straßen Dublins stromern sah, wäre darauf gekommen, daß sie ein Mädchen war. Sie war jetzt fünfzehn, und seit acht Jahren spielte sie die Rolle eines Jungen so erfolgreich, daß sie manchmal selbst ihr wahres Geschlecht vergaß. Ihr dichtes schwarzes Haar reichte ihr fast bis zu den Schultern, und ihre feinen Gesichtszüge wurden von einer dicken Schmutzschicht nahezu verdeckt. Ihre leuchtendblauen Augen mit den dichten Wimpern wirkten riesig in dem schmalen, von Hunger gezeichneten Gesicht, aber auch sie gingen in dem Schmutz beinahe unter. Ihre Hosen waren wenigstens zwei Nummern zu groß, und der Mantel, den sie um ihren dürren Körper schlang, war alt und abgegriffen. So getarnt, sah sie wie irgendein zerlumpter zwölfjähriger Junge aus, genau wie ihr Freund, nur daß es bei ihm keine Tarnung war.

»O Gott, O'Malley, riech doch mal!« Willie Laha blieb stehen und sog gierig den Geruch der frischen Fleischpasteten ein, die ein Händler gerade auf die Theke seines Wagens gestellt hatte. Sie waren so frisch, daß noch Dampf von ihnen aufstieg. Caitlyn starrte auf die goldbraunen Krusten. Ihr köstlicher Duft stieg ihr in die Nase, und das Wasser lief ihr im Mund zusammen. Vor Hunger verkrampfte sich ihr Magen. Weder Willie noch sie hatten seit gestern mittag etwas gegessen; jetzt war es schon wieder spät nachmittags, und das Abendessen würde wahrscheinlich auch nicht gerade üppig ausfallen. In diesem Viertel machten so viele Diebe und Bettler die Straßen unsicher, daß die Händler alle bewaffnet waren. Selbst für den Diebstahl eines Apfels konnte man schon mit dem Leben bezahlen. Obwohl auf den Straßen Jahrmarkt war und die Hafenarbeiter jeden Abend durch das Viertel drängten, war die Ausbeute nicht besonders. Jeder paßte auf seinen Geldbeutel auf, und die Händler wachten mit Adleraugen über ihre Waren. Erst letzte Woche war Tim O'Flynn gehängt worden, weil er zwei Pflaumen und ein Stückchen Brot gestohlen hatte. Er hatte auch zu ihrer losen Bande gehört. Die Jungen waren so etwas wie eine Familie für Caitlyn, alles, was sie seit dem Tod ihrer Mutter noch hatte. Die Sache mit O'Flynn hatte ihr zugesetzt, seither war sie übervorsichtig; aber langsam wurde der Hunger stärker. Wenn sie nicht stahl, würde sie nichts zu essen haben.

»Ihr da! Verschwindet, oder ich lasse meinen Stock auf eurem Hinterteil tanzen!« Der Händler hatte ihr Interesse bemerkt und starrte sie jetzt wütend an, einen Stock drohend in der Hand. Caitlyns Entgegnung war eine nicht gesellschaftsfähige Geste, aber sie wehrte sich nicht, als Willie sie weiterzog. Auf beiden Seiten der Straße standen Händler mit ihren Karren, und es gab alles, von Fleischpasteten bis zu Lederschuhen.

»Am besten, wir warten auf Doyle und die anderen. Zu zweit sind unsere Chancen nicht so gut.«

Willies Vorsicht reizte Caitlyn, und sie verzog verärgert das Gesicht. O'Flynns Tod machte feige Waschweiber aus ihnen. Willie und ein paar der anderen waren fest davon überzeugt, daß seither das Unglück über ihrer kleinen Gruppe hing wie ein böser Fluch. Das war natürlich Unsinn. O'Flynn war einfach nicht vorsichtig genug gewesen – oder nicht schnell genug. Die Lektion bestand also nicht darin, nicht mehr zu stehlen, sondern sich nicht dabei erwischen zu lassen. Und das hatte sie nicht vor. Sie war schon immer vorsichtig gewesen, und sie war schnell, die Schnellste von ihnen. Sie würde sich nicht von einem dieser fetten Händler fangen lassen, so wie O'Flynn. Und Jamie McFinnian, den sie einen Monat vor O'Flynn geschnappt hatten, war schon immer ungeschickt gewesen. Ein Wunder, daß er überhaupt so lange überlebt hatte.

»Schau mal da!« Mit einer Kopfbewegung lenkte sie Willies Aufmerksamkeit weiter die Straße hinauf. Ein hochgewachsener, elegant gekleideter Herr bahnte sich mit lässiger Unbekümmertheit seinen Weg durch die schmutzigen Hafenarbeiter. Während sie ihn beobachteten, zog er eine goldene Taschenuhr hervor, schnippte den Deckel mit einem polierten Daumennagel auf und warf einen kurzen Blick darauf, ehe er sie zurücksteckte. Angewidert verzog Caitlyn das Gesicht. Ganz offensichtlich war der Gentleman ein Neuankömmling aus England, und niemand hatte daran gedacht, ihn vor dem gefährlichen irischen Viertel zu warnen. Er schlenderte die Straße entlang, als ob die Welt für ihn in schönster Ordnung wäre, und bemerkte nicht einmal die düsteren Blicke der Menschen um sich herum.

»Dieses Huhn will gerupft werden, Willie, mein Junge.« Caitlyns Augen glänzten vor Vorfreude. »Den hat uns der Himmel geschickt. Wenn die Jungs hier mit ihm fertig sind, wird er froh sein, wenn er noch Schuhe anhat. Wir sollten uns besser ranhalten, solange es noch etwas zu holen gibt.«

Willie sah sich nervös um. Unter dem Schmutz verbargen sich Sommersprossen und rote Haare, aber er hatte nichts von dem Temperament, das man Rothaarigen nachsagt. Er war besonnen und vorsichtig, und O'Flynns Schicksal hatte diese Eigenschaften noch verstärkt.

»Nicht jetzt, O'Malley, hier sind zu viele Leute. Man wird uns ganz bestimmt erwischen!«

»Sei nicht albern, Willie, es ist auch nicht anders als sonst«, sagte sie ungeduldig. »Wir haben seine Taschen ausgeräumt und sind weg, ehe er überhaupt merkt, daß etwas fehlt.«

»Er ist ziemlich groß!« Willie sah ebenso zweifelnd aus, wie er sich anhörte.

»Mein Gott, Willie, und du willst mit dem schwarzen Rebellen reiten? Er würde niemals so einen Feigling aufnehmen!« Caitlyn brachte den Namen von Irlands gefürchtetstem Straßenräuber absichtlich ins Spiel. Es war schon lange Willies Traum, einmal zu seiner Bande zu gehören, auch wenn dieser Traum so diffus war wie die Nebel Irlands. Immerhin war der Mann ein Nationalheld. Im irischen Viertel sprach man nur mit der größten Hochachtung von ihm, und von den Engländern wurde er gefürchtet. Seine Beliebtheit bei der Bevölkerung kam daher, daß er nur die verhaßten englischen Unterdrücker überfiel und beraubte, und es hieß, daß er seine Beute mit den Armen teilte. Sein Zeichen war das irische Kreuz, das er als silbernen Anhänger um den Hals trug. Damit zeigte er den Leuten, daß er ebenso ein Ire war wie sie. Niemand kannte seine wahre Identität oder konnte mit Sicherheit sagen, ob er wirklich existierte. Aber sein Name hatte einen großen Einfluß auf Willie.

»Ich bin kein Feigling! Er würde mich ganz sicher mit sich reiten lassen! Paß mal auf!« Willie bahnte sich bereits seinen

Weg zu dem Gentleman. Caitlyn folgte ihm mit etwas Abstand, ein Grinsen auf dem Gesicht. Der Name des schwarzen Rebellen wirkte auf Willie wie ein Schlag mit der Peitsche.

»Bitte, Eure Lordschaft, habt Ihr nicht einen Copper übrig? Nur einen Copper für einen hungrigen Jungen.« Willie verbeugte sich unterwürfig und rasselte dabei seine Litanei herunter.

»Bettle nicht, Junge«, sagte ihr Opfer unfreundlich. »Bewahre dir deine Würde.«

Ein wirklicher Gentleman, dachte Caitlyn höhnisch, als sie näher kam. Der Junge ist am Verhungern, und er sorgt sich um seine Würde! Sie würde ihn gerne sehen, wenn er gezwungen wäre, zu betteln und zu stehlen und einfach alles zu tun, nur für ein Stück Brot. Aber so, wie er aussah, hatte er wohl keine Ahnung, was es hieß, zu hungern. Sein Haar war so schwarz wie ihres, nur lockig und so sauber, daß es bläulich schimmerte. Im Nacken wurde es von einer Schleife zusammengehalten. Er hatte ein schmales, attraktives Gesicht, aber seine Haut war weiß gepudert und sah so glatt und weich aus wie die einer Frau. Er trug einen flaschengrünen Überrock aus feiner Wolle, und seine Weste war blendend weiß. Ein Zeremonienschwert hing in einer mit Juwelen besetzten Scheide an seiner Hüfte. Er trug helle Kniehosen, und seine Strümpfe schienen aus Seide zu sein. Sie waren fleckenlos weiß, und das sagte einiges darüber aus, wie er seinen Tag verbracht hatte. Seine Schuhe waren aus schwarzem Leder und hatten ausgerechnet rote Absätze.

»Bitte, verzeihen Sie . . .« Willie verbeugte sich weiter, er leierte seinen Spruch herunter und versperrte dem Gentleman den Weg. Caitlyn tat so, als würde sie über einen losen Pflasterstein stolpern und fiel schwer gegen ihn. Ihre Hände bewegten sich mit geübter Schnelligkeit. Während sie noch eine Entschuldigung murmelte, verschwand ihre Hand in seiner rechten Tasche und kam mit einer zufriedenstellend schweren Geldbörse wieder heraus. Sie schwankte noch einmal, als ob sie ihr Gleichgewicht noch nicht ganz wiedererlangt hätte, und ihre Finger schlossen sich um seine Uhr. Sie lächelte leicht, als sie ihre Hand zurückzog. Diese Engländer waren doch ebenso blöde, wie sie gemein waren.

»Moment mal!« Die Stimme war ruhig, aber so bestimmt,

daß es ihr kalt den Rücken hinunterlief. Sie machte ihr mehr Angst als die Hand, die sich mit stählernem Griff um ihr Handgelenk schloß. Verdammt, sie war gefangen!

»Lauf, Willie!« schrie sie. Willies Augen weiteten sich. Einen Moment lang starrte er sie an, und das Entsetzen stand ihm klar ins Gesicht geschrieben. Dann drehte er sich um und lief.

»Loslassen!« In panischer Angst zerrte sie an der Hand, die sie gefangenhielt, und sie fühlte ihr Herz in der Brust hämmern. Wenn sie sich nicht befreien konnte, würde sie hängen.

Verzweifelt stürzte sie sich auf ihn. Sie trat ihm gegen das Schienbein, und ihre freie Hand holte zu einem mächtigen Schlag aus, der, hätte er getroffen, ihm wahrscheinlich die Nase gebrochen hätte. Aber er war groß und brachte seinen Kopf mit einer schnellen Bewegung außer Reichweite, so daß ihre Faust nur seinen Hals streifte. Er verstärkte seinen Griff um ihr Handgelenk, bis die Uhr aus ihren tauben Fingern fiel und sie auf die Knie gezwungen wurde. Es kostete sie alle Kraft, nicht zu wimmern. Er beugte sich vor und hob seine Uhr auf, ohne dabei seinen eisernen Griff zu lockern. Sie kniete auf dem Boden, das Gesicht weiß vor Schmerz und immer größer werdender Panik. Trotzdem blickte sie ihm stolz ins Gesicht, das jetzt gar nicht mehr so weich wirkte. Caitlyn O'Malley bettelte nicht um Gnade, niemals.

»Dann ruf doch die Polizisten, du verdammtes Schwein!« zischte sie. Seine Augen wurden schmal. Sie hatten eine seltsame Farbe, eine Mischung aus Blau und Grün, fast schon türkis, mit einem dunklen Ring um die Iris. Sie schauderte und dachte: Teufelsaugen. Nur die Tatsache, daß sie ihre Furcht nicht zeigen wollte, hinderte sie daran, das Zeichen zu formen, das den bösen Blick bannte.

»Hab keine Angst, Junge. Wir werden doch nicht einen von uns an diese verdammten Engländer übergeben!« Der so redete, war ein kräftiger Mann aus der kleinen Gruppe der Hafenarbeiter und ihrer Frauen, die sich um sie versammelt hatten. Caitlyn musterte ihre wütenden Gesichter mit neuer Hoffnung. Hätte sie einen von ihnen bestohlen, würden sie keine Gnade zeigen, aber bei einem dieser verdammten Engländer . . . Vielleicht würde sie dem Henker doch noch ein Schnippchen schlagen!

Der Fremde zog sie auf die Füße und ließ seine Augen über die wütende Menge wandern. Er mußte Angst haben, da er den Haß in den Augen der unterdrückten Menschen um sich herum sah, aber man merkte ihm nichts an. Er musterte sie ruhig und gelassen.

Caitlyn versuchte, seine heikle Lage auszunützen, und zerrte heftig an seiner Hand. Sofort verstärkte er den Druck um ihr Handgelenk, und der Schmerz ließ ihre Knie nachgeben. Unwillkürlich zuckte sie zusammen, und ein Grollen ging durch die Menge. Der Mann, der sich eingemischt hatte, trat einen Schritt nach vorne. Wie beiläufig nahm der Engländer ihr Handgelenk in seine linke Hand und legte die rechte auf den Schwertgriff. Dann zog er blitzschnell die Waffe. Das war kein Zeremonienschwert, das war ein rasiermesserscharfes Rapier.

»Bereit, für den Jungen zu sterben?« Die Frage war an niemand Bestimmten gerichtet, aber seine Augen fixierten den Mann. Caitlyn wußte aus eigener Erfahrung, daß man am besten mit einer feindlichen Gruppe fertig wurde, indem man ihren Anführer ausschaltete. Sie hatte es selbst schon oft genug getan. Aber jetzt, wo der Engländer abgelenkt war . . . Gerade holte sie mit dem Fuß aus, um ihn in die Kniekehle zu treten, als eine andere Stimme sie unterbrach.

»Was geht hier vor?« Zwei stämmige Polizisten bahnten sich ihren Weg durch die aufgebrachte Menge. Als Caitlyn ihre blauen Uniformen sah, verließ sie jeder Mut. Jetzt würde sie nichts mehr vor O'Flynns Schicksal bewahren können.

»Nur ein kleines Mißverständnis. Nichts, was wir nicht unter uns regeln könnten.« Caitlyn war verblüfft. Warum übergab er sie nicht an die Polizisten? Mißtrauisch musterte sie ihn, aber sie sagte nichts.

»Besser, Sie halten sich aus diesem Teil der Stadt fern, Sir«, warnte ihn einer der Polizisten. Die Gruppe, von der Caitlyn sich soviel versprochen hatte, löste sich langsam auf. Caitlyn konnte sie sogar verstehen. Es war etwas anderes, es mit einem einzelnen Engländer aufzunehmen, als den vollen Haß dieser Unterdrücker auf sich zu laden. Die Engländer waren Metzger. Wenn zwei von ihren Polizisten etwas zustoßen würde, wäre ihre Rache sicher fürchterlich; einige Iren würden dafür mit dem Leben bezahlen müssen.

»Das werde ich in Zukunft. Vielen Dank für Ihre Unterstützung.« Er steckte das Rapier wieder in die Scheide, nickte den beiden Polizisten freundlich zu und setzte sich in Bewegung. Caitlyn zog er hinter sich her, und ihr blieb nichts anderes übrig, als ihm ohne Gegenwehr zu folgen. Nichts konnte schlimmer sein als der Galgen, nicht einmal, wenn er der Teufel persönlich wäre. Schaudernd dachte sie an seine seltsamen Augen. Als niemand es sehen konnte, formte sie das Zeichen gegen den bösen Blick. Sofort fühlte sie sich etwas besser.

Der Engländer zog sie auf den Bachelors Walk, der entlang des Flusses Liffey verlief. Das Bild, das sich ihnen dort bot, unterschied sich auffallend von der O'Connell Street. Die Menschen hier waren gut gekleidet und gehörten zur herrschenden protestantischen Schicht. Vor etwa hundert Jahren waren sie von England hierhergekommen, und Oliver Cromwell (verflucht sei sein Name!) hatte mit seinem blutigen Gemetzel unter der irischen Bevölkerung ihre jetzige Machtposition geschaffen. Für sie waren die Iren nur Barbaren ohne Kultur und Verstand. Die Gesetze, die sie erlassen hatten, verweigerten den irischen Katholiken praktisch jedes menschliche Recht. Sie verboten ihnen, Land zu besitzen, eine Ausbildung zu erhalten, zur Wahl zu gehen, ein Geschäft zu eröffnen und ihre Religion auszuüben. Darüber hinaus mußten die Iren auch noch eine jährliche Abgabe an die anglikanische Kirche bezahlen. Kein Wunder, daß die Iren die Engländer mit jeder Faser ihres Herzens haßten. Caitlyn war da keine Ausnahme.

Sobald sie aus dem Blickfeld der Polizisten verschwunden waren, zerrte sie kräftig an seiner Hand, aber sein Griff lockerte sich nicht. Er verlangsamte seinen Schritt und musterte sie. Seine Größe war wirklich beeindruckend, aber so leicht ließ Caitlyn sich nicht einschüchtern, und sie funkelte ihn an. Auch die Tatsache, daß er sie nicht an die Polizisten übergeben hatte, konnte ihren Haß nicht mildern.

»Verdammter Engländer!« zischte sie, und seine Augen wurden schmal. Er wog bestimmt doppelt soviel wie sie, und er überragte sie um einiges, aber Zurückhaltung war noch nie ihre Stärke gewesen.

Er blieb stehen, drehte sich zu ihr um und hielt ihr seine freie Hand hin. »Meine Geldbörse, bitte.«

»Das Geld ist von den Iren gestohlen, genau wie ihr verdammten Schweine unser Land stehlt!« Wütend starrte sie ihn an. Sie wußte sehr wohl, daß ihn zu verärgern das Dümmste war, was sie tun konnte, aber es gelang ihr nicht, sich zu zügeln.

Er streckte ihr nur wortlos seine Hand entgegen, und ihr blieb nichts anderes übrig, als in den weiten Taschen ihres Mantels nach seiner Geldbörse zu kramen. Sie gab sie ihm nur widerwillig. Er dankte ihr mit einem kühlen Nicken und steckte die Börse weg, ohne auch nur einen weiteren Blick darauf zu werfen. Dann musterte er sie wortlos. Wütend starrte sie zurück, aber es fiel ihr schwer, dem Blick seiner hellen Augen standzuhalten.

»Da habe ich mir also einen irischen Dieb eingefangen.« Mit diesem Satz trieb er sie fast zur Weißglut.

»Und die dreckigsten sind die, die von den Iren stehlen!« Wütend funkelte sie ihn an. Ihr Stolz hatte einen schweren Schlag erlitten, sie hatte Angst, und zu allem Überfluß war sie auch noch diesem verdammten Engländer mit seinen Teufelsaugen auf Gedeih und Verderb ausgeliefert.

Er schüttelte den Kopf. »Heißblütig wie alle Iren«, sagte er gelassen. »Das wird dich schneller umbringen als das Stehlen. Wenn du so weitermachst, lebst du nicht mehr lange genug, um dich das erste Mal zu rasieren. Oder mit deinem ersten Mädchen zu schlafen.«

»Und was zum Teufel geht das dich eigentlich an? Was weißt du schon, du verdammtes englisches Schwein?«

»Paß auf, was du sagst! Ich werde mir nicht noch mehr Unverschämtheiten gefallen lassen, und schon gar nicht von einer halben Portion, die meine Geldbörse stehlen wollte.« Er musterte sie mit gerunzelter Stirn. Caitlyn starrte zurück. Es freute sie, daß sie es endlich geschafft hatte, ihn zu reizen. Ihr Triumph war jedoch von kurzer Dauer, denn ihr Magen begann ohne Vorwarnung laut zu knurren.

»Du hast Hunger, nicht?« Seine Stirn glättete sich. »Was meinst du, wenn ich dir etwas zu essen gebe, wirst du es dann schaffen, dich einer zivilisierten Sprache zu bedienen?«

»Mit so einem wie dir würde ich nicht einmal das Brot brechen, wenn ich am Verhungern wäre!« Ihr Stolz war getroffen. »Außerdem habe ich gerade gegessen. Frisches Brot mit Butter, Kartoffeln, Fisch . . .«

»Ja, und ich bin St. Patrick«, entgegnete er freundlich. Seine Antwort kam so unerwartet, daß sie überrascht blinzelte. Bevor sie ihm noch antworten konnte, zog er sie schon weiter. Kurz hinter den steinernen Bögen von Christchurch hielt er an und deutete mit dem Kopf auf das Schild eines Gasthofs.

»Ich gehe jetzt etwas essen«, sagte er. »Du bist herzlich eingeladen. Ich denke, wenn ich dir etwas Anständiges zum Essen kaufe, dann bleibt dir der Galgen vielleicht noch einen Tag erspart.« Dann ließ er ihre Hand los, nickte ihr freundlich zu, wie um zu sagen, daß sie es sich aussuchen konnte, und überquerte die Straße. Caitlyn stand wie vom Blitz getroffen. Er hatte sie ziehen lassen, sie war frei! Jetzt konnte sie zurückgehen und Willie suchen. Dann würden sie ein anderes Opfer ausfindig machen, das sie erleichtern konnten. Der Gedanke allein jagte ihr einen Schauer über den Rücken. Sie wollte nicht wie O'Flynn enden und mit blau angelaufenem Gesicht erstickend im Wind schwingen. Aber sie hatte solchen Hunger.

Der Engländer hatte angeboten, ihr etwas zum Essen zu kaufen.

Ihr Stolz kämpfte mit dem Hunger, Neugierde mit Vorsicht. Ihr Haß hieß sie die schmerzende Leere in ihrem Magen zu ignorieren. Aber Engländer oder nicht, sie brauchte dringend etwas zu essen. Und wenn sie so darüber nachdachte, schien es ihr nur gerecht, daß einer dieser verdammten Engländer ihren Hunger stillen sollte. Schließlich war das alles ja auch ihre Schuld.

2

Immer noch in Gedanken, überquerte sie die Straße und wurde dabei fast von einem Farmer auf seinem Karren überfahren. Vor der Tür des Gasthauses zögerte sie. Jeder wußte, daß man einem Engländer nicht trauen konnte. Aber was konnte er ihr an einem öffentlichen Platz wie diesem schon tun? Und nach dem Essen würde sie verschwinden. Nähme sie seine Einladung nicht an, müßte sie selbst für etwas zu essen sorgen. Und ihr Selbstvertrauen war nach dem mißglückten Anschlag auf seinen Geldbeutel ziemlich erschüttert.

Zögernd stieß sie die Tür auf. Der Gasthof wirkte einladend im sanften Licht der Talgkerzen. Die verfluchten Engländer waren überall, und ihre verhaßten Stimmen füllten den Raum. Es roch sogar anrüchig hier, wie nach dem Parfüm einer Hure.

»Was willst du denn hier? Los, verschwinde!« Eine stämmige Frau mit einer weißen Schürze über ihrem schwarzen Kleid kam hinter der Theke hervorgestürzt und drohte Caitlyn mit einem Besen. »Ihr verdammten Baptisten! Mach, daß du wegkommst, sofort!«

Caitlyns Augen glühten. Sie ballte die Fäuste. Ihr Verstand riet ihr zwar, schnellstens von hier zu verschwinden, aber sie war wütend.

»Einen Moment, der Junge gehört zu mir.« Der Gentleman ging an der Frau vorbei und packte Caitlyn am Arm. Gerade rechtzeitig, denn sie wollte soeben auf die Frau losgehen.

»Ich werde nicht in einem Raum mit diesen verfluchten Engländern essen!«

»Und wir wollen hier kein irisches Gesindel haben«, kam die prompte Antwort von der Wirtin.

Hätte der Mann sie nicht festgehalten, sie hätte die Frau in diesem Moment angesprungen und in Stücke gerissen. Aber so wurde sie schimpfend und protestierend aus dem Pub gezogen. Die Frau folgte ihnen und verfluchte besenschwingend diese elenden Baptisten. Caitlyns Antwort war sehr ausführlich und sehr vulgär.

»Genug jetzt!« Er sprach ruhig, aber mit solcher Autorität, daß es ihr die Sprache verschlug. Sie versuchte, den Arm zu befreien, an dem er sie hinter sich herzog.

»Verfluchter Engländer!« Die Beleidigungen der Wirtin hatten ihren Haß, den der Hunger etwas betäubt hatte, wieder auflodern lassen.

Diese seltsam hellen Augen blickten sie an. »Ich bin müde und hungrig, und ich habe es satt, mir deine Beschimpfungen anzuhören, Junge. Jetzt mach, daß du hier reinkommst, und halte gefälligst den Mund, sonst werde ich nachhelfen.«

Ehe sie noch etwas tun oder sagen konnte, saß sie schon in einem kleinen, verräucherten englischen Pub. Vorsichtig sah sie sich um, aber niemand schenkte ihnen auch nur die geringste Aufmerksamkeit. Sie begegnete seinen Augen, und sein Blick ließ sie tatsächlich schweigen, bis er für sie beide bestellt hatte.

Als die Bedienung gegangen war, musterte sie ihr Gegenüber mißtrauisch, aber in dem schwachen Kerzenlicht konnte sie sein Gesicht nur undeutlich erkennen. Trotzdem dachte sie, ein amüsiertes Glitzern in seinen Augen entdeckt zu haben. Aber bevor sie noch etwas sagen konnte, sprach er sie an.

»Hast du auch einen Namen, Kleiner?«

»Was geht das Sie an?«

Zu ihrer Überraschung grinste er breit. »Was für ein charmanter junger Mann! Du kannst deinem Schutzengel danken, daß ich eine Schwäche für struppige kleine Kampfhähne wie dich habe!«

Das Essen kam; Stew mit Rindfleisch, dazu Brot und zwei Gläser schäumendes Bier. Caitlyns verräterischer Magen knurrte laut, als ihr der köstliche Duft in die Nase stieg. Verlegen musterte sie ihr Gegenüber, aber er schien nichts gehört zu haben.

»Ich werde auf keine Weise dafür bezahlen, wenn Sie verstehen, was ich meine.«

Er hatte gerade die erste Gabel Stew in den Mund geschoben und ließ sich Zeit mit seiner Antwort. Dabei kaute er genüßlich und spülte dann alles mit einem Schluck Bier hinunter. Sie starrte ihn an. Sie würde sich nicht einmal erlauben, an das Essen zu denken, bis zwischen ihnen alles geklärt war.

»Iß nur, Junge. Es sind keine Bedingungen damit verbunden. Ich weiß, was es heißt, Hunger zu haben.«

»Sie?« Ungläubig starrte sie ihn an. Dann gewann ihr Stolz die Oberhand. »Na ja, so hungrig bin ich nun auch wieder nicht. Wie gesagt, meine Freunde und ich, wir haben erst gegessen. Kartoffeln und . . .«

»Ich bin sicher, du wirst noch etwas hinunterbekommen. Nur aus Höflichkeit.«

Sie musterte ihn vorsichtig, aber der köstliche Geruch der Stews ließ sich nicht verleugnen.

»Nun gut, ich denke, das bin ich Ihnen schuldig. Schließlich hätten Sie mich vorhin auch an die Polizisten übergeben können.«

»Das stimmt«, sagte er trocken, aber sein Gesicht blieb dabei so ausdruckslos, daß sie keinen Grund hatte, sich angegriffen zu fühlen.

Sie warf ihm noch einen mißtrauischen Blick zu, dann begann sie zu essen. Es war seit Wochen ihr erstes warmes Essen, und es schmeckte so gut, daß sie den Engländer völlig vergaß und es hungrig hinunterschlang. Mit dem letzten Stück Brot wischte sie noch den Rest der Soße aus dem Teller, dann lehnte sie sich zufrieden zurück. Erst jetzt bemerkte sie, daß er sie beobachtete. Sie merkte, wie sie rot wurde.

»Wenn du weiter Geldbörsen stiehlst, wirst du bald hängen. Du bist nicht gut genug«, sagte er im Ton einer unpersönlichen Warnung.

Verletzt riß sie die Augen auf. »Ich bin verdammt gut! Ich mach das schon seit Jahren, und ich bin noch nie erwischt worden! Zuvor, meine ich.«

»Du bist langsam, und ich habe deine Hand wie ein Stück Blei in meiner Tasche gefühlt. Wenn sie dich noch nie erwischt haben, war das Glück, nicht mehr.«

»Was zum Teufel verstehen Sie denn schon davon?«

»Ich merke, wenn mich ein schlechter Dieb bestiehlt. Ein schlechter Dieb und ein dummer noch dazu. Denn du wirst nicht damit aufhören, bis sie dich hängen, nicht wahr?« Er hörte sich angewidert an.

»Nun, dann können Sie ja kommen und mit der Menge jubeln, nicht? Verdammtes englisches Schwein!« Das letzte Wort schrie sie schon fast. Wütend sprang sie auf. Die Leute in dem Pub begannen sich nach ihr umzudrehen. Der Gentleman lehnte sich zurück und musterte sie aus schmalen Augen. Dann griff er wortlos über den Tisch, packte sie vorne am Mantel und zog sie kräftig, daß sie plötzlich wieder auf der schmalen Holzbank saß.

»Zügle dein Temperament, Junge, sonst werde ich es für dich tun. Mit hitzköpfigen Jungs wie dir habe ich jede Menge Erfahrung.« Er machte eine kurze Pause und musterte sie. Dann sagte er plötzlich: »Verstehst du was von Schafen?«

»Was gibt es da denn schon zu verstehen?« sagte sie schnippisch.

»Beantworte meine Frage!«

Caitlyns Augen wurden schmal. »Ich liebe die kleinen Biester, als wären sie meine Kinder.« Das war eine ziemlich unverschämte Lüge, aber er hatte es verdient. Sie hatte einmal in einem Stall mit einem Schaf geschlafen, aber mehr hatte sie noch nie mit diesen Tieren zu tun gehabt.

»Kannst du Torf stechen und einen Stall ausmisten?«

»Kommt darauf an, warum ich es tun soll.«

Er beschloß, ihre unverschämte Bemerkung zu überhören. »Ich habe eine Schaffarm in County Meath. Ich könnte noch einen Jungen gebrauchen, falls er bereit ist, hart zu arbeiten und sich zu benehmen. Natürlich hatte ich mir jemand Kräftigeren vorgestellt, aber . . .«

»Ich bin stark wie in Ochse!«

»Ich biete drei warme Mahlzeiten täglich, ein Bett in der Scheune und viel Arbeit an der frischen Luft. Wenn ich nicht irre, ist das mehr, als du hier hast.«

»Sie bieten mir einen Job an? Warum? Ich habe Ihnen gerade die Geldbörse gestohlen – fast jedenfalls.« Mißtrauisch musterte sie ihn, aber aus seinem Gesicht konnte sie nichts lesen.

»Weil ich einmal einen Jungen kannte, der dir sehr ähnlich war. Aufbrausend und zu allem bereit. Ich mochte ihn.«

Der Blick, den er ihr zuwarf, schien ehrlich zu sein. Aber sie hatte schon viele ehrliche Blicke gesehen und die meisten von den größten Lügnern in der Gegend.

»Kein Interesse.«

Er zuckte mit den Schultern und stand auf. »Ganz wie du willst. Ich bin im Brazen Hotel in der Lower Bridge Street. Ich breche morgen bei Sonnenaufgang auf. Wenn du einen ehrlichen Job willst, sei dort. Wenn nicht, wünsch ich dir viel Glück.«

Er legte ein paar Münzen für das Essen auf den Tisch, nickte ihr zu und ging.

Caitlyn biß nervös auf ihren Lippen herum. Er hatte ihr einen Job angeboten. Sie hatte noch nie einen Job gehabt. Und dreimal am Tag warmes Essen. Lautes Lachen von der Bar riß sie aus ihren Gedanken. Es war nicht gut, als Ire allein in einem englischen Pub zu sein.

Als sie aufstand, fielen ihre Augen auf die Münzen, die auf dem Tisch lagen. Zögernd sah sie sich um, aber niemand beachtete sie. Blitzschnell steckte sie das Geld ein und verschwand aus dem Gasthof.

»O'Malley! Ich habe dich schon hängen sehen!« Willie stand auf, um Caitlyn zu begrüßen, als sie in die kleine Hütte kam, die ungefähr acht Jungen als Zuhause diente. Sie hatten sie selbst aus alten Brettern und Blechresten gezimmert. Sie schmiegte sich neben vielen ähnlichen Hütten gegen die Rückseite des Royal Hospitals. Immer wieder wurden sie von den Dragonern abgerissen und von ihren Bewohnern wieder aufgebaut.

»Du kennst doch das Glück der Iren, Willie!« Sie genoß Willies Erstaunen über ihre Flucht, als sie sich zitternd neben das kleine Feuer kauerte, um sich zu wärmen. Das Feuer qualmte mörderisch, aber sie bemerkte es kaum. Von klein an war sie dem Gestank der Dubliner Slums ausgesetzt gewesen. Abwässer liefen durch die Gossen, und der Müll verrottete in den Straßen. Es gab riesige Ratten und Küchenschaben, die so groß waren wie fette Mäuse. Nach ihrem Aufenthalt im protestantischen Teil Dublins fühlte sie noch stärker, worum sie von den Engländern betrogen wurden. Dort gab es breite, saubere Straßen, hübsche Ziegelhäuschen und Läden und zumindest so etwas Ähnliches wie Gesetz und Ordnung. Im katholischen Dublin trieben Banden von Dieben und Bettlern ihr Unwesen. Die Pinkindies, wie sie genannt wurden, strichen nachts durch die Straßen. Sie ermordeten und beraubten ihre Opfer, vergewaltigten Frauen und brachen wahllos in Läden und Häuser ein. Obdachlosigkeit, Hunger und Brutalität der schlimmsten Sorte waren Bestandteil des täglichen Lebens. Tausende ohne Arbeit waren Tag für Tag nur damit beschäftigt, zu überleben, und das machte sie gefährlich wie wilde Hunde.

»Doyle und die anderen sind in einem Pub. Ich ... ich wollte nicht mitgehen. Verdammt, ich dachte, ich würde dich nie wiedersehen, O'Malley.«

»Heilige Maria, jetzt heul doch nicht, Willie! Du solltest wissen, daß so ein Engländer mich nicht kriegt.«

Willie lächelte verzerrt. »Ja, ich hätte es wissen sollen. Wie bist du weggekommen?«

Caitlyn stand auf, und ihre Hand fuhr in die Tasche, in der sie die Münzen verstaut hatte. Sie wußte, daß sie niemandem davon erzählen sollte. Sie wäre die Münzen los, ehe sie noch »verfluchtes England« sagen könnte, und wahrscheinlich würde man ihr auch noch den Hals dafür durchschneiden. Aber Willie war ihr Freund. Nach dem Tod ihrer Mutter hatte er sich ihrer angenommen. Er war zwar jünger als Caitlyn, aber er hatte sein ganzes Leben auf der Straße verbracht und kannte sich dort aus. Alles, was er wußte, hatte er ihr beigebracht. In der ersten Zeit hatte Caitlyn sehr unter der Erinnerung an ihre geliebte Mutter gelitten. Man hatte sie aus ihrer Stellung als Magd in Dublin Castle entlassen, weil ihre Schwangerschaft immer deutlicher zu sehen war. Dabei war es noch nicht einmal ihre Schuld gewesen, sie war von einem betrunkenen Lord vergewaltigt worden. Beschämt, schwanger und ohne ein Zuhause zog sie mit ihrer kleinen Tochter durch die Straßen, gebeutelt von Hustenanfällen, bis sie so blaß und abgemagert war, daß man schon fast durch sie hindurchsehen konnte. Vor etwa acht Jahren war sie dann in eben diesem Royal Hospital gestorben, an dem jetzt Caitlyns Hütte lehnte. Auf ihrem Totenbett in der Armenstation, voll Sorge und gequält von Schmerzen, hatte sie darauf bestanden, daß Caitlyn sich als Junge kleiden solle, um den Nachstellungen der Männer zu entgehen. Caitlyn, voller Angst vor dem Schicksal ihrer Mutter, hatte nicht widersprochen. Als sie Willie kennenlernte, der damals unter einer Brücke sein Lager aufgeschlagen hatte, dachte sie selbst nur noch selten daran, daß sie eigentlich ein Mädchen war. Willie und die anderen hatten davon keine Ahnung.

Damals war Caitlyn fast jede Nacht wach gelegen und hatte geweint; Willie hatte seine dünnen Ärmchen um sie gelegt und sie getröstet, während die anderen lachten. Als sie so ihren Gedanken nachhing, hatte sie Willie gemustert, und plötzlich schien das blasse Gesicht ihrer Mutter vor ihr zu schweben.

»Wahrscheinlich ist das die einzige Chance, die du kriegen wirst. Ergreif sie, Caitie!« Sie zuckte zusammen. Sie hatte die Worte so deutlich gehört, als wären sie wirklich gesprochen worden. Schnell bekreuzigte sie sich, und nur Willies tränenüberströmtes Gesicht überzeugte sie davon, daß es Einbildung gewesen sein mußte. Erst traf sie diesen Engländer mit den Teufelsaugen, und jetzt sah sie schon Gespenster. Es war irgendwie beunruhigend.

»Komm mit, Willie, ich habe eine kleine Überraschung für

dich.« Sie legte ihm den Arm um die Schultern und führte ihn aus der Hütte. »Ich muß etwas mit dir besprechen.«

3

Unsicher stand Caitlyn am nächsten Morgen vor dem Brazen Head. Die wenigen Leute auf der Straße waren meist Bedienstete, die Feuer machten oder sich um Tiere kümmerten. Es wurde nur zögernd hell; die Sonne schien sich zu scheuen, ihr Gesicht durch den grauen Nebel zu stecken. Es sah nach Regen aus. Die Wolken hingen so tief, daß sie fast auf den Häuserdächern zu liegen schienen, und die Luft war feucht.

Ein Connemara-Pony, das einen schwerbeladenen Farmwagen zog, hielt ganz in ihrer Nähe. Ein älterer Stallknecht stieg vom Kutschbock und band das Pony an. Dann drehte er sich zu ihr um und musterte sie mißbilligend.

»Hast du hier etwas zu tun, Junge?«

»Genausoviel wie Sie.«

»So, so. Ich muß noch mal zurück und ein Pferd holen. Wenn etwas auf diesem Wagen nicht mehr so ist, wie es war, dann weiß ich, wo ich suchen muß.«

Caitlyns Antwort war nicht halb so grob wie die Handbewegung, mit der sie sie begleitete. Der Mann spuckte vor ihr aus, dann ging er zu den Ställen hinter dem Gasthof.

Caitlyn musterte den Wagen interessiert. Von selbst wäre sie gar nicht auf den Gedanken gekommen, ihn zu stehlen, aber so schlecht war die Idee gar nicht. Allein für das Pony würde sie einen Haufen Geld bekommen, ganz zu schweigen von dem Wagen und seiner Ladung. Vielleicht sollte sie das Angebot des Engländers vergessen und statt dessen mit dem Wagen abhauen. Von dem Erlös könnte sie eine Weile leben, und nicht schlecht dazu. Aber dann durfte sie jetzt nicht länger zögern.

In diesem Moment kam der Engländer aus dem Brazen Head. Heute trug er schwarze Kniehosen und einen schwarzen Überrock, dazu wieder ein schneeweißes Hemd. Die Schuhe mit den roten Absätzen hatte er gegen schwarze Reitstiefel eingetauscht.

Er blieb vor dem Gasthof stehen und blickte die Straße hinauf und hinunter. Dann runzelte er die Stirn, und seine dichten dunklen Brauen berührten sich über diesen Teufelsaugen. Wahrscheinlich hatte er sie nicht gesehen, weil sie im Schatten stand. Oder vielleicht wußte er ja auch nicht mehr, wer sie war. Plötzlich wurde ihr klar, wie sehr sie auf sein Angebot vertraut hatte. Die Möglichkeit, aus diesem Drecksloch Dublin herauszukommen, ein Bett zu haben und regelmäßig zu essen, ohne eines Tages dafür hängen zu müssen, erschien ihr auf einmal unwiderstehlich.

»Ah, Eure Lordschaft, ich bin schon da.« Der Alte von vorhin kam mit einem großen schwarzen Pferd ums Eck und steuerte auf den Engländer zu. »Fharannain wollte sich heute gar nicht satteln lassen.«

»Das will er nie.« Er übernahm die Zügel des Pferdes und strich ihm geistesabwesend über die Nüstern. Skeptisch musterte er den Himmel. »Am besten, wir machen uns gleich auf den Weg, Mickeen. Vielleicht entgehen wir dem schlechten Wetter ja doch noch mal.«

Der Stallknecht band das Pony los und warf Caitlyn einen düsteren Blick zu. Wenn sie vorhatte, sich bemerkbar zu machen, dann war die Zeit jetzt gekommen. Plötzlich wurde sie nervös. Was, wenn er sein Angebot schon längst vergessen hatte? Sie wollte sich nicht vor einem Engländer zum Narren machen, und Caitlyn O'Malley bat um nichts. Trotzdem, er hatte von ehrlicher Arbeit gesprochen, und sie würde ihn beim Wort nehmen.

»He, Sie. Erinnern Sie sich noch an mich?« Sie trat aus dem Schatten und marschierte auf den Engländer zu. Er drehte sich um und musterte sie mit gerunzelter Stirn. Dann lächelte er langsam.

»Ja, doch. Und, willst du's mit den Schafen versuchen?«

»Ja. Ansehen kann ich's mir ja mal.«

»Gut. Klettere zu Mickeen auf den Wagen. Wir haben ein schönes Stück Weg vor uns, und ich möchte los.«

Mickeen musterte seinen Herrn. »Ihr wißt, daß wir auf Donoughmore niemanden mehr brauchen. Wir haben schon fast mehr, als wir versorgen können.«

»Halt den Mund, Mickeen, und steig auf den Wagen. Dir und Rory sind in der letzten Zeit öfter Schafe weggekommen, und das kann ich mir wirklich nicht leisten. Vielleicht schaffen dann drei die Arbeit von zwei Leuten.«

Mickeen sah von dem Engländer zu Caitlyn, dann spuckte er auf die Pflastersteine. »Nun gut. Macht, was Ihr wollt, wie immer. Also los, Junge, komm auf den Wagen! Aber benimm dich gefälligst, ja?«

Zögernd nahm sie ihr Bündel. Sie schluckte trocken und musterte den Mann, der alles verkörperte, was sie gelernt hatte zu hassen. Es fiel ihr nicht leicht, ihn um einen Gefallen zu bitten.

»Äh . . . es gibt da noch etwas, was ich Ihnen sagen muß.« Der Engländer hatte einen Fuß schon im Steigbügel und wollte sich gerade aufs Pferd schwingen. Er hielt inne und sah sie an. »Ich habe einen Freund.«

Herausfordernd starrte sie ihn an, den Kopf zur Seite geneigt, und ihre Augen funkelten. Der Engländer musterte sie aus zusammengekniffenen Augen und schwang sich in den Sattel. Dann sagte er resignierend: »Wo ist er?«

»Willie, komm raus!«

Willie kam langsam aus dem Schatten eines Gebäudes und stellte sich neben Caitlyn. Ängstlich blickte er zu dem Engländer auf, der das Gesicht verzog.

»Ach, der kleine Bettler. Ich hätte es mir denken können. Und du willst also auch einen Versuch mit den Schafen unternehmen?«

»Aye, Sir. Wenn es möglich ist.«

»Wir beide sind ein Team«, sagte Caitlyn herausfordernd. Der Engländer warf ihr einen Blick zu. Der Ausdruck seiner Augen war nicht zu deuten.

»In Ordnung. Steigt auf, ihr beide, und laßt uns fahren, ehe wir hier ersaufen.«

Er schnalzte seinem Pferd zu und begann die Straße hinabzureiten. Caitlyn und Willie starrten ihm nach. Hatte er tatsächlich nicht mehr dazu zu sagen, daß er noch ein Maul mehr zu füttern hatte?

»Der Himmel sei uns gnädig! Ehe wir's uns versehen, hat er da draußen ein verdammtes Waisenhaus eröffnet. Als ob er nicht auch schon so genügend Sorgen am Hals hätte!« Sie sahen beide den Pferdeknecht an. Er runzelte die Stirn, spuckte und deutete auf den Wagen. »Ihr habt's gehört, steigt auf!«

Willie jauchzte und kletterte auf den Wagen. Caitlyn folgte ihm langsam. Allmählich entspannte sie sich. Sie war die ganze Zeit mit geballten Fäusten dagestanden, und wenn es nötig gewesen wäre, hätte sie für Willie gekämpft. Sie hatte ihm gestern erzählt, daß sie in Zukunft auf einer Farm leben würde, mit einem Bett und zu essen, ohne dafür stehlen zu müssen. Daraufhin hatte er sie mit einem Blick angesehen, der sie zutiefst gerührt hatte. Gott sei Dank hatte der Engländer zugestimmt, ihn zu nehmen. Sie wußte nicht, was sie sonst getan hätte.

Während sie noch darüber nachdachte, machte sie es sich auf der schmalen Holzbank so bequem wie möglich. Ihr Bündel hatte sie sorgfältig unter dem Öltuch verstaut, das den Inhalt des Wagens bedeckte. Mickeen schimpfte leise vor sich hin, während er neben Willie auf den Kutschbock kletterte. Abgesehen von Mickeens unverständlichem Gebrummel verließen sie Dublin schweigend.

Wenig später begann es zu regnen. Zitternd drückten sich Caitlyn und Willie aneinander, ihre Mäntel über den Kopf gezogen. Mickeen zog seine Mütze tiefer ins Gesicht und fluchte ununterbrochen vor sich hin; so passierten sie Clonee und Dunshaughling, ehe es am frühen Nachmittag aufhörte zu regnen.

Zögernd streckte Caitlyn den Kopf unter dem Mantel hervor. Weder sie noch Willie waren je zuvor außerhalb Dublins gewesen, und die größte Grünfläche, die sie kannten, war der Phoenixpark. Der Anblick der smaragdgrünen Hügel, die sich bis zum Horizont erstreckten, war für sie überwältigend. Gelegentlich sahen sie auch eine Schafherde oder ein paar Häuser, die eine Stadt darstellen sollten. Sie waren von der Landschaft fasziniert, aber nach einer Weile gewann körperliches Unbehagen bei Caitlyn die Oberhand. Die Holzbank war doch ziemlich hart, und ihr Hinterteil tat langsam weh. Wahrscheinlich hatte sie schon überall blaue Flecken. Vor ihnen ritt der Engländer, unermüdlich und ohne eine Pause einzulegen. Fharannains dicke Hufe bahnten sich scheinbar mühelos ihren Weg durch den Schlamm, der Wagen hingegen schaukelte wie ein Schiff auf See, und seine Räder machten seltsam schmatzende Geräusche. Caitlyn biß die Zähne zusammen und beschloß, es zu ertragen. Caitlyn O'Malley bat nicht.

Als der Engländer schließlich am späten Nachmittag Rast machte, schaffte sie es fast nicht mehr, würdevoll von dem Karren zu klettern. Willie erging es nicht viel besser, und beide rieben sie ihre schmerzenden Hinterteile.

Etwas weiter weg stand der Engländer mit Mickeen, und sie beratschlagten. Schließlich nahm der Engländer ein Bündel von Fharannains Sattel und warf es Mickeen zu, der darüber nicht sehr begeistert wirkte.

Der Engländer stieg auf, nickte den beiden Jungen zu und ritt weiter. Mickeen kam mit gerunzelter Stirn und dem Bündel unterm Arm zu ihnen zurück.

»Wir sollen hier etwas essen und das Pony ruhen lassen, dann weiterfahren.«

»Was ist mit ihm?« fragte Caitlyn mit einer Kopfbewegung in Richtung auf den Engländer.

»Wenn du damit Seine Lordschaft meinst, er wird mit dem Essen warten, bis er zu Hause ist. Er hat nämlich den Imbiß, den der Koch vom Brazen Head für ihn zusammengepackt hat, für euch dagelassen. Meinte, ihr hättet es nötiger als er, aber da bin ich mir nicht so sicher. Seine Lordschaft, er ist wirklich ein feiner Mann. Und ihr seid nur ein paar lausige Bettler.«

»Was heißt hier Bettler? Wir bekommen unser Brot genauso von dem verdammten Engländer wie du!« fuhr Caitlyn auf und ballte wütend die Fäuste. Willie hielt sie zurück.

»Um Himmels willen, O'Malley, tu das nicht«, sagte er ihr ins Ohr. »Er läßt uns hier stehen, jede Wette.«

Wütend versuchte Caitlyn ihn abzuschütteln. Mickeen hob einen Stock auf und drohte ihr damit.

»Wenn du hier etwas anfängst«, sagte er warnend, »werde ich dir den Schädel spalten.«

»Komm schon, O'Malley. Beachte den Alten am besten gar nicht, und laß uns essen. Er sucht doch nur einen Grund, uns hierzulassen«, flüsterte Willie und schüttelte sie. Caitlyn mußte zugeben, daß er recht hatte. Sie beschloß, Mickeen nicht weiter zu beachten. Sie schüttelte Willies Griff ab und suchte sich eine weiche Stelle im Gras. Willie setzte sich mit dem Bündel, das Mickeen ihm gegeben hatte, zu ihr. Der Alte beobachtete die beiden mißtrauisch, den Stock noch in der Hand, aber sie beachteten ihn gar nicht. Hungrig fielen sie über Brot, Fleisch und Käse her. Nach einer Weile ließ er den

Stock fallen und setzte sich ein Stück von ihnen weg zum Essen. Nur ab und zu warf er ihnen einen mißtrauischen Blick zu.

Kaum hatte er die letzten Krümel verdrückt, fuhr er sich mit dem Ärmel über den Mund und verkündete: »Ich fahre weiter.« Dabei musterte er sie mit offener Abneigung. Langsam kamen die beiden auf die Füße und tauschten vielsagende Blicke aus. Sie kletterten auf den Wagen, und Caitlyn stöhnte leise, als ihr Hinterteil den ersten schmerzhaften Kontakt mit der Holzbank hatte.

Willie, der schneller vergab als Caitlyn, fragte: »Wo fahren wir eigentlich hin?«

Mickeen musterte den rothaarigen Jungen, der ihn mit unverhohlener Neugierde anstarrte. Sein Blick wanderte zu dem Schwarzhaarigen, der den Rothaarigen wütend musterte. Dann drehte er den Kopf zur Seite und spuckte aus.

»Donoughmore«, sagte er.

»Ist das eine Stadt?«

Er brummelte vor sich hin, dann sagte er mürrisch: »War mal 'ne Burg. Jetzt ist es nur noch 'ne Schaffarm.«

»Gehört sie ihm?«

»Wem?«

»Dem Engländer.« Eigentlich wollte Caitlyn ja unbeteiligt wirken, aber das war ihr so herausgerutscht.

Mickeen musterte sie mit deutlichem Mißfallen. »Paß auf, was du sagst, Junge. Du sprichst über Connor d'Arcy, Seine Lordschaft, den Earl von Iveagh, und du zeigst besser etwas Respekt. Er ist genausowenig ein Engländer wie du oder ich, sondern so irisch wie die gute, grüne Erde hier. Ein direkter Nachkomme von Brian Boru väterlicherseits und Owen Roe O'Neill mütterlicherseits.«

»Er ist ein Ire?« Caitlyns Augen wurden groß. »Aber . . .«

»Du darfst eben nicht allem trauen, was du hörst oder siehst. Seine Lordschaft wurde auf Wunsch seines Vaters im Trinity College erzogen, zusammen mit den verfluchten Protestanten. Er kann sie ganz gut imitieren, wenn er es will.«

»Aber warum . . .«

»Ah, das reicht jetzt aber. Einem Bettlerjungen wie dir steht es wohl kaum zu, über Seine Lordschaft zu sprechen.« Caitlyns Augen glühten, als er sie einen Bettlerjungen nannte, aber Willie stieß sie so heftig in die Rippen, daß sie den Mund hielt. Im Grunde hatte er ja recht, es würde nichts bringen, sich mit dem Alten anzulegen.

4

Kurz vor Sonnenuntergang bekamen sie die Burg zum erstenmal zu sehen. Mickeen mußte anhalten, weil eine Herde Schafe die Straße überquerte. Die Tiere blökten und ließen sich reichlich Zeit, während Mickeen fluchend auf dem Kutschbock saß. Caitlyn mußte grinsen, und als sie aufsah, bemerkte sie die Burg. Sie war auf einen Hügel gebaut und überblickte die steilen Ufer des Boyne. Die vier runden Steintürme zeichneten sich majestätisch gegen den rötlichen Abendhimmel ab. Der Wagen setzte sich wieder in Bewegung, aber Caitlyn konnte ihre Augen nicht losreißen. Donoughmore war mindestens ebenso groß wie Christchurch in Dublin, das beeindruckendste Gebäude, das Caitlyn bisher gesehen hatte. Auch Willie starrte gebannt zu der Festung hinauf.

»Lebt er hier?« Caitlyn konnte sich die Frage nicht verkneifen.

»Für dich immer noch Seine Lordschaft«, meinte Mickeen schlecht gelaunt und warf ihr einen unfreundlichen Blick zu. Dann fügte er hinzu: »Nein. Auf der Farm. Obwohl Seine Lordschaft und seine Brüder dort geboren wurden und seine Mutter dort starb. Genau wie der alte Lord, aus dem Fuinneog an Mhurdair, damals, als Donoughmore in Brand gesetzt wurde.«

»Dem was? Fuen . . .og?« Caitlyn hätte sich so gerne in würdevolles Schweigen gehüllt, aber sie war so fasziniert, daß sie sich nicht zurückhalten konnte.

»Du kannst also kein Gälisch«, sagte er, als ob er sich das schon gedacht hätte. »Das Fuinneog an Mhurdair. Das Mörderfenster. Wird so genannt, weil der alte Lord aus ihm in den Tod gestürzt wurde.«

»Er wurde ermordet?« fragte Willie aufgeregt.

»Ja, wegen des Landes. Diese dreimal verdammten Gesetze verbieten einem Anhänger der wahren Kirche, Land zu besitzen. Der alte Earl gehörte zur wahren Religion, und auch seine Frau hatte diesen Glauben angenommen. Aber ihre Mutter, Lady Ferman, gehörte zu den Anglikanern, und sie nützte ihren Einfluß, um zu verhindern, daß Donoughmore beschlagnahmt wurde. Sie starb wenige Tage, bevor der alte Earl ermordet wurde. Wahrscheinlich dachten sie, es wäre einfacher, einem kleinen Jungen das Land zu stehlen als einem alten Fuchs wie dem Earl. Aber der hatte das schon vorausgesehen. Also ließ er Seine Lordschaft, den jetzigen Earl, als Protestanten eintragen und erziehen, obwohl es ihm fast das Herz brach. Ja, der alte Earl liebte sein Land mehr als seinen Gott, und jetzt bezahlt er sicherlich dafür. Aber Donoughmore gehört immer noch den d'Arcys, wie schon seit Brian Borus Zeiten, und ich schätze, der alte Earl würde sagen, das sei die Höllenqualen schon wert.«

»Wer hat den alten Earl denn ermordet?« fragte Caitlyn.

»Ah, das wissen wir nicht, obwohl es ein paar ... Aber wenn Seine Lordschaft es sicher wüßte, hätte er seinen Vater schon längst gerächt. Und wäre dafür wahrscheinlich gehängt worden. Also ist es ganz gut, daß wir es nicht wissen.«

»Und wer hat das Schloß in Brand gesetzt?«

»Auch das wissen wir nicht so genau. Wir wurden im Schlaf überrascht, wißt ihr, und diese anglikanischen Feiglinge trugen Masken. Sie versuchten uns auszuräuchern. ›Tod den Baptisten!‹ schrien sie, während sie töteten und zerstörten. Sie haben den alten Earl ermordet und viele andere, die es sahen, aber nicht, ehe er seine Söhne in Sicherheit schicken konnte. Wahrscheinlich wollten sie die Kinder auch umbringen, aber das ist ihnen nicht gelungen. Seine Lordschaft war damals erst zwölf, aber er hat sich um seine kleinen Brüder gekümmert, in jener Nacht und der Zeit danach. Seit dreizehn Jahren ist er jetzt Vater und Mutter für sie, und aus ihnen sind stattliche junge Männer gworden, wenn sie auch ihre Sorgen haben. Aye, aber den möchte ich sehen, der Seiner Lordschaft heute noch sein Land wegnehmen könnte.«

»Aber . . .«

»Pfui, ihr zwei plappert ja wie Eichhörnchen.« Aber der böse Blick, den er ihnen zuwarf, galt dieses Mal nicht ihnen. Er drückte nur Mickeens Wut aus auf die maskierten Protestanten, die nachts auszogen, um die irischen Katholiken mit ihren blutigen Anschlägen das Fürchten zu lehren. Aber auch die Iren hatten ihre Banden, die ›Strohmänner‹. Sie hießen so, weil die ärmeren Iren sich natürlich keine großartige Verkleidung leisten konnten. Darum tarnten sie sich mit Stroh, und sie sahen wie wandelnde Strohgarben aus. Caitlyn hatte sie einmal gesehen, als sie auf Dublin Castle marschiert waren. Sie war damals noch klein gewesen, aber es hatte einen bleibenden Eindruck auf sie gemacht.

Als der Wagen weiterrumpelte, sah Caitlyn, daß das Gebäude tatsächlich nicht mehr als eine ausgebrannte Ruine war. In seinem grasbewachsenen Innenhof weideten Schafe, und in einem der vier Türme klaffte ein großes Loch. Caitlyn blickte schaudernd zu den schmalen, hoch über dem Erdboden angebrachten Fenstern auf und fragte sich, welches wohl das Fuinneog an Mhurdair war. Die vom Feuer schwarzgefärbten Steine zeugten noch von jener schrecklichen Nacht. Als der Wagen weiterfuhr, sah sie, daß gegen die Rückseite der Burg Hütten lehnten. Dort wohnten wahrscheinlich die Leute, die auf der Farm arbeiteten. Frauen saßen in den offenen Türen und beobachteten ihre kleinen Kinder beim Spielen. Schafe grasten auf dem Hügel, der sich zum Boyne neigte; eine niedrige Steinmauer unterteilte die Wiese, dahinter waren Arbeiter beim Torfstechen.

»Ist das hier die Farm?« fragte Willie leise. Offensichtlich hatte ihn Mickeens Erzählung genauso tief beeindruckt wie Caitlyn.

Mickeens Gesicht wurde bitter, als er auf das Bild, das vor ihnen lag, starrte. »Aye. Die Farm. Connor d'Arcy, Nachkomme des ersten Königs von Irland, wahrer Sohn Taras, Lord Earl of Iveagh, ein Schafzüchter! Sein Vater würde sich im Grab umdrehen. Aber wie sagt man so schön: Wenn einer vom Teufel getrieben wird, macht er vor nichts mehr halt. Und daß der Teufel Seine Lordschaft treibt, das steht fest.«

Caitlyn schauderte, und sie dachte an seine Augen. Wenn er tatsächlich vom Teufel besessen war, dann saßen Willie und sie ganz schön in der Patsche. Da war sie knapp dem Henker entkommen, nur um dafür im ewigen Höllenfeuer zu braten. Sie warf einen Blick auf ihre Reisegefährten, aber keiner der beiden beachtete sie. Schnell bekreuzigte sie sich und hoffte, daß das als Schutz genügen würde.

Der Blick auf den Boyne war überwältigend. Wie eine silberne Peitschenschnur zog er sich durch das Tal und trennte das Land der d'Arcys von dem Waldgebiet, das dahinter lag. Sein stetes Rauschen, das Blöken der Schafe und das rhythmische Geräusch der Sensen untermalten die Szenerie vor ihnen.

Erst als sie weiter bergab, auf den Fluß zufuhren, bemerkte Caitlyn das Herrenhaus. Es stand geschützt zwischen uralten Eichen. Verglichen mit dem Schloß wirkte es klein und bescheiden, aber als sie näher kamen, merkte Caitlyn, daß es doch ganz beachtlich war. Es hatte zwei Stockwerke und war aus solidem Stein gebaut. Hinter dem Haus standen zwei Scheunen und ein kleinerer Schuppen. Vor den Scheunen kratzten Hühner, und auf der Treppe zum Haus putzte sich eine Tigerkatze. Seitlich neben dem Haus lag ein schlafender Hund. Die Farm wirkte ordentlich und gepflegt, und Caitlyn gefiel sie auf Anhieb.

Als sie sich dem Haus näherten, kam der Hund schwerfällig auf die Beine, bellte und wedelte mit dem Schwanz. Die Katze sah auf und verschwand.

Die zwei Männer, die auf einem frisch umgegrabenen Stück Land zwischen dem Haus und der ersten Scheune standen, blickten auf. Angewidert warf einer von den beiden den Stock weg, mit dem er ein davon wenig beeindrucktes Schaf bearbeitet hatte, und kam auf sie zu. Der andere versuchte inzwischen weiter, die blökenden Kreaturen von dem Land zu verscheuchen, aber ohne Erfolg. Offensichtlich waren ein paar Schafe in den Küchengarten eingedrungen, und die beiden Männer hatten es nicht geschafft, sie wieder zu vertreiben. Der eine Mann kam näher, und Caitlyn hatte den Eindruck, daß er ganz froh war, dieser mühsamen Aufgabe zu entkommen.

»Mickeen! Gott sei Dank bist du wieder da. Vielleicht schaffst du es, diese blöden Biester aus dem Garten zu bekommen. Rory und ich haben einfach kein Glück damit. Connor kann jeden Moment aus dem Stall kommen, und dann macht er uns die Hölle heiß. Du weißt ja, er ist der Meinung, daß jeder ein geborener Schafzüchter ist – man muß sich nur bemühen.«

»Und damit hat er wahrscheinlich auch recht. Weder du noch dein Bruder schenken der Schafzucht die Aufmerksamkeit, die sie verdient. Und wenn Schafe für Seine Lordschaft gut genug sind, dann solltest du auch nichts daran auszusetzen haben, Cormac d'Arcy.«

Caitlyn dachte daran, wie traurig Mickeen es gefunden hatte, daß seine Lordschaft zum Schafzüchter gesunken war, und mußte über seine Standpauke grinsen. Als Mickeen mühsam vom Wagen kletterte, wandte der junge Mann seine Aufmerksamkeit ihr und Willie zu.

»Wen haben wir denn da?« Er war einen halben Kopf größer als Mickeen, aber man merkte ihm an, daß er noch nicht ausgewachsen war. Seine dunklen Locken, nachlässig im Nacken zusammengebunden, wiesen ihn als einen Bruder des Lords aus.

Mickeen warf einen mißmutigen Blick zurück. »Ich weiß nicht, wie sie heißen. Dein Bruder hatte Mitleid mit ihnen, er hat sie in Dublin aufgelesen. So wie es aussieht, haben wir hier bald auch noch ein verdammtes Waisenhaus.«

»Ich bin Willie Laha.« Willie sprang vom Wagen und sah erwartungsvoll zu Cormac d'Arcy auf. »Wir sollen hier als Knechte anfangen.«

Caitlyn stieg langsam vom Wagen und musterte ihren Freund skeptisch. Er floß ja buchstäblich über vor Dankbarkeit. Sie traute diesen Leuten nicht, auch nicht Seiner Lordschaft, trotz Mickeens rührender Geschichte. Diese Menschen waren Fremde, warum sollten sie mit ihr oder Willie teilen? Nach ihrer Erfahrung versuchte jeder zu behalten, was er hatte. Also warum?

»Und wie ist dein Name?« fragte Cormac sie. Ein leichtes Grinsen umspielte seine Lippen, und seine Augen schienen immer zu lachen. Sie gab keine Antwort, sondern musterte ihn düster. Solch offene Freundlichkeit machte sie erst recht mißtrauisch.

»Das ist O'Malley. Er ist etwas aufbrausend, aber sonst ein guter Kerl«, sagte Willie und gab ihr einen Stoß in die Rippen. Caitlyn warf ihm einen Blick zu, der ihn fast für immer zum Schweigen gebracht hätte.

»Ich kann für mich selbst sprechen«, sagte sie und musterte Cormac herausfordernd. Sie schätzte ihn etwa zwei Jahre älter, als sie es war, also auf siebzehn. Als er ihren Blick bemerkte, zog er die Augenbrauen hoch und pfiff spöttisch. Caitlyn schmollte.

»Seine Lordschaft muß vorübergehend geistig umnachtet gewesen ein, mehr kann ich dazu nicht sagen. Der da ist ein richtiger Hitzkopf«, grummelte Mickeen und spuckte auf den Boden. Dann meinte er zu Cormac: »Komm, laß uns die Schafe aus dem Garten treiben, ehe Connor sieht, was passiert ist.«

Er ging voraus, und Cormac folgte ihm. Mickeen sagte über die Schulter zu ihnen: »Ihr könnt genausogut mitkommen und euch nützlich machen. Hat keinen Sinn, daß ihr hier herumhängt.«

Willie eilte ihm nach. Caitlyn folgte ihm langsam. Sie hatte den nagenden Verdacht, daß sich zu allen ihren Sorgen noch eine weitere gesellt hatte. Sie hatte das deutliche Gefühl, daß sie Schafe nicht ausstehen konnte.

Als sie zu dem kleinen, von einer niedrigen Mauer umgebenen Garten kam, hatten die anderen die Schafe bereits zusammengetrieben und lenkten sie jetzt in Richtung auf das offenstehende Tor. Dahinter befand sich die Wiese, auf der die Schafe sich offensichtlich aufhalten sollten. Als Willie, Cormacs Beispiel folgend, wild die Arme schwenkte, brach eines der Schafe aus und kam laut blökend genau auf Caitlyn zu.

»Du! O'Malley! Halt sie auf! Treib sie zurück!« schrien die anderen ihr zu, als drei weitere Schafe dem Anführer folgten. Caitlyn stand wie angewurzelt, während die Schafe genau auf sie zurannten. Ihr Anführer war ein enormes Biest, und es hatte Hörner.

Genug war genug. Sie hatte nicht vor, Leib und Leben für ein blödes Schaf zu riskieren. Sie versuchte aus dem Weg zu springen, rutschte aber aus und landete mit dem Gesicht voraus im Dreck.

Vor Schreck stockte ihr der Atem; dann bekam sie einen Schlag auf die Schulter. Das blöde Schaf war direkt über sie drübergelaufen. Sie stieß einen Schmerzensschrei aus, und ihr Mund füllte sich mit schwarzem Schlamm.

Als sie schlammspuckend hochkam, standen die vier da und lachten aus vollem Hals. Caitlyn fühlte, wie die Wut in ihr aufstieg. Sie lachten über sie, Caitlyn O'Malley! Sogar das dämliche Schaf, das mit seinen drei Kameraden in der anderen Ecke stand, schien zu lachen, als es den Kopf schüttelte.

»Ach, ihr wollt euch also über mich lustig machen?« Sie kam auf die Füße und schüttelte die Hände; Schlammbrocken flogen durch die Gegend. Sie fuhr sich übers Gesicht, aber damit verteilte sie nur den Dreck. Sie war von oben bis unten voller schwarzem Schlamm, und sie kochte innerlich. Am liebsten hätte sie die vier erwürgt. Sie ballte die Fäuste und griff an.

»Vorsicht! Paßt auf!« Immer noch lachend, spritzten die vier auseinander. Caitlyn verfolgte Cormac, der am lautesten lachte. Er floh im Zickzack, von Lachen gebeutelt. Caitlyn machte einen Satz; sie erwischte Cormac um die Hüfte und riß ihn mit sich zu Boden. Er lachte so heftig, daß er fast wehrlos war. Auf den Bauch gerollt, hielt er die Arme schützend über den Kopf, während Caitlyn seinen Kopf und Rükken mit den Fäusten bearbeitete.

»Hör auf, O'Malley, aufhören!« Er war größer als Caitlyn, aber sein Lachanfall hinderte ihn an einer wirkungsvollen Gegenwehr, und Caitlyn war in den Jahren auf der Straße hart geworden. Die Schläge, die sie austeilte, waren nicht von schlechten Eltern, aber alles, was Cormac tat, war zu lachen und seinen Kopf vor ihren Hieben zu schützen. Das machte sie noch wütender.

Mickeen kam mit einem Stock in der Hand auf sie zugestürzt. »Hör jetzt auf, O'Malley, hörst du? Hör sofort auf!«

Caitlyn wußte, wenn er sie erwischte, würde sie Schläge beziehen, aber es war ihr egal. Rory balancierte auf der Steinmauer und lachte fast noch mehr als sein Bruder. Willie am anderen Ende des Gartens bekam plötzlich einen ängstlichen Gesichtsausdruck.

»Was zum Teufel geht hier vor?« Sogar Caitlyn hielt beim Klang dieser Stimme ein. Connor d'Arcy, Earl of Iveagh, stand im Gartentor, und er sah ausgesprochen wütend aus.

5

»Du!« brüllte er und zeigte auf Caitlyn. »Mach, daß du von meinem Bruder runterkommst! Und du . . . und du . . .« Er zeigte auf den immer noch grinsenden Cormac und auf Rory, der bereits von der Mauer gesprungen war. »Ihr kommt hierher und versucht mir zu erklären, warum ein

Garten, der erst vor einer Woche angelegt wurde, wie ein Schlachtfeld aussieht.«

»Runter mit dir, du Affe!« sagte Cormac, machte einen Buckel und schubste sie in den Dreck. Er war genauso schmutzig wie sie, und er hatte mit seinen Bemühungen, sich zu säubern, auch nicht mehr Erfolg als sie. Die beiden Brüder trabten hinüber zu Connor, und Caitlyn musterte die drei d'Arcys mit haßerfüllten Augen.

»Nun?« Die beiden Brüder versuchten es zu erklären, bis Connor sie mit einem Grollen zum Schweigen brachte. »Ich will es gar nicht hören. Ihr bringt den Garten bis morgen wieder in Ordnung. Heute abend müssen wir noch die Vorräte ausladen, aber das muß warten, bis ihr euch gewaschen habt. Ihr stinkt nach Schafsmist, und ich kann euch jetzt schon sagen, daß Mrs. McFee euch so nicht ins Haus lassen wird. Ihr könnt euch im Pferdetrog baden, und falls ihr auch etwas essen wollt, dann beeilt ihr euch am besten damit.«

»Aber Connor, wir . . .«

»Los jetzt!« brüllte er. »Und nehmt diese zwei jämmerlichen Gestalten da auch gleich mit!« Connor drehte sich auf dem Absatz um und ging zum Haus.

»Wir sollten wirklich diesen Dreck abwaschen«, meinte Rory, als sie zu ihnen hinüberkamen. »Conn hat recht. Mrs. McFee wird uns so niemals ins Haus lassen.«

Mickeen musterte die beiden mürrisch. »Seine Lordschaft ist ganz schön verärgert!«

»Bis das Essen auf dem Tisch steht, ist er darüber hinweg«, meinte Rory. »Ihr kennt doch Connor.«

»Ich wollte sowieso noch nie Schafe züchten«, sagte Cormac mürrisch. »Aber Connor läßt da ja nicht mit sich reden. Seiner Meinung nach dürfen wir froh sein, daß dem verarmten irischen Adel noch Schafe bleiben!«

»Die Schafzucht ist eine anständige und respektable Beschäftigung«, sagten die zwei Brüder im Chor. Caitlyn runzelte die Stirn und musterte die beiden abschätzend. Für sie war die Sache damit offensichtlich erledigt, aber für Caitlyn noch lange nicht. Da Connor vielleicht noch in Hörweite war, wollte sie es nicht hier und jetzt austragen, aber sie war sicher, daß sich noch eine Gelegenheit finden würde.

»Jetzt habt ihr aber genug Blödsinn geredet. Seine Lordschaft wird erst recht wütend sein, wenn ihr auch noch zu spät zum Essen kommt.« Mickeen drängte sie in Richtung auf den Stall.

Rory blieb vor einem großen Trog stehen. Wie sein Bruder trug er ein leichtes Leinenhemd, Kniehosen, wollene Strümpfe und feste Halbschuhe. Er stieg, wie er war, ins Wasser, mit Schuhen und allem. Er war längst nicht so schmutzig wie sein Bruder oder Caitlyn, aber etwas Dreck hatte er auch abbekommen.

»He, Bruder! Wer hat gesagt, daß du zuerst ins Wasser darfst? Du machst es ja ganz dreckig!« Cormac sprang zu Rory in den Trog, und nach einem gutmütigen Gerangel zwischen den beiden war nur noch eine ziemlich dreckige Brühe drin.

»Die beiden sind schon ein Paar«, grummelte Mickeen vor sich hin. »Immer spielen sie rum und machen nichts als Unfug. Ein Wunder, daß Seine Lordschaft sie nicht manchmal mit den Köpfen zusammenschlägt. Er ist wirklich geduldig.«

»Con und geduldig?« warf Cormac ein, der die letzte Bemerkung mitgehört hatte. »Zur Hölle mit dir, Mickeen!«

»Geduldiger, als ihr es verdient, Dummköpfe! Samen sind teuer, und die Zeit, die man braucht, einen Garten anzulegen, auch. Wenn ihr beide das wieder in Ordnung bringt, sparen wir wenigstens daran, denn eure Hilfe bei den Schafen wird bestimmt niemandem abgehen!«

Hinter ihnen sprach jemand, und Caitlyn drehte sich um. Der junge Mann war etwa zwanzig, hatte kastanienbraunes Haar und blaue Augen. Im Gegensatz zu den beiden im Trog wirkte er ernsthaft und gesetzt, aber etwas in seinen Gesichtszügen ließ Caitlyn vermuten, daß er der dritte der Brüder war. Das ›Hallo‹, mit dem die beiden anderen ihn begrüßten, bestätigte das.

»He, Liam! Schau mal, was Con mitgebracht hat! Hilfe für uns.« Leichter Spott klang in Cormacs Stimme mit, als er tropfnaß aus dem Trog kletterte. Er grinste breit und zeigte auf Caitlyn und Willie, die sehr klein, sehr jung und sehr verwirrt wirkten. Liam musterte die beiden nicht sehr begeistert.

»Zwei nette Schafhirten. Sehen wirklich nach einer großen Hilfe aus. Aber Connor denkt, er kann die Welt retten.« Er sprach über die beiden, als wären sie überhaupt nicht da, und Caitlyn wurde wieder wütend. Er war genauso arrogant wie die anderen d'Arcys.

»Also los, macht, daß ihr in den Trog kommt! Das Essen ist gleich fertig, und es gibt noch genug zu tun, ehe es ganz dunkel wird«, sagte Liam zu Caitlyn.

»Hat Conn sich wieder beruhigt?« Rory war auch aus dem Wasser gestiegen und stand tropfend neben Cormac. Die beiden waren sich so ähnlich, daß sie fast Zwillinge hätten sein können, obwohl Rory etwas größer und muskulöser als Cormac war. Wie sein Bruder hatte er braune Augen, und um seine Mundwinkel spielte meistens ein leichtes Grinsen.

»Na los, ihr beide, worauf wartet ihr?« sagte Cormac und präsentierte ihnen den Trog mit einer Verbeugung. Willie wollte schon hineinsteigen, aber Caitlyn legte eine Hand auf seinen Arm und hielt ihn zurück. Sie konnte sich schlecht vor den ganzen Männern baden. Die Gefahr, daß die nassen Kleider zuviel enthüllen würden, war zu groß. Sie griff nach der erstbesten Ausrede, die ihr in den Sinn kam.

»Auch wenn es euch nicht paßt, ich bin gewöhnt, in sauberem Wasser zu baden!«

Liam starrte sie an, als würde er seinen Ohren nicht trauen, Rory prustete, und Cormac begann lauthals zu lachen.

»Wahrscheinlich hast du dich noch nie zuvor in deinem Leben gebadet, und schon gar nicht in sauberem Wasser!«

»O doch, und ich werde auch jetzt in sauberem Wasser baden. Das da drin sieht aus, als käme es aus einem Schweinestall. Da bleibe ich lieber, wie ich bin, besser, als im Dreck anderer zu sitzen.«

»Er ist ganz schön eingebildet, was?« meinte Cormac zu Rory. Der verdrehte die Augen.

»Ach, soll er doch sein sauberes Wasser haben. Hol es dir!« meinte Cormac, drückte Caitlyn einen Eimer in die Hand und nickte in die Richtung auf den Brunnen. »Wenn du fertig bist, komm zum Haus. Das Essen wartet.«

Willie gab ihr einen Stoß. »Was ist nur mit dir los, O'Malley? Du schaffst es noch, daß sie uns rauswerfen!«

»Ich werde nicht in ihrem Dreck baden! Sie sind auch nicht besser als du oder ich.«

»Doch, das sind sie. Sie sind die Brüder eines Earl, und du weißt noch nicht mal, wer dein Vater ist.«

»Und wenn schon. Außerdem weißt du es ja auch nicht!« Sie konnte nicht wirklich wütend auf Willie sein. »Komm schon, hilf mir, das hier auszukippen. Und dann sollten wir uns besser waschen, sonst bekommen wir am Schluß nichts mehr zu essen.«

»Das klingt schon besser, O'Malley!« Gemeinsam schafften sie es, den Trog umzukippen. Schnell war er mit sauberem Wasser gefüllt. Willie stieg hinein und begann sich zu waschen.

Caitlyn näherte sich vorsichtig dem Trog. Ihre Brüste waren zwar noch klein, aber ein nasses Hemd würde sie sicher verraten. Es würde ihr nichts anderes übrigbleiben, als sich so vorsichtig wie möglich zu waschen und dafür zu sorgen, daß die Vorderseite ihres Hemdes möglichst trocken blieb. Sie kletterte ins Wasser, das von Willie schon wieder ziemlich dreckig war, und wusch sich sorgsam.

»Fertig?«

»Ja.«

Abgesehen von ihrer Brust tropfnaß, ging sie mit Willie zum Haus zurück. Eine stämmige Frau, deren Gesicht durch das gestärkte Weiß ihrer Haube noch röter wirkte, stand auf dem Treppenabsatz. Sie hielt den drei jüngeren d'Arcy-Brüdern gerade eine Standpauke. Die Arme hatte sie vor dem üppigen Busen verschränkt, und sie blickte sehr mißbilligend drein. Ein sackartiges schwarzes Kleid bedeckte sie vom Hals bis zu den Knöcheln. Ein paar graue Haarsträhnen lugten unter ihrer Haube hervor.

»Ich würde mich schämen! Und wegen diesem Unsinn mußte Seine Lordschaft auf das Essen warten. Zieht euch trokkene Sachen an, und beeilt euch gefälligst damit! Der Tisch ist schon gedeckt.« Sie sah auf und bemerkte Caitlyn und Willie. »Ihr zwei, ich denke, ihr könnt ein paar alte Sachen von Cormac anziehen. Ich habe sie da hingelegt. Wahrscheinlich sind sie etwas zu groß, aber es wird schon gehen. Heute abend eßt ihr im Haus, aber ab morgen versorgen euch die O'Learys. Mrs. O'Leary kocht für alle unsere Leute, und sie macht es für wenig Geld.«

»Ja, Madam«, sagte Willie deutlich beeindruckt. Caitlyn sah

sich vor einem neuen Problem. Sie konnte unmöglich hier und jetzt die Kleider wechseln!

Die Frau drehte sich um und ging zurück ins Haus.

»Das war Mrs. McFee«, sagte Liam. »Wenn Connor etwas ärgert, dann ist das noch nichts gegen sie.« Die beiden Brüder hatten bereits begonnen, sich auszuziehen, und Willie folgte ihrem Beispiel. Caitlyn wandte den Blick ab und setzte sich mit dem Rücken zu ihnen auf die Treppe. Sie hatte kein Verlangen danach, nackte Männerärsche zu sehen.

»Worauf wartest du, O'Malley?« fragte Liam ungeduldig.

»Ich ziehe mich nicht um. Meine Kleider werden schon trocknen«, antwortete Caitlyn, ohne sich umzudrehen. Sie war sich nicht sicher, ob seine Brüder ihre Hosen schon wieder angezogen hatten.

»He, Rory, hast du das gehört? Er ist schüchtern!« Cormac lachte. Das war zuviel, er lachte sie schon wieder aus. Caitlyns Kopf schoß herum, ohne daß sie sich über die möglichen Folgen Gedanken gemacht hätte. Glücklicherweise gab es keine, denn alle Männer waren zumindest notdürftig bekleidet.

Rory schloß gerade den letzten Knopf an seiner Hose, und er sah auf und grinste breit. »Schüchtern, so, so. Hast du etwas, was wir noch nie zuvor gesehen haben, O'Malley?«

»Vielleicht hat er ja zwei!«

»Oder seiner ist so klein, daß er sich schämt.«

»Mit den nassen Sachen kannst du nicht essen, O'Malley. Mrs. McFee läßt dich so nicht ins Haus«, sagte Liam vernünftig.

»Die Sachen sind wirklich nicht schlecht, O'Malley«, meinte Willie. »Sieh mich an!«

Er trug Cormacs alte Hosen und ein Hemd. Er krempelte sich gerade die Hosenbeine hoch. Cormac war zwar der kleinste der Brüder, aber seine Sachen waren Willie trotzdem viel zu weit.

Caitlyn starrte sie alle herausfordernd an und meinte: »Ich werde mich nicht umziehen!«

Liam zuckte mit den Schultern und sagte: »Wie du meinst, O'Malley, dann bekommst du eben nichts zu essen. Dein Pech.«

»Ich ziehe mich nicht um!«

»Nun gut. Nachdem du keinen Hunger hast, O'Malley,

kannst du schon mal den Karren abladen. Die meisten Sachen, Futter und so, sind für die Schafe und kommen in die Scheune da hinten. Der Sattel und die Bürsten gehören in den Stall, der ist da, wo du gerade herkommst. Die Sachen, die ins Haus gehören, Salz, Honig und so, stellst du auf den Absatz, wir kümmern uns dann später darum. Und ihr anderen kommt jetzt endlich rein und laßt uns essen.«

Unter Scherzen und Gelächter über Caitlyns Geschlechtsmerkmale oder deren Mängel verschwanden Cormac und Rory mit den anderen im Haus. Caitlyn blieb, tropfnaß wie sie war, draußen sitzen. Sie hatte Hunger, aber wenn sie ihr Geheimnis wahren wollte, dann konnte sie sich nicht vor diesen Leuten umziehen.

Fünfzehn Minuten später hatte sie zwei Säcke mit Saatgut in die Scheune geschleppt und ein großes Faß Salz bis fast vor die Hintertür gerollt. Sie blieb stehen und wischte sich den Schweiß von der Stirn. An körperliche Arbeit war sie nicht gewöhnt; trotz der Kühle und ihrer nassen Sachen war sie ins Schwitzen geraten.

Die Hintertür ging auf, und Cormac und Rory kamen heraus. Caitlyn musterte sie mißtrauisch. Als die beiden sie sahen, begannen ihre Augen übermütig zu funkeln.

»Du hast ein gutes Essen verpaßt, O'Malley. Wenn Mrs. McFee kocht, dann singen die Englein im Himmel.«

»Läßt du öfter ohne guten Grund eine Mahlzeit aus? Kein Wunder, daß du so klein und mickrig bist! So wird aus dir nie ein Mann.«

»Ich bin Mann genug, um mit dir fertigzuwerden, Cormac d'Arcy!«

Rory pfiff durch die Zähne. »Das Äffchen spuckt aber große Töne, was, Bruder?«

»Ganz deiner Meinung, Bruder. Du glaubst also, daß du mich schlagen kannst, Äffchen?«

»Schneller, als ich spucken kann!« Sie spuckte auf den Boden, um ihre Worte zu untermalen. Sie war klein, aber sie war ausdauernd und hatte ein feuriges Temperament. Das hatte ihr in Dublin einen Ruf eingebracht, der ihr so manchen Kampf erspart hatte. Nur leider würde ihr das hier nichts nützen.

»Ach wirklich, so schnell?«

»Du kannst doch nicht mit dieser halben Portion kämpfen, Cormac. Conner wäre ziemlich sauer.« Rory wurde ernst.

»Das weiß ich. Aber ich kann dem kleinen Angeber mal tüchtig den Hintern versohlen.«

Caitlyn war so wütend, daß sie rot anlief. Ihr den Hintern versohlen!

Cormac und Rory sprangen gleichzeitig vom Treppenabsatz. Caitlyn verspürte Wut und Angst zugleich, als die beiden näher kamen. Sie waren zu zweit, größer als sie und auch schwerer. In Dublin hätte sie sich jetzt aus dem Staub gemacht. Aber wohin sollte sie hier flüchten, außerdem konnte sie jetzt keinen Rückzieher mehr machen. Sie würden sonst für alle Zeit auf ihr rumhacken. Ihre einzige Chance war ein Überraschungsangriff.

Sie ging auf Cormac los, verpaßte ihm einen blitzschnellen Schlag auf die Nase und rammte dann ihren Kopf in seinen Magen. Er taumelte zurück, die Hand im Gesicht, und Blut begann zwischen seinen Fingern hervorzulaufen.

»Du kleines Miststück!« Als Cormac die Hand von der Nase nahm, sah er das Blut. Sein Grinsen war ihm vergangen; jetzt war er wütend. Caitlyn, die vor Wut schäumte, stand ihm leicht gebeugt gegenüber, die Fäuste geballt.

»Sei vorsichtig, kleiner Bruder, eine blutige Nase hast du schon! Wer weiß, was der Kleine dir noch alles antut!« Rory stand etwas abseits und lachte. Cormac kniff die Lippen zusammen. Was als Spaß begonnen hatte, war ernst geworden. Cormac war größer als sie und auch kräftiger, aber Caitlyn war so aufgebracht, daß sie alle Vorsicht über Bord warf. Wut übermannte sie, vertraut und beruhigend.

»Glaubst du immer noch, daß du mir den Hintern versohlen kannst, Cormac d'Arcy? Da muß schon ein anderer kommen als du und dein Bruder!«

»Das wird sich erst noch zeigen, du mieser kleiner Bettler!« Cormac stürmte auf sie zu, packte sie um die Hüfte und hob sie hoch. Sie kämpfte wild, als er sie umdrehte, und landete ein paar gut plazierte Schläge. Er grunzte und versuchte, so gut es ging, seine empfindlichsten Körperteile zu schützen. Als er sie gerade übers Knie legen wollte, gelang es ihr, ihm zwischen die Beine zu greifen, und sie drückte kräftig zu. Cormac schrie auf, und sie flog durch die Luft. Mit der Wucht einer Kanonenkugel landete sie auf dem Bauch. Sie bekam keine Luft mehr, und als Cormac ihren Mantel hochhob und ein paar kräftige Schläge auf ihrem Hinterteil plazierte, konnte sie ihn nicht einmal verfluchen. Als er sie auf den Rücken drehte, funkelte sie ihn an und holte zu einem Schlag aus. Cormac wollte dieses Mal kein Risiko eingehen und drückte sie mit den Handgelenken auf den Boden. Wenn Blicke töten könnten, wäre er auf der Stelle tot umgefallen. Seine Rache war gelungen, und Cormac grinste wieder.

»Was willst du denn mit dem Kleinen? Laß ihn aufstehen!« Rory kam zu ihnen herüber und sah auf sie hinunter. Caitlyn spuckte aus und versuchte Cormac abzuwerfen, aber er war zu schwer für sie. Steif vor Wut lag sie da und überschüttete die beiden mit Verwünschungen, die sogar den Teufel hätten erblassen lassen.

»Er ist noch ganz schön feucht. Meine Hose ist schon naß, nur weil ich auf ihm draufsitze.«

»Tja, er wollte sich ja nicht umziehen.«

»Meinst du, er ist schüchtern? Vielleicht hat er ja auch eine Mißbildung und will nicht, daß es jemand sieht?« Cormacs Augen glänzten übermütig. Rory grinste.

»Wir sollten nachsehen. Wir würden Connor einen Gefallen tun, wenn er nicht ganz normal ist und wir es herausfinden. Vielleicht hat er ja auch irgendwo das Zeichen des Teufels. Auf seinem Hintern zum Beispiel.«

»Das wäre möglich. Oder vielleicht holt er sich das Fieber, so naß wie er ist, und stirbt daran. Wir würden ihm auch einen Gefallen damit tun.«

»Ja, das glaube ich auch.« Sie nickten sich ernst zu. Caitlyn, die langsam verstand, worauf die beiden hinauswollten, begann sich heftig zu wehren. Sie belegte die beiden mit jedem Schimpfwort, das sie auf den Straßen Dublins gelernt hatte, aber sie lachten nur. Rory beugte sich nach vorne, um Caitlyns Handgelenke festzuhalten, und Cormac begann ihre Hosen zu öffnen. Die schlimmste Panik ihres Lebens ergriff Caitlyn. Sie schrie und versuchte sich zu befreien. Aber es half alles nichts.

Erst als Cormac ihr die Hosen mitsamt Unterhose heruntergezogen hatte, bekam sie einen Fuß frei. Sie trat kräftig zu, und er kippte nach hinten. Schnell drehte sie sich auf den Bauch. Rorys Griff an ihren Handgelenken lockerte sich plötzlich, sie kämpfte sich frei und zog ihren Mantel über ihren nackten Hintern. Sie war nur für einen Moment entblößt gewesen.

Cormac lag noch so im Gras, wie er gefallen war. Er sah sie erstaunt an. Rory, der noch immer hinter ihr kniete, war ähnlich verblüfft.

»Was zum Teufel ist jetzt schon wieder los?« Das war Connors Stimme, und Caitlyn war entsetzt, als sie dem Blick seiner hellen Augen begegnete. Sie war zwar nicht mehr nackt, aber Rory und Cormac kannten ihr Geheimnis. Jetzt konnte sie sich nicht mehr auf den Schutz verlassen, den ihre Rolle als Junge ihr verliehen hatte. Als Frau war sie zu verwundbar.

»Conn . . .« Rorys Stimme klang belegt. Angespannt stand Caitlyn da, ihre Augen verließen nicht für einen Moment Connors Gesicht.

»Also, was ist los? Aber ich warne euch, ich hatte einen verdammt langen Tag, und ich habe die Nase gründlich voll von euren Streitigkeiten.«

»Connor . . .« Rory schien nicht mehr als den Namen seines Bruders herauszubringen. Connor runzelte die Stirn und musterte ihn.

»Was ist los, Rory? Hat es dir die Sprache verschlagen?«

»Connor, er ist ein verdammtes Mädchen!« platzte Cormac heraus und sah Caitlyn vorwurfsvoll an.

6

»Was?« Seine Augen schossen von Rory zu Cormac.

»Er ist ein Mädchen, sage ich dir. O'Malley, er – sie ist ein Mädchen.«

»Was erzählst du da für einen Unsinn, Cormac?«

»Es ist kein Unsinn.« Rory stand auf. Er musterte Caitlyn immer noch entsetzt. »Sie ist ein Mädchen.«

Connor betrachtete Caitlyn, die zusammengerollt im Gras lag. Sie stand unter Schock und starrte ihn mit weit aufgerissenen Augen an. »Ich habe noch nie ein Mädchen gesehen, das so aussah. Ihr seid wohl beide nicht mehr so ganz richtig im Kopf!«

Caitlyn nahm ihren ganzen Mut zusammen und stand auf.

Ihre einzige Chance war ein Bluff. Vielleicht konnten die beiden ihren Bruder nicht überzeugen. Wenn sie es geschickt anstellte, würden sie vielleicht selbst daran zweifeln, daß sie recht hatten. Schließlich war sie nur für einen kurzen Moment nackt gewesen.

»Das ist eine dreckige Lüge! Ich bin ebenso ein Mann wie jeder einzelne von euch. Ja, und ein besserer als du, Cormac d'Arcy! Oder habe ich dir vielleicht keine blutige Nase verpaßt?«

Die drei d'Arcys starrten sie an, aber keiner von ihnen schnappte nach dem Köder. Besonders Connors Augen beunruhigten sie. Er musterte sie vom Kopf bis zu ihren nassen Schuhen, und seine Augen stoppten an den strategischen Punkten dazwischen.

»Wir haben herumgealbert, und Cormac hat ihm – ihr die Hosen heruntergezogen. Sie ist ohne Zweifel ein Mädchen.« Rorys Stimme klang rauh und ernst.

»Ein Mädchen!« Connor sah ebenso verblüfft aus wie seine Brüder.

»Nein!« schrie Caitlyn, als er einen Schritt auf sie zu machte. Jetzt blieb ihr nur noch die Flucht. Sie würde nicht bleiben und sich diesen Männern ausliefern. Sie hatte noch nie mit einem Mann zu tun gehabt, aber sie wußte sehr wohl, welche Gewalt Männer hilflosen Frauen zu ihrem Vergnügen antaten. Das Schicksal ihrer Mutter stand ihr warnend vor Augen. Ihre Mutter hatte darauf bestanden, daß sie Männerkleider anlegte, damit ihr das erspart bliebe. Sie würde sich nach Dublin durchschlagen. Sie drehte sich um und begann zu laufen.

»Fang ihn, Rory – äh, sie, ach verdammt, tu's einfach!« rief Connor. Rory war knapp hinter ihr, und er packte sie an den Armen.

»Laß mich los! Laß los!« Die Angst verlieh ihr zusätzliche Kräfte, und sie wehrte sich, so gut sie konnte. Ihr erster verrückter Gedanke war, daß die drei gleich hier über sie herfallen würden. Männer waren Tiere, wenn es um ihr Vergnügen ging. Rorys Griff an ihren Armen war eisern, also trat sie nach hinten. Sie traf seine Kniescheibe, und er schrie auf.

»Au! Verdammt noch mal, sie ist wirklich ganz schön wild. Hier, Cormac, komm her und hilf mir, schnell!«

Cormac packte sie um die Hüfte und hob sie hoch, mit dem

anderen Arm umschlang er ihre Knie, damit sie nicht mehr treten konnte. Halb verrückt vor Angst schrie sie Verwünschungen, und die beiden schafften es nur mit Müh und Not, sie zu halten. Verzweifelt sahen sie zu ihrem älteren Bruder, aber der beobachtete Caitlyns Gegenwehr mit gerunzelter Stirn.

»Nun, jetzt aber. Niemand wird dir etwas tun, also beruhige dich, Mädchen!« sagte er mit sanfter Stimme. Sie belegte ihn mit einem Schimpfwort, bei dem selbst eine Hure rot geworden wäre, und spuckte in seine Richtung. Er sprang zurück, und ihre Spucke verfehlte nur knapp seine Stiefel.

»Paß auf, Connor! Sie hat Cormac schon eine blutige Nase verpaßt und ihn in die Eier gezwickt. Was wird sie da erst mit dir machen!« Rory klang schon wieder belustigt.

»Sei doch ruhig, Idiot! Kannst du nicht sehen, daß die Kleine Angst hat?« Dann sagte er mit derselben beruhigenden Stimme wie zuvor: »O'Malley, hör auf, so herumzuschlagen, und laß uns reden. Nur reden, keiner wird eine Hand an dich legen. Wir wollen dir nichts Böses, bestimmt nicht!«

»Brenn doch in der Hölle, du verdammter Bastard!« Sie wand sich so heftig, daß sie es schaffte, an Cormacs Schulter zu kommen. Sie knurrte wie ein Tier und vergrub ihre Zähne in seinem Fleisch.

»Au, das Biest hat mich gebissen!« Er sprang zurück und ließ ihre Beine los.

»Halt sie, Cormac, verdammt!« Sie trat wild um sich und schaffte es, daß auch Rory losließ. Sie war fast frei . . .!

»Genug!« Eine Hand packte sie am Kragen. Sie stolperte zurück und fühlte einen Arm unter ihren Knien durchgleiten. Sie wurde hochgehoben, und ehe sie wußte, was geschah, hatte Connor sie über die Schulter gelegt. Mit einer Hand hielt er ihre Beine fest, mit der anderen umklammerte er ihre Handgelenke. Sie schrie und kämpfte um ihr Leben, aber es half alles nichts.

»Seine Lordschaft, was um Himmels willen . . .« Mrs. McFee, von den mörderischen Schreien angelockt, sah ihm fassungslos zu, als er sein Bündel die Treppe hinauftrug.

»Laß mich los! Ich reiß dich in Stücke, ich schwör's!« Caitlyn war außer sich vor Angst und Wut. Connor brachte sie in ein kleines, sparsam möbliertes Zimmer. Nach dem Tisch und den darauf verstreuten Papieren zu urteilen, wurde es als Büro benützt. Er beugte sich vor und setzte sie auf einem Stuhl ab, ohne dabei ihre Handgelenke loszulassen, wobei er sich außer Reichweite ihrer Füße hielt. Der Blick seiner Augen, die jetzt auf einer Höhe mit den ihren waren, ließ sie innehalten. Für einen Moment hörte sie auf zu schreien und um sich zu schlagen. Ihre Hände waren noch gefangen, sonst hätte sie das Zeichen gegen den bösen Blick geformt. Aber böser Blick oder nicht, er war ein Mann wie jeder andere. Und wenn sie sich nicht wehrte, würde er sie benutzen, wie Männer Frauen benutzten.

»Leg eine Hand an mich, und ich schwöre, ich werde dich umbringen!« sagte sie drohend. Er zog die Augenbrauen hoch, dann lächelte er fast unmerklich. Caitlyn fand das gar nicht komisch. Sie war zwar klein und ihm körperlich unterlegen, aber sie würde es ihm schon zeigen!

»Niemand wird dir etwas tun«, sagte er beruhigend. »Ich will nur ein paar ehrliche Antworten. Das Wichtigste zuerst: Junge oder Mädchen?«

»Junge!«

Er musterte sie abschätzend. Sie erwiderte seinen Blick. Sein Gesicht war sehr nahe vor dem ihren, und ohne Puder zeigte seine Haut einen hellen Bronzeton. Er hatte ein schmales Gesicht mit hohen Wangenknochen, einer langen geraden Nase und einem starken, männlichen Kinn.

»Ich will die Wahrheit wissen.«

»Ich bin ein Junge!«

Connor seufzte. »Es ist sehr einfach, das nachzuprüfen, weißt du. Ich frage dich jetzt zum letztenmal, und wenn du mich belügst, hast du dir die Konsequenzen selbst zuzuschreiben. Junge oder Mädchen?«

Caitlyn starrte ihn an. Leider mußte sie ihm recht geben – es ließ sich wirklich ganz einfach nachprüfen, und ohne Zweifel würde er es auch noch genießen. »Mädchen«, fauchte sie ihn an, und sie haßte ihn dafür. Wenn er dachte, sie würde jetzt klein beigeben, dann hatte er sich getäuscht.

»Ahhh«, sagte er. »Was meinst du, wenn ich dich jetzt loslasse, würdest du es für nötig halten, mich in Stücke zu reißen? Oder könntest du vielleicht ruhig dasitzen und eine nette, harmlose Unterhaltung führen? Du hast keinen Grund, dich zu fürchten, glaub mir.«

Sie sagte nichts, sondern starrte ihn nur an.

»Wirst du ruhig sitzen bleiben?« Er verstärkte den Druck an ihren Handgelenken leicht. Sie konnte sich noch gut an die Kraft in diesen Händen erinnern, und sie nickte zustimmend. »Sehr gut.«

Er richtete sich auf und betrachtete sie wie jemand, der vor einem ausgesprochen schwierigen Problem steht. Caitlyn erwiderte seinen Blick herausfordernd, obwohl sie innerlich vor Angst zitterte. Aber in den Jahren auf der Straße hatte sie gelernt, ihre Angst nicht zu zeigen. »Du bist also ein Mädchen? Was machen wir denn jetzt mit dir?«

Sein Ton verriet ihr, daß er mit sich selbst gesprochen hatte, aber sie bezweifelte nicht, daß ihm die Antwort darauf bald einfallen würde. Verzweiflung stieg in ihr auf. Sie mußte einfach entkommen, irgendwie.

»Ich habe ganz schön Hunger«, sagte sie nachgiebig und senkte die Augen, damit er die Verzweiflung darin nicht sähe und Verdacht schöpfen würde. »Wäre es möglich, noch etwas zu essen zu bekommen, bevor wir weitersprechen?« Sie konnte seine Augen auf ihrem gesenkten Kopf spüren und wagte einen kurzen Blick nach oben. Er musterte sie mit gerunzelter Stirn. Plötzlich wußte sie, daß gerade diese Nachgiebigkeit sie verraten würde, und sie nahm ihren ganzen Mut zusammen. Sie hob den Kopf und sah ihm gerade in die Augen. »Oder wollt ihr mich hier vielleicht verhungern lassen?«

Das klang schon eher nach O'Malley, dem Dieb, und es wirkte. Er lächelte sogar. »Nein, natürlich nicht. Mrs. McFee hat bestimmt noch etwas vom Abendessen übrig. Aber du bleibst hier im Zimmer, während ich es hole, und ich werde abschließen. Ich möchte mich noch mit dir unterhalten.« Damit verließ er das Zimmer, und sie hörte, wie sich der Schlüssel im Schloß drehte. Caitlyn atmete auf. Sie hatte ja nur gewollt, daß er sie für eine Weile allein ließ. Sicher, die Tür war abgeschlossen, aber da war auch noch ein Fenster. Es war zwar klein, aber sie war ziemlich schmal. Es würde kein Problem sein.

Vorsichtig schlich sie durchs Zimmer, bemüht, auf keine knarrenden Dielen zu treten. Der linke Fensterflügel öffnete sich mit einem lauten Quietschen, und ihr stockte der Atem. Gleich darauf wußte sie, warum er sie so bereitwillig allein gelassen hatte. Das Fenster war von außen mit einem stabilen

Fensterladen verschlossen. Sie drückte fest dagegen, aber da war nichts zu machen. Verzweifelt preßte sie ihre Stirn gegen das Holz. Was sollte sie jetzt tun? Sie mußte hier weg! Plötzlich sah sie durch den Spalt zwischen den beiden Flügeln einen dunklen Streifen. Der Riegel! Wenn sie etwas finden würde, was dünn genug war, konnte sie ihn vielleicht aufstoßen! Aber sie mußte sich beeilen, Connor konnte jeden Moment zurückkommen.

Schnell durchstöberte sie das Zimmer und fand schließlich einen schmalen silbernen Brieföffner. Sie eilte zum Fenster zurück. Die Schneide war etwas zu breit, aber sie schlug mit der flachen Hand darauf, bis sie durch war. Vorsichtig schob sie den Brieföffner nach oben, aber es gelang ihr erst beim dritten Versuch, den Riegel hochzuheben. Klappernd fiel er gegen das Holz. Schnell stieß sie mit zitternden Fingern den Laden auf und schwang ein Bein über das Fensterbrett. Mit einem kurzen Blick überzeugte sie sich davon, daß der Hof leer und verlassen dalag. Es war ziemlich hoch, aber sie hatte schon Schlimmeres überstanden.

Sie hielt sich mit den Händen am Fensterbrett fest und ließ sich dann fallen. Wie eine Katze landete sie auf den Füßen und kauerte sich zusammen. Niemand schien sie gesehen zu haben. Sie sah sich noch einmal um, dann lief sie los. Wohin, das wußte sie noch nicht. Nur erst einmal weg hier.

7

Jetzt versteckte sie sich schon seit zwei Tagen. Gruppen von Arbeitern durchsuchten die Umgebung nach ihr. Connor persönlich war in der Nacht ihres Verschwindens zusammen mit Mickeen und Cormac die Straße abgeritten, auf der sie von Dublin gekommen waren, und auch gestern hatten sie die Straße zweimal kontrolliert. In jener Nacht hatte sie sich in der alten Burg versteckt, und jetzt traute sie sich nicht mehr heraus. Sie hatte Angst, von Connor oder einem der Suchtrupps aufgegriffen zu werden. Es war besser, abzuwarten, bis die Suche nach ihr nachgelassen hatte.

Nur schade, daß sie Willie zurücklassen mußte. Aber sie

konnte es nicht wagen, mit ihm Kontakt aufzunehmen, darauf würden die d'Arcys nur warten. Außerdem wußte er mittlerweile bestimmt schon, daß sie ein Mädchen war, und sie konnte sich nicht darauf verlassen, daß er ihr Geheimnis wahren würde. Auch wenn er sie nie absichtlich verraten würde, ein unachtsames Wort genügte, und sie hätte in Dublin ausgespielt. Aber sie würde sehr allein sein, wenn sie zurückkam, und er würde ihr sehr fehlen.

Im Moment waren ihre größten Probleme Hunger und die Langeweile. Ein paar Hennen hatten die Burgruine als Nistplatz gewählt, und sie hatte sich ihre Eier geholt. Rohe Eier waren zwar nicht das schmackhafteste Mahl, das sie sich vorstellen konnte, aber es gab Schlimmeres. Glücklicherweise hatte es während der letzten Tage öfter geregnet, so daß Wasser kein Problem war.

Tagsüber hielt sie sich hoch oben in der Turmruine versteckt. Auf der Suche nach einem Versteck war sie, ohne darüber nachzudenken, zu der alten Burg gelaufen, Connors Flüche in den Ohren. Er hatte ihr Verschwinden sehr schnell bemerkt, und seine Wut darüber hallte über die Hügel. Sie hatte gerade die bröckelnde Mauer erreicht, als Mickeen fast genau hinter ihr gelaufen kam, um die Landarbeiter in den Hütten zur Suche zu holen. Schnell war sie über die Mauer gesprungen und hatte sich in ihren Schatten geduckt. Vorsichtig spähte sie darüber. Fackeln hatten sich vor dem Herrenhaus versammelt und wenig später über die Landschaft verteilt. Sie hätte nicht gedacht, daß er sich so viel Mühe geben würde, sie zu finden.

Ein paar Arbeiter mit Fackeln kamen auch zur Ruine. Schnell sprang sie zurück und schreckte damit ein paar Schafe auf. Laut blökend stoben die Tiere auseinander, und sie fürchtete schon, sich verraten zu haben. In wilder Angst sah sie sich nach einem Versteck um. Durch das Loch in der Turmmauer konnte sie Stufen erkennen, und sie eilte darauf zu. Ihr Herz klopfte laut, als sie sich die Treppe hinauftastete. Dabei hielt sie sich dicht an die Mauer gedrückt, um nicht gesehen zu werden. Endlich war sie in der Sicherheit des runden Turmzimmers angelangt. Von oben beobachtete sie, wie die Arbeiter die Ruine absuchten. Es schien ewig zu dauern, bis sie aufgaben, und sie sah ihre Fackeln über die Hügel weiterziehen.

Plötzlich wurde ihr bewußt, wo sie sich befand. Hier war sie zwar vor ihren Verfolgern sicher, aber was war mit den Gespenstern? Jedermann wußte, daß die Seelen jener, die eines gewaltsamen oder verfrühten Todes gestorben waren, am Ort ihres Todes umgingen. Der alte Earl, seine Frau und viele andere, die hier gestorben waren, trieben bestimmt des Nachts ihr Unwesen.

Wolken zogen in unregelmäßigen Abständen über den Himmel, und das Mondlicht ließ Tausende von verlorenen Seelen im Innenhof tanzen. Schaudernd bekreuzigte sich Caitlyn. Eng an die Wand gedrückt, rollte sie sich zusammen und hoffte, daß die Geister sie nicht bemerken würden. Trotzdem tat sie kein Auge zu, bis der Morgen dämmerte. Erst dann hielt sie es für ratsam, etwas zu schlafen.

Als sie aufwachte, schien die Sonne. Sie streckte sich ausgiebig, gähnte und fragte sich, wie lange sie wohl zurück nach Dublin brauchen würde. Mittlerweile hatte man die Suche nach ihr sicherlich schon aufgegeben. Sie blickte in Richtung auf das Farmhaus und erstarrte. Connor führte gerade einen Suchtrupp entlang des Flusses an, und Arbeiter durchkämmten systematisch die umliegenden Felder. Caitlyn war alarmiert. Also hatte sie recht gehabt. Er hatte sie nur zu seinem Vergnügen gewollt, warum sonst sollte er sich so viel Mühe geben, sie zu finden? Man trieb keinen derartigen Aufwand wegen irgendeines dahergelaufenen Mädchens, wenn man sich nicht auch etwas dafür erhoffte.

Am dritten Tag hatte die Suche nach ihr endlich nachgelassen. Die Arbeiter waren nachmittags zum Torfstechen zurückgekehrt, und Mickeen und Rory beschäftigten sich mit den Schafen. Connor hatte sie nur einmal gesehen. Er war auf Fharannain weggeritten und bis zur Abenddämmerung noch nicht zurückgekommen. Am liebsten hätte sie sich gleich auf den Rückweg gemacht, aber sie wußte nicht, wo Connor war. Die Gefahr war zu groß, daß sie ihm auf der Straße nach Dublin direkt in die Arme laufen würde. Es war besser, zu warten, bis es ganz dunkel war, dann konnte sie sich unbemerkt davonschleichen.

Ein paar Stunden später wünschte sie, sie wäre doch nicht geblieben. Es wurde so dunkel, daß sie kaum mehr die Hand vor dem Gesicht sehen konnte. Kein Mond war am Himmel, und der Wind pfiff durch das Gemäuer. Die Schafe waren seltsam unruhig, und es sah so aus, als würde es noch vor dem Morgen ein Gewitter geben.

Plötzlich glaubte sie Schritte zu hören und dazwischen ein leises Flüstern. Wahrscheinlich war es nur Einbildung, aber sie kauerte sich trotzdem ganz dicht an die Wand. Angespannt saß sie da und lauschte. Da waren die Schritte wieder, diesmal deutlicher. Sie hörte ein Knarzen, dann zerriß ein schrilles Quietschen die Stille. Schnell bekreuzigte sie sich. Kein Zweifel, heute nacht gehörte Donoughmore seinen Geistern. Noch nicht einmal, als sie gedacht hatte, sie würde hängen, hatte sie solche Angst gehabt. Sie drückte sich an die Wand und betete, daß es bald hell würde. Wie in spöttischer Antwort auf ihre Bitte öffnete der Himmel seine Schleusen, und Regen prasselte auf das Land.

Der alte Turm bot keinen Schutz vor dem Wetter. Sie war durchnäßt, sie fror, und sie fühlte sich miserabel. Aber lieber würde sie hier aushalten, als in der Burg Schutz zu suchen, wo die Geister ihr Unwesen trieben. Plötzlich zuckte ein Blitz durch die Nacht. Ein weiterer folgte und noch einer. Sie konnte unmöglich während eines Gewitters ganz oben im Turm bleiben. Sie zögerte noch, da schlug ganz in der Nähe ein Blitz ein, gefolgt von einem ohrenbetäubenden Donner. Das gab den Ausschlag. Sie würde im Hof bei den Schafen bleiben. Wie sollte ein Geist sie zwischen all den Tieren finden?

Vorsichtig tastete sie sich die nassen Stufen hinunter. Sie war gerade aus dem Turm getreten, da hörte sie ein lautes Trommeln. Gebannt starrte sie auf die halbverfallene Mauer, aus deren Richtung das Geräusch zu kommen schien. Das Trommeln wurde lauter, und plötzlich, gerade als ein weiterer Blitz durch die Nacht zuckte, kam ein riesiges schwarzes Tier über die Mauer gesprungen, gefolgt von noch einem und noch einem. Pferde! Auf ihrem Rücken saßen gesichtslose Gestalten mit schwarzen Umhängen. Keine zwei Meter von ihr entfernt donnerten sie vorbei und ritten durch einen Steinbogen direkt in die Burg. Starr vor Angst, stand sie an den Turm gedrückt. Sie hörte das Klappern von Hufen auf Stein, gefolgt von einem schrillen Kreischen, dann war alles wieder ruhig.

Sie starrte auf den steinernen Durchgang, durch den die Reiter verschwunden waren. Erst nach einer ganzen Weile fiel ihr auf, daß sie wirklich verschwunden waren; sie kamen nicht mehr heraus, und sie waren auch nicht mehr in der Burg. Sie stieß einen Angstschrei aus und lief zurück in den Turm. Diese Nacht gehörte den Geistern, und sie wollte nichts mehr damit zu tun haben.

Danach war an Schlaf nicht mehr zu denken. Es regnete bis kurz vor Sonnenaufgang, und sobald es hell wurde, machte sie sich auf den Weg nach unten. Nicht für viel Geld würde sie hier noch eine Nacht verbringen. Was sie letzte Nacht gesehen hatte, waren Gestalten direkt aus der Hölle gewesen, davon war sie überzeugt. Gerade kletterte sie über den Schutt auf der vom Haus abgewandten Seite, da hörte sie Stimmen. Für einen Moment dachte sie, die Geister der Nacht wären zurückgekehrt. Aber dann sah sie sich einer ganz anderen Gefahr gegenüber.

»Sucht überall, auch im Verlies und in den Türmen. Wenn sie hier ist, will ich, daß ihr sie findet!« Die Stimme war die Connors. »Obwohl ich es nicht glaube«, sagte er leiser zu jemandem, der offensichtlich neben ihm stand.

»Ich sage dir, sie ist hier! Wahrscheinlich hat sie sich die ganze Zeit hier versteckt.« Das war Cormacs Stimme.

»Ich glaube es nicht, Cormac. Wahrscheinlich hat nur einer der Arbeiter vor dem Regen Schutz gesucht. Die Kleine ist schon längst über alle Berge, wenn ich auch keine Ahnung habe, wie sie uns entwischen konnte.«

»Das ist es ja, sie ist uns nicht entwischt, verstehst du nicht? Sie hat sich die ganze Zeit hier versteckt, hier in der Burg.«

»Nun, dieses Mal werden die Männer gründlich suchen. Aber ich bezweifle, daß sie hier ist.«

»Da! Da ist sie!« Caitlyns Kopf schnellte herum. Die beiden kamen gerade um die Mauer herum, Connor auf Fharannain und Cormac auf einem braunen Pferd. Entsetzt drehte sie sich um und begann zu laufen.

Sie rutschte auf dem regennassen Gras, und sie hörte die Hufe der Pferde hinter sich. Sie konnte nicht entkommen, aber wie der Fuchs vor der Meute floh sie instinktiv. Sie warf einen Blick über die Schulter. Fharannain war dicht hinter ihr, und es schien, als wollte Connor sie niederreiten. Mit einem Aufschrei wich sie nach links aus. Die Pferde donnerten dicht an ihr vorbei. Sie wurde von einem Arm gepackt, dann warf Connor sie vor sich auf den Sattel. Der Schock nahm ihr für einen Moment die Luft.

»Laß mich los, laß mich runter!« Sie schlug wild um sich. Mit den Füßen traf sie Fharannains empfindliche Flanken, und ihre Hände schlugen auf seine Rippen. An solche Behandlung nicht gewöhnt, bäumte er sich auf, und Caitlyn wurde fast zu Boden geschleudert.

»Verdammt!« zischte Connor, aber er schaffte es, nach einem kurzen wilden Ritt, das Pferd zu bändigen. Es war nicht mehr weit bis zum Haus. Connor legte die Strecke im Galopp zurück, und sie hatte alle Hände voll zu tun, nicht hinunterzufallen. Dann lenkte Connor das Tier in den Hof, sprang ab und warf Cormac, der ihnen gefolgt war, die Zügel zu. Er hob sie vom Sattel und legte sie sich wie einen Sack über die Schulter. Ruhig marschierte er mit ihr zur Hintertür und durch die Küche, vorbei an Mrs. McFee und Mickeen, während sie schrie und seinen Rücken mit den Fäusten bearbeitete.

»Mickeen, bring heißes Wasser und füll die Badewanne in meinem Zimmer. Mrs. McFee, wir brauchen trockene Kleider. Frauenkleider. Bringen Sie alles, was eine Frau braucht, um anständig gekleidet zu sein.« Mit diesen Anordnungen verschwand er durch die Küchentür und trug sie die Treppe hinauf. Die Bediensteten waren ihnen bis in die Eingangshalle gefolgt und starrten ihnen fassungslos nach. Dann tauschten die beiden vielsagende Blicke aus und machten sich an die Erledigung ihrer Aufgaben.

»Laß mich runter!« schrie sie verzweifelt. Ihre Hiebe schienen ihn überhaupt nicht zu beeindrucken, und sie wußte sich nicht mehr anders zu helfen. Sie senkte den Kopf und vergrub ihre Zähne in seinem Fleisch, so fest sie konnte.

»Au, verdammt!« schrie er, und sie flog durch die Luft. Instinktiv schützte sie ihren Kopf vor dem Aufprall, aber sie landete weich auf einem Federbett. Das war für sie noch schlimmer, als wenn sie auf dem harten Boden gelandet wäre. Sofort krabbelte sie auf der anderen Seite vom Bett herunter.

»Wenn du mich anrührst, dann bring ich dich um!« zischte sie ihm zu. Connor stand auf der anderen Seite des Betts und funkelte sie an.

»Wenn du mich noch einmal beißt, dann ziehe ich dir bei lebendigem Leib die Haut ab, das verspreche ich dir!« Abschätzend standen sie sich gegenüber. Caitlyn warf einen kurzen Seitenblick auf die offene Tür, aber Connor versperrte ihr den Weg, groß und drohend. So ähnelte er nicht im geringsten dem verweichlichten Engländer, für den sie ihn anfangs gehalten hatte. Sie musterte seine breiten, muskulösen Schultern und die langen, kräftigen Beine. Es würde nicht einfach werden, an ihm vorbeizukommen.

»Du verdammter Mistkerl!« Ihre Augen flogen über die Einrichtung, und sie erspähte eine silberne Bürste auf seinem Toilettentisch. Schnell griff sie nach ihr und warf damit nach ihm. Er duckte sich, und die Bürste knallte hinter ihm an die Wand. Grollend kam er um das Bett herum auf sie zu. Schnell krabbelte sie übers Bett, und ihre Füße berührten gerade den Boden, als seine Hand sie am Arm packte und zurückzog. Sie lag mit dem Rücken auf dem Bett, und er beugte sich über sie, das Gesicht wutverzerrt. Sie schrie auf, denn sie fürchtete, er würde sie jetzt gleich nehmen.

Er packte sie, setzte sich aufs Bett und legte sie übers Knie. Während sie schrie und tobte, verpaßte er ihr ein paar kräftige Schläge auf das Hinterteil. Ihr zartes Fleisch brannte mit jedem Schlag, aber ihr Stolz schmerzte mehr.

»Das kannst du mit mir nicht machen! Dafür werde ich dich umbringen, du mieser Bastard!«

»Ich habe genug von deinen schmutzigen Ausdrücken! Und von deinen Anfällen. Solange du in diesem Haus bist, wirst du dich benehmen, hast du verstanden?« Ein hartes ›Patsch‹ auf ihrem Hinterteil unterstrich jedes seiner Worte. Sie schrie und trat um sich.

»Hast du verstanden?« fragte er grollend.

»Nein.«

Patsch! Patsch! Patsch!

»Nein! Hör sofort auf, du mieser Bastard!«

Patsch! Patsch!

»In Ordnung.« Sie schluchzte, weniger vor Schmerz als vor Demütigung. Sie hatte sich noch nie unterordnen müssen. Und jetzt kam dieser teufelsäugige Sohn Satans und zwang sie in die Knie. Sie haßte ihn dafür aus ganzem Herzen.

»Sehr gut.« Er ließ sie von seinem Schoß gleiten, und für einen Moment lag sie da und schämte sich ihrer Niederlage. Dann stieg vertraute Wut in ihr auf. Blitzschnell sprang sie auf und schlug ihm mit der Faust aufs rechte Auge. Vor Wut und Schmerz schrie er auf. Sie machte einen Satz auf die Tür zu, aber da war er schon über ihr. Er landete mit seinem vollen Gewicht auf ihr und zog sie mit sich zu Boden. Schwer atmend lag er auf ihr.

»Ähhh . . . brauchst du Hilfe, Conn?«

Caitlyn blickte auf und sah Liam vor sich stehen, seine Stiefel nur wenige Zentimeter von ihrem Gesicht entfernt. Er musterte die beiden, die schwer atmend halb im Zimmer und halb auf dem Gang lagen. Hinter ihm standen Rory und Cormac, breit grinsend. Mrs. McFee stand auf der Treppe, sie sah schockiert aus. Mickeen kam eben mit zwei dampfenden Eimern die Treppe herauf.

»Habt ihr nichts zu tun? Was steht ihr hier herum?« fragte Connor ärgerlich, als er sie mit sich auf die Füße zog. Sie war erst einmal erschöpft, aber er drehte ihr sicherheitshalber den Arm auf den Rücken und zog sie mit sich ins Schlafzimmer.

»Aye!« antwortete Liam und scheuchte seine Brüder die Treppe hinunter. Mickeen ging an ihnen vorbei, um das Wasser in die Wanne zu gießen, die hinter einem Wandschirm in Connors Zimmer stand. Mrs. McFee folgte ihm, unverständliche Dinge vor sich hin murmelnd. Sie legte die Kleider aufs Bett und drehte sich zu Connor um, der die zitternde Caitlyn gleich neben der Tür gefangenhielt.

»Eure Lordschaft, ich will nicht teilhaben an irgendwelchen unsittlichen oder unmoralischen Vorfällen in diesem Haus. Eine Schande ist das, ein Mädchen in Männerkleidern, das mit Männern lebt. Und dann ihre Sprache! Sie ist schlecht und sündig, man sollte sie dahin zurückschicken, wo sie hergekommen ist. Gottlos ist das! Paßt nur auf, daß sie Euch nicht mitzieht auf ihrem Pfad direkt in die Hölle!«

»Mrs. McFee, sie ist noch ein Kind. Und von Sünde hat sie so wenig Ahnung wie ein Baby. Außerdem glaube ich, daß doch immer noch ich der Herr in diesem Haus bin?« Sein Ton war sanft, aber selbst Caitlyn erzitterte beim Klang seiner Stimme. Mrs. McFee lief rot an, dann senkte sie den Kopf und verließ ohne ein weiteres Wort den Raum.

»Braucht Ihr noch mehr Wasser, Eure Lordschaft? Die Wanne ist ungefähr zu einem Viertel voll.«

»Ich glaube, das reicht. Vielen Dank, Mickeen, du kannst

jetzt wieder an die Arbeit gehen.« Mickeens mißbilligender Blick sagte einiges, was er sich jetzt nicht mehr zu sagen traute. Connor machte nur eine Kopfbewegung in Richtung Tür. Er schloß hinter Mickeen ab und steckte den Schlüssel in die Tasche.

»Ich werde dich jetzt loslassen, aber ich will nicht noch einen deiner Anfälle erleben, ist das klar?«

Sie nickte einmal kurz. Er ließ sie los, und sie ging sofort zur Mitte des Zimmers und beobachtete ihn von da aus mißtrauisch. Connor seufzte.

»Am besten badest du jetzt und ziehst dir anständige Sachen an. Danach können wir reden.«

»Ich habe diese Woche schon gebadet, das reicht!«

Connor runzelte die Stirn. »Du bist naß und so kalt wie ein Eisblock. Ich möchte es nicht auf mein Gewissen laden, daß du an Lungenentzündung stirbst. Also mach, daß du in die Wanne kommst. Oder ich stecke dich hinein, Mädchen oder nicht!«

»Ich bin kein Mädchen!«

»Jetzt habe ich aber genug! Wenn ich sage, du badest, dann tust du das auch. Und wenn du allein baden willst, dann hörst du jetzt besser auf, Unsinn zu reden.« Er war wirklich wütend, und Caitlyns Augen weiteten sich, als sie die Konsequenzen seiner Drohung begriff.

»In Ordnung.« Sie war erleichtert, daß er sie wenigstens dabei allein lassen wollte. Sie konnte sich zwar nicht vorstellen, daß er so dumm war, denselben Fehler zweimal zu machen, aber bitte. Sie würde aus einem der Fenster klettern, und dieses Mal würde sie sich nicht wieder fangen lassen.

»In Ordnung. Ich gebe dir fünfzehn Minuten. Wenn du bis dahin nicht fertig bist . . .« Er ließ die Drohung unvollständig in der Luft hängen und ging aus dem Zimmer. Die Tür schloß er hinter sich ab.

Caitlyn blieb mit geballten Fäusten mitten im Zimmer stehen. Sie fürchtete, daß er vielleicht an der Tür lauschte und sie das Fenster öffnen hören würde. Dann hörte sie seine Schritte auf der Treppe. Als er unten war, stürmte sie zum nächsten Fenster. Es ließ sich kaum öffnen, aber sie schaffte es mit aller Gewalt, es weit genug aufzustemmen. Gerade hatte sie ein Bein über das Fensterbrett geschwungen, als ein schriller Pfiff sie erstarren ließ. Sie warf einen Blick nach unten und sah Cormac im Hof stehen.

Er grinste und schüttelte den Kopf. Caitlyn fluchte und spuckte auf ihn. Er lachte, als er zurücksprang. Wütend kletterte sie zurück ins Zimmer. Dieses Mal gab es kein Entkommen. Aggressiv sah sie sich um. Dann packte sie die Waschschüssel und warf sie mit aller Kraft an die Wand. Sie zersplitterte in tausend Teile, und Caitlyn fühlte sich sofort besser. Gerade hatte sie den Nachttopf gepackt, um ihm dasselbe Schicksal angedeihen zu lassen, als sie den Schlüssel im Schloß hörte. Connor stand in der Tür. Sie warf mit dem Nachttopf nach ihm, aber er wich aus, und sie streifte ihn nur an der Schulter. Dann war er auch schon über ihr und schüttelte sie heftig.

»Bei Gott, ich habe genug von deinen Wutanfällen! Wenn du in diesem Haus auch nur noch ein Stück zerbrichst, versohle ich dir den Hintern, daß du drei Tage nicht mehr sitzen kannst, verstanden?« Seine Wut war furchteinflößend, und sogar Caitlyn bekam Angst.

»Aye, ich habe verstanden.«

»Da du dich nicht baden willst, werde ich dir dabei helfen. Du wirst lernen, daß ich hier der Herr bin!« Er schüttelte sie immer noch. Sie schrie auf, als er ihr Hemd am Kragen packte und kräftig anzog. Das dünne Material riß bis zur Hüfte. Plötzlich hörte er auf, sie zu schütteln, und seine Augen wurden weit mit dem Schock der Erkenntnis. Caitlyn blickte an sich herab auf ihre kleinen, aber unmißverständlich weiblichen Brüste. Für einen Moment herrschte Schweigen, dann begann sie zum erstenmal seit Jahren zu weinen.

8

»Oje, jetzt wein doch nicht! Es tut mir leid, daß ich das getan habe. Ich dachte, du wärst noch ein kleines Mädchen, aber ganz so klein bist du doch nicht mehr.«

Der Damm war gebrochen. Caitlyn legte die Hände vors Gesicht und weinte wie seit dem Armenbegräbnis ihrer Mutter nicht mehr. Für ein Kind ohne Eltern war die Welt grausam und hart, Tränen hatten da keinen Platz. Aber die Aufregungen der letzten Tage und ihre Angst vor diesem Mann und seinen Plänen hatten ihre Entschlossenheit an ihren Emotionen zerbrechen lassen. Und jetzt konnte sie nicht mehr aufhören zu weinen, auch wenn sie sich dafür haßte.

»Ganz ruhig, Kleine, kein Grund zu weinen. Niemand hier wird dir etwas tun.« Sie weinte heftiger. Sie spürte seine Hand federleicht an ihrer rechten Brust und sprang zurück.

»Wenn du mich anrührst, bring ich dich um!« zischte sie ihm zwischen zwei Schluchzern zu.

»Ich wollte dich nur wieder bedecken, das ist alles. Du hast wirklich nichts zu fürchten.« Sein Ton war sanft, als er auf ihre Brust deutete. Erst da merkte sie, daß sie immer noch entblößt war. Schnell zog sie ihr Hemd zusammen und fühlte, wie eine ungewohnte Hitze in ihr aufstieg, als sie an seine Augen auf ihrem Körper dachte. Wie sie so dastand, klein, hilflos und trotzig, mit dicken Tränen, die an ihren Wimpern zitterten und durch den Schmutz auf ihren Wangen rollten, das war bei allem Jammer auch ein bißchen komisch.

»Vertrau mir, Kind, ich will dir nichts Böses. Weder meine Brüder noch ich würden einem kleinen, hilflosen Mädchen etwas tun.« Er verschränkte die Arme und musterte sie.

»Ich bin nicht klein und hilflos«, sagte sie trotzig. Als ihr klar wurde, daß er ihr das jetzt kaum mehr glauben würde, begannen die Tränen wieder zu laufen. Sie konnte ihr Hemd nicht loslassen und sie abwischen, also rollten sie wie Regentropfen über das Gesicht. Ihr Mund zitterte, und ihre Nase wurde langsam rot.

»Heiliger Himmel«, sagte er leise. Dann nahm er sie in die Arme und hob sie hoch, als hätte sie überhaupt kein Gewicht. Sie schrie auf und versuchte sich zu wehren, aber er drückte sie ohne große Mühe fest an sich. »Ist schon gut, Kleine, ich tu' dir nichts.«

»Laß mich runter, verdammt! Laß mich runter!« Sie erstickte fast an ihrem Schluchzen, trotzdem versuchte sie sich zu wehren. Er beachtete es gar nicht, sondern ließ sich mit ihr in einen großen Sessel fallen.

»Wein dich aus, Kind. Ich glaube, du hast es nötig.« Sie wehrte sich ungestüm, aber er hielt sie so, daß sie ihm nichts tun konnte. Nach einer Weile gab sie auf. Ehe sie sich dessen bewußt wurde, lag sie zusammengekuschelt an seiner Brust und weinte. »So ist es gut. Wein dich aus, Mädchen.« Jetzt, da sie sich nicht mehr wehrte, hielt er sie nur noch sanft in seinen Armen und streichelte beruhigend ihr Haar und ihren Rücken. Seit dem Tod ihrer Mutter hatte niemand mehr sie in den Arm genommen, wenn sie schluchzte und schniefte, und sie genoß den seltenen Luxus. Von seiner Zartheit ermutigt, weinte sie die ganze Verzweiflung und Einsamkeit der letzten Jahre aus sich heraus. An seine Schulter gedrückt, weinte sie, bis keine Tränen mehr kamen. Langsam wurde sie ruhiger, ab und zu schniefte sie noch wie ein unglückliches kleines Kind, und ohne daß sie es merkte, hatte sie ihre Finger in die nasse Vorderseite seines Hemds gekrallt.

Leise und sanft sagte er zu ihr: »Siehst du, ich habe dir nichts getan, und das werde ich auch nicht. Du hast keinen Grund, irgend jemanden auf Donoughmore zu fürchten.«

Sie richtete sich auf. Jetzt, da die Tränen versiegt waren, kehrte ihre Vorsicht zurück. Ihre Augen flogen zu seinem Gesicht, große blaue Teiche in ihrem von Tränen gezeichneten Antlitz. Ihr Mund zitterte. Plötzlich erinnerte sie sich an ihr zerrissenes Hemd; sie sah an sich hinunter und stellte fest, daß es schon wieder weit aufklaffte. In ihrem aufgelösten Zustand hatte sie das ganz vergessen. Schnell zog sie ihr Hemd zusammen und sah ihn an. Er erwiderte ihren Blick und lächelte beruhigend. Aber sie war nicht beruhigt. Jetzt, da er sie nicht mehr festhielt, gab es für sie keinen Grund mehr, so nahe bei ihm zu bleiben. Schnell krabbelte sie von seinem Schoß, fuhr herum und starrte ihn an. Entspannt saß er in seinem Sessel, und er sah sehr stark und beruhigend aus. Ihr Blick wanderte zu seinem Schoß, wo sie gesessen war und sich an ihn gedrückt hatte. Sie wurde rot, und um das wettzumachen, funkelte sie ihn an. Wie ein Mann mit einem verängstigten Tier blieb er ganz ruhig sitzen, bemüht, keine plötzliche Bewegung zu machen, und lächelte leicht.

»Wieder ganz du selbst, wie ich sehe«, sagte er trocken.

»Ich werde nicht hierbleiben«, entgegnete sie herausfordernd. Connor seufzte und stand langsam und vorsichtig auf. Sie trat einen Schritt zurück und beobachtete ihn wachsam. Er schüttelte den Kopf, verschränkte die Arme und lehnte sich an die Wand.

»Ich habe dir ein Zuhause angeboten, Kind, und daran wird sich nichts ändern, nur weil du ein Mädchen bist.«

»Ich bleibe trotzdem nicht.« Jetzt, da ihr Geheimnis enthüllt war, fühlte sie sich verletzlich und hilflos. Sie haßte das Gefühl und wünschte sich nichts mehr, als wieder in die Rolle des frechen, selbstbewußten Jungen schlüpfen zu können.

»So, du möchtest also zurück nach Dublin und wieder O'Malley, der Dieb, werden?«

»Aye!«

»Und hast du schon einmal darüber nachgedacht, was passiert, wenn man dort herausfindet, daß du ein Mädchen bist? So etwas läßt sich nicht ewig verheimlichen. Bis jetzt hattest du Glück, weil du eigentlich noch ein Kind bist. Aber wenn du älter wirst, kannst du es nicht mehr verbergen, und was dann?«

»Niemand wird es herausfinden. Niemand hat es bis jetzt herausgefunden.«

»Bis auf meine dämlichen Brüder, und nur, weil sie sich einen Spaß gemacht haben. Nimm einmal an, du wirst beim Stehlen erwischt und kommst ins Gefängnis. Dort würden sie sicher schnell herausfinden, daß du ein Mädchen bist. Nicht, daß es sie daran hindern würde, dich zu hängen, aber vorher würden sie sich sicher noch mit dir vergnügen, wenn du weißt, was ich meine. Ah, ich sehe, du verstehst. Das dachte ich mir schon, als ich deine Angst vor Männern bemerkt habe.«

Caitlyn starrte ihn verzweifelt an und biß auf ihrer Unterlippe herum. Was er sagte, ergab einen Sinn, aber sie wollte ihn nicht sehen. Sie wollte wieder der unabhängige Junge sein, der sie gewesen war.

»Wir werden dir nichts tun, aber andere vielleicht. Du solltest deinem Schutzengel danken, daß du bei uns an einem sicheren Platz gelandet bist. Du kannst dich hier zu Hause fühlen und ein Mädchen sein, ohne Angst haben zu müssen.« Er hörte auf zu sprechen und betrachtete sie. Dann fuhr er fast gleichgültig fort: »Aber wenn du wieder zurück nach Dublin willst, werde ich dir nicht im Weg stehen. Nur brauche ich deine Antwort jetzt gleich.«

Caitlyn schluckte. Unsicher musterte sie sein Gesicht. In der kurzen Zeit, da sie ihn kannte, waren ihr seine Züge schon vertraut geworden. Jetzt fiel ihr zum erstenmal auf, daß er ein wirklich gutaussehender Mann war. Aber die Frage war, vertraute sie ihm? Ihr Herz klopfte wild. Sie hatte Angst davor, eine Frau zu sein. Aber wenn es ihm nur um sein Vergnügen ginge, so hätte er das schon längst haben können. Statt dessen war er freundlich zu ihr gewesen. Sie war hin und her gerissen. Trotz allem, was sie in ihrem Leben gelernt hatte, fühlte sie, daß sie ihm vertrauen konnte. Sie holte tief Luft, und ihre Entscheidung lag wie ein zentnerschweres Gewicht auf ihr.

»Ich bleibe«, sagte sie leise.

Er lächelte sie an; seine Augen wurden warm. Ihr Mißtrauen begann zu schwanken; fast hätte sie zurückgelächelt.

»Eine kluge Entscheidung.« Er kam auf sie zu, und instinktiv wich sie zurück. Er zog die Augenbrauen hoch und ging an ihr vorbei zur Tür. Die Hand auf der Klinke, drehte er sich zu ihr um und sagte: »Ich weiß, es fällt dir nicht leicht, Frauenkleider zu tragen, aber es muß sein. Mrs. McFee – ganz zu schweigen von den anderen – wäre entrüstet, wenn du weiter in Männersachen herumlaufen würdest. Also wirst du dich jetzt brav baden und die Sachen anziehen, die Mrs. McFee für dich zusammengesucht hat. Wenn du fertig bist, komm in die Küche. Dem Geruch nach ist das Frühstück fertig. Wenn du erst mal was im Magen hast, können wir weiter überlegen, was wir mit dir anfangen.«

»Ich will keine Frauenkleider tragen!« Caitlyn schlang schützend die Arme um sich. Sie war naß, sie fror, und der Gedanke an trockene Sachen, egal welche, war verlockend.

»Ich weiß. Aber wie ich schon gesagt habe, es ist nötig. Jetzt, wo alle wissen, daß du ein Mädchen bist, wäre es nicht schicklich, in Hosen herumzulaufen.«

Caitlyn schmollte. Connor d'Arcy war es gewohnt zu befehlen, so viel war klar. Nur, er würde sich daran gewöhnen müssen, daß sie sich nicht befehlen ließ.

Er musterte sie nachdenklich. »Es würde mich sehr freuen, dich in Kleidern zu sehen, Kind.« Er lächelte sie charmant an.

Caitlyn schwankte. Wenn er sie so bat . . . Plötzlich hatte sie das Bedürfnis, ihm zu gefallen. »Nun gut, ich werde es mit den Kleidern versuchen«, sagte sie ungnädig.

»Danke.« Er drehte den Schlüssel herum und öffnete die Tür. Dann schien ihm etwas einzufallen. »Hast du noch einen anderen Namen außer O'Malley?«

»O'Malley genügt«, antwortete sie trotzig. So schnell wollte sie nicht klein beigeben.

Er sah sie ernst an. »Gut, wenn du keinen eigenen Namen hast, werden wir dich Bridget nennen. Ich mochte den Namen schon immer.«

Caitlyn starrte ihm mit gerunzelter Stirn nach, als er zur Tür hinausging. »Caitlyn. So hat mich meine Mutter genannt.«

Er sah über die Schulter, und ein stilles Lachen tanzte in seinen Augen. »Caitlyn«, sagte er, wobei er jeden einzelnen Buchstaben betonte. »Ja, das geht. Komm in die Küche, wenn du dich angezogen hast, Caitlyn.« Damit ließ er sie allein. Caitlyn starrte noch eine Weile auf die geschlossene Tür, ehe sie sich der Badewanne zuwandte.

9

Drei Wochen später schälte sie unter den wachsamen Augen der guten Mrs. McFee Kartoffeln, und sie sah aus wie ihre Miniaturausgabe. Sie trug ein altes Kleid von ihr, notdürftig auf ihre Größe geändert. Die Schürze war so weit, daß sie sie zweimal um ihre schmalen Hüften geschlungen hatte, und das Häubchen rutschte ihr immer wieder in die Stirn, was Caitlyn beinahe zum Wahnsinn trieb. Es war drückend heiß in der Küche, und der Schweiß stand ihr auf Stirn und Oberlippe.

Die einst makellos weiße Schürze wies mittlerweile schon die unterschiedlichsten Flecken auf, aber davon abgesehen war sie sauberer als je zuvor in ihrem Leben. Sie fürchtete schon, daß ihr, wenn sie sich noch einmal schrubbte, die Haut abgehen würde. Mrs. McFee hatte ihr persönlich die Haare gewaschen, und sie hatte kein Geheimnis daraus gemacht, daß sie fürchtete, Läuse zu finden. Sauber war ihr Haar schwarz und seidig. Sie trug es im Nacken zu einem Knoten geschlungen, und darüber die Haube, wie es laut Mrs. McFee schicklich war.

Ungeschickt hantierte sie mit dem Messer, und ihre Hände

waren schon von vielen kleinen Schnitten übersät. Ihr Blut mischte sich mit den Kartoffeln, und auf Tisch und Boden lagen haufenweise Kartoffelschalen. Das Schlimme daran war, daß sie, wenn sie endlich genug Kartoffeln für fünf hungrige Männer (Mickeen aß mit ihnen), sich selbst und Mrs. McFee geschält hatte, das alles hier auch noch aufräumen mußte. Sie war schon erschöpft, wenn sie nur daran dachte.

Caitlyn hatte fast den ganzen Nachmittag in der Küche gearbeitet und mit mäßiger Begeisterung versucht, Kochen zu lernen. Die Wahrheit war, sie war dafür unfähig, wie für alle diese Frauenarbeiten. Sie haßte es, eine Frau zu sein, und alles, was damit zusammenhing.

»Fertig«, verkündete sie schließlich seufzend. Mrs. McFee sah stirnrunzelnd von dem Teig auf, den sie gerade knetete.

»Aye, und es sieht so aus, als läge mehr auf dem Boden, als du im Topf hast. Nun gut, wenn Seine Lordschaft sagt, du wirst mir helfen, dann wird es wohl auch so sein. Bring den Topf zu mir, und dann kannst du damit anfangen, die Unordnung da zu beseitigen.«

Caitlyn zog Mrs. McFees breitem Rücken eine Grimasse, nahm den Topf und trug ihn zu dem Tisch, an dem die Frau arbeitete. Es war wirklich eine Kunst, in diesen weiten Röcken zu laufen, aber sie schaffte es ohne ein Mißgeschick bis zum anderen Ende der Küche. Mrs. McFee warf einen Blick in den Topf, dann schüttelte sie den Kopf.

»Es ist mir ein Rätsel, wie von zwei Dutzend großen Kartoffeln so wenig übrigbleiben kann. Du hast viel zuviel mit abgeschnitten! Nun gut, Seine Lordschaft meinte, du würdest schon noch dazulernen. Fang jetzt an sauberzumachen!«

Caitlyn haßte es, unter Mrs. McFee zu arbeiten. Nie konnte sie ihr etwas recht machen, und dazu ihre gebieterische Art! Außerdem haßte sie alle d'Arcys, jeden einzelnen von ihnen, von Cormac bis zu Connor. Ja, sogar Connor, obwohl sie in der letzten Zeit eine geheime Bewunderung für ihn entwickelt hatte. Sie wollte ihm gefallen. Das war der einzige Grund, warum sie sich hier in der Küche abrackerte. Er nahm einen besonderen Platz in ihrem Leben ein. Connor, der so wütend werden konnte, daß sogar seine Brüder ohne Widerrede gehorchten, und der trotzdem immer nett zu ihr war. Zu ihr, dem hergelaufenen kleinen Ding.

Sie steckte den Rock sorgfältig im Schürzenband fest und machte sich an die Arbeit. Mit einem kurzen Seitenblick auf Mrs. McFee versicherte sie sich, daß diese ihr den Rücken zuwandte. Dann kehrte sie schnell mit dem Besen den Tisch ab. Bald hatte sie alles zusammengefegt und auf die Kehrschaufel gekehrt, und sie betrachtete zufrieden ihr Werk. Endlich hatte sie einmal etwas richtig gemacht! Gerade, als sie alles zu dem Eimer mit Abfällen tragen wollte, stolperte sie prompt über den Saum ihres Rockes, der sich aus dem Schürzenband gelöst hatte. Kartoffelschalen flogen durch die ganze Küche.

»Verdammt noch mal!« Was Flüche betraf, war dieser nicht so schlimm; jedenfalls nichts gegen den, den sie äußerte, als sie auf dem Steinboden aufkam. Mrs. McFee, die schon hätte taub sein müssen, um ihn nicht zu hören, begann entrüstet mit einer Standpauke. Caitlyn blieb auf dem Boden liegen, zu entmutigt, um sich auch nur zu bewegen. Alles war voller Kartoffelschalen; es würde ewig dauern, das wegzuräumen.

Und dann regte auch noch Mrs. McFee sich wieder mal auf, wie jeden Tag drei dutzendmal. Caitlyn hatte die Nase voll. Entschlossen stand sie auf. Ihre weiße Haube flog zu Boden, gefolgt von ihrer Schürze. Mrs. McFee musterte sie entsetzt, als sie mit hocherhobenem Kopf erklärte: »Ich werde keine Frauenarbeit mehr anrühren!« Dann stolzierte sie aus der Küche, und sie dachte gerade noch rechtzeitig daran, ihren Rock anzuheben.

Sie marschierte geradewegs in Cormacs Zimmer im ersten Stock. Jeder der Brüder hatte sein eigenes Zimmer, was für Caitlyn ein unbeschreiblicher Luxus war. In Dublin lebten Familien von sechs bis sieben Personen in einem Zimmer und schätzten sich glücklich dabei. Hier gab es allein im ersten Stock vier Schlafzimmer und ein kleines Büro. Unten befanden sich zwei Wohnzimmer, ein Eßzimmer, die Küche, ein Vorratsraum, ein kleines steingekacheltes Bad und eine Brauküche für Bier und Ale. Die vier Zimmer unterm Dach waren eindeutig für Dienstboten gedacht gewesen, und eines davon war jetzt Caitlyns Zimmer. Die anderen Zimmer waren leer, Mrs. McFee kam nur tagsüber. Sie wohnte im Dorf bei ihrer Tochter und ihrem Schwiegersohn.

Sie wühlte in Cormacs Kleiderschrank, bis sie Hosen, Strümpfe und ein Hemd gefunden hatte. Jacke würde sie keine brauchen, ihr war heiß genug, und das Hemd war so weit, daß ihre kleinen Brüste sie nicht verraten würden. Mühsam schälte sie sich aus dem Kleid und den beiden Petticoats, dann zog sie ihr Unterkleid aus und stand nackt da. Frauen trugen keine Unterhosen. Nicht daß jemand nach ihrer Meinung gefragt hätte, aber Caitlyn fand es wesentlich unschicklicher, mit nacktem Hintern unter diesen weiten Röcken herumzulaufen, als Hosen zu tragen.

Cormacs Sachen waren ihr viel zu weit, und sie mußte sich einen Strick um die Hüften binden und die Hosenbeine hochkrempeln, aber sie fühlte sich wohler als seit Tagen. Sie nahm die Nadeln aus ihrem Haar, band es im Nacken zusammen und schaute in den Spiegel. Sie war noch nicht wieder ganz ihr altes Selbst, dazu war sie zu sauber, aber sie sah schon eher wie O'Malley als wie Caitlyn aus.

Leise vor sich hin summend verließ sie das Haus. Sie nahm die Vordertür, denn zur Hintertür ging es durch die Küche. Wenn sie auch keine Angst vor Mrs. McFee hatte, so hatte sie doch keine Lust, sich noch eine Standpauke anzuhören.

Draußen atmete sie tief durch. Es war ein wundervoller Tag, klar und sonnig. Als sie ums Haus kam, lief der alte Hund auf sie zu, um sie zu begrüßen. Sein Name war Boru, und er hatte den d'Arcys schon gehört, als sie noch in der Burg gewohnt hatten. Sie ließ ihren Blick über die Felder schweifen; einige der Arbeiter waren beim Torfstechen. Connor auf Fharannain war bei ihnen, seine Arme ruhten auf dem Sattel, und er sprach mit einem der Männer.

Mickeen und Rory waren mit den Schafen beschäftigt, Cormac und Liam waren nirgendwo zu sehen. Willie stand gerade vor dem Stall und schrubbte eine graue Stute. Grinsend ging Caitlyn zu ihm hinüber.

»He, Willie, wer wird denn hier gewaschen, du oder das verdammte Pferd?« Willie war tatsächlich ziemlich naß. Überrascht sah er auf, bis er erkannte, wer ihn da so begrüßte.

»O'Malley!« sagte er erfreut. Dann fiel es ihm auf, und er musterte sie unsicher. Ruckartig drehte er sich um und schrubbte das Pferd unnötig heftig. »Was tust du hier, so angezogen? Du bist ein Mädchen!« Das klang anklagend.

Sie stellte sich neben ihn, nahm eine Bürste aus dem Eimer und begann den Hals des Tieres zu schrubben. Sie hatte noch nie viel mit Pferden zu tun gehabt, aber sie hatte auch keine Angst vor ihnen. Sie warf einen kurzen Seitenblick auf ihren Freund und sagte: »Ah, Willie, ich bin ganz einfach nur O'Malley, wie früher auch. Das ist alles.«

»So einfach ist das nicht! Du bist ein Mädchen!« Er drehte sich zu ihr um, und sein Gesicht war feindselig.

Caitlyn ließ die Bürste am Hals des Pferdes ruhen und erwiderte seinen Blick. »Früher war ich auch schon ein Mädchen, du hast es nur noch nicht gewußt.«

»Jetzt weiß ich es. Ich dachte, Seine Lordschaft hat dich in Röcke gesteckt«, sagte er fast schon schadenfroh.

Caitlyn lachte etwas schuldbewußt. »Ja, das hat er auch. Aber ich sage dir eines, Willie, ich und Röcke, das paßt einfach nicht zusammen. Ich falle nur immer auf die Schnauze in den Dingern.«

Ein Grinsen zuckte um Willies Mundwinkel. »Ich kann es mir auch nicht vorstellen«, erwiderte er aufrichtig.

»Es ist sehenswert«, versicherte sie ihm, und die beiden grinsten sich verschwörerisch an.

»Wo kommst du denn her – großer Gott!« Liam war aus dem Stall gekommen, wahrscheinlich, um zu sehen, wie weit Willie war, und Caitlyn hatte automatisch über die Schulter geschaut. Erst da hatte er sie erkannt.

»Connor wird wütend sein!« sagte er bestimmt.

»Ich mache keine Frauenarbeit mehr«, entgegnete Caitlyn fest und drehte sich wieder zum Pferd um. »Ich mache alles, was ihr oder Willie tut, aber keine Frauenarbeit mehr.«

»Sag das Connor«, antwortete Liam. »Es war nicht meine Idee. Aber jetzt gehst du erst einmal ins Haus und ziehst dir Kleider an. Für ein Mädchen ist es nicht schicklich, in Hosen herumzulaufen.«

»Ach, mach, daß du weiterkommst!« Sie hatte keine Lust, sich jetzt auch noch von Liam zurechtweisen zu lassen. Und über Connor würde sie sich Sorgen machen, wenn er vor ihr stand.

Willie verdrehte die Augen, duckte sich unter dem Hals des Pferdes durch und entzog sich so der Unterhaltung. Caitlyn tauchte ihre Bürste in den Eimer und gesellte sich zu ihm.

»Caitlyn! Du hast ganz genau gehört, was ich gesagt habe!« Er duckte sich auch unter dem Hals des Pferdes durch und packte ihr Handgelenk. Sie fuhr herum und funkelte ihn an, die nasse Bürste noch in der Hand. Große Tropfen Seifenwassers spritzten auf sein Hemd, und Liam verzog das Gesicht. Ein übermütiges Glitzern trat in Caitlyns Augen.

»Du bist ein Mädchen, und du wirst Kleider tragen!«

»Werde ich nicht!«

»Oh, doch, wirst du!«

»Nein!«

Das Geräusch eines herannahenden Wagens unterbrach ihr Streitgespräch. Caitlyn und Liam drehten sich fast gleichzeitig um und sahen einen eleganten Einspänner in den Hof kommen. Caitlyn starrte die Dame an, die den Wagen lenkte. Was hatte diese Schönheit wohl in Donoughmore verloren?

»Verflucht, es ist Mrs. Congreve! Wenn sie dich so sieht und herausfindet, daß du ein Mädchen bist, dann haben wir aber wirklich Ärger am Hals. Also halt dich ruhig, hörst du?« Er ließ ihr Handgelenk los und ging ein paar Schritte nach vorne, um die Lady zu begrüßen.

»Guten Tag, Mrs. Congreve! Wenn Sie Connor besuchen wollen, er ist auf dem Feld.«

»Hallo, Liam! Fleißig bei der Arbeit wie immer, wie ich sehe. Ja, ich möchte Connor sprechen. Was meinst du, ob man wohl nach ihm schicken könnte?«

»Tja . . .« Liam zögerte. Er wollte niemanden schicken, aber auch nicht nein sagen. Sie lachte hell. Es gab Caitlyn einen kleinen Stich, als sie sich fragte, was die Dame wohl von Connor wollte. Sie war eine Schönheit. Ihr Haar trug sie zu einer komplizierten Frisur aufgetürmt, und es war so weiß gepudert wie ihr Gesicht. Sie war eine schlanke, zierliche Frau. Die lange, schmale Nase und ihr hübscher Mund entsprachen genau dem vorherrschenden Schönheitsideal. Ihr Kleid war aus blauem Brokat, und es zeigte ein paar Zentimeter weißer Strümpfe, was als ausgesprochen gewagt galt. Alles in allem stand sie in Eleganz keiner der großen Damen nach, die Caitlyn ab und zu in Dublin zu Gesicht bekommen hatte. Was mochte sie wohl dazu bewegt haben, diese kostspielige Garderobe den schmutzigen Landstraßen auszusetzen? Wenn der Rock nicht schon verdorben war, dann war es ein Wunder.

»Könntest du nicht einen der Burschen schicken? Sie scheinen ja genug Zeit zu haben.«

Liam drehte sich zu Caitlyn und Willie um, die tatsächlich aufgehört hatten zu arbeiten und fasziniert herüberstarrten. Er funkelte Caitlyn an, aber als er sich wieder Mrs. Congreve zuwandte, war sein Gesichtsausdruck freundlich wie zuvor.

»Es tut mir ja leid, aber . . .« Gerade da kam Connor auf Fharannain in den Hof geritten; er zügelte das Pferd neben seiner hübschen Besucherin und lächelte zu ihr hinunter. Mrs. Congreve sah kokett zu ihm auf, und plötzlich wußte Caitlyn, warum sie ihre Garderobe aufs Spiel setzte. Ganz eindeutig war Caitlyn nicht die einzige, die bemerkt hatte, daß Connor d'Arcy ein gutaussehender Mann war.

»Hallo, Meredith! Welchem glücklichen Umstand verdanke ich die Ehre Eures Besuchs?« fragte er fröhlich. Groß und ehrfurchtgebietend saß er auf Fharannain, der so schwarz wie die Nacht war, und Mrs. Congreve mit ihrer zierlichen Weiblichkeit ergänzte ihn gut. Liam hatte sich wieder zu Caitlyn und Willie gesellt, und jetzt beobachteten sie zu dritt das schöne Paar.

»Ich wollte Euch zum Dinner einladen«, sagte sie mit einem umwerfenden Lächeln. »Ich habe Euch jetzt ewig nicht mehr gesehen.«

»Ja, ich hatte viel zu tun . . .«

»Wer ist sie?« flüsterte Caitlyn Liam zu. Er antwortete aus dem Mundwinkel.

»Vor drei Jahren hat sie den alten Congreve geheiratet. Ihm gehörte das Land, das südlich an Donoughmore grenzt. Letztes Jahr ist er dann gestorben und hat sie als reiche Witwe zurückgelassen. Sie hat ein Auge auf Connor geworfen.«

»Sie ist wunderschön«, sagte Willie atemlos.

»Aye, aber man weiß ja, wie es mit der Schönheit ist«, sagte Liam düster. »Keiner von uns möchte sie gerne in der Familie.«

»Connor scheint sie zu mögen«, sagte Caitlyn, und sie fühlte, wie sich tief in ihrer Brust ein ungutes Gefühl regte, als sie Connor beobachtete, wie er mit der Lady flirtete.

»Ja, sieht so aus«, sagte Liam mit wenig Enthusiasmus. »Aber wer würde das nicht? Ich schätze, es würde mir auch gefallen, wenn sie mir ihren Busen so unter die Nase halten würde.« Dann schien er sich zu erinnern, mit wem er sprach, und wurde rot. Er warf Caitlyn einen wütenden Blick zu. »Noch ein Grund, warum du nicht in Hosen herumlaufen kannst! Ich habe total vergessen, daß du ein Mädchen bist! Es tut mir leid, aber es ist ganz und gar deine Schuld.«

»Liam!« rief Connor, ehe sie irgend etwas entgegnen konnte. Liam warf ihr noch einen wütenden Blick zu, dann ging er zu seinem Bruder.

»Aye?«

»Würdest du bitte Meredith nach Hause begleiten? Ich habe hier noch einiges zu tun, und sie fürchtet, nicht vor der Dunkelheit heimzukommen.«

»O ja. Sir Edward Dunne hat mir erzählt, daß der schwarze Rebell erst vor ein paar Wochen bei Navan drei Kutschen ausgeraubt hat! Und das in einer einzigen Nacht! Ich möchte bestimmt nicht eines seiner Opfer werden.«

»Ich bin mir sicher, er würde einer so schönen Frau kein Leid zufügen«, entgegnete Connor charmant. Sie lächelte strahlend, und Connor erwiderte ihr Lächeln. Caitlyns ungutes Gefühl vertiefte sich und war jetzt fast mit Händen zu greifen.

»Hast du gehört, O'Malley?« flüsterte Willie ihr zu und stieß ihr in die Rippen. »Der schwarze Rebell ist ganz in der Nähe gesehen worden! Wäre es nicht großartig, wenn wir ihn finden würden und bei seiner Bande mitmachen könnten?«

»Ja, ebenso großartig, wie wenn wir einen Topf mit Gold am Ende des Regenbogens fänden, aber das ist wohl äußerst unwahrscheinlich«, antwortete Caitlyn schnippisch. Sie war plötzlich völlig grundlos schlecht gelaunt, und Willie warf ihr einen erstaunten Blick zu.

»Willie, bring bitte Liams Pferd«, sagte Connor. Er war zu ihnen herübergeritten und stieg jetzt ab. »Und du kannst Fharannain nehmen . . .«, begann er, doch dann weiteten sich seine Augen überrascht. Er blickte an ihr hinunter, und seine Lippen wurden schmal.

»Ich . . .«, setzte sie an, aber er unterbrach sie mit einem Blick und einer Handbewegung.

»Nimm Fharannain«, sagte er kurz angebunden und gab ihr die Zügel. Caitlyn schluckte und sah ihm nach, als er wieder zu seiner Freundin auf ihrem Wagen hinüberging. Er plauderte charmant mit ihr und lächelte, aber Caitlyn wußte, daß er innerlich kochte.

Sie führte Fharannain zum Stall, vorbei an Willie, der Thunder, einen goldbraunen Wallach, führte, den Liam gewöhnlich ritt. Willie hatte schon einmal in einem Stall gearbeitet, und er kannte sich mit Pferden aus, wenn er auch nicht sonderlich gut reiten konnte. Caitlyn konnte gar nicht reiten. Sie war in der Stadt aufgewachsen und hatte nie Gelegenheit gehabt, es zu lernen. Sie streichelte Fharannains weiche Nüstern, als ihr plötzlich eine Idee kam. Das war eine gute Möglichkeit, es zu lernen. Der Gedanke an Connors Gesicht, wenn sie auf seinem eigenen Pferd an ihm vorbeigaloppierte, war unwiderstehlich. Er würde zwar stocksauer sein, aber da er ohnehin schon wütend auf sie war, war es eigentlich egal.

Es war gar nicht so leicht, aufzusteigen, wie sie sich das gedacht hatte. Fharannain war ein großes Pferd, und die Steigbügel hingen gerade etwas höher, als sie den Fuß heben konnte. Schließlich führte sie ihn zur Stalltür, kletterte hinauf und sprang von da aus in den Sattel. Das Pferd tänzelte nervös zur Seite, als sie sich zurechtsetzte und die Zügel aufnahm.

»O'Malley!« Willie konnte gerade noch rechtzeitig auf die Seite springen, als Fharannain mit einem Satz aus dem Stall geschossen kam. Caitlyn klammerte sich an seinen Hals, und Angst packte sie, als das Tier seinen Kopf senkte und im Galopp davonstürmte. Reichlich spät fiel ihr auf, daß sie auch schon Klügeres getan hatte, aber dafür war es jetzt zu spät.

Connor war gerade auf dem Weg zum Stall. Er hatte Mrs. Congreve und Liam verabschiedet, und die beiden waren schon auf dem Weg. Da donnerte Fharannain an ihm vorbei, und er erstarrte, traute seinen Augen nicht. Caitlyn schaffte gerade ein verzerrtes Lächeln, vergaß dann ihren Stolz und quiekte: »Hilfe!«

»Was zum Teufel . . .« Er brach ab, als Fharannain die Weide erreicht hatte. Schafe stoben blökend auseinander, was ihn noch mehr anzusporнen schien. Er rannte direkt auf die Mauer zu, die die Wiese unterteilte, und Caitlyn schloß die Augen. Einen Moment später segelte sie durch die Luft. Sie riß gerade noch rechtzeitig die Augen auf, um Fharannain ohne sie über die Mauer springen zu sehen; dann landete sie so unsanft, daß sie nur noch Sterne sah.

»Verflucht, verdammt und zur Hölle damit!« Sie mußte für einen Moment bewußtlos gewesen sein, denn als sie die Augen wieder öffnete, stand Connor über sie gebeugt. Er fluchte ohne Pause, und ehrliche Sorge hatte die Wut aus seinen Augen verdrängt.

»Bist du verletzt?« fragte er scharf.

Caitlyn dachte für einen Moment über diese Frage nach. Ihr tat von Kopf bis Fuß so ziemlich alles weh. Vorsichtig bewegte sie Arme und Beine, aber es schien noch alles beisammen zu sein.

»N-nein, ich glaube nicht.«

»Aber du solltest es sein!« sagte er wütend. Er zog sie auf die Beine und schüttelte sie so heftig, daß sich ihre Haare aus dem Band lösten und in einer schwarzen Wolke um ihr Gesicht flogen.

»Aufhören!« Sie versuchte sich loszureißen, aber sein Griff war zu fest. Seine Augen glühten.

»Welcher Teufel hat dich geritten, auf dieses Pferd zu steigen? Du kannst von Glück reden, daß ich dich überhaupt noch schütteln kann! Niemand, hörst du, niemand außer mir hat dieses Pferd je geritten. Du kannst von Glück reden, daß er dich nicht umgebracht hat!«

»Aufhören, bitte! Oh! Ich wollte doch nur reiten lernen!«

»Du wolltest nur reiten . . .« Er brach ab, als fände er keine Worte, und hörte auf, sie zu schütteln. Er schloß die Augen, ließ sie aber nicht los. Als er sie wieder öffnete, waren sie nur noch ernst, nicht mehr wütend. »Kinder und Betrunkene haben einen Schutzengel, und zu deinem Glück scheinst du zwei zu haben. Du kannst froh sein, daß du noch am Leben bist.«

»Sie hat Blut am Bein, Conn!« Rory und Mickeen waren schwer atmend angekommen, als Connor sie auf die Füße gezogen hatte. Jetzt klang Rorys Stimme besorgt. Caitlyn sah an sich hinab. Die Innenseite ihres rechten Oberschenkels war tatsächlich blutig. Plötzlich wurde ihr schwarz vor Augen, und sie schwankte.

»Paß auf, sie wird ohnmächtig!«

Caitlyn schüttelte den Kopf und versuchte wieder klar zu sehen. Aber bevor sie sich gefangen hatte, nahm Connor sie mit einem herzhaften Fluch auf die Arme und trug sie zurück zum Haus. Er hatte sie fest an sich gedrückt und erzählte ihr den ganzen Weg, was für eine Plage sie sei. Caitlyn lauschte, ohne zu widersprechen. Sie fühlte sich wohl in seinen starken Armen. Das war die Sache fast wert gewesen.

Als er ins Haus kam, eilte Mrs. McFee herbei, um ihn zu begrüßen. Sie betrachtete ihn und sein Bündel erstaunt.

»Was hat dieses dumme Ding jetzt schon wieder angestellt?« fragte sie verzweifelt. »Erst hinterläßt sie eine unglaubliche Unordnung in der Küche, und ich darf aufräumen, dann . . .«

»Genug«, meinte Connor scharf. »Ich brauche Verbandszeug und heißes Wasser. Bringen Sie die Sachen nach oben.«

Mrs. McFee war verstummt. Connor trug Caitlyn bis in ihr Zimmer unterm Dach. Sie hatte die Arme um seinen Hals geschlungen; ihr Kopf ruhte an seiner Brust, und sie lauschte zufrieden dem Schlag seines Herzens.

Connor legte sie auf das schmale Eisenbett und griff nach dem Bund ihrer Hose. Offensichtlich wollte er den Schaden gleich selbst begutachten. Sie riß die Augen auf, und ihre Hände schlossen sich um die seinen.

»N-nein«, sagte sie. Er musterte sie mit gerunzelter Stirn, dann kam auch schon Mrs. McFee mit heißem Wasser und Bandagen.

»Nun gut, Mrs. McFee kann dir helfen«, sagte er unwirsch.

»Ich kann das selbst«, entgegnete sie und verschwand hinter dem Wandschirm. Mrs. McFee schnaubte vielsagend und ging wieder nach unten. Connor blieb auf dem Bett sitzen und wartete.

»Und?« fragte er schließlich, als sie nichts sagte.

»Ich scheine mich irgendwie innen verletzt zu haben. Von da kommt das Blut.« Sie hatte sich so gut wie möglich untersucht, hatte aber keine Verletzung gefunden.

»Innen? Wie innen?«

»Das Blut kommt von – von zwischen meinen Beinen.« Ihre Stimme zitterte. Eine lange Stille folgte. Seine Antwort war seltsam sanft.

»Caitlyn, Mädchen, könnte es sein, daß du deine Tage hast?«

»Meine Tage?« Sie verstand nicht.

»Deine Tage als Frau.«

»Meine Tage . . .« Ihre Stimme versagte. Sie konnte sich dunkel erinnern, daß ihre Mutter regelmäßig geblutet hatte, bis sie schwanger geworden war. Aber sie hatte das nie mit sich selbst in Verbindung gebracht. Ihr Kopf wurde heiß, und sie lief rot an. Was passierte mit ihr? Da war so viel Blut, wie brachte man es wieder weg? Vielleicht würde sie ja langsam verbluten! Ihr langes Schweigen mußte Connor alles gesagt haben, was er wissen mußte. Sie hörte ihn seufzen, dann sagte er: »Zieh dich an, und komm heraus.«

»Nein!« Sie würde ihm nie mehr in die Augen sehen können. Es war ihr unheimlich peinlich, daß er eine so intime Sache über sie wußte, sie fühlte sich beschämt und unsauber.

»Entweder du ziehst dich jetzt an und kommst heraus, oder ich werde dich holen. Ich muß mit dir reden. Sonst könnte es dir nur noch Mrs. McFee erklären, aber du scheinst sie ja nicht sonderlich zu mögen. Aber wenn du willst, werde ich sie für dich holen.«

»Nein!« Mrs. McFee konnte sie auch so schon nicht leiden.

»Dann zieh dich an, und komm heraus. Sofort!« Sie hatte nur die blutigen Hosen hinter dem Wandschirm. Immer noch in Cormacs Hemd, das ihr bis zu den Knien reichte, griff sie nach ihrem Morgenmantel. Sie zog ihn an und kam heraus. Als sie Connors Blick begegnete, wurde sie rot bis unter die Haarwurzeln.

»Du hast keinen Grund, dich zu schämen, Mädchen. Das ist ganz normal und natürlich.« Sie gab keine Antwort, sondern starrte nur auf den Boden. Er seufzte und bat sie, sich zu setzen. Sie ließ sich auf dem anderen Ende des Betts nieder, das Gesicht abgewandt.

»Ist dir das noch nie zuvor passiert?« Allein der Gedanke, darüber mit ihm zu sprechen, war ihr schon peinlich. Stumm schüttelte sie den Kopf, sie konnte ihm immer noch nicht in die Augen sehen.

»Wie alt bist du, dreizehn?«

»Fünfzehn. Fast schon sechzehn«, sagte sie leise.

»Dann bist du spät dran. Bei den meisten Mädchen beginnt es schon etwas früher, glaube ich.« Er sprach ganz unbeschwert, als würde er ständig über so intime Dinge reden. »Wahrscheinlich, weil du nur wenig zu essen hattest. Ist ja egal, warum, auf jeden Fall bist du gerade eine erwachsene Frau geworden. Herzlichen Glückwunsch.«

»Herzlichen Glückwunsch?« Sie war so verblüfft, daß ihre Augen buchstäblich zu seinem Gesicht flogen. Er lächelte.

»Das ist wirklich nichts Schlimmes, glaub mir. In vielen anderen Kulturen würden wir heute abend ein Fest feiern.«

»Ein Fest?«

»Ich würde nicht so weit gehen, denn hier sind die meisten Mädchen empfindlich in dieser Hinsicht, genau wie du. Aber es ist nichts, wofür man sich schämen müßte. Jungs sind auch stolz, wenn sie sich zum erstenmal rasieren. Es ist ein Zeichen, daß man erwachsen wird.«

»Ich hasse es«, flüsterte sie, und ihre Worte kamen von Herzen.

»Das gehört zum Leben einer Frau.« Mit kurzen Worten erklärte er ihr alles, was sie darüber wissen mußte. Als er fertig war, glühte Caitlyns Gesicht so rot wie eine Tomate, und sie konnte ihn nicht ansehen.

»Danke«, sagte sie leise.

»Da gibt es noch etwas, wofür du dankbar sein solltest«, sagte er ernst und verschränkte die Arme. Sie wagte einen kurzen Blick. Die leichte Röte von seinen Wangen war verschwunden, und er wirkte gefaßt. Das half ihr, ihre Haltung zurückzuerlangen.

»Wofür?«

»Dir ist eine ordentliche Tracht Prügel erspart geblieben – die du ohne Zweifel verdient hast.«

»Oh!« Sie hatte die Sache mit Fharannain schon fast wieder vergessen gehabt. Er war unglaublich wütend gewesen, und normalerweise wäre ihr ihre Strafe bestimmt nicht erspart geblieben. Das war wirklich ein Grund, dankbar zu sein.

»Es tut mir leid. Es war nicht richtig von mir, und es wird nie wieder vorkommen.«

Ihr Entschuldigung nahm ihm den Wind aus den Segeln. Er stand breitbeinig und mit verschränkten Armen, den Kopf zur Seite geneigt. Er sah sehr gut und sehr männlich aus, und sie konnte verstehen, warum Mrs. Congreve den weiten Weg auf sich genommen hatte. »Und keine Männersachen mehr, denk dran«, sagte er streng.

Caitlyn sah ihm plötzlich direkt in die Augen und lächelte. »Warum treffen wir nicht ein Abkommen?« sagte sie, und die Begeisterung über ihre Idee ließ sie ihre peinliche Lage vergessen.

»Ein Abkommen?« Er hörte sich zurückhaltend an und musterte sie skeptisch.

»Ich werde Kleider tragen, wenn Ihr mir das Reiten beibringt. Abgemacht?« Sie lächelte hoffnungsvoll, und Connor mußte grinsen. Langsam schüttelte er den Kopf.

»Caitlyn O'Malley, in dir steckt wirklich ein kleiner Teufel. Also abgemacht!«

Connor hielt sein Wort und brachte ihr das Reiten bei. Da er keinen Damensattel hatte, wurde ihr gestattet, für den Reitunterricht in Hosen zu schlüpfen, aber Connor schwor, er würde so bald wie möglich Abhilfe schaffen. Die Reitstunde schien Caitlyn immer viel zu kurz. Und noch mehr gefiel es ihr, Connors ungeteilte Aufmerksamkeit zu genießen.

»Du bist ein Naturtalent!« sagte Connor bewundernd, als sie gleich nach ihrer ersten Stunde allein eine Runde auf der Wiese drehte. Bald gab Connor ihr nur noch Tips, wie sie ihre Technik verbessern konnte, und gemeinsam ritten sie durch die umliegenden Ländereien. Wenn Connor keine Zeit hatte, wurde sie von einem der jüngeren d'Arcys begleitet.

Wenn sie mit Cormac oder Rory unterwegs war, wurde meistens viel gescherzt und gelacht. Mit Connor scherzte sie nie. Sie hatte einen Respekt vor ihm entwickelt, der schon fast an Heldenverehrung grenzte, und ein Ausritt mit ihm war immer der Höhepunkt ihres Tages.

Sie hatte unwillig zugestimmt, Mrs. McFee von morgens bis mittags zu helfen. Dafür durfte sie nachmittags draußen bei den Männern arbeiten. Unter der Anleitung von Rory und Mickeen, die für die Schafe zuständig waren, wurde sie bald ein ziemlich guter Schafhirte.

Sie half auch manchmal Cormac, der die Arbeiter beaufsichtigte, und wenn er beim Torfstechen mit Hand anlegte, packte sie auch mit an. Im Grunde half sie überall mit aus, wo jemand gebraucht wurde.

Wenn es regnete, saß sie mit Liam oder Connor im Büro und lernte die Bücher der Farm zu führen. Am meisten haßte sie es, beim Schlachten zu helfen, aber wenn die anderen es konnten, wollte sie sich auch nicht drücken. Mit der Zeit gewöhnte sich ihr Magen an die Arbeit, und sie mußte nicht mehr befürchten, sich zu blamieren.

Connor fuhr etwa alle zwei Monate nach Dublin, um Vorräte und was sonst noch benötigt wurde zu besorgen. Manchmal nahm er auch ein Schaf oder zwei mit, um sie dort zu verkaufen. Als er dieses Mal aus Dublin zurückkam, hatte er ihr einen Damensattel mitgebracht. Caitlyn war nicht gerade begeistert darüber, aber sie wußte, daß es keinen Sinn hatte, mit ihm deshalb zu streiten. Er hatte von Anfang an klargestellt, daß sie lernen mußte, im Damensitz zu reiten, und sie wollte ihre Reitstunden ganz sicher nicht aufs Spiel setzen.

Also versuchte sie, ihre Beine so elegant wie möglich seitlich über den Sattel zu drapieren, doch innerlich verfluchte sie dieses Theater. Es war doch wirklich lästig, eine Frau zu sein, und diese langen weiten Röcke waren eine Qual. Eines Tages würde sie sich noch den Hals brechen! Aber bald ritt sie auch im Damensattel so gut wie zuvor, und Connor erlaubte ihr, ihn bei seinen Erledigungen zu begleiten.

So ritt sie nun knapp vier Monate, nachdem Connor ihr ehrliche Arbeit angeboten hatte, mit ihm die Steinmauern ab, um sie zu überprüfen. Es war ein wunderschöner Nachmittag im August, und die Rhododendronbüsche blühten. Connor war abgestiegen, um ein Stück Mauer, das eingestürzt war, wieder aufzurichten. Er hätte auch am nächsten Tag einen der Arbeiter schicken können, aber er erledigte es lieber gleich selbst. Sie wollte ihm helfen, die Steine wieder an ihren Platz zu heben, aber er meinte nur barsch, sie wäre mehr im Weg als eine Hilfe. Caitlyn lächelte. Wäre einer seiner Brüder dabeigewesen, hätte er ihn ordentlich schuften lassen. Aber er vergaß nur noch selten, daß sie ein Mädchen war, auch wenn die anderen kaum mehr daran dachten. Sie hatte es selbst ja schon fast wieder vergessen, obwohl die lästigen Röcke sie immer wieder daran erinnerten.

Sie schlenderte die Steinmauer entlang und bewunderte die Blumen. Ab und zu blieb sie stehen, um ihren Duft einzuatmen. Durch die Wiese floß ein glitzernder Bach, und sie ging in seine Richtung. Ihr war heiß, und sie wollte einen Schluck Wasser.

Ihr Leben hatte sich wirklich ziemlich verändert. Sie hatte jetzt nicht nur ein Zuhause, sondern die d'Arcys waren auch wie Brüder für sie. Cormac und Rory neckten sie gern, Liam hielt ihr ernste Vorträge, und Connor bekam immer mal wieder einen fürchterlichen Wutanfall, aber sie hatte jetzt keine Angst mehr vor ihnen. Sie wußte, daß sie ihr nie etwas tun würden, und zum erstenmal seit langem hatte sie wieder eine Familie und das Gefühl von Sicherheit.

»Hallo, kleines Mädchen! Was machst du denn auf meinem Land?«

Caitlyn war so in Gedanken versunken gewesen, daß sie den Mann, der nur ein paar Meter von ihr entfernt stand, gar nicht bemerkt hatte. Sie wußte, daß Connor in Rufweite war, darum hatte sie keine Angst, sondern musterte ihn neugierig. Er war etwa Mitte Vierzig, groß und eher dünn als schlank. Er hatte blondes, schon leicht schütteres Haar und helle graue Augen. Er war fast so blaß wie sie, hatte ebenmäßige Gesichtszüge, und wenn er auch kein schöner Mann war, so war er doch nicht unansehnlich. Sie lächelte ihm zu, und seine Augen weiteten sich. Dann wurden sie schmal, und sein Ton veränderte sich.

»Wer bist du?« fragte er.

Sie nannte ihren Namen und fragte dann: »Und wer sind Sie?«

»Sir Edward Dunne. Du befindest dich auf meinem Land.«

»Ich dachte, das Land gehöre den d'Arcys?«

»Der Bach ist die Grenze. Als du ihn überschritten hast, hast du mein Land betreten. Dann lebst du also auf Donoughmore?«

Caitlyn nickte. Sie hätte ihm auch noch mehr erzählt, warum auch nicht, aber da erklang hinter ihr Connors Stimme.

»Aye, sie lebt auf Donoughmore. In unserem Haus, um genau zu sein. Sie ist eine Cousine von uns, ihre Eltern sind erst vor kurzem verstorben, und wir haben sie bei uns aufgenommen.«

Caitlyn verdaute das und versuchte, nicht zu überrascht auszusehen. Warum er wohl gelogen hatte?

Sir Edward zog die Augenbrauen hoch. »Dann kann man Euch ja gratulieren, d'Arcy, zu Eurer neuen Cousine. Sie wird bestimmt eine Schönheit, wenn sie älter ist!« Feindseligkeit schwang in seiner Stimme mit, und Caitlyn konnte sich nicht erklären, warum.

»Sie steht unter meinem Schutz, Sir Edward«, sagte Connor, und seine Stimme war schneidend. Fragend sah sie ihn an. Connor erwiderte Sir Edwards spöttischen Blick unfreundlich.

»Ja, und sie genießt ihn ganz offensichtlich«, entgegnete Sir Edward. Caitlyn wußte mit dem feindseligen Unterton, der zwischen den beiden herrschte, nichts anzufangen, aber ihr

Instinkt ließ sie den Bach überqueren und zurück zu Connor gehen. Er sah auf sie hinunter, ohne dabei zu lächeln, und legte ihr die Hände auf die Schultern.

»Wir machen uns wieder auf den Weg. Einen guten Tag noch, Sir Edward«, sagte Connor knapp.

»Guten Tag, d'Arcy. Es war mir ein Vergnügen, Ihre Bekanntschaft zu machen, Miß O'Malley. Äh – übrigens, hat Meredith schon Eure – äh – junge Cousine kennengelernt?«

»Nein, noch nicht«, antwortete Connor kühl. Er nahm die Hände von ihren Schultern, packte sie am Arm und zog sie den Weg zurück, auf dem sie gekommen waren.

»Es wird mir ein Vergnügen sein, sie von dem neuen Mitglied Eurer Familie zu unterrichten!« rief Sir Edward ihnen lachend nach.

Nach einem kurzen Seitenblick auf Connors verärgertes Gesicht sagte Caitlyn nichts. Er half ihr in den Sattel, dann stieg er auf. Erst als sie wieder auf dem Rückweg nach Donoughmore waren, fragte Caitlyn: »Wer war er?« Beinahe hätte sie noch ›Connor‹ hinzugefügt, aber sie hielt sich gerade noch zurück. Rory, Cormac und Liam nannte sie bei ihren Vornamen – wie jeder auf der Farm –, aber es erschien ihr doch eigenartig, mit Connor so vertraut zu sprechen. Andererseits fand sie es auch seltsam, ihn mit »Eure Lordschaft« anzusprechen. Also sagte sie zu ihm meistens gar nichts und dachte bei sich ›Connor‹.

»Sir Edward Dunne. Ihm gehört Ballymara, das Land nördlich von Donoughmore.«

Das sagte ihr so gut wie gar nichts, und nach Connors Gesichtsausdruck zu urteilen, gab es noch mehr zu erzählen.

»Warum habt Ihr ihm erzählt, ich wäre Eure Cousine?« drängte sie ihn.

Er sah sie an. »Es ist nicht gut für ein junges Mädchen, ihn zu kennen, vor allem nicht, wenn sie eine Bedienstete ist. Er ist ein skrupelloser Mann, und er sucht überall sein Vergnügen, egal ob das Mädchen willig ist oder nicht. Wenn er glaubt, daß du meine Cousine bist, wird er es sich wenigstens zweimal überlegen, ob er Hand an dich legt, falls du ihm einmal ohne Schutz über den Weg laufen solltest.«

Connors Augen waren so kalt, daß sie nicht weiter drängte. Aber kaum hatte er sie auf Donoughmore abgeliefert und war auf Fharannain davongaloppiert, als wäre ihm der Teufel auf den Fersen, wandte sie sich an Cormac. Der versuchte gerade mit wenig Begeisterung, einem widerspenstigen Schaf seine Medizin einzuflößen. »Was kannst du mir über Sir Edward Dunne sagen?« fragte sie ohne große Umschweife. Cormac sah nicht einmal auf. Das Schaf wehrte sich mit allen Kräften, und die orangefarbenen Sprenkel auf Cormacs Kleidung und Gesicht bezeugten, daß er bis jetzt noch nicht viel Erfolg gehabt hatte. Caitlyn beobachtete ihn eine Weile, dann setzte sie sich kurzerhand auf den Rücken des Schafs und klemmte seinen Kopf zwischen die Beine.

»Ich hasse diese verdammten Schafe«, flüsterte Cormac inbrünstig. Mit ihrer Hilfe schaffte er es schließlich, das Tier zu verarzten. Erleichtert richtete er sich auf und wischte sich den Schweiß von der Stirn. Gemeinsam verließen sie den Stall.

»Erzähl mir was über Sir Edward Dunne«, forderte sie.

Dieses Mal hatte sie seine Aufmerksamkeit. »Du bist also Sir Edward begegnet? Nicht allein, nehme ich an?«

»Nein, Connor war dabei. Er schien Sir Edward nicht sehr zu mögen.«

Cormac verzog das Gesicht. »Sie hassen sich. Als unser Vater starb, versuchte Sir Edward, Donoughmore zu bekommen. Er hatte sich damit sogar an die Krone gewandt, denn die Gesetze verbieten einem Katholiken, Land zu erben. Aber er hatte nicht damit gerechnet, daß unser Vater Connor als einen Protestanten hatte erziehen lassen, was unser Glück war. Er mußte also nur nachweisen, daß er kein Katholik ist, und konnte die Erbschaft antreten.«

»Connor ist Protestant?« fragte sie. Doch da fiel ihr ein, daß Mickeen ihr das schon einmal erzählt hatte. Aber damals hatte sie sich noch nicht so sehr für den Teil seiner Geschichte interessiert, der Connor betraf.

»Aye, obwohl wir sonst alle katholisch sind. Unser Vater hätte alles getan, um das Land in der Familie zu halten. Er wußte, daß man es einem katholischen Erben sofort weggenommen hätte, darum hat er das getan. Er hatte immer befürchtet, daß man ihn noch zu Lebzeiten enteignen würde, aber unsere Großmutter mütterlicherseits hatte gute Beziehungen, und so konnte sie es immer noch verhindern.«

»Aber das erklärt immer noch nicht, warum Connor ihn haßt.«

Cormac lächelte bitter. »Ah, Sir Edward ist schon lange hinter Donoughmore her, es würde seinen Besitz verdoppeln. Unser Vater ist eines gewaltsamen Todes gestorben, damals, als die Burg in Brand gesetzt wurde, und wir vermuten, daß Sir Edward dahintersteckte.«

Caitlyn schnappte aufgeregt nach Luft. »Das Fuinneog an Mhurdair?«

»Also hast du davon schon gehört. Aber wir haben keine Beweise dafür. Trotzdem, du solltest dich von Sir Edward fernhalten, er ist ein schlechter Mann.«

»Das hat dein Bruder auch gesagt. Er hat Sir Edward erzählt, ich wäre eure Cousine.«

Cormac mußte grinsen. »Hat er, ja? Mir scheint, es gefällt Connor ganz gut, ein junges Mädchen hier zu haben. Es belebt die Sache. Ja, ja, in der kurzen Zeit, die du jetzt hier bist, hast du dir eine gute Position geschaffen, kleine Caitlyn.«

Caitlyn war es nicht gewöhnt, daß man ihr so offen Zuneigung zeigte, und sie lächelte Cormac scheu an. Dann fiel ihr etwas ein, und sie begann zu schmollen.

»Du brauchst mich gar nicht so überheblich ›kleine Caitlyn‹ zu nennen! So viel älter bist du auch nicht.«

»Ich bin achtzehn«, sagte Cormac stolz.

»Und ich bin sechzehn«, erwiderte sie mit hocherhobenem Kopf. »Ich bin kein Kind mehr, also kannst du auch aufhören, mich wie eines zu behandeln.«

»Du bist doch noch ein Baby!«

»Was habt ihr beide denn jetzt schon wieder?« Liam war von hinten gekommen, ohne daß sie ihn bemerkt hatten. »Cormac, hast du dem Schaf seine Medizin gegeben?«

»Ja.«

»Gut. Es gibt noch drei, die es haben. Zwei hat Rory schon in den Stall getrieben, und du kannst dich schon mal um sie kümmern, während er das dritte holt.«

Cormac stöhnte, aber er gehorchte. Allerdings bat er Caitlyn um ihre Hilfe, und gemeinsam hatten sie den Schafen bald ihre Medizin eingeflößt. Als sie zum Haus gingen, stellte Caitlyn noch eine Frage, die sie die ganze Zeit beschäftigt hatte.

»Cormac, findest du, daß ich, äh – hübsch bin?«

Überrascht sah er sie an, und sie wurde rot bis unter die

Haarwurzeln. »O'Malley, der Bettlerjunge, und hübsch? Wer hat dir denn diesen Unsinn in den Kopf gesetzt?«

»Sir Edward hat gemeint, ich würde eine ausgesprochene Schönheit werden, wenn ich älter bin!«

»Ich war schon immer der Meinung, daß Sir Edward nicht ganz richtig im Kopf ist. Aber jetzt hat er es bewiesen.«

Wütend schlug Caitlyn ihm mit aller Kraft in die Rippen. Er schnappte nach Luft und rieb sich die schmerzende Seite, und Caitlyn ließ ihn einfach stehen und ging ins Haus.

10

Eine Woche später lag Caitlyn mit einer schlimmen Erkältung im Bett. Es hatte seit zwei Tagen ununterbrochen geregnet, und die jüngeren d'Arcy-Brüder behaupteten, sie wäre nur krank, um sich vor der Arbeit draußen zu drücken. Caitlyn haßte es, im Haus eingesperrt zu sein, mit Mrs. McFee als einziger Gesellschaft. Aber sich zu streiten kostete Energie, die sie zur Zeit nicht hatte, also zog sie sich schnüffelnd und hustend in ihr Zimmer zurück und ließ sie reden.

Als sie aufwachte, war es nach ihrer Schätzung kurz nach Mitternacht. In ihrem Zimmer war es stockdunkel, es war Neumond, und dicke Regenwolken schluckten das wenige Sternenlicht. Sie drehte und wendete sich, aber nach einer Weile war ihr klar, daß sie nicht mehr einschlafen konnte. Alle möglichen Gespenstergeschichten gingen ihr durch den Kopf, untermalt vom Trommeln des Regens auf dem Dach. Schaudernd dachte sie an die Geisterreiter in der alten Burg. In einer Nacht wie dieser waren sie sicher wieder unterwegs.

Zitternd griff sie nach der Kerze neben dem Bett, aber sie konnte den Feuerstein nicht finden. Das Kaminfeuer war natürlich auch ausgegangen. Vermutlich hatten die Regentropfen, die durch den Kamin kamen, es ertränkt. Allein im Dunkeln zu liegen war zu unangenehm, und sie beschloß, in die Küche zu gehen und am Feuer dort die Kerze anzuzünden. Dann konnte sie ihr Feuer auch wieder anmachen.

Sie schlief in ihrem Unterkleid, darum zog sie sich schnell den Morgenmantel über. Es war nicht wegen der d'Arcys. Die schliefen wie die Toten, und Cormac deckte mit seinem Schnarchen immer fast das Dach ab. Also mußte sie nicht fürchten, einem von ihnen zu begegnen. Es war ganz einfach zu kalt, um ohne Mantel durchs Haus zu laufen.

Sie tastete sich durch das stockdunkle Haus bis in die Küche und zündete dort ihre Kerze an. Sie war schon fast wieder in ihrem Zimmer, als ihr auffiel, daß sie Cormac gar nicht schnarchen hörte. Genaugenommen hörte sie nichts außer dem Trommeln des Regens. Plötzlich überkam sie die Gewißheit, daß sie ganz allein im Haus war. Sie bekam eine Gänsehaut. Ganz sicher würde sie kein Auge zutun, ehe sie sich nicht vergewissert hatte, daß alle d'Arcys im Bett waren, wo sie hingehörten.

Sie schirmte die Kerzenflamme mit der Hand ab und schlich zu Connors Schlafzimmer. Vorsichtig drehte sie den Türknopf. In so einer wilden, stürmischen Nacht konnten sie doch unmöglich draußen sein!

Das Bett war leer, unbenützt. Schnell überprüfte sie die anderen Zimmer. Sie waren alle leer. Keiner der d'Arcys schlief, keiner war im Haus. Und das in einer Nacht wie dieser! Sie konnte keine Erklärung dafür finden. Die Sache wurde langsam unheimlich.

Sie stand da und überlegte. Plötzlich fiel ihr etwas auf. Es war genau so eine Nacht gewesen, als sie die Geisterreiter in der Burg gesehen hatte. Aber das konnte nicht sein, sie waren doch vor ihren Augen verschwunden! Das waren keine Menschen aus Fleisch und Blut gewesen.

Auf der anderen Seite hatten Cormac und Connor damals plötzlich ganz genau gewußt, wo sie nach ihr suchen mußten, obwohl sie vorher drei Tage vergeblich versucht hatten, sie zu finden ...

Kurz entschlossen marschierte Caitlyn in Cormacs Zimmer. Als sie wieder herauskam, sah sie von den Schuhen bis zu dem Umhang auf ihren Schultern wie ein junger Mann aus. Zuerst würde sie im Pferdestall nachsehen, ob Pferde fehlten, und wenn, würde sie Belinda satteln und sich auf Spurensuche machen.

Als sie den Stall erreicht hatte, war der Umhang bereits tropfend naß. Nicht gerade gut für ihre Erkältung, aber im Moment war ihr das egal. Sie wollte unbedingt wissen, wo die d'Arcys waren. Nur daß es mit der Spurensuche bei dem Regen und der stockdunklen Nacht wohl nicht viel werden würde.

Glücklicherweise hatte sie daran gedacht, eine Laterne mitzunehmen. Sobald sie die Stalltür geöffnet hatte, entdeckte sie, daß Fharannain fehlte. Auch Thunderer war nicht da, ebensowenig wie Balladeer, Rorys Pferd, und Kildare, Cormacs Pferd. Auch Aristedes Box war leer, und für einen Moment war sie verwirrt. Dann steckte sie ihren Kopf durch die Tür des Kämmerchens am Ende des Stalls und hatte die Lösung. Mickeen saß auf Aristedes. Aber wo waren sie?

Caitlyn erinnerte sich an Mickeens Erzählung und daß er gesagt hatte, der Teufel würde Connor treiben. Vor ihrem inneren Auge sah sie für einen Moment die Burg in Flammen stehen, und sie hörte die Stimmen der Angreifer. Konnte es sein, daß die d'Arcys sich einer der irischen Banden angeschlossen hatten? Was immer sie taten, es geschah in aller Heimlichkeit. Wäre sie nicht mitten in der Nacht aufgewacht und hätte Cormacs Schnarchen vermißt, hätte sie es wahrscheinlich auch nie erfahren. Sie stand noch immer in Mickeens kleiner Kammer, als sie ein Geräusch wie ein unterirdisches Donnern hörte. Der Steinboden begann zu beben. Caitlyn zuckte zusammen und starrte mit weit aufgerissenen Augen auf den Boden. Sie hatte keine Ahnung, was hier vorging, sie wußte nur eines: Sie wollte so schnell wie möglich raus hier.

Aber kaum war sie vor der Tür von Mickeens Kammer, blieb sie wie erstarrt und mit offenem Mund stehen. Auf der gegenüberliegenden Seite des Stalls öffnete sich ein großes Loch im Boden. Während sie noch entsetzt auf den Boden starrte, hörte das Donnern auf. Von irgendwoher nahm sie die Geistesgegenwart, die Lampe auszublasen.

Trotzdem war es nicht dunkel im Stall. Aus dem Loch im Boden schimmerte Licht. Ein paar Sekunden später schossen fünf Pferde aus dem Loch, ihnen voran Connor auf Fharannain.

11

»Das war eine erfolgreiche Nacht«, sagte Connor gut gelaunt, als er sich vom Pferd schwang.

»Aye«, pflichtete ihm Mickeen bei, als die anderen abstiegen. Das Loch im Boden war jetzt dunkel, das Licht war von der Laterne an Mickeens Sattel gekommen. Sorgfältig stellte er sie neben dem Loch auf den Boden, und sie warf einen gelben Lichtkreis um die Männer. »Obwohl es einmal verdammt knapp war.«

»Es ist schon fast ein Wunder, daß sie uns nicht erwischt haben!« Liam nahm gerade Thunderer den Sattel ab, und ein breites Grinsen zog sich über sein normalerweise so ernstes Gesicht, dessen obere Hälfte eine schwarze Maske verdeckte.

Caitlyn drückte sich tiefer in den Schatten. Die Männer trugen alle Masken und lange schwarze Umhänge mit Kapuzen, und ihre Gesichter lagen im Schatten. Hätte sie nicht gewußt, wer sie waren, sie hätte keinen von ihnen erkannt. Ja, das waren ohne Zweifel die Geisterreiter aus der Burg. Und damit war auch das Geheimnis ihres plötzlichen Verschwindens geklärt. Es gab einen Geheimgang, der wahrscheinlich in der Burg begann, und er endete hier im Stall. Aber wozu die ganze Maskerade?

»Eine Kugel ist so dicht an meinem Ohr vorbeigeflogen, daß ich hätte schwören können, sie hat meinen Namen geflüstert«, sagte Cormac. Er streifte den durchnäßten Umhang ab und warf ihn zusammen mit der Maske in den Tunnel. Dann drehte er sich um und nahm Kildare den Sattel ab. Auch Mikkeen und Liam entledigten sich ihrer Verkleidung und kümmerten sich um ihre Pferde. Nur Rory, der als letzter abgestiegen war, blieb gegen Ballydeer gelehnt. Caitlyn betrachtete ihn stirnrunzelnd. Rory war sonst immer lustig und zum Scherzen aufgelegt. Sein jetziges Verhalten war seltsam.

Connor hatte seine Maske abgenommen und war gerade auf dem Weg zum Tunneleingang, als ihm Rory auffiel. Er änderte die Richtung und ging auf seinen Bruder zu.

»Was ist los, Rory?« fragte er scharf.

»Heute nacht war auch eine Kugel mit meinem Namen unterwegs, und sie hat mich nicht verfehlt.« Sein Ton klang entschuldigend.

»Was?«

Connor zog ihm die Kapuze vom Kopf und öffnete seinen Umhang. Rory blieb teilnahmslos gegen Thunderer gelehnt, als wäre sein Pferd alles, was ihn noch aufrecht hielt. Connor ließ Rorys Umhang auf den Boden fallen. Sein Mantel war voller Blut, von der linken Schulter bis zum Ellenbogen. Rory warf einen Blick auf seinen blutigen Ärmel, und seine Knie gaben unter ihm nach.

»Rory!« rief Cormac. Er und Liam sprangen zu ihm hin, Mickeen dicht hinter ihnen. Connor hatte seinen Bruder aufgefangen und legte ihn jetzt sanft auf den Boden. Caitlyn vergaß völlig, daß sie nicht gesehen werden durfte, und ging ein paar Schritte nach vorne. Knapp außerhalb des Lichtkegels blieb sie stehen.

»Schaut mich an, jetzt werde ich schon ohnmächtig wie ein verdammtes Mädchen!« sagte Rory, immer noch schwindlig, aber wieder bei Bewußtsein. Obwohl er ganz offensichtlich Schmerzen hatte, versuchte er noch über sich zu lachen. Connor beachtete ihn gar nicht. Er holte ein Messer aus dem Stiefel und schlitzte Rorys Ärmel auf. In dem geschwollenen, roten Fleisch des Oberarms war ein kleines schwarzes Loch. Blut floß den Arm entlang und tropfte auf den Boden. Rory warf nur einen Blick darauf, dann drehte er den Kopf zur Seite.

»Es ist nicht so schlimm. Du wirst am Leben bleiben«, sagte Connor. Vorsichtig hob er den Arm. Es gab eine Austrittswunde. Gott sei Dank war die Kugel nicht steckengeblieben. Rory zuckte zusammen. »Wahrscheinlich wird dir dein Arm noch eine Weile weh tun«, meinte Connor. Rory schloß die Augen. Connor sah auf. »Mickeen und Cormac, ihr kümmert euch um die Pferde. Liam, ich brauche deine Hilfe.«

Caitlyn wurde plötzlich bewußt, wo sie war, und sie zog sich instinktiv in den Schatten zurück. Aber Mickeens scharfe Augen bemerkten die Bewegung.

»Paßt auf!« zischte er, die Hand auf dem Pistolengriff. Caitlyn bekam Angst, er würde sie erschießen, und trat in den Lichtkreis.

»Ich . . . es war niemand im Haus«, sagte sie, als fünf Paar Augen sie fixierten.

»Was zum Teufel macht sie hier draußen? Herumspionieren?«

»Jetzt wissen es bestimmt bald alle, geschwätzig, wie diese verdammten Weiber sind!«

»Verflucht!«

»Und was jetzt, Conn?«

Connor fixierte sie eine Weile, und der Ausdruck in seinen Teufelsaugen war nicht zu deuten. Unter seinem Blick verspürte Caitlyn plötzlich Angst. Es war nicht ausgeschlossen, daß, was sie hier taten, so geheim war, daß man sie töten würde.

»Damit hätte ich eigentlich rechnen müssen. Du hast einen Riecher für Schwierigkeiten, was, Mädchen?« Connor sah sie noch eindringlicher an. »Ich denke doch, daß du den Mund halten wirst, oder?«

»O ja!« beteuerte Caitlyn schnell. In den Augen der anderen sah sie kein angenehmes Schicksal für sich geschrieben.

»Können wir ihr trauen, mein Lord?« Mickeen starrte sie mit gnadenlosem Gesichtsausdruck an.

»Natürlich können wir ihr trauen. Jetzt, da sie es weiß, ist sie praktisch eine von uns.« Das war Cormacs Stimme, und Caitlyn lächelte ihm unsicher zu.

»Sie weiß nichts«, sagte Liam mit einem warnenden Unterton. »Nichts, worauf es ankommt.«

»Sie wird den Mund halten, und wir können ihre Hilfe brauchen«, sagte Connor kurz angebunden und beendete damit die Diskussion. Dann wies er Liam an, Rorys Füße zu packen, und er nahm ihn an den Schultern.

»Ich kann selbst laufen, verdammt!« protestierte Rory. Connor und Liam beachteten ihn gar nicht, sondern hoben ihn hoch und trugen ihn zur Stalltür.

»Cormac, du und Mickeen, ihr macht hier Ordnung. Und paßt auf, daß ihr kein Blut überseht. Caitlyn, du kannst mit uns kommen. Halt ihm etwas über den Kopf, damit er nicht naß wird.«

Caitlyn schlüpfte aus ihrem Umhang und hielt ihn über Rorys Kopf, während sie aufs Haus zueilten. Sie hielt ihnen die Hintertür auf und folgte ihnen dann über die Treppe. Rorys Blut tropfte überall auf den Boden und die Treppe, aber glücklicherweise machte ihr der Anblick von Blut nichts aus. Connors Gesicht war blaß, als er seinen Bruder aufs Bett legte.

»Caitlyn, du besorgst heißes Wasser und Leinenstreifen für

den Verband. Versuch, so wenig Licht wie möglich zu machen, wir wollen keine Aufmerksamkeit auf das Haus lenken.«

Caitlyn eilte, alles zu besorgen. Als sie zurückkam, lag Rory in seinem Nachthemd auf dem Bett. Die Fensterläden waren geschlossen, damit auch nicht der leiseste Lichtschein nach draußen drang.

»Liam, du kannst jetzt gehen und Mickeen und Cormac helfen. Putz auf dem Weg nach draußen das Blut weg, und sorge dafür, daß alles so ist, wie es sein sollte. Caitlyn wird mir hier helfen.«

Liam warf ihr noch einen vernichtenden Blick zu und verschwand. Er mißtraute ihr immer noch.

»Hier, halt die Schüssel!« Caitlyn setzte sich vorsichtig auf den Bettrand. Connor reinigte die Wunde und preßte dann einen zusammengelegten Leinenstreifen darauf, aber er hatte sich schnell voll Blut gesaugt.

»Sieht nicht gut aus, was?« sagte Rory und fuhr sich mit der Zunge über die Lippen, als er seinen Arm ansah.

»Die Kugel muß eine Schlagader getroffen haben«, brummelte Connor als Antwort. Auch die zweite Kompresse hatte sich bald vollgesaugt, und Connor warf sie stirnrunzelnd in die Schüssel. Erschreckt sah Caitlyn ihn an, und er bedeutete ihr, nichts zu sagen, was Rory ängstigen konnte. Er holte das Messer wieder aus seinem Stiefel und hielt es in die Kerzenflamme, bis es rot glühte.

»Es wird weh tun«, warnte Connor. Rory nickte und drehte sein Gesicht zur Seite. Die Hand auf seiner gesunden Seite krallte sich in die Bettdecke. Caitlyn nahm seine Hand, und seine Finger schlossen sich um ihre.

»Wenn du einen schwachen Magen hast, sieh nicht hin«, wies Connor sie an, aber sie konnte ihre Augen nicht losreißen. Fasziniert beobachtete sie, wie er das glühende Messer auf die Wunde drückte. Der Geruch von verbranntem Fleisch stieg ihr in die Nase. Rory gab einen erstickten Laut von sich, aber er schrie nicht auf. Dafür drückte er Caitlyns Finger, bis sie taub waren.

»Tapferer Junge«, murmelte Connor, als er das Messer wegnahm. Die Wunde hatte sich geschlossen, und wenigstens auf der einen Seite war die Blutung jetzt gestillt.

»Verdammt, das tut mehr weh, als angeschossen zu werden!« meinte Rory.

»Ich weiß«, antwortete ihm Connor. Caitlyns Magen hob sich, als sie ihm half, Rory umzudrehen. Wieder preßte Connor das glühende Messer auf die Wunde und stoppte damit die Blutung. Rory stöhnte und drückte Caitlyns Finger so fest, daß sie dachte, sie würde schreien. Plötzlich wurde Rory schlaff.

»Connor!« Entsetzt griff sie nach Rorys Hand.

»Er ist nur bewußtlos«, sagte Connor und verband den Arm. »Jetzt ist es nicht mehr so schlimm, wir haben die Blutung gestillt.« Er verknotete den Verband und zog den Ärmel des Nachthemds darüber. »Bleib bei ihm, bis er wieder zu sich kommt. Ich habe noch etwas Dringendes zu erledigen und kann es nicht noch länger aufschieben. Ich muß jetzt weg.«

Er stand auf und blickte auf seinen Bruder hinunter. Wie er so über ihnen aufragte, wirkte er sehr stark und männlich. Plötzlich fühlte Caitlyn sich klein und hilflos. Dieser Connor mit dem harten, festentschlossenen Gesichtsausdruck war ihr fremd. Das Kerzenlicht spiegelte sich in dem silbernen Kreuz, das er um den Hals trug. Auch das war ihr fremd. Connor trug sonst nie irgendwelchen Schmuck. Seine hellen Augen glitzerten wie das Silber des Anhängers, und seine Lippen waren fest zusammengepreßt. Tiefe Linien, die sie noch nie zuvor bemerkt hatte, zogen sich vom Mund zur Nase. Plötzlich wurde ihr klar, daß Rorys Verletzung auch Connor weh tat, mehr, als sie es für möglich gehalten hätte.

»Was habt ihr gemacht? Warum wurde Rory angeschossen?« flüsterte sie, unfähig, die Frage zurückzuhalten. Connors Augen fuhren über ihr Gesicht, und sie wußte, daß er ihr nichts sagen würde.

»Du weißt schon mehr, als du wissen solltest. Du hättest im Haus bleiben sollen.« Seine Stimme war rauh, die Augen glühten, und die rastlose Energie in ihnen war erschreckend. »Ich gebe dir einen guten Rat, Caitlyn: Steck deine Nase nicht in Angelegenheiten, die dich nichts angehen!«

Damit drehte er sich auf dem Absatz um und verschwand. Caitlyn starrte ihm nach. Einen Moment lang lauschte sie noch seinen Schritten auf der Treppe, dann bewegte sich Rory unruhig, und sie wandte ihm ihre Aufmerksamkeit zu. In ihrem

Kopf kreisten viele Fragen, auf die sie keine zufriedenstellenden Antworten fand.

12

Im Stall waren sie mit der Arbeit schon fast fertig, als Connor kam. Das Stroh war wieder über die Tür im Boden gekehrt, und niemand hätte dort etwas vermutet. Die Beute hatten sie aufgeteilt. Fharannain war noch gesattelt, und Cormac und Liam befestigten gerade die Säcke am Sattel. Mickeen packte den Rest ihres Raubs in eine Eisenkassette, die im Stall versteckt blieb.

Als er hereinkam, blickten Liam und Cormac gespannt auf. Connor erlaubte sich einen kurzen Moment des Stolzes. Was immer er sonst getan haben mochte, seine Brüder hatte er gut erzogen. Sie sorgten sich wirklich umeinander, genau, wie es in einer Familie sein sollte.

»Rory?« fragte Cormac leise, als Connor näher kam.

»Es geht ihm den Umständen entsprechend gut. Es wird nichts zurückbleiben.«

Liam und Cormac sahen erleichtert aus. Mickeen, der gerade die Kassette zu ihrem Platz trug, blieb stehen und sagte über die Schulter: »Aye, und habe ich euch nicht gesagt, daß nur die Guten jung sterben? Rory wird wohl ein ziemlich langes Leben führen!«

Die drei d'Arcys grinsten. Mickeen mochte Rory genauso gerne wie sie. Der alte Pferdeknecht war schon von Anfang an bei ihnen gewesen. Er würde, ohne zu zögern, sein Leben für sie geben.

»Was ist mit Caitlyn?« fragte Cormac. »Hast du . . . hast du ihr irgendwas gesagt?«

»Nein, und ihr werdet ihr auch nichts sagen. Nicht daß ich ihr nicht trauen würde, aber je weniger Leute die Wahrheit wissen, um so besser.« Er trieb sein Pferd an und riet ihnen noch: »Ihr geht jetzt besser ins Haus und legt euch hin. Eure Arbeit ist getan.«

Dann war er draußen in der regengepeitschten Dunkelheit, und er lenkte Fharannain über die Hügel in Richtung Navan. Glücklicherweise kannte er den Weg fast Stein für Stein, genau wie das große schwarze Tier unter ihm. Fharannain sprang geschickt über Zäune und Bäche, die sie beide kaum sehen konnten. Connors Gedanken begannen zu wandern.

Rory war angeschossen worden. Zum erstenmal, seit sie ihre gemeinsamen Unternehmungen machten, war einer seiner Brüder verletzt worden. Vielleicht sollte er aufhören, solange noch niemand ernsthaft zu Schaden gekommen war. Seine Brüder waren ihm das Wichtigste auf der Welt. In der Nacht seines Todes hatte sein Vater sie seiner Obhut übergeben, und er war dem Versprechen, das er damals geleistet hatte, treu geblieben.

Die erste Zeit war nicht leicht gewesen, mit nichts außer dem Land und dem wenigen, das sie aus den Ruinen hatten retten können. Connor war damals zwölf Jahre alt gewesen, und plötzlich hatte er die Verantwortung für seine drei kleinen Brüder gehabt, ganz zu schweigen von den Landarbeitern, die auf und von Donoughmore gelebt hatten und die sich jetzt mühsam durchschlagen mußten. Er hatte Mickeen nach Dublin geschickt, um die wenigen Wertgegenstände, die ihnen noch verblieben waren, zu verkaufen. Aber wenn alles verkauft war, woher sollte dann Geld kommen?

Er war nach Dublin gefahren und hatte schnell herausgefunden, daß es für ihn nur zwei Möglichkeiten gab, Geld zu beschaffen: Zu stehlen oder seinen Körper zu verkaufen. Also stahl er. Die nächsten zwei Jahre hatte er zum Großteil in Dublin verbracht, während Mickeen sich um seine Brüder und die Farm gekümmert hatte. Er hatte alles gestohlen, was man nur irgendwie zu Geld machen konnte, und er hatte es tatsächlich geschafft, damit seine Brüder zu ernähren und die Farm zu erhalten. Während all dieser Zeit brannte die Wut in ihm. Rechtmäßig hätte er, der Earl von Iveneagh, ein Vermögen zur Verfügung gehabt, und seine Brüder hätten ein leichtes Leben in Wohlstand geführt. Auch sein Vater hätte noch leben können, wäre da nicht die ewige Gier nach noch mehr Land und noch mehr Geld gewesen. So waren sie jetzt ärmer als die Ärmsten, sie trugen Lumpen, und oft genug wußten sie nicht, woher sie noch etwas zu essen nehmen sollten. Damals hatte er Rache geschworen, und die Zeit dafür war auch gekommen, auch wenn seine Rache im Vergleich zum Schmerz nur ein Kinderspiel war ...

Seamus McCool stand schon im Eingang der Höhle, in der sie sich immer trafen. Connor lenkte Fharannain in die Höhle und warf dem Mann die beiden Säcke zu. Seamus würde die Sachen verkaufen und dafür sorgen, daß das Geld an die verteilt wurde, die es am nötigsten hatten.

»Gott schütze Euch!« sagte Seamus inbrünstig, als er das Gewicht der Säcke registrierte.

»Und dich auch, Seamus«, entgegnete Connor und lenkte Fharannain wieder nach draußen in die Dunkelheit. Seine Aufgabe war damit erledigt – bis zum nächsten Neumond.

13

Früh am nächsten Tag kam eine Gruppe Reiter nach Donoughmore. Connor war auf dem Hof geblieben, angeblich um das Schlachten zu überwachen, aber Caitlyn vermutete, er wollte ein Auge auf Rory haben. Mrs. McFee hatten sie erzählt, er habe sich mit Caitlyns Erkältung angesteckt, und sie schien sich keine Gedanken darüber zu machen, daß er im Bett blieb. Für Caitlyn hatte die Aufregung der letzten Nacht einen unerwarteten Aufschwung gebracht: Sie war wieder völlig gesund und konnte wie immer ihrer Arbeit nachgehen.

Als die sechs Reiter die Mauern der Burg passierten, holte Cormacs Rufen Connor aus dem Stall. Caitlyn hielt mit der Arbeit inne, um sie zu beobachten. Cormac wirkte etwas nervös, aber Connor beobachtete ihre Ankunft gelassen. Die Männer sahen aus, als hätten sie einen langen, schweren Ritt hinter sich. Caitlyn erkannte nur einen: Sir Edward Dunne.

»Was bringt Euch nach Donoughmore, Sir Edward?« fragte Connor, als sich dieser von der Gruppe löste und zu ihm hinüberritt.

»Wir haben ein paar dieser verdammten Banditen verfolgt«, antwortete er, und die Aufregung verlieh seinen Augen ein seltsames Glitzern. »Wir haben ihre Spur bis Donoughmore verfolgt, aber bei der alten Burg haben wir sie dann verloren. Ist Euch oder Euren Leuten letzte Nacht etwas Ungewöhnliches aufgefallen?«

»Ich habe nichts bemerkt, und man hat mir auch nichts Außergewöhnliches berichtet.« Er warf Cormac einen fragenden Blick zu, und der schüttelte den Kopf. »Wie kommt es, daß Ihr jetzt Banditen jagt, Sir Edward? Hat die Fuchsjagd ihren Reiz verloren?«

Der Spott in seiner Stimme konnte ihm kaum entgangen sein, aber er ging nicht darauf ein. »Ihr Opfer war dieses Mal Lord Alvinley. Wie Ihr wißt, ist er mein Onkel, und er kam gleich nach dem Überfall zu meinem Haus. Wir haben sofort die Verfolgung aufgenommen. Die Räuber haben gute Beute gemacht. Mein Onkel hatte die ganze Pacht dabei und außerdem noch die Juwelen seiner Frau.«

»Offensichtlich muß jemand seine Pläne gut gekannt haben. Vielleicht sollte er unter seinen Leuten nach dem Schuldigen suchen.«

»Mein Onkel schwört, daß es kein anderer als der schwarze Rebell war, der ihn überfallen hat. Er und seine Männer waren ganz in Schwarz, und ihr Anführer trug das silberne Kreuz Irlands um den Hals. Ich hatte immer geglaubt, daß der schwarze Rebell nur eine Legende wäre, erfunden von den Arbeitern, um ihre Herrschaft zu erschrecken. Aber mein Onkel ist überzeugt, daß es ihn gibt und daß er ihn überfallen hat. Trotzdem hatte er etwas Glück: Einer der Banditen wurde verletzt. Wir haben Blutspuren entlang der Fährte gefunden.« Er machte eine kurze Pause, dann fügte er mit einem seltsamen Unterton hinzu: »Vielleicht wollt Ihr ja mitkommen, d'Arcy? Wenn es tatsächlich der schwarze Rebell war, dann wird sich die Sache lohnen. Mein Onkel hat den Preis auf seinen Kopf verdoppelt. Und Eure Schafzucht ist bestimmt nicht sehr lukrativ.«

»Im Gegensatz zu Euch habe ich nicht viel übrig für Blutsport. Und mir reicht das Geld, das ich mit den Schafen verdiene.« Der Ausdruck seiner Augen hätte auch einem mutigeren Mann als Sir Edward Angst eingejagt, und dieser ging sofort auf ein unverfänglicheres Thema über.

»Ja, nun . . . Sind alle Eure Leute wohlauf?«

»Alle, die ich gesehen habe. Möchtet Ihr vielleicht selbst unter ihnen nach den Banditen suchen?« fragte Connor eisig. Sir Edwards Finger umklammerten die Zügel seines Pferdes, und das Tier trat nervös einen Schritt zurück.

Für den Moment, den Sir Edward brauchte, um sein Pferd

zu beruhigen, schien Cormac die Luft anzuhalten. Aber offensichtlich sah er keinen Sinn darin, den Herrn von Donoughmore noch weiter zu verärgern. Er lenkte ein. »Nein, das wird nicht nötig sein. Ihr werdet mich ja verständigen, falls irgend jemand krank sein sollte oder nicht richtig arbeitet?«

»Darauf könnt Ihr Euch verlassen.«

»Dann reiten wir jetzt weiter. Ich habe das Gefühl, sie verstecken sich irgendwo ganz in der Nähe und pflegen ihren Verwundeten. Einen guten Tag noch, d'Arcy.« Er nickte Connor und Cormac zu und tippte mit einem Blick auf Caitlyn an seinen Hut. Dann schwang er sein Pferd herum und verschwand, gefolgt von den anderen.

Caitlyn starrte den Männern nach. Connor und Cormac gingen zum Stall. Plötzlich dämmerte es ihr. Sie waren letzte Nacht draußen gewesen, mit Umhängen und maskiert, und Rory war dabei angeschossen worden. Und Connor hatte ein silbernes Kreuz getragen! Wie hatte sie nur so dumm sein können.

Sie ließ die Schafshäute, die sie geschrubbt hatte, im Wasser schwimmen und folgte den d'Arcys. Die beiden standen in der Tür und beobachteten die Reiter bei ihrem Abzug. Zwei Paar Augen musterten sie, als sie eintrat. Ihre Augen waren weit aufgerissen, und der Ausdruck darin war eine Mischung aus Erstaunen, Unglauben und Wissen.

»Was hast du, Mädchen?« fragte Connor, und seine Augen flogen über ihr Gesicht.

»Ihr seid es, nicht wahr?« flüsterte sie, und ihre Augen fixierten Connor. »Ihr seid der schwarze Rebell!«

Connor erwiderte ihren Blick, und ein warnendes Leuchten trat in seine Augen. »Du warst zu lange draußen bei den Schafen«, sagte er. Als sie ihren Blick immer noch nicht abwandte, begann ein kleiner Muskel an seiner Wange zu zucken, und er verließ die Scheune. Caitlyn starrte ihm nach. Sie hätte es wirklich wissen müssen! Er war genau so, wie Willie und sie sich den schwarzen Rebellen vorgestellt hatten. Aber sie hätte sich nie träumen lassen . . .

Sie sah Cormac an, der sie mit einem Blick musterte, mit dem man eine zusammengerollte Schlange betrachten würde.

»Dein Bruder ist der schwarze Rebell«, sagte sie bestimmt. Cormac öffnete den Mund, um zu antworten, aber als er die Überzeugung in ihren Augen sah, schloß er ihn wieder.

»Aye«, sagte er langsam und fügte dann plötzlich stolz hinzu: »Ja, er ist es!«

14

Während der nächsten zehn Monate erfüllte Caitlyn Sir Edwards Voraussage und wuchs zu einer Schönheit heran. Sie war noch ein Stück gewachsen, so daß die d'Arcys sie jetzt nicht mehr überragten, und ihre Kurven und Rundungen befanden sich an all den Stellen, an denen eine Frau sie haben sollte. Trotzdem blieb sie schlank. Sie hatte eine unglaublich schmale Taille und endlos lange Beine. Ihr Haar reichte ihr schon halb über den Rücken, und es war blauschwarz und seidig-glänzend wie Rabenfedern. Die riesigen blauen Augen mit den dichten Wimpern schienen nicht mehr zu groß für ihr Gesicht mit den feinen Zügen. Sie war gerade erst siebzehn geworden, aber sie war schon eine erwachsene Frau, und O'Malley, der Dieb, war für alle außer Caitlyn nur noch blasse Erinnerung.

Die Nachricht verbreitete sich in der Umgebung wie ein Lauffeuer, und einige junge Männer kamen, um sie zu sehen und dahinzuschmelzen. Mrs. Congreve, die vorher als die Schönheit in County Meath gegolten hatte, wurde entthront, und viele ihrer früheren Bewunderer pilgerten jetzt zu Caitlyn. Nur Connor schien gänzlich unbeeindruckt von ihrer erwachenden Schönheit. Er behandelte sie noch immer wie die junge Cousine, für die er sie ausgegeben hatte, und er stattete auch weiterhin Mrs. Congreve Besuche ab. Ihre Häufigkeit stieg sogar noch an, als er begann, über Nacht auszubleiben. Im Haus wurden immer öfter Befürchtungen laut über eine bevorstehende Hochzeit, und jedesmal, wenn Caitlyn das hörte, verschlechterte sich ihre Laune schlagartig.

»Er wäre nie so dumm«, sagte sie eines Tages zu Cormac, als dieser wieder damit anfing. Sie ritten gerade gemeinsam über die grünen Wiesen entlang des Boyne. Cormac war mittlerweile ein ansehnlicher Mann von neunzehn Jahren. Er und Rory hatten während des letzten halben Jahres gutmütig um die Aufmerksamkeit von Lisette Bromsleigh gerangelt, der

Tochter einer Baroneß aus der benachbarten Grafschaft Cavan. Doch in der letzten Zeit begannen auch die d'Arcys die erwachende Schönheit in ihrer Mitte zu bemerken, und Caitlyn hatte von ihrer rivalisierenden Aufmerksamkeit fast schon wieder die Nase voll.

»Eine schöne Frau kann auch den intelligentesten Mann zum Narren machen«, sagte Cormac und fügte mit einem Seitenblick auf sie hinzu: »Schau dir nur mal an, wie sich alle Männer in der näheren Umgebung wegen dir lächerlich machen! Ich dachte, Connor bekommt einen Anfall, als er letztens nach Hause kam und John Mason und Michael McClendon dir gerade halfen, das Fleisch einzusalzen. Es war schon ein Anblick: Die beiden, herausgeputzt, daß es schlimmer nicht mehr geht, machen deine Arbeit, während du kleines Biest danebensitzt und ihnen zuschaust.«

»Connor war ausgesprochen unhöflich«, sagte sie hochnäsig. »Und ihr anderen auch. Man möchte doch glauben, ich dürfte auch Freunde haben, genau wie ihr.«

»Freunde!« erwiderte Cormac belustigt. »Die wollen ganz was anderes, als deine Freunde sein. Obwohl du natürlich noch zu jung und unerfahren bist, um zu wissen, wovon ich spreche.«

Caitlyn warf ihm einen glühenden Blick zu. »Behandle mich bloß nicht so väterlich-herablassend, Cormac! Du bist nur zwei Jahre älter als ich. Außerdem bist du nicht besser als die anderen. Glaub bloß nicht, ich hätte nicht bemerkt, wie du mich oft ansiehst. Und Rory auch, sogar Liam!«

»Das ist ja lächerlich!« protestierte Cormac und wurde rot bis zu den Ohren.

»Ist es, ja? Ich habe dich gesehen! Gestern beim Tee zum Beispiel!«

»Nun, da hätte dich wohl jeder angestarrt, bei dem Kleid! Es war so weit ausgeschnitten, daß du fast rausgefallen wärst, und das auch noch vor Mrs. Congreve. Kein Wunder, daß Connor sauer war.«

»Connor hat kein Recht, meine Kleidung zu kritisieren, und du auch nicht!«

»Er hat dir das Kleid gekauft. Ich finde, er kann sehr wohl etwas sagen, wenn du mit der Schere daran rumschnippelst, bis es richtig unanständig aussieht.«

»Das tut es nicht!«

»Oh, doch.«

Caitlyn funkelte ihn an. »Du kannst allein weiterreiten, Cormac d'Arcy! Ich komme ohne deine Beleidigungen aus.« Sie trieb ihr Pferd an.

»Verdammt, Caitlyn . . .« Aber er sprach schon zur Luft. Caitlyn galoppierte über die Hügel in Richtung auf die Farm. Cormac spornte sein Pferd an, aber der Wallach, den Caitlyn von Connor bekommen hatte, war schnell und nicht so leicht einzuholen. Schließlich gab er auf und bemühte sich darum, sie wenigstens in Sichtweite zu behalten, um dafür zu sorgen, daß ihr nichts geschah.

Wütend lehnte sich Caitlyn über Finnbarrs Hals und trieb ihn noch mehr an. Männer waren doch das Letzte! Cormac machte sich zum Narren, und nur, weil sich ihr Aussehen etwas verändert hatte. Er, Rory und Liam waren fast übereinandergestolpert, als sie in ihrem Kleid heruntergekommen war, und es war ganz sicher nicht weiter ausgeschnitten gewesen als das von Mrs. Congreve. Die hatte im Salon mit Connor geflirtet, und weder das noch ihr Kleid schien jemand unanständig zu finden. Es wäre wirklich nicht nötig gewesen, daß Connor sie wie ein unartiges Kind auf ihr Zimmer geschickt hatte, um sich umzuziehen. Als er zuvor wohlwollend Mrs. Congreves Ausschnitt gemustert hatte, schien er daran nichts Unanständiges gefunden zu haben. Es war immer dasselbe. Er behandelte sie wie ein kleines Kind. Dann hatte er Mrs. Congreve nach Hause gebracht und war die Nacht weggeblieben. Ihnen hatte er die ganze Arbeit überlassen. Er brauchte ihr Verhalten wirklich nicht zu kritisieren!

Der Wind in ihrem Gesicht hatte ihre Wut etwas abgekühlt, aber als sie zurückkam und Fharannains leeren Stall sah, flammte sie sofort wieder auf. Er war immer noch nicht zurück, und es war schon Nachmittag! Sie mußte an Mrs. Congreve denken, wie sie um Connors Begleitung gebeten hatte, weil sie angeblich den schwarzen Rebellen fürchtete. In Anbetracht der Umstände war das wirklich ein guter Witz, nur daß Caitlyn nicht zum Lachen zumute war.

Natürlich war es Connors gutes Recht, eine Geliebte zu haben. Mit siebenundzwanzig war es für ihn sogar höchste Zeit, zu heiraten und Kinder zu haben. Aber Mrs. Congreve! Wie

Connors Brüder war sie mit seiner Wahl nicht einverstanden. Oder vielmehr mit Mrs. Congreves Wahl. Als verarmter irischer Adliger konnte Connor nicht, wie es üblich war, unter dem Adel nach einer Braut seiner Wahl suchen.

Seine Brüder waren der Meinung gewesen, er würde Mrs. Congreve lediglich für eine Weile zur Geliebten nehmen, und da hatten sie auch nichts dagegen. Doch jetzt sah es so aus, als wäre die Lady auf einen Ehemann für ihr Vergnügen aus, nachdem sie zuvor schon einen wegen des Geldes geheiratet hatte. Wenn sie sich Connor in Mrs. Congreves Bett vorstellte, drehte sich Caitlyn der Magen um. Es gab viele Mädchen, zwischen denen Connor hätte wählen können, von der Tochter des Schulmeisters bis hin zu Sir Edwards eigener Nichte. Sie war von Connors gutem Aussehen beeindruckt genug, um seine irische Abstammung zu übersehen, obwohl ihre Familie es wohl kaum zu einer Heirat würde kommen lassen. Aber die rothaarige Sarah Dunne paßte eigentlich genausowenig zu Connor wie Mrs. Congreve.

Nun, einen Vorteil hatte Connors Abwesenheit: Er wußte nicht, daß sie ohne Begleitung von ihrem Ritt zurückgekommen war. Sir Edward, ein weiterer Bewunderer ihrer Schönheit, war nämlich in der letzten Zeit dazu übergegangen, immer um die Uhrzeit auf dem Gelände der d'Arcys auszureiten, um die auch Caitlyn draußen war. Nach ein paar ›zufälligen‹ Begegnungen hatte Connor angeordnet, daß sie nicht mehr ohne Begleitung ausreiten durfte. Connor war in der letzten Zeit leicht gereizt, und Caitlyn wollte wegen dieser Bagatelle keinen Streit mit ihm provozieren. Aber es ging ja auch langsam auf Neumond zu, kein Wunder, daß Connor schlecht gelaunt war. Da ritt nämlich der schwarze Rebell, und ihm ging sicher viel im Kopf um. Seit Rorys Verletzung waren sie nur viermal unterwegs gewesen, und irgendwie wußte Caitlyn, daß er darüber nachdachte, ganz aufzuhören. Er selbst hatte keine Angst, aber er sorgte sich um seine Brüder. Auf der anderen Seite gab es viele Arme, die auf seine Hilfe angewiesen waren.

Sie wäre liebend gern mit ihnen geritten. Einmal hatte sie sogar gewagt, den Vorschlag zu machen, aber Connor wäre beinahe in die Luft gegangen, und er hatte es strikt verboten. Beim letzten Neumond hatte sie es geschafft, sich im Stall zu verstecken und ihren Aufbruch zu beobachten, und sie war fest entschlossen, ihnen das nächste Mal zu folgen. Cormac hatte ihr von ein paar Raubzügen erzählt, und er würde ihr auch sagen, wann sie wieder ritten. Der allgemeinen Stimmung zufolge würde es wohl bald sein. Connor war voller rastloser Energie, die Landherren trieben erbarmungslos ihre Pacht ein, und der Mond wurde zunehmend schmaler. Aber dieses Mal würde sie die Heldentaten des schwarzen Rebellen mit eigenen Augen sehen.

Sie hatte sich alles gut ausgedacht. Sie würde ein Mitglied seiner Bande werden, das war zur Zeit ihr liebster Tagtraum. Für dreihundertdreiundfünfzig Tage im Jahr würde sie eine hübsche junge Lady sein, aber an den restlichen zwölf würde sie sich in einen jungen Mann verwandeln, der an der Seite des schwarzen Rebellen ritt. Für diesen Traum hatte sie auch die Hosen und ihre männliche Art aufgegeben. Wenn der Tag gekommen war, sollte niemand vermuten, daß das neueste Mitglied in der Bande des schwarzen Rebellen eine Frau war.

»Wo ist Cormac?« Caitlyn zuckte zusammen. Für einen Moment hatte sie gedacht, es wäre Connor, aber als sie sich umdrehte, stand da Rory. Sie runzelte die Stirn.

»Ich habe beschlossen, meinen Ritt ohne ihn zu beenden«, sagte sie und ging mit Finnbarrs Sattel auf dem Arm in Richtung Sattelkammer.

»Laß mich das machen, das ist zu schwer für dich.« Rory nahm ihr den Sattel ab und hängte ihn für sie auf. Verstimmt musterte sie seinen Rücken. Sie nahm gerade Finnbarr das Zaumzeug ab, als sich seine Hand um ihre schloß. »Du weißt doch, Connor hat gesagt, du sollst nicht allein ausreiten. Cormac ist offensichtlich unfähig, von jetzt an werde ich dich begleiten.«

»Ich brauche dich nicht! Und Cormac oder Liam auch nicht! Oder sonst irgend jemanden.« Langsam wurde sie wütend.

»Du weißt, daß du nicht alleine ausreiten kannst«, sagte Rory ernst.

»Wer bist du denn, daß du mir sagen willst, was ich tun soll?« Sie führte Finnbarr zu seiner Box, und als Rory auch das für sie tun wollte, stieß sie ihm mit dem Ellbogen kräftig in die Rippen. Er ließ los und rieb sich die Seite.

»Connor sagt . . .«

»Connor kann mir gestohlen bleiben!« Sie brachte Finnbarr in die Box und schloß die Tür. Dann drehte sie sich um und funkelte Rory an, die Hände in die Hüften gestemmt.

»Caitlyn!« Cormac kam in den Stall geritten. Als er sie stehen sah, atmete er erleichtert auf. Dann bemerkte er Rory, der ihr gegenüberstand und sich die Rippen rieb.

»Ich dachte, du solltest bei den Schafen helfen«, sagte er vorwurfsvoll.

»Und ich dachte, du solltest auf Caitlyn aufpassen!« gab Rory zurück.

»Das habe ich!« Cormac glitt von Kildare und begann, den Sattel abzunehmen. Dabei starrte er die ganze Zeit seinen Bruder an.

»Hat ganz danach ausgesehen. Sie war mutterseelenallein, als sie zurückkam!«

»Ich habe die ganze Zeit auf sie aufgepaßt! Sie ist wütend geworden . . .«

»Ich wüßte gern, was du getan hast, um sie so wütend zu machen.« Rorys Stimme hatte einen Unterton, der Caitlyn nicht gefiel.

»Und was hast du getan, daß sie so wütend wurde, wenn man fragen darf? Ich sehe doch, wie du dir die Rippen reibst, und sie würde dich nicht für nichts schlagen!« Cormac funkelte seinen Bruder an.

»Sie hat mich nicht geschlagen, sie . . .«

»Hört auf damit, alle beide!« fuhr Caitlyn dazwischen. »Ihr benehmt euch wie kleine Kinder. Ich brauche keinen von euch, um auf mich aufzupassen. Ich kann für mich selbst sorgen.«

Die beiden wandten ihre Aufmerksamkeit Caitlyn zu. Sie wußte es nicht, aber sie sah umwerfend aus. Ein rosiger Schimmer lag auf ihren Wangen, und Strähnen ihres seidigen schwarzen Haars wehten ihr ums Gesicht. Hingerissen starrten die beiden sie an.

»Oh, mein Gott, also wirklich!« sagte sie verärgert angesichts ihrer anbetungsvollen Blicke.

»Caitlyn!«

»Caitlyn, sei nicht böse!« Rory erwischte sie am Ärmel. Caitlyn fuhr herum und entzog sich ihm so heftig, daß der dünne Stoff riß. Cormacs Gesicht lief rot an vor Wut.

»Schau, was du getan hast, du Trampel!« Caitlyn mußte fast schon wieder lachen, als sie den entsetzten Ausdruck auf seinem Gesicht sah.

»Ich wollte nicht . . .«

»Du hast ihr Kleid zerrissen!« Cormac sah die Situation nicht so gelassen wie Caitlyn. Er ballte die Fäuste und starrte seinen Bruder herausfordernd an.

»Das war keine Absicht – und außerdem geht dich das gar nichts an!« Rorys Entschuldigung wurde zur Herausforderung, als er Cormacs feindlichem Blick begegnete.

»Mehr als dich auf jeden Fall.«

»Das ganz sicher nicht!«

»Hört gefälligst auf, ihr beide!« schrie Caitlyn und trat schnell zwischen sie. Cormac versuchte an ihr vorbeizukommen, die Fäuste geballt, die Zähne fest zusammengebissen. Caitlyn trat auch zur Seite, um vor ihm zu bleiben, die Hände auf seiner Brust. Rory ging von hinten an ihr vorbei und schubste seinen Bruder an der Schulter.

»Glaubst du wirklich, du kannst es mit mir aufnehmen, kleiner Bruder?«

Diese provozierende Frage brachte Cormacs Augen zum Glühen. Caitlyn versuchte, die beiden auseinanderzuhalten, aber sie beachteten sie gar nicht. Gerade wollte sie es aufgeben – sollten sie sich doch zerfleischen –, da kam Connor auf Fharannain in den Hof geritten. Als Cormac seinen ältesten Bruder kommen sah, öffnete er langsam die Fäuste und schickte nur noch glühende Blicke in Rorys Richtung. Caitlyn trat ein Stück zur Seite und versuchte so auszusehen, als wäre nichts gewesen. Connor band sein Pferd an und kam mit zusammengekniffenen Augen auf sie zu. Rory, der ganz offensichtlich Connors Ankunft nicht mitbekommen hatte, versuchte die Gelegenheit zu nützen und zielte einen Fausthieb auf Cormac. Glücklicherweise duckte der sich, und der Schlag traf nur die Luft über seinem Kopf.

»Was zum Teufel ist hier los?« Eine kräftige Hand packte Rorys Hemdkragen und zog ihn ein paar Schritte zurück. Connor sah seinen Bruder wütend an, dann blickte er von ihm zu Caitlyn und weiter zu Cormac. Obwohl sie eigentlich völlig schuldlos war, fühlte sogar Caitlyn sich unter seinem Blick nur zwei Zentimeter groß.

Niemand sagte ein Wort. Connor musterte sie eine Weile abschätzend, dann ließ er Rory los.

»So etwas möchte ich nie wieder sehen, egal warum. Ein d'Arcy erhebt keine Hand gegen einen d'Arcy, ist das klar?«

»Aye.«

»Aye.«

Cormac und Rory wirkten nicht sehr begeistert, aber sie trauten sich auch nicht, Connor zu widersprechen. Also blieb es Caitlyn überlassen, ihn ärgerlich anzustarren.

»Nun, kleines Mädchen, was habe ich wohl getan, um deinen Unmut zu erregen?« sagte er spöttisch, und Caitlyns Ärger verwandelte sich in Wut. Es hörte sich an, als würde er mit einem kleinen Kind sprechen, und das war sie ganz sicher nicht mehr.

»Hättet Ihr Augen und auch nur etwas Verstand in Eurem Kopf, würdet Ihr bestimmt bemerkt haben, daß ich kein kleines Mädchen mehr bin!« Damit drehte sie sich um, marschierte zum Haus zurück und hinterließ die drei mit ähnlich verblüfftem Gesichtsausdruck.

15

Zwei Tage später war es soweit. Als es langsam auf den Abend zuging, war Caitlyn sich da ganz sicher. Connor war seltsam gereizt, und von den anderen strahlte unterdrückte Aufregung aus. Sogar die Pferde stampften in ihren Ställen. Als Mrs. McFee nach dem Abendessen gegangen war, zogen die d'Arcys sich gleich ins Bett zurück, ganz im Gegensatz zu ihren sonstigen Gewohnheiten. Normalerweise saßen sie noch im Salon und erzählten sich Geschichten oder spielten Schach. Caitlyns Gewißheit wuchs: Heute nacht war es soweit! Sie ging auch auf ihr Zimmer, und als sie den anderen eine ›gute Nacht‹ wünschte, konnte sie selbst kaum ihre Aufregung im Zaum halten. Schnell legte sie die Männersachen an, die sie Stück für Stück aus Mrs. McFees Korb mit Nähsachen stibitzt hatte. Was zu weit gewesen war, hatte sie, so gut sie konnte, eingenäht. Mit dem Umhang und der Maske allerdings mußte sie improvisieren. Eines Tages hatte sie auf dem

Speicher zwischen den alten Sachen ein schwarzes Kleid entdeckt, und obwohl Nähen kaum ihre große Stärke war, hatte sie es doch geschafft, beides daraus zu fertigen.

Als sie sich umgezogen hatte, wartete sie noch eine gute Stunde. Im Haus war es inzwischen totenstill geworden, und sie hielt es in ihrem Zimmer nicht mehr länger aus. Vorsorglich steckte sie noch eine zusammengerollte Decke in ihr Bett, so daß es aussehen würde, als schliefe sie, nur falls jemand nach ihr sehen sollte. Dann klemmte sie sich den Umhang und die Maske unter den Arm und schlich die Treppe hinunter.

Die Nacht war so dunkel, daß sie nur mit Mühe die Umrisse des Stalls ausmachen konnte. Ein eisiger Ostwind strich durch das Moorgras und ließ die Blätter der Bäume rascheln; davon abgesehen war es still. Sogar die Schafe schienen zu spüren, daß etwas in der Luft lag, denn sie gaben keinen Laut von sich.

Die d'Arcys waren noch im Haus. Ihre Fenster waren dunkel, als würden sie schlafen. Caitlyn konnte nur hoffen, daß sie auch dort bleiben würden, bis sie außer Sichtweite war. Es war ihr klar, daß es unmöglich war, ihnen unbemerkt durch den Tunnel zu folgen, also mußte sie wohl oder übel in der alten Burg auf sie warten. Von dort aus würde sie ihnen dann mit ausreichendem Abstand folgen. Sie rechnete damit, daß die d'Arcys sich mit ihrem Aufbruch noch eine Stunde Zeit lassen würden, aber sicher konnte sie sich nicht sein.

Finnbarr schnaubte, als sie ihm den Sattel auflegte, aber sie beruhigte ihn mit einem Apfel, den sie extra dafür aufgehoben hatte. Während er noch zufrieden kaute, zog sie den Sattelgurt fest, dann legte sie ihm das Zaumzeug an und führte ihn so leise wie möglich aus dem Stall. Erst als sie ein gutes Stück vom Farmhaus entfernt war, stieg sie auf und belohnte Finnbarr mit einem Klaps auf den Hals. Sie liebte den Wallach heiß und innig. Er war ein schönes Tier, schlank, intelligent und schnell wie der Wind. Connor wollte sich nie dazu äußern, aber er mußte ihn ein schönes Stück Geld gekostet haben, und Caitlyn war über dieses kostbare Geschenk wirklich gerührt gewesen. Schließlich war sie noch nicht einmal mit ihm verwandt, auch wenn er sie als seine Cousine ausgab; aber er behandelte sie, als gehöre sie zur Familie. Gottes Segen war auf ihr gelegen, als sie versucht hatte, seine Geldbörse zu stehlen, und ihr schien, als habe ihr Leben eigentlich erst an diesem Tag begonnen.

Die Burg war unheimlich wie eh und je, aber Caitlyn hatte keine Angst mehr. Sie fühlte sich mit den d'Arcys verbunden, ob sie nun lebten oder tot waren. Wenn sie jetzt an die Gespenster dachte, sah sie sie mehr als Mitstreiter, nicht als etwas, was ihr angst machte. Sie hatte beschlossen, unter den Steinbögen entlang der hinteren Mauer auf sie zu warten. Sie war sich ziemlich sicher, daß der Tunnel in den Verliesen unter der Burg endete, aber da wollte sie nicht unbedingt hin, schon gar nicht nachts und noch weniger allein. Sie hatte die Reiter in der Burg verschwinden sehen, und da würden sie wohl auch wieder herauskommen.

Und das taten sie. Das dumpfe Trommeln von Hufen warnte Caitlyn, kurz bevor sie aus der Burg brachen, über den Vorhof galoppierten und über die Mauer verschwanden. Connor auf Fharannain führte sie an. Caitlyn war von ihrem Anblick so fasziniert, daß sie fast vergaß, ihnen zu folgen.

Sie ritten etwa eine dreiviertel Stunde in halsbrecherischem Galopp, wobei Caitlyn immer bemüht war, ihnen nicht zu nahe zu kommen, sie aber auch nicht zu verlieren. Dabei vertraute sie sowohl auf ihren Instinkt als auch auf das Wenige, das sie sehen konnte. Der Weg durchs Moor war tückisch, aber Finnbarr hatte einen sicheren Schritt, und er stolperte nicht ein einziges Mal. Im Schutz der Dunkelheit überquerten sie an einer seichten Stelle den Boyne. Die Reiter verschwanden in einem kleinen Wäldchen, und Caitlyn war schon mitten zwischen den Bäumen, ehe sie merkte, daß sie angehalten hatten.

»Geld oder Leben!« kam das Kommando von etwas weiter vorne, gefolgt von Schüssen. Für einen kurzen, schrecklichen Moment dachte Caitlyn, daß man sie für einen Fremden hielt und auf sie schoß. Den Kopf dicht über Finnbarrs Hals gesenkt, brach sie durch die Bäume, während sie versuchte, das Pferd zum Stehen zu bringen. Aber Finnbarr spürte die Nähe seiner Stallgefährten und wollte nicht anhalten.

»Heilige Mutter Maria, was ist das?« Gerade als die anderen auf sie aufmerksam wurden, gelang es ihr, das Pferd zu zügeln. Wie ein Mann schwangen die maskierten und die unmaskierten Gesichter in ihre Richtung.

»Nicht schießen! Es ist . . .« Rory konnte sich gerade noch bremsen, ehe er mit dem Namen herausplatzte. Sie hatten eine laternenbeleuchtete Kutsche angehalten, und ihr luxuriöses Aussehen sprach dafür, daß sie reiche Beute machen würden. Zwei elegant gekleidete Damen klammerten sich aufgeregt an den Arm eines nicht weniger nervösen Gentleman. Liam hielt die kleine Gruppe mit seiner Pistole in Schach. Die beiden Damen und ihre Begleitung würden kein Problem darstellen, dazu hatten sie viel zuviel Angst. Der Kutscher hatte seine Pistole weggeworfen, nur der Leibwächter war noch bewaffnet. Er versuchte die Chance zu nützen, die Caitlyns Ankunft bot, und riß die Waffe hoch.

»Nein!« schrie Caitlyn. Für einen schrecklichen Moment wartete sie darauf, daß einer ihrer Familie zusammenbräche. Dann gab der Leibwächter einen erstickten Laut von sich und fiel von seinem Sitz auf die Straße. Connor machte eine Handbewegung, und Rory stieg ab, um nach dem Mann zu sehen.

»Er ist tot«, berichtete er kurz angebunden. Caitlyn starrte auf den leblosen Körper. Ihr war schlecht. Aber es gab keine Zeit zu verlieren; Connor ritt zu der Kutsche hinüber, und das Kreuz von Irland blinkte auf seiner schwarzen Kleidung. Der Kutscher schrak zurück, als er näher kam.

»Wirf die Koffer herunter.«

»Aye, Aye!« antwortete der Kutscher nervös, deutlich nicht erpicht darauf, das Schicksal seines Kameraden zu teilen. Er hielt ein wachsames Auge auf Connor, während er das Gepäck hinunterwarf. Als alles auf dem Boden lag, stieg Mickeen ab und durchsuchte die Koffer. Liam half ihm dabei. Alles, was sie für wert hielten, mitgenommen zu werden, kam in einen Lederbeutel, den sie um den Hals hängen hatten. Als Mickeen die Beutel dann an Aristedes' Sattel befestigte, waren sie prall gefüllt.

»Bitte tut uns nichts!« Die kläglich vorgebrachte Bitte lenkte Caitlyns Aufmerksamkeit auf die beiden Frauen, die gerade ihren Schmuck ablegten. Cormac nahm ihn entgegen, und sein Lachen jagte ihr einen Schauer über den Rücken. Es war, als hätten sie mit ihren Masken auch eine andere Persönlichkeit angelegt. Sie waren Straßenräuber, verwegen, verzweifelt und bereit, dafür mit dem Leben zu bezahlen. Plötzlich wurde ihr klar, daß die Sache hier kein Spiel war, sondern tödlicher Ernst.

»In Ordnung, laßt uns verschwinden!« Auf einen Wink von

Connor hin schnitten Liam und Mickeen die Zugpferde los und jagten sie davon. Damit saß die Kutsche samt Reisenden hier fest.

»Du!« Plötzlich war Connor neben ihr, und seine Augen funkelten eisig hinter der Maske. »Halt dich an mich!«

Caitlyn wurde unruhig. Als er sich das letzte Mal so angehört hatte, hatte er sie danach übers Knie gelegt. Natürlich würde er das jetzt nicht mehr wagen, aber ...

»Los jetzt!«

Diesmal hatte Liam die Führung, während Connor sich mehr in der Mitte hielt, um neben ihr zu reiten. Sie freute sich zwar nicht gerade auf das, was sie erwarten würde, wenn sie erst zurück waren, aber sie war trotzdem froh, ihn an ihrer Seite zu haben. Nach einer Weile verdrängte die Aufregung über ihr Abenteuer die Angst vor der Strafe. Sie genoß den wilden Ritt und hatte bald alles vergessen, außer, wie wunderbar es war, so an seiner Seite zu galoppieren. Sie trieb Finnbarr an und überholte die anderen. Seine Hufe schienen kaum mehr den Boden zu berühren. Mühelos nahm er eine niedrige Mauer, Fharannain noch immer neben sich. Lachend warf Caitlyn einen Blick zur Seite, um zu sehen, ob Connor ihre Freude teilte. Die Maske verdeckte einen Großteil seines Gesichts, aber was sichtbar war, wirkte wie versteinert, und seine Lippen waren fest zusammengepreßt.

»Halt an!« Noch während er es aussprach, griff er ihr in die Zügel und stoppte ihr Pferd. »Du Dummkopf hast die Stelle verpaßt!« Zitternd sah Caitlyn sich um und bemerkte erst jetzt, daß die anderen verschwunden waren. Sie folgte Connor zu einem massiv wirkenden Felshaufen. Erst im letzten Moment sah sie den Spalt in den Felsen, durch den Connor jetzt verschwand. Sie hielt den Atem an und folgte ihm. In der kleinen Höhle wartete Mickeen schon auf sie, und er verschloß den Eingang mit einem großen Stein. Die anderen waren schon vorausgeritten; das Geräusch von Pferdehufen und ein blasser Lichtschimmer verrieten ihr, daß es weiter unter die Erde ging.

Die Höhle verengte sich zu einem schmalen Gang, offensichtlich von Menschen aus dem Felsen geschlagen. Wasser rann in dünnen Rinnsalen den Stein hinab, und von oben kam ein eigenartiges dumpfes Rauschen. Schaudernd wurde Caitlyn klar, daß sie gerade unter dem Boyne durchritten. Offensichtlich waren die anderen diesen Weg schon viele Male geritten, also versuchte sie ihre Angst zu unterdrücken und konzentrierte sich nur auf Connors breiten Rücken vor sich.

Endlich führte der Weg wieder bergauf. Plötzlich verließen sie den schmalen Gang, und Mickeen verschloß den Eingang, indem er an einer Kette zog. Die große Steinplatte protestierte quietschend, als sie an ihren Platz rutschte. Sie befanden sich im Burgverlies. Sie ritten in einen weiteren Geheimgang, und wieder schloß Mickeen eine quietschende Steintür hinter ihnen. Das waren also die geisterhaften Schreie gewesen, die sie damals in der Burg gehört hatte. Der Gang führte bald steil bergauf, und dann tauchten sie auch schon durch die versteckte Falltür in den Stall.

16

»Steig ab!« Connor hatte seine Maske heruntergerissen, und sein Gesicht war weiß vor Wut. Es ging ihm nicht schnell genug. Er packte sie und riß sie von Finnbarrs Rücken. Connors Wut wandelte ihre Freude über den wilden Ritt in pure Angst.

Sie stand vor ihm, den Kopf zurückgelegt, und erwiderte tapfer seinen wütenden Blick. Er war ein großer Mann, und obwohl sie ein ganzes Stück gewachsen war, reichte sie ihm nur bis zum Kinn. Er streifte ihr die Maske und den Umhang ab und ließ beides zu Boden fallen. Ihr seidiges Haar löste sich und fiel ihr weich ums Gesicht. Unsicher strich sie es zurück. Die mühsam unterdrückte Aggression in seinen Bewegungen machte sie nervös, denn sie zeigte deutlicher als Worte, wie es in ihm brodelte.

»Connor, ich . . .«, begann sie, aber der Klang ihrer Stimme schien ihn noch mehr zu ärgern. Schnell verstummte sie. Er packte ihre Arme, wie um sie kräftig durchzubeuteln; er tat es schließlich nicht, aber sein Griff schmerzte.

»Ich sollte dich windelweich schlagen«, sagte er grollend. »Was hast du dir eigentlich dabei gedacht? Hast du dir überhaupt etwas gedacht, frage ich mich! Weißt du überhaupt, was du für eine Dummheit gemacht hast? Du hättest getötet werden können, einer von uns hätte getötet werden können, und es wäre deine Schuld!«

Er schüttelte sie einmal kräftig, und sie griff automatisch nach seinen Handgelenken. Mit weit aufgerissenen Augen begegnete sie seinem wütenden Blick. Zorn stieg in ihr auf und noch etwas anderes, eine eigenartige Spannung, die sie sich nicht erklären konnte.

»Laß sie los!« sagte Cormac plötzlich. Erstaunt sahen beide ihn an. Er stand neben Connor, sein Gesichtsausdruck war fest entschlossen. Wenn er auch nicht so groß und muskulös war wie Connor, so war er doch sehr kräftig.

»Was hast du gesagt?« entgegnete Connor gefährlich leise, und seine Augen sprühten Funken. Er hielt sie immer noch an den Oberarmen, und offensichtlich hatte er vergessen, was für eine Kraft er in seinen Händen hatte.

»Ich habe gesagt, du sollst sie loslassen. Du tust ihr weh!«

Connors Griff an ihren Armen verstärkte sich, und sie mußte sich beherrschen, um nicht laut aufzuschreien. Sie wußte, er hatte vergessen, daß er sie noch hielt. Seine Aufmerksamkeit konzentrierte sich auf Cormac, und sein Gesichtsausdruck verhieß Gefahr.

»Das geht dich nichts an, halt dich da raus!« gab er zurück und wandte sich wieder Caitlyn zu. Sie befeuchtete die Lippen, aber ehe sie noch etwas sagen konnte, wiederholte Cormac seine Aufforderung.

»Laß sie los, Conn!«

Connors Augen wanderten wieder zu Cormac, und er sah aus, als würde er seinen Ohren nicht trauen. Wenigstens hatte Cormac etwas von Connors Wut auf sich gelenkt, aber sie war ihm dafür nicht dankbar. Die Beziehung zwischen den Brüdern war immer gut gewesen, und sie wollte nicht zwischen sie treten.

»Geh an deine Arbeit, Cormac! Das ist eine Angelegenheit zwischen Caitlyn und mir.« Connor hielt sich nur mit äußerster Selbstbeherrschung zurück, und seine Augen glühten, als sie von seinem jüngsten Bruder über die anderen streiften. »Das gilt auch für euch. Rory, du kümmerst dich um die Pferde. Liam und Mickeen, ihr sortiert die Beute aus und nehmt, was wir brauchen. Aber beeilt euch, ich habe eine Verabredung mit Vater Patrick, und er wird sich zu Tode sorgen, wenn ich zu spät komme.« Er wandte sich wieder Caitlyn zu. »Was ich allerdings nicht vorhabe. Was dich betrifft, du kannst mir alles später erklären, ich habe jetzt keine Zeit dafür. Aber eines möchte ich klarstellen, bevor ich gehe: Du wirst so etwas nie wieder tun! Darauf will ich dein Wort!«

Seine Augen bohrten sich in ihre. Fast hätte sie ihm das Versprechen gegeben und die Sache damit hinter sich gebracht. Aber dann lebte ihr Eigensinn wieder auf. Sie hatte nicht vor, ruhig und brav zu Hause zu sitzen und Däumchen zu drehen, während sie auf Abenteuer auszogen. Und sie achtete Connor zu sehr, um ihm ein Versprechen zu geben, das sie nicht halten würde.

»Ich will dein Wort darauf!« Seine Hände schlossen sich wieder fester um ihre Arme, aber sie erwiderte seinen Blick entschlossen. Sie fürchtete Connor nicht. Er würde ihr nie weh tun, das wußte sie. Er würde zwar wahrscheinlich irrsinnig wütend werden, aber damit konnte sie fertig werden. Hoffte sie jedenfalls.

»Ich kann es nicht geben«, sagte sie leise, aber ohne Zweifel hatte jeder der Anwesenden es gehört. Alle Blicke richteten sich plötzlich auf sie. Ihre Augen verließen nicht für einen Augenblick Connors Gesicht.

Connor biß die Zähne zusammen. Als sie die rohe Kraft des Mannes spürte, der sich jetzt drohend über sie beugte, wünschte sie für einen Moment, sie könnte ihre Worte zurücknehmen.

»Ich will dein Wort darauf!«

»Tu ihr nicht weh, Connor!«

»Halt dich da raus, kleiner Dummkopf!« zischte Connor ihm zu, aber er ließ sie dabei nicht für einen Moment aus den Augen. »Gib mir dein Wort!«

»Ich kann kein Versprechen geben, das ich nicht halten werde«, sagte sie leise, aber bestimmt. Connor starrte sie mit zusammengepreßten Lippen an, seine Augen glühten. Verzweifelt fuhr sie fort: »Ich möchte mit euch reiten! Ihr seid jetzt meine Familie. Ich kann helfen . . .«

»Ich möchte nichts mehr von diesem verdammten Unsinn hören!« brüllte Connor so laut, daß sie unwillkürlich zusammenzuckte. Mit seiner Beherrschung war es vorbei. »Du wirst verdammt noch mal tun, was ich dir sage, und wenn du jemals,

jemals wieder etwas versuchst wie heute nacht, werde ich dich grün und blau schlagen! Du wirst in Zukunft schön zu Hause im Bett bleiben, und damit Schluß!«

»Das werde ich nicht!« Caitlyn wurde langsam zornig. Was bildete er sich ein? »Warum kann ich nicht mit euch reiten? Ich bin so gut wie Liam und ein Stück besser als Mickeen. Ich kann schießen lernen. Ich . . .«

»Nein!« Connor war jetzt fast außer sich vor Wut.

»Conn, sie reitet wirklich gut!« Cormac war nicht von seiner Seite gewichen. Seit Caitlyn ihr Geheimnis entdeckt hatte, war er von der Idee begeistert gewesen, daß sie mit ihnen reiten würde, auch wenn er wahrscheinlich der einzige war. »Ich werde auf sie aufpassen. Es wäre schon eine tolle Sache, wenn sie mit uns kommen würde!«

Endlich ließ Connor sie los und drehte sich zu Cormac um. »Ach, und wäre es auch so toll, wenn sie erschossen würde oder aufgehängt? Sie ist ein Mädchen, und sie wird im Haus bleiben, wo sie hingehört. Das ist mein letztes Wort!«

»Ich werde nicht im Haus bleiben, und ich mache, was ich will!« Caitlyn war einen Schritt vorgetreten, die Hände in die Hüften gestemmt.

Connor wirbelte so schnell herum, daß sie keine Chance hatte, auszuweichen. Er erwischte sie mit seinem Handrücken im Gesicht, und sie schrie auf, als sie von der Wucht des Schlages ins Stroh geschleudert wurde. Sie legte die Hand auf die brennende Wange und konnte gerade noch Connors überraschten Gesichtsausdruck sehen, da stürzte sich Cormac mit einem Wutschrei auf ihn. Er schlug seinem Bruder die Reitpeitsche um den Kopf, Connor wehrte sie mit einem ausgestreckten Arm ab, dann landete er einen blitzschnellen Treffer in Cormacs Magen und schickte ihn damit neben Caitlyn zu Boden. Cormac hielt sich den Magen und stöhnte. Caitlyn setzte sich auf und funkelte Connor wütend an, aber sie traute sich nicht, etwas zu sagen. Wie er so mit blitzenden Augen und geballten Fäusten dastand, sah er bereit zu einem Mord aus.

»Ich werde mir nicht noch mehr von diesem Unsinn anhören. Entweder ihr tut, was ich sage, oder ihr verschwindet. Ihr alle!« Er streifte Rory, Liam und Mickeen mit seinem Blick, dann ging er zu seinem Pferd. Schnell befestigte Mickeen den letzten Beutel am Sattel. Connor schwang sich mit einer blitzschnellen Bewegung auf den Pferderücken und verschwand mit einem letzten glühenden Blick auf das Pärchen im Stroh.

Sein Verschwinden brach den Zauber, der sie alle wie erstarrt gehalten hatte. Rory half Caitlyn auf die Füße, und Liam beugte sich über Cormac.

»Connor hat recht«, sagte Liam ernst. »Sie hat dabei wirklich nichts verloren.«

»Was zum Teufel hast du dir dabei gedacht, auf Connor mit der Peitsche loszugehen? Du weißt, er hat Caitlyn nicht absichtlich geschlagen, er hat noch nie einer Frau etwas getan. Nicht einmal dich hat er je zuvor geschlagen, und du hattest es sicher schon mehr als einmal verdient!« sagte Rory, während er ihr aufhalf.

»Ich wußte von Anfang an, daß uns dieser Bursche nichts als Ärger bringen wird«, grunzte Mickeen säuerlich, während er das Stroh wieder über die Falltür kehrte. »Hätte ich gewußt, daß er auch noch ein Mädchen ist, ich hätte ihn stehenlassen, ehe wir auch nur in der Nähe von Donoughmore gewesen wären. Schlimmer als Gift sind sie für junge Männer!«

»Auch wenn er sie nicht schlagen wollte, er hätte sie nicht so grob anpacken müssen. Schließlich ist sie eine Frau, verdammt noch mal! Und wenn er will, daß ich von seinem so verdammt wertvollen Donoughmore verschwinde, dann gehe ich eben!« Cormac war immer noch wütend, als er auf die Füße kam.

»Connor hat recht«, sagte Liam nachdrücklich. »Auch wenn er das am Schluß nur aus Wut gesagt hat. Er hat es wirklich nicht verdient, daß du auf ihn losgehst. Und wenn ich bedenke, was er für dich – für uns – schon alles getan hat, Cormac, ich würde mich schämen, wenn ich an deiner Stelle wäre!«

Für einen Moment starrte er Liam wütend an, dann verschwand plötzlich etwas von dem Zorn aus seinen Augen.

»Ich weiß auch nicht, warum ich das getan habe«, gab er zu. »Ich wollte es nicht. Aber als ich gesehen habe, wie er Caitlyn schlug, bin ich durchgedreht.«

»An allem ist nur dieses Mädchen schuld«, meinte Mickeen und sah sie mißbilligend an. »Schlimmer als Gift, ich sage es euch.«

»Ich werde Connor morgen um Entschuldigung bitten«,

sagte Cormac zerknirscht, und fügte dann mit einem Anflug von Trotz hinzu: »Wenn er zuvor Caitlyn um Entschuldigung bittet.«

»Ich brauche keine Unterstützung von dir, Cormac«, entgegnete Caitlyn und wischte das Stroh von ihrer Kleidung. Der plötzliche Ausbruch von Gewalt zwischen den Brüdern hatte sie schockiert. Und was noch viel schlimmer war: Sie mußte Mickeen innerlich recht geben. Es war wirklich ihre Schuld. »Mach du deinen Frieden mit Connor, und sorg dich nicht um mich. Ich mache es zu meiner Zeit und auf meine Art.« Sie ging zu Finnbarr und begann ihn abzusatteln. Aus den Augenwinkeln sah sie Mickeen den Kopf schütteln und dabei murmeln: »Nichts als Ärger!« Dann wandte er sich wieder seiner Arbeit zu und überließ sie der ihren.

17

Auch am nächsten Tag war die Stimmung auf Donoughmore noch gespannt. Zum erstenmal, seit sie ihn kannte, war Connor bis mittags im Bett geblieben. Caitlyn wußte, daß er erst im Morgengrauen zurückgekommen war, denn sie hatte die ganze Nacht wach gelegen und auf ihn gewartet. Als er endlich nach unten kam, hatte er rote Augen und war ausgesprochen gereizt. Selbst Cormacs Entschuldigung wurde mit nicht mehr als einem Grunzen entgegengenommen, obwohl er ihm nicht mehr böse zu sein schien. Sein Zorn konzentrierte sich ausschließlich auf Caitlyn. Den ganzen Tag sprach er kein Wort mit ihr, und sie sprach nicht mit ihm. Als Rory sie zu einer Entschuldigung drängen wollte, meinte sie nur: »Wenn sich hier jemand entschuldigen muß, dann doch wohl Connor!«

Connors schlechte Laune beeinflußte jeden auf Donoughmore. Von Mrs. McFee zu Mickeen, von den jüngeren d'Arcys bis hin zu den Arbeitern auf dem Feld, alle schlichen sie bedrückt unter der dunklen Zorneswolke des Earl. Für Mickeen lag die Sache klar: Es war alles nur Caitlyns Schuld. Seine gemurmelten Bemerkungen über ihren Charakter, ihr Geschlecht und sie selbst ganz im allgemeinen machten sie manchmal so wütend, daß sie ihm am liebsten den nächstbesten schweren Gegenstand auf den Kopf geschlagen hätte.

Fharannain hatte sich auf dem Heimweg offensichtlich einen Stein eingetreten. Er lahmte, und Caitlyn hatte das Gefühl, daß man ihr auch dafür die Schuld gab. Wütend auf Gott und die Welt ließ sie nachmittags auf einmal ihre Arbeit stehen und verschwand in Richtung auf die Schafweide. Was sie jetzt brauchte, war ein langer erholsamer Spaziergang.

Als sie nach etwa zwei Stunden zurückkam, fühlte sie sich besser. Die Farm war wie ausgestorben, sie fand weder Mikkeen noch einen der d'Arcys. Willie lebte schon seit einer ganzen Weile bei den O'Learys, die ihn versorgten, und war sicherlich mit den Arbeitern beim Torfstechen. Sie sahen sich nur noch selten, und so, wie O'Malley, der Dieb, langsam in Vergessenheit geriet, so hatte sich auch ihre Beziehung zueinander geändert. Mrs. McFee war im Haus, aber Caitlyn hatte keine Lust auf Frauenarbeit oder auf Mrs. McFees Kommentare. Sie überlegte kurz, verschwand dann im Stall, stieg dort auf den Heuboden und legte sich ins Stroh. Durch die offene Tür starrte sie in den fast wolkenlosen blauen Himmel. Bauschige weiße Samenbüschel schwebten an ihr vorbei, und ihre Gedanken begannen zu schweifen. So schlief sie ein.

»Sie ist hier!«

Die Worte drangen langsam zu ihr durch. Sie hatte tief geschlafen, die durchwachte Nacht hatte sich bemerkbar gemacht. Verschlafen öffnete sie die Augen und sah Cormac über sich gebeugt. Sie schenkte ihm ein süßes, schläfriges Lächeln. Für einen Moment hatte er so sehr wie Connor ausgesehen, und Caitlyn hatte gedacht, sie wären wieder Freunde. Cormacs Stirn glättete sich.

»Sie hat die ganze Zeit geschlafen«, sagte er wie entschuldigend über die Schulter. Caitlyn war immer noch nicht ganz wach, aber es wurde ihr bewußt, daß ihr Rock bis zu den Oberschenkeln hochgerutscht war. Sie setzte sich auf und zog ihn mit verschlafenen Bewegungen zurecht. Cormac lächelte ihr zu, reichte ihr beide Hände und half ihr auf. Sie erwiderte sein Lächeln automatisch und blinzelte, um langsam wach zu werden. Cormac ließ ihre Hände nicht los und betrachtete sie mit einem glücklichen Lächeln.

Aus dem Schatten kam ein Laut zwischen einem Grunzen

und einem Knurren, dann trat Connor hervor. Er schien schon wieder ziemlich wütend zu sein; die Arme hatte er verschränkt, und in seinen Augen tanzte ein seltsames Licht, als er ihre Hände musterte, die noch in Cormacs lagen. Als sie seinen Gesichtsausdruck sah, verschwand die Ruhe, die sie am Nachmittag gewonnen hatte, und verwandelte sich in Wut.

»So, du hast also hier oben die Beleidigte gespielt, was? Und wir haben die letzten zwei Stunden damit verbracht, dich zu suchen.« Sein Ton war ärgerlicher, als die Situation es rechtfertigte. Wahrscheinlich war er ihr noch wegen gestern böse. Dann sah er von ihren verschränkten Händen auf, und Caitlyn wurde von der Wut, die in seinen Augen glühte, wie von einem Schlag getroffen. Sie blinzelte überrascht. Er senkte die Lider, und als er wieder aufsah, waren seine Gefühle sorgsam verborgen. Plötzlich kam ihr ein Gedanke. Caitlyn wandte sich Cormac zu und lächelte freundlich. Sie wollte ihre neue Idee gleich einmal testen.

»Du hast also nach mir gesucht?« fragte sie und schenkte ihm ihr nettestes Lächeln. Sie hatte noch nie ihre weiblichen Reize ausgespielt, aber sie fand, daß es wie von selbst kam. »Es tut mir leid, daß ich dir Sorgen gemacht habe!« Sie drückte seine Hände. Cormac sah verdattert drein.

»Es – es war Conn«, sagte er.

»Oh, Connor«, erwiderte sie herablassend, als wäre er völlig uninteressant. Sie warf einen kurzen Seitenblick auf ihr Versuchsobjekt und war erfreut zu sehen, daß er zunehmend wütender wirkte. Jetzt war sie sicher, daß sie auf der richtigen Spur war. Was ihn letzte Nacht und eben jetzt so wütend gemacht hatte, war Cormacs Zuneigung zu ihr. Sie wußte zwar noch nicht genau warum, aber fürs erste wollte sie diese neue Erkenntnis so gut wie möglich ausnützen.

»Wenn du das nächste Mal beschließt, dich im Stroh schlafen zu legen, könntest du dann wohl die Liebenswürdigkeit besitzen, jemandem Bescheid zu sagen? Wir haben einen halben Arbeitstag mit der Suche nach dir verschwendet!« sagte Connor grollend. Sie musterte ihn. Er hatte die geballten Fäuste in die Tasche gestopft und wirkte ausgesprochen böse. Dieses neue Spiel könnte sich als interessant erweisen.

»Warum habt Ihr Euch bemüht? Ihr hättet doch wissen müssen, daß ich irgendwo in der Nähe bin.«

»Ich dachte, du hättest dir vielleicht in den Kopf gesetzt, wieder wegzulaufen«, gab er mißmutig zu. Connors Gesicht lag jetzt wieder im Schatten, und es war schwer, seinen Ausdruck zu deuten.

»Nun, warum sollte ich wohl so etwas Dummes tun?« sagte sie und schenkte Cormac ein strahlendes Lächeln. Er hielt noch immer ihre Hände, und sie versuchte sich unauffällig zu befreien, aber schließlich mußte sie sich fast losreißen. Er ließ sie nur sehr ungern gehen.

Sie warf Connor noch einen flüchtigen Blick zu und ging zur Leiter. Der Saum ihres gelbgestreiften Kleides wischte über die strohbedeckten Balken des Dachbodens.

»Ja, wirklich, warum nur?« entgegnete Connor ironisch, und seine Augen folgten Cormac, als er hinter ihr zur Leiter ging. Er hätte ihr gerne hinuntergeholfen, aber sie schaffte es auch so. Trotzdem schenkte sie ihm ein strahlendes Lächeln dafür. Cormac und Connor folgten ihr.

Draußen dämmerte es, aber im Stall war es fast schon dunkel. Caitlyn hätte Cormac sicher entschieden darauf hingewiesen, daß sie seine führende Hand an ihrem Ellenbogen nicht benötigte, hätte sie nicht dieses Spiel mit Connor gespielt. Sie wußte nicht einmal, ob er es überhaupt mitbekam, denn er ging auf ihrer anderen Seite. Aber so, wie sie Connor kannte, hatte er es bestimmt bemerkt.

Auf dem Weg zum Haus sprach keiner von ihnen ein Wort. Cormac ließ nur ungern ihren Ellenbogen los, damit sie die Treppe hinaufgehen konnte. Als sie den Absatz erreicht hatte, sagte Connor plötzlich: »Caitlyn, ich möchte dich nach dem Abendessen gern in meinem Büro sprechen.« Sie ließ Cormac vorbeigehen und drehte sich zu ihm um. Er stand immer noch unten, und mit den drei Treppenstufen zwischen ihnen überragte sie ihn. Sie blickte in seine blaugrünen Augen und erlaubte sich ein kleines Lächeln.

»Wenn Ihr Euch für Euer Benehmen letzte Nacht entschuldigen wollt, so ist das wirklich nicht nötig. Ich habe Euch bereits vergeben.« Damit drehte sie sich auf dem Absatz um und verschwand im Haus.

Während des Abendessens sprach Connor kein Wort mit ihr. Dafür konzentrierte sie sich darauf, mit Rory und Cormac zu flirten. Bei Liam war das nicht so einfach. Er musterte sie nur mißtrauisch, wenn sie ihn anlächelte. Es war doch wirklich einfach, Männer zu bezirzen! Ein Seitenblick, ein Lächeln, eine wie zufällige Berührung an Hand oder Schulter, und zumindest Rory und Cormac schmolzen dahin. Mickeen warf ihr säuerliche Blicke zu, und Mrs. McFee schnaubte dann und wann mißbilligend. Wenn Connor es bemerkte, ließ er es sich nicht anmerken. Caitlyn verdoppelte ihre Anstrengungen und schaffte es, daß Cormac, von einem besonders strahlenden Lächeln verwirrt, die Soße auf das Tischtuch goß statt auf den Teller.

Nach dem Essen erhoben die d'Arcys und Mickeen sich vom Tisch. Sosehr sie es haßte, Caitlyn mußte bleiben, denn es gehörte zu ihren Pflichten, Mrs. McFee beim Abräumen und beim Abwasch zu helfen. Connor sah sie an und sagte sanft: »In meinem Büro, Caitlyn.«

Sie erwiderte seinen Blick. Für einen Moment überlegte sie, was wohl passieren würde, wenn sie sich weigerte. Aber sie wollte doch wissen, was er ihr zu sagen hatte, und es war eine willkommene Gelegenheit, der Küchenarbeit zu entwischen.

Connor öffnete die Tür zum Büro und trat zur Seite, um sie durchzulassen. Sie war an solche Galanterie von ihm nicht gewöhnt. Normalerweise behandelte er sie wie seine Brüder, aber sie schaffte es trotz ihrer Überraschung, mit Haltung an ihm vorbeizuschreiten. Connor zündete die Lampe auf dem Schreibtisch an und blies die Kerze aus. Sie beobachtete ihn, und ihr war nicht ganz wohl. Er war fast wie ein Fremder für sie; sein Gesicht war ernst, viel ernster als die Situation es erforderte. Vielleicht hatte sie doch zu übertrieben mit seinen Brüdern geflirtet?

»Setz dich bitte.« Sein Ton verriet ihr gar nichts. Er deutete auf den Ledersessel vor dem Schreibtisch.

Auch jetzt setzte er sich erst, als sie saß. Sie hatte öfter bemerkt, daß er so etwas gegenüber Mrs. Congreve tat, und sich insgeheim darüber amüsiert. Aber jetzt fand sie es ganz angenehm, so zuvorkommend behandelt zu werden, und sie lächelte zögernd.

Er erwiderte ihr Lächeln nicht. Die Arme auf die Tischplatte gestützt, musterte er sie eine ganze Weile, bis ihr unter seinem Blick unwohl wurde. Als wäre das das Signal, auf das er gewartet hatte, schob er seinen Stuhl zurück und streckte die Beine aus. Seine Finger trommelten auf die Armlehnen, und seine Augen unter den gerunzelten Brauen wirkten weit entfernt.

»Caitlyn.« Er unterbrach die Stille mit ihrem Namen, verstummte dann aber wieder. Die Spannung machte sie nervös.

Als er schließlich sprach, wägte er die Worte sorgfältig ab. »Erst einmal muß ich zugeben, daß du recht hattest. Ich schulde dir eine Entschuldigung. Ich habe dich nicht absichtlich geschlagen, aber hätte ich mein Temperament besser unter Kontrolle gehabt, wäre es nicht passiert.« Seine formelle Entschuldigung verunsicherte sie irgendwie noch mehr.

»Ich hatte es provoziert.« Er lächelte etwas über ihr spontanes Eingeständnis, aber seine Augen blieben ernst. Er war gar nicht wie sonst, und sie fühlte sich immer unwohler.

»Aye, du hast mich provoziert. Dafür scheinst du eine besondere Begabung zu haben.« Sie dachte, sie hätte einen Anflug von Humor herausgehört, und lächelte ihn an, aber er blieb ernst.

»Caitlyn.« Die Art, wie er ihren Namen sagte, beunruhigte sie. Was konnte nur los sein? Es war, als hätte er schlechte Nachrichten und wüßte nun nicht, wie er sie ihr beibringen sollte.

»Wir haben ein Problem, Kleine«, sagte er schließlich sanft.

»Was für ein Problem?« fragte sie, und die Anspannung machte es ihr schwer, zu sprechen.

»Ein Mädchen in einem Männerhaushalt. Mädchen sind anders als Jungen, und Jungen sind anders, wenn Mädchen in ihrer Nähe sind. Es ist ganz normal, daß du deine Reize ausprobieren willst, und es ist normal, daß sie darauf ansprechen. Ich möchte nur klarstellen, daß dich keine Schuld trifft. Du hast nichts falsch gemacht.«

»Ich verstehe nicht ganz.« Ein zentnerschweres Gewicht senkte sich auf Caitlyns Brust.

»Ich muß dich wegschicken, Kleine. Es ist zu deinem eigenen Besten.« Sein Ton war sehr sanft. Sie vergrub die Nägel in den Handflächen, aber sie spürte den Schmerz nicht einmal. Ihre Augen waren riesig, als sie sein Gesicht erforschten.

»Was?« Sie konnte nicht glauben, was er da eben gesagt hatte.

Schnell fuhr er fort. »Es ist nicht so schlimm, Caitlyn. Wir schicken dich nicht wieder einfach in die Welt hinaus. Die

Schwestern von St. Mary in County Longford haben eine Schule für Mädchen, sie werden dich aufnehmen. Ein Freund von mir kümmert sich um die nötigen Einzelheiten. Sie werden dir alles beibringen, was du wissen mußt: Gutes Benehmen, wie man einen Haushalt führt und so weiter. Offensichtlich gibt es viele Dinge, die eine Frau wissen muß und von denen wir Männer keine Ahnung haben.«

»Nein!«

Unbeirrt fuhr er fort, als wolle er ihren Widerstand mit vernünftigen Worten brechen. »Der Platz eines jungen Mädchens ist unter anderen Frauen, nicht unter heranwachsenden jungen Burschen. Da kann nichts Gutes dabei herauskommen. Du hast noch morgen Zeit, deine Sachen zu packen und dich zu verabschieden. Wir fahren übermorgen, ganz früh.«

Caitlyn fühlte sich, als würde eine riesige Hand ihr Herz zerdrücken. Seine Augen musterten ihr Gesicht, und sie waren dunkel vor Mitleid. Mitleid, wo er ihr so weh tat, daß sie hätte schreien mögen!

»Das ... das könnt Ihr nicht tun! Wenn es bloß wegen – wegen letzter Nacht ist, es wird nie wieder vorkommen, ich verspreche es. Ich werde im Bett bleiben, wenn Ihr reitet. Und ich werde Rory und Cormac und Liam nie wieder ansehen und auch sonst niemanden, wenn Ihr es nicht wollt. Ich ...«

»Es ist nicht deswegen. Wegen nichts, was du getan hast. Wegen dem, was du bist. Du bist zu einer hübschen jungen Frau herangewachsen, und wir sind nur Männer hier. Und Männer, selbst die besten von ihnen, verlieren bei einer hübschen jungen Frau schnell den Kopf. Jetzt kann man den Ärger noch im Keim ersticken. Aber wer weiß, was noch passieren wird, wenn du bleibst.«

»Ich würde nie ...«

»Du könntest gar nichts dagegen tun.« Sein Ton war endgültig. »Außerdem denke ich auch an dich. Du wirst eines Tages heiraten und Kinder haben wollen. Welcher Mann wird dich haben wollen, wenn du hier allein mit uns lebst? Und wenn dich einer nimmt, dann wird er dich nicht sehr achten. Bei den Schwestern von St. Mary wird dein guter Name nicht zu Schaden kommen. Wir werden dich auch besuchen und dir Geschenke bringen. Und wenn für dich die Zeit gekommen ist zu heiraten, bekommst du auch eine kleine Mitgift von mir. Wie hört sich das an?«

»Nein!«

»Es tut mir leid, aber es muß sein.« Ihre Augen erforschten sein Gesicht, aber es schien ihm bitter ernst zu sein. Er würde sie wirklich wegschicken. Ihre Lippen zitterten, und in ihren Augen brannten Tränen. Sie hielt sie zurück. Sie würde nicht weinen!

»Ich dachte – Ihr habt mich gern!« Ihre Worte waren herzzerreißend. Connor preßte die Lippen aufeinander und streckte die Hand nach ihr aus, nur um sie gleich wieder zurückzuziehen. Er sah sehr ernst aus, und in seinen Augen tanzte ein seltsames Licht. Schmerzerfüllt musterte sie sein vertrautes Gesicht, und ein kleines, mitleiderregendes Schluchzen entkam ihr. Er betrachtete sie, während sie die Tränen mühsam unterdrückte, und ein kleiner Muskel zuckte in seinem Gesicht.

»Wir lieben dich wie eine kleine Schwester, und daran brauchst du nie zu zweifeln.«

»Warum dann?«

»Du bist nun mal nicht unsere Schwester. Du bist überhaupt keine Blutsverwandte. Du bist eine hübsche junge Frau, und wir sind vier gesunde Männer. Das kann nur Schwierigkeiten geben. Gott sei Dank bin ich alt genug, um das rechtzeitig zu erkennen.«

Sie holte tief Luft. »Wissen die anderen es schon?« Sie hatte noch diese eine Hoffnung, daß sie es nicht zulassen würden. Aber was konnten sie schon tun? Connor war das Familienoberhaupt, der Earl von Iveagh, und was er sagte, wurde getan.

»Nein. Ich dachte, ich sage es dir zuerst.«

Sie zweifelte nicht mehr, daß er es wirklich tun würde. Hoffnungslos starrte sie ihn an, wortlos bittend. Eine einsame Träne rollte von jedem Auge. Er stand auf und kam zu ihr. Der kleine Muskel neben seinem Mund zuckte wieder, als er ihr sanft übers Gesicht strich. Mit einem Finger fing er eine Träne von ihr; Caitlyn sah zu ihm auf, aber er sah sie nicht an. Er starrte auf die Träne, die auf seiner Fingerspitze schimmerte. Dann ballte er die Faust, als wolle er den sichtbaren Beweis für den Schmerz, den er ihr zugefügt hatte, vernichten.

»Ich habe nichts mehr zu sagen. Du kannst jetzt gehen.« Caitlyn stand auf, mit den steifen Bewegungen einer alten Frau. Sie fühlte, wie sehr Donoughmore zu ihrem Zuhause geworden war, und es tat weh, es verlassen zu müssen. Sie liebte jeden Grashalm, jedes blökende Schaf und jeden einzelnen der d'Arcys. Sogar diesen Fremden, der sie wegschicken wollte. Hier war ihr Heim und ihre Familie.

»Bitte nicht, Connor«, flehte sie in einem letzten verzweifelten Versuch, ihn umzustimmen.

»Es ist zu deinem Besten«, entgegnete er steif. Dann, als könne er ihren Anblick nicht länger ertragen, ging er aus dem Zimmer und ließ sie allein. Sie sank in den Ledersessel zurück und weinte herzerweichend.

18

Es ging schon wieder auf den Morgen zu, aber Connor wälzte sich immer noch schlaflos im Bett. Sobald er die Augen schloß, sah er Caitlyns Gesicht vor sich, und er wußte, daß er ihr sehr weh getan hatte.

Wie er schon gesagt hatte, würde ihre Anwesenheit hier nur Schwierigkeiten bringen. Die Auseinandersetzung zwischen ihm und Cormac war ein gutes Beispiel dafür. Rory und Cormac hatten sich in der letzten Zeit auch häufig in den Haaren gehabt, weil sie um ihre Gunst buhlten. Er selbst war schon zu alt, um sich von so einem jungen Küken an der Nase herumführen zu lassen, aber selbst er war nicht ganz unbeeindruckt von der Schönheit, die in ihrer Mitte herangewachsen war. Schließlich war er weder Heiliger noch Priester, nur ein ganz normaler Mann. Aber seine Brüder waren noch so jung, manchmal erinnerten sie ihn an Böcke, die sich erst noch ihre Hörner abstoßen mußten. Wenn dann erst noch die anderen jungen Männer aus der Umgebung kamen, unter denen sich Caitlyns Schönheit natürlich auch schon herumgesprochen hatte, dann konnte das nicht gutgehen.

Das Schlimmste war daran, daß es ja wirklich nicht Caitlyns Schuld war. Aber seine Familie mußte reagieren. Seit dem Tode seines Vaters hatte er für seine Brüder gesorgt, und es waren oft harte Zeiten gewesen. Er wollte dafür sorgen, daß seine Brüder den ihnen angemessenen Platz in der Gesellschaft einnehmen konnten, und er wollte Donoughmore wieder zu dem machen, was es einmal gewesen war. Wenn er diese beiden Ziele erreicht hatte, würde er den Tod seines Vaters gerächt haben. In diesen Plänen war kein Platz für Caitlyn.

Die Schwestern von St. Mary würden gut für sie sorgen. Sie würde alles lernen, was eine Frau wissen mußte. Davon abgesehen, wie sie mit seinen Brüdern geflirtet hatte, war sie ja mehr ein Junge als ein Mädchen. Das war natürlich seine Schuld, aber er wußte einfach nicht, wie man ein Mädchen erzog. Solange es ging, hatte er sie wie seine Brüder behandelt, danach hatte er sich, so gut es ging, darüber hinweggemogelt. Jetzt war ihm die Sache innerhalb weniger Wochen über den Kopf gewachsen.

Und letzte Nacht, als er übers Moor geritten war, um Vater Patrick einen Teil der Beute zu bringen, hatte er auf einmal Caitlyn vor seinem inneren Auge gesehen, wie sie ihm im Stall gegenübergestanden war. Ihr herzförmiges Gesicht, eingerahmt von rabenschwarzem Haar, das leuchtende Blau ihrer Augen, ihre weiße Haut und die weichen rosa Lippen. Er hatte an ihren Körper gedacht, dessen Konturen die Männerkleidung mehr hervorhob, als sie sie verdeckte. Die langen, wohlgeformten Beine zum Beispiel, die Cormacs alte Hosen erst so richtig zur Geltung brachten, ihr runder Hintern und die kleinen aufrechten Brüste, die gegen den Stoff des Hemdes drückten. Und Gott helfe ihm, wenn ihn da nicht die Lust gepackt hatte! Da lag auch sein Problem: die alte Gier der Männer nach einer jungen hübschen Frau. Er hatte diesen beschämenden Anfall von Lust schnell verdrängt und sich auf seine Wut auf sie konzentriert, aber ein ungutes Gefühl blieb. So mußte es seinen Brüdern auch gehen, aber sie waren jünger und nicht so diszipliniert. Er fürchtete, sie würden auf Dauer nicht soviel Selbstbeherrschung aufbringen wie er, und wenn er an die Folgen dachte . . . Nein, die Situation war so untragbar.

Vater Patrick war der Beichtvater des alten Earl gewesen, und er kannte Connor und seine Brüder von Geburt an. Er hielt Connor seine protestantische Erziehung nicht vor, denn er wußte, daß er im Herzen der wahren Kirche treu geblieben war. Er war außerdem einer der wenigen, die die wahre Identität des schwarzen Rebellen kannten. Connor hatte ihm alles anvertraut, einschließlich seiner sündigen Gedanken. Vater Patrick war auf die Idee mit den Schwestern von St. Mary gekommen, und er hatte sich auch bereit erklärt, alles in die Wege zu leiten. Wenn Connor jetzt wünschte, daß sie eine andere Lösung gefunden hätten, dann nur, weil er sein Herz statt seines Kopfes sprechen ließ. Das war immer ein Fehler.

Aber Caitlyns Tränen hatten ihm zugesetzt.

Er drehte sich auf die Seite und versuchte endlich einzuschlafen. Nach einer Weile drehte er sich wieder auf den Rükken und stieß die Bettdecke von sich. An Schlaf war nicht zu denken. Plötzlich sah er, wie sich am Fußende seines Betts etwas bewegte. Er erstarrte und wagte kaum mehr zu atmen. Jemand war in seinem Zimmer! Er hoffte, daß sein Gegner im Dunkeln nicht besser sah als er, und bewegte seine Hand langsam unters Kopfkissen, wo er immer eine geladene Pistole liegen hatte. Diese Gewohnheit hatte ihm schon öfter gute Dienste geleistet.

»Connor.«

Diese Stimme würde er selbst in der dunkelsten Hölle erkennen. Ruckartig setzte er sich auf und zog die Decke zurecht, denn er schlief nackt. Er starrte durch die Dunkelheit auf den Grund seiner Schlaflosigkeit.

»Was zum Teufel machst du um diese Uhrzeit in meinem Schlafzimmer?« fragte er unfreundlich. Bei all seinen lüsternen Gedanken war ihm ihre Anwesenheit so recht wie einem Bauern ein Sack Kartoffelkäfer.

»Ich möchte einen Handel mit Euch schließen.« Ihre Stimme klang entschlossen, doch sie selbst war in der Dunkelheit kaum zu erkennen. Connor seufzte. Er zündete die Kerze auf dem Nachttisch an. Das flackernde Licht warf seltsame Schatten in die dunklen Ecken seines Zimmers. Er musterte Caitlyn, und sie rührte ihm ans Herz.

Augen und Nase waren verquollen vom vielen Weinen, und das Haar hing ihr wirr ums Gesicht. In dem hochgeschlossenen langärmligen weißen Nachthemd sah sie wie ein Kind aus. Ihre Schönheit, die ihn so beunruhigt hatte, wurde von Unschuld und Naivität überlagert. Aber als er genau hinsah, bemerkte er, daß sie etwas Siegessicheres an sich hatte.

»Einen Handel?« fragte er vorsichtig.

»Jawohl, einen Handel. Wenn Ihr mich nicht fortschickt, werde ich niemandem sagen, daß Ihr der schwarze Rebell seid.«

Connor war einen Moment lang sprachlos. Er lehnte sich zurück und musterte das kleine Biest, das so gelassen sein Leben und das seiner Brüder bedrohte. Er überlegte krampfhaft, aber er konnte es drehen und wenden, wie er wollte, sie hatte ihn am Kragen. Eine Spur Erleichterung mischte sich in seinen Zorn.

»Ganz schön undankbar, findest du nicht?« fragte er schließlich.

Sie hob ihr Kinn, und es gelang ihm nicht, ihre kleinen Brüste zu übersehen, die sich gegen das Nachthemd drückten. Es war ihm peinlich, aber sein Körper reagierte so, wie es von der Natur vorgesehen war. Verdammt, wenn sie bleiben sollte, würde das für keinen von ihnen einfach werden. Nun, sie würden wohl lernen müssen, ihre niederen Instinkte zu kontrollieren. Und er würde damit anfangen und seine Aufmerksamkeit ausschließlich auf ihr Gesicht konzentrieren.

»Ich möchte hier nicht weg.« Nun, das konnte er verstehen. Connor steckte die Bettdecke um sich fest und verschränkte die Arme vor der nackten Brust.

»Ich habe irgendwie das Gefühl, du bluffst.«

»Ihr könnt es ja ausprobieren«, entgegnete sie kühl und gelassen.

»Du würdest mich also wirklich an den Galgen bringen? Und Rory? Liam? Cormac und Mickeen?«

Sie befeuchtete die Lippen. Er beobachtete die Bewegung ihrer rosafarbenen Zungenspitze mit Interesse, gefolgt von Ärger über sich selbst. Wie es schien, war es auch keine Lösung, sich auf ihr Gesicht zu konzentrieren.

»Nicht gerne. Aber ich möchte auch nicht weg. Donoughmore ist mein Zuhause.«

Er starrte sie an und hoffte, sie würde sich für ihren Erpressungsversuch schämen, aber sie erwiderte seinen Blick unerschrocken, ohne auch nur einen Millimeter zu weichen. Er hatte das ungute Gefühl, daß sein eiserner Wille in ihr einen würdigen Gegner gefunden hatte.

Es war gar nicht so leicht, seine Augen daran zu hindern, über ihren Körper zu streifen, und er war froh, als sie die Arme vor der Brust verschränkte. Aber sosehr er sich auch bemühte, es war unmöglich, die leichte Bewegung ihrer Brüste unter dem Nachthemd zu übersehen. Eine Idee schoß ihm durch den Kopf. Er verwarf sie sofort wieder, aber das konnte sie ja nicht wissen.

»Ich könnte dich auch umbringen und mir so dein Stillschweigen sichern.« Das wird der kleinen Hexe etwas zum Kauen geben, dachte er zufrieden.

Sie lächelte leicht und schüttelte den Kopf. »Das würdet Ihr nie tun.« Sie hörte sich zuversichtlich an und begegnete seinem Blick ohne Angst. Ärgerlich schürzte Connor die Lippen.

»Nun, da haben wir ja etwas gemeinsam. Ich glaube nämlich auch nicht, daß du den schwarzen Rebellen ausliefern würdest.«

Das schien zu sitzen. Sie befeuchtete wieder die Lippen und runzelte die Stirn, so daß ihre schwarzen Augenbrauen über der Nase zusammentrafen.

»Aber wirklich sicher könnt Ihr doch nie sein, oder?«

Nun, wo sie recht hatte, hatte sie recht. Er war sich ziemlich sicher, daß sie nur bluffte, aber er würde es ihr dieses Mal durchgehen lassen. Wenn man es so nennen konnte.

»Du willst also einen Handel mit mir schließen: Du schweigst, wenn ich dich bleiben lasse?«

»Aye.«

Sein Mund zuckte, aber er gab nicht wirklich ungern nach. »Du bist wirklich ein Teufelsbraten, Caitlyn O'Malley. Nun gut, du sollst deinen Handel haben. Und ich wünsche dir viel Spaß mit den Konsequenzen.«

Erleichtert atmete sie auf, lächelte kaum merklich und fragte: »Seid Ihr mir jetzt böse, Connor?« Sie sah ihn an, den Kopf leicht zur Seite geneigt, und ihre unglaublich langen Wimpern warfen Schatten auf ihre Augen und Wangen. Diese Pose war absolut bezaubernd, obwohl er annahm, daß sie sich dessen nicht bewußt war. Er mußte über sich selbst den Kopf schütteln. Wie hatte er nur jemals glauben können, daß diese Augen einem Jungen gehörten?

»Fürchterlich.«

Sie musterte ihn erschrocken, dann lächelte sie. Ehe er noch erahnen konnte, was kommen würde, stürzte sie auf ihn zu, legte die Hände auf seine nackten Schultern und drückte ihm einen Kuß auf die unrasierte Wange. Dieser plötzliche Angriff auf seine Sinne verwirrte ihn, aber ehe er noch irgendwie darauf reagieren konnte, hatte sie sich schon wieder aufgerichtet. Und wenn sein Gesicht oder Körper ihn verraten sollten, so schien sie es nicht zu bemerken.

»Das glaube ich nicht.« Sie drehte sich um und ging zur Tür. Er starrte ihr nach, ärgerlich, amüsiert, beunruhigt und wie magisch angezogen von ihrem kleinen Po, der unter dem Nachthemd hin und her wackelte. An der Tür blieb sie stehen, die Hand schon auf der Klinke. Ihr schwarzes Haar fiel ihr weich und seidig über den Rücken, und er hatte das Gefühl, einen Fehler zu machen. Sie war viel zu hübsch, zu hübsch für ihn, seine Brüder und Donoughmore. Es würde eine Katastrophe geben, und trotzdem ließ er sie bleiben.

»Danke, Connor«, flüsterte sie und verschwand in der Dunkelheit außerhalb seines Zimmers.

19

Die nächsten Wochen verliefen relativ ruhig und friedlich. Es war Herbst, und sie hatten mit den Vorbereitungen für den Winter alle Hände voll zu tun. Alle d'Arcys waren mit dem Schlachten beschäftigt, und Connor hatte Caitlyn aufgetragen, Mrs. McFee zu helfen, Kerzen und Seife aus dem Fett der Schafe zu machen. So verbrachte sie ihre Zeit damit, in einem riesigen Kessel zu rühren, der im Hof überm Feuer hing, oder Dochte in heißen, flüssigen Talg zu tauchen. Von der Arbeit war ihr heiß, sie schwitzte und war gereizt. Insgeheim hatte sie den Verdacht, daß Connor sie für diese Arbeit eingeteilt hatte, um sie aus dem Weg zu haben. Aber im Moment war sie bemüht, ihn nicht zu verärgern. Sie hatten eine Art Waffenstillstand geschlossen, und sie wollte nicht diejenige sein, die ihn brach.

Um ganz ehrlich zu sein, sie war auch plötzlich immer sehr schüchtern in seiner Gegenwart. Schüchtern und noch etwas anderes. Wenn sie ihn sah, schlug ihr Herz schneller, und Farbe stieg ihr in die Wangen. Sie wußte gar nicht, was mit ihr los war, aber sie wünschte, es würde wieder aufhören. Es war unangenehm. Sie wollte nicht mehr, als gut Freund mit Connor sein, aber in der letzten Zeit ging er ihr aus dem Weg. Sie wußte auch warum: Er war böse, weil sie ihn erpreßt hatte, sie nicht wegzuschicken. Aber sie hatte sonst keine Möglichkeit mehr gesehen, auf Donoughmore bleiben zu können.

Auch die anderen d'Arcys hielten sich von ihr fern. Ob Connor mit ihnen gesprochen hatte? Und wenn, was hatte er wohl zu ihnen gesagt? Nun ja, vielleicht waren sie auch nur so beschäftigt, daß sie wirklich keine Zeit für sie hatten. Wie auch immer, sie fehlten ihr, und Mrs. McFees mißmutige Gesellschaft konnte das nicht ausgleichen.

»Ich habe noch Fett für dich, Caitlyn.«

Caitlyn sah von dem großen Eisenkessel auf, in dem sie mit einem Stock rührte, und legte eine Hand auf ihr schmerzendes Kreuz. Langsam verdaute sie die unerfreuliche Nachricht. Mehr Fett! Das hieß noch mehr Seife und noch mehr Kerzen.

»Bestehen Schafe eigentlich aus nichts anderem als Fett?« fragte sie stöhnend und drehte sich um. Willie lächelte verständnisvoll und streckte ihr die große Schüssel entgegen, die er mit beiden Händen hielt. Caitlyn sah ihn an und stöhnte noch einmal.

»Stell sie da hin. Ich bezweifle nicht, daß Mrs. McFee jede Menge Verwendung dafür hat – ich jedenfalls nicht.«

»Du glaubst, du hast es schwer, was? Du solltest mich mal sehen: Ich helfe Seiner Lordschaft dabei, die verdammten Biester zu häuten. Das ist harte Arbeit!«

Caitlyn lehnte sich auf den Stock, der in der Mitte des Topfs steckte. Plötzlich kam ihr eine Idee. Sie wollte unbedingt weg von der Hitze und dem Gestank des Seifenmachens, und gegen eine Gelegenheit, mit Connor zu sprechen, hatte sie auch nichts einzuwenden. Bei dem Gedanken umspielte ein Lächeln ihre Lippen.

»Willie«, meinte sie, »du hast die Nase voll vom Häuten, und mir steht das Seifenmachen bis hier. Was hältst du von einem Tausch?«

»Ich weiß nicht . . .« Willie runzelte unsicher die Stirn.

»Was gibt es da zu wissen? Wir tauschen einfach die Arbeit, das ist alles.«

»Vielleicht hat Seine Lordschaft etwas dagegen . . .«

»Ich glaube, Seiner Lordschaft ist das ziemlich egal. Hier,

alles, was du tun mußt, ist, dieses Zeug umzurühren, damit es nicht anbrennt oder überläuft.«

Willie hatte ihr noch nie etwas abschlagen können, und er konnte es auch jetzt nicht. Gehorsam nahm er den Stock und begann zu rühren, aber er sah sehr unglücklich dabei aus. Caitlyn lächelte ihm aufmunternd zu.

»Ist Seine Lordschaft im Schafstall?«

»Nein, mit dem Häuten sind wir fertig. Er ist hinterm Stall und hat schon angefangen, die Häute abzuschaben.«

Die Wolle und die Reste des Fleisches mußten von den Häuten abgekratzt werden, ehe man sie gerben konnte. Caitlyn hatte dabei bisher nur zugesehen, aber sie wußte, daß es harte Arbeit war. Nun ja, etwas Abwechslung war so gut wie eine Pause, außerdem hatte sie Connor etwas zu sagen.

»Danke, Willie.« Sie nickte dem rothaarigen Jungen zu und überließ es ihm, halbherzig in dem Kessel mit der zähen Masse zu rühren. Schnell ging sie in Richtung auf den Stall, denn sie erwartete jeden Moment Mrs. McFees strenge Stimme nach ihr rufen zu hören. Sie schaffte es, ungesehen ums Eck zu gelangen, und als sie sich der Rückseite des Stalls näherte, verlangsamte sie ihre Schritte. Sie konnte Connor sehen. Er kniete auf dem Boden und schabte eine Haut ab, die über einen großen Stein gespannt war. Obwohl es gar nicht mehr so warm war, arbeitete er mit nacktem Oberkörper, und auf seinem Rücken glänzte ein dünner Schweißfilm.

Caitlyn blieb an der rückwärtigen Ecke des Stalls stehen und beobachtete ihn. Sie hatte Connor schon öfter ohne sein Hemd gesehen – die Nacht in seinem Schlafzimmer fiel ihr ein, als sie ihre Trumpfkarte ausgespielt hatte –, aber da war sie immer mit anderen Dingen beschäftigt gewesen. Jetzt im Moment jedoch wollte sie nichts lieber, als im Schatten stehenzubleiben und Connor bei der Arbeit zu beobachten.

Er kniete mit dem Rücken zu ihr, bekleidet nur mit einer staubigen Hose und noch staubigeren Stiefeln. Sein Haar wellte sich leicht um seinen Kopf und wurde im Nacken von einem schwarzen Band zusammengehalten. Sie betrachtete seine breiten Schultern und den muskulösen Rücken, bewunderte das Spiel seiner Muskeln, während er arbeitete. Ihre Augen folgten seinem Rückgrat, bis es von seiner Hose verdeckt wurde.

Er bewegte sich ein Stück zur Seite, und sie konnte jetzt auch Gesicht und Brust sehen. Sein Gesicht war gebräunter als Brust und Rücken, die wohl nur selten Sonne sahen. Die Wimpern warfen schattige Halbkreise auf die Wangen, und der dunkle Hauch von Bartstoppeln überzog sie bis zum Kinn.

Ihre Augen wanderten weiter zu seiner Brust. Von der Nacht in seinem Schlafzimmer hatte sie sie als kräftig und behaart in Erinnerung. Jetzt bemerkte sie, daß die Haare dort ein breites ›V‹ bildeten, das zu einem schmalen Strich zusammenlief, der sich über seinen muskulösen Bauch nach unten zog, bis er unterm Hosenbund verschwand. Sie hielt den Atem an und bewunderte die männliche Schönheit seines Körpers. Nur so dazustehen und ihn anzusehen ließ ihr Herz schon schneller schlagen. Sie wäre gern zu ihm hinübergegangen und hätte die Hände auf seine nackte Brust gelegt. Ob die Haare dort wohl weich oder hart waren? Sie mußte sich bewegt haben, denn plötzlich blickte er auf und ihr direkt in die Augen. Ertappt, erwiderte sie seinen Blick schuldbewußt, und ihre innersten Gedanken ließen sie rot werden. Er starrte sie einen langen Moment an, dann stand er langsam auf.

»Das war das letzte, Conn«, sagte Rory. Er kam gerade aus dem Stall und wischte sich im Gehen die Hände an der Hose ab. Connors Blick wanderte zu ihm, und die seltsame Spannung zwischen ihnen löste sich. Caitlyn schluckte, sie war erleichtert, und trotzdem war sie auch enttäuscht. Irgend etwas in Connors Augen hatte sie beunruhigt.

»Aye, und ich gehe schwimmen. Rory stinkt wie ein totes Schaf, und ich schätze, daß ich nicht viel besser rieche. Kommst du mit, großer Bruder?« Cormac hatte sich zu den beiden gesellt.

»Ich habe noch einiges zu erledigen. Geht schon vor.« Connors Stimme klang völlig normal, als er seinen Brüdern antwortete, und Caitlyn fragte sich, ob sie sich alles nur eingebildet hatte. Die Vorstellung, er könnte ihre Gedanken erraten haben, war ihr seltsam unangenehm. Plötzlich wollte sie nicht mehr mit ihm sprechen.

Während er sich noch mit seinen Brüdern unterhielt, schlich sie sich davon und ging in Richtung auf das Quellhaus. Es war ein kleines Steinhaus, das über der Quelle errichtet worden war und in dem sie Sachen wie Butter, Milch und Käse aufbewahrten. Ihr war ziemlich heiß, und sie freute sich auf etwas Kühles zu trinken. Als sie ins Quellhaus trat, nahm sie ihr blaues Kopftuch ab und ließ ihr Haar offen über den Rücken fallen. So fühlte sie sich gleich etwas besser.

Drinnen war es angenehm kühl und dunkel. Sie ließ die Tür offen und ging die paar Stufen zur Quelle hinab. An einem Nagel in der Wand hing eine Blechtasse. Sie griff danach und kniete sich hin, um sie ins Wasser zu tauchen. Das eiskalte Wasser war erfrischend und tat ihrer ausgetrockneten Kehle gut.

»Ich bin gleich wieder da!« Das war Cormacs Stimme. Sie richtete sich auf und lächelte, als er die Stufen herabkam. Seit sie den Handel mit Connor geschlossen hatte, hatte sie nicht mehr mit ihm gesprochen.

»Caitlyn!« Er wirkte erfreut, sie zu sehen, und Caitlyns Lächeln wurde breiter. Auch wenn er es nicht lassen konnte, sie aufzuziehen und seine Witze zu reißen, mochte sie Cormac. Sie liebte ihn wie einen Bruder, und ihre Gefühle für ihn wurden nicht von seltsam dunklen Untertönen getrübt wie bei Connor. »Wo hast du dich denn die ganze Zeit versteckt?«

»Ich habe hart geschuftet. Seife machen«, sagte sie mit einer komischen Grimasse. Cormac hatte die Plattform bei der Quelle erreicht, und sie trat zurück, um ihm Platz zu machen. Er grinste.

»Connor ist ein Sklaventreiber, was? Er hat Rory und mich so schuften lassen, daß wir abends nur noch ins Bett gefallen sind. Wenn er so weitermacht, werden wir im Stall schlafen, weil wir es nicht mehr bis ins Bett schaffen. Aber wahrscheinlich würde ihm das auch noch gefallen, keine Zeit mehr verschwendet mit dem Hin und Her zwischen Haus und Stall.«

Caitlyn lachte und hielt ihm die Tasse hin. Er schüttelte den Kopf, und seine braunen Augen blitzten.

»Ich habe hier etwas Besseres«, sagte er vertraulich. Sie zog eine Augenbraue hoch. »Einen Krug mit selbstgebrautem Ale«, beantwortete er ihre unausgesprochene Frage. »Ich habe ihn heute morgen in die Quelle gestellt, es dürfte jetzt gerade richtig sein. Rory wird denken, er ist bereits im Himmel.«

Er kniete sich hin und fischte in dem Bassin. Als er gefunden hatte, was er suchte, richtete er sich auf und schwenkte den Krug triumphierend. Mit einem Arm streifte er dabei Caitlyns Schulter, und sie verlor das Gleichgewicht.

»O nein!« Wild schlug sie mit den Armen um sich. Cormac ließ den Krug fluchend fallen und erwischte sie gerade noch, ehe sie ins Wasser stürzte.

»O Mann, tut mir leid!« Ihr Herz klopfte immer noch heftig, als er sie fest an sich zog. Sie lehnte sich eine Minute gegen ihn und schloß die Augen. Der kleine Tümpel neben der Plattform war in der Mitte doch ziemlich tief, und sie hatte nie schwimmen gelernt.

»Oh, dein Ale!« sagte sie einen Moment später, als ihr der Geruch von Bier in die Nase stieg und sie die Augen öffnete, um zu sehen, woher er kam. Der Krug, den er eben erst so triumphierend aus dem Wasser gefischt hatte, lag zerbrochen auf dem Boden.

»Ach, das macht nichts«, sagte er, und seine Stimme klang belegt. Er hielt sie immer noch beunruhigend fest. Sie lehnte sich zurück und stemmte sich mit beiden Händen gegen seine Brust, aber er ließ sie nicht los.

»Caitlyn . . .«, begann er, und sein Atem ging schnell. Ihre Unruhe verwandelte sich in Ärger.

»Laß mich los, Cormac!« sagte sie bestimmt. Er schüttelte den Kopf und zog sie noch fester an sich.

»Du bist so wunderschön«, sagte er, und seine Augen wanderten über ihr Gesicht. »Ich könnte dich für immer so halten. Geht es dir mit mir genauso, Caitlyn?«

»Nein, Cormac. Und jetzt hör auf mit diesem Blödsinn, und laß mich los! Ich meine es ernst.«

»Das werde ich«, sagte er, schloß sie noch fester in die Arme und suchte nach ihrem Gesicht. »Wenn du mir einen Kuß gibst.«

»Nein!« Caitlyn stemmte sich heftiger gegen seine Brust und drehte den Kopf zur Seite, um ihm auszuweichen. »Also wirklich, Cormac, du bist eine ganz schöne Nervensäge! Ich will dich nicht küssen.«

»Sei doch nicht so, es ist doch nur ein Kuß!« sagte er und schaffte es, ihr einen Kuß auf den abgewandten Mund zu drücken.

»Du verfluchter Bastard!« Caitlyn war wirklich erleichtert, den Klang einer anderen Stimme zu hören, bis ihr klar wurde, daß sie Rory gehörte. »Du mieses Schwein! Nimm die Hände von ihr, du Mistkerl!«

Er ließ sie gerade rechtzeitig los, um dem Angriff seines Bruders begegnen zu können. Caitlyn sprang zurück an die Mauer, ehe sie ein zweites Mal fast in das Bassin gestoßen wurde. Die beiden hatten sich ineinander verkeilt und landeten ab und zu einen Treffer. Caitlyn beobachtete sie mit einer Mischung aus Interesse und Abscheu. Sollten sich die beiden doch grün und blau schlagen, in letzter Zeit waren sie sowieso unerträglich.

Gerade als Rory Cormac einen Schlag verpaßte, so daß Cormac rückwärts in den kleinen Tümpel stürzte, kam Connor die paar Stufen zur Quelle herunter. Rory erblickte gerade noch das wutverzerrte Gesicht seines ältesten Bruders, da wurde er schon an Kragen und Hosenboden gepackt und flog hinter Cormac ins Wasser. Connor warf Caitlyn einen wütenden Blick zu, dann richtete er seine Aufmerksamkeit wieder auf seine Brüder, die gerade spuckend und schnaubend an die Oberfläche kamen.

»Himmel, Conn, es war Cormacs Schuld! Er hat Caitlyn geküßt, das Schwein!«

»Ich . . .«, wollte Cormac sich verteidigen. Beide Brüder funkelten sich an, wobei sie bemüht waren, sich in der Mitte des Bassins über Wasser zu halten.

»Ich habe jetzt genug von diesem Unfug«, unterbrach ihn Connor, und er sah wirklich aus, als wäre er mit seiner Geduld am Ende. »Ihr seid beide noch grün hinter den Ohren. Ab heute ist Schluß damit!« Er packte Caitlyn am Arm und zog sie zu sich hinüber. »Von diesem Moment an gehört das Mädchen mir, ist das klar? Und wenn von euch beiden noch einmal einer um sie herumschwänzelt, dann breche ich ihm beide Arme und Beine, und vielleicht auch noch den Hals! Habe ich mich verständlich ausgedrückt?«

Den letzten Satz sagte er so laut und bestimmt, daß die beiden im Wasser überrascht die Augen aufrissen. Auch Caitlyn war verblüfft. Hatte Connor sie wirklich gerade für sich beansprucht? Ihr Herz schlug schneller.

»Das meinst du doch nicht ernst, oder, Connor?« Cormac

musterte ihn mit einer Mischung aus Erstaunen, Verwirrung und Zurückweisung, und plötzlich sah er sehr jung aus.

»Gott ist mein Zeuge, ich meine jedes Wort ernst«, antwortete Connor bestimmt.

»Sie ist doch kein Stück Vieh!« fuhr Rory jetzt dazwischen. »Du kannst nicht einfach sagen, sie gehört dir. Wir haben auch das Recht, unser Glück bei ihr zu versuchen.«

»Rory hat recht, Conn. Sie sollte sich selbst entscheiden können.«

»Ich – ich habe mich schon entschieden.« Caitlyn war selbst überrascht, daß ihre Stimme nicht zitterte. Alle drei starrten sie an, als hätte eben eines der Schafe das Maul geöffnet und gesprochen. »Ich wähle Connor. Und ich hoffe, daß ihr meine Wahl respektieren werdet.«

Keiner sprach. Rory und Cormac starrten sie an. Sie wagte nicht, sich zu Connor umzudrehen, dessen Hand noch immer schwer auf ihrem Arm lag.

»Wenn es so ist, natürlich«, sagte Rory dann steif und schwamm die zwei Züge bis zum Rand des Tümpels, Cormac dicht hinter ihm. Sie kletterten aus dem Wasser. Ohne ein weiteres Wort gingen sie triefend die Stufen hinauf und verließen das Quellhaus. Kaum war sie mit Connor allein, nahm er die Hand von ihrem Arm. Sie hatte Angst davor, aber sie drehte sich trotzdem zu ihm um.

Er musterte sie mit gerunzelter Stirn und einem eigenartigen Gesichtsausdruck. Zwar hatte er ein Hemd übergezogen, aber es nicht zugeknöpft, es hing ihm offen über die Hose. Seine Brust war noch immer nackt, und als Caitlyn die von einem dünnen Schweißfilm bedeckten Muskeln und das schwarze Haar darauf betrachtete, schlug ihr Herz schneller.

»So, du hast also Cormac geküßt?« fragte er, und seine Augen wurden schmal.

»Ich . . .«, setzte Caitlyn zu ihrer Verteidigung an, als ihr plötzlich eine Idee kam. »Ich wollte nur wissen, wie es ist«, beendete sie den Satz unschuldig-provokativ.

Ein kleiner Muskel an seinem Mund begann zu zucken. Sie sah ihn an, und ihr Mund wurde trocken. Fast unfreiwillig schwankte sie gegen ihn. Er faßte nach ihren Oberarmen und zog sie näher, hielt sie aber gleichzeitig von sich weg.

»So, du wolltest wissen, wie es ist«, wiederholte er sanft.

Seine Augen wurden noch schmaler und fixierten ihren Mund. »Caitlyn, Kleine, wenn du es wirklich wissen willst, dann komm und küß mich.«

20

Er zog sie langsam näher, bis ihre Brüste gerade die Haare auf seiner Brust streiften. Seine Augen verließen nicht einen Moment ihr Gesicht, und sie hatte das Gefühl, in ihnen zu versinken. Ihr Herz schlug so laut, daß es fast alles andere übertönte. Er legte ihr die Hände um die schmale Taille und holte tief Luft. Schnell befeuchtete sie die Lippen.

»Leg die Arme um meinen Hals«, sagte er, und seine Stimme klang tief und rauh. Kleine Flammen schienen in seinen Augen zu flackern. Gehorsam hob sie die Arme und fühlte ihre Knie weich werden. Er erstarrte, als sie zum erstenmal zögernd seinen Hals berührte. Caitlyn fühlte die Wärme seiner Haut unter ihren Fingern und erzitterte. Langsam glitten ihre Arme um seinen Hals, ihre Hände berührten sein lockiges Haar, das er im Nacken zu einem Pferdeschwanz zusammengefaßt hatte. Er senkte den Kopf. Sie schloß die Augen.

Als sein Mund zum erstenmal den ihren berührte, wurde ihr schwindlig. Seine Lippen preßten sich auf ihre, warm und trocken, und liebkosten sanft ihren Mund. Etwas regte sich in ihr, eine Sehnsucht, so stark, daß sie glaubte, ohnmächtig zu werden. Sie holte einmal tief und zitternd Luft, dann berührte er mit seiner Zunge ihre Lippen, und sie öffneten sich wie von selbst.

Sie stöhnte leise. Nie hätte sie gedacht, daß es so sein könnte, einen Mann zu küssen. Sie fühlte sich ganz leicht im Kopf, beschwingt und wunderbar, als seine Zunge sanft und liebevoll ihren Mund erforschte. Als er sie zurückbog, grub sie protestierend die Nägel in seinen Nacken.

»Langsam, Mädchen!« Sie öffnete die Augen. Er atmete schwer. Sie hatte die Arme noch immer um seinen Hals geschlungen, seine Hände lagen auf ihren Hüften. Ohne diese Stütze hätte sie sich wohl kaum auf den Beinen halten können. Ihre Knie waren weich wie Butter. Ihr Innerstes war in Aufruhr, der Blick in ihren Augen sehnsüchtig und fordernd zugleich.

»Das war wunderbar, mach es noch einmal«, murmelte sie sanft.

»Du meine Güte!« Seine Augen blitzten, dann senkte er den Kopf und nahm ihren Mund mit einer Leidenschaft, die wildes Begehren in ihr auflodern ließ. Er zog sie auf die Zehenspitzen und drückte sie leicht zurück, so daß ihr Kopf auf seiner Schulter ruhte, während seine Zunge ihren Mund eroberte. Caitlyn verschränkte die Arme in seinem Nacken und erwiderte seinen Kuß, auf ihren Instinkt vertrauend. Mutig begegnete sie seiner Zunge mit der ihren, streichelte sie und ließ sie dann in seinen Mund gleiten. Ein Zittern durchlief seine Arme, dann glitten seine Hände nach unten, umfaßten ihren Po und drückten sie fest an sich. Er preßte seinen Körper gegen sie, und sie fühlte etwas Hartes an ihrem Bauch, spürte, wie seine Finger ihre Pobacken liebkosten und versuchten, sie noch näher zu ziehen. Sie hauchte seinen Namen in seinen Mund, und er stöhnte auf. Er änderte seine Position, und sie dachte, er würde sie auf den Steinboden legen. Dann murmelte er einen Fluch in ihren Mund, zog sie wieder hoch und löste sich von ihren Lippen. Dabei hielt er sie noch immer in den Armen. Sein Herz hämmerte gegen ihre Brust, das Gesicht hatte er in ihren Haaren vergraben.

»Connor«, sagte sie in sanftem Protest. Sie fühlte ihn tief Luft holen, dann glitten seine Arme von ihrer Hüfte. Er trat einen Schritt zurück und packte ihre Arme, wo sie um seinen Hals verschränkt lagen.

»Du bist eine Plage«, sagte er zwischen zusammengebissenen Zähnen. Als sie sich immer noch einladend gegen ihn drückte, zog er ihre Arme von seinem Hals und hielt sie von sich weg.

»Hör auf! Oder willst du als meine Geliebte enden? Willst du, daß ich dich gleich hier auf dem verdammten Fußboden nehme?«

Caitlyn lächelte ihn an. Um sie drehte sich noch alles, und ihr Inneres war in Aufruhr. In ihrem Kopf war nur noch Platz für einen Gedanken: Connor. Er sah unglaublich gut aus, wie er so dastand und sie ansah. Die Augen schmal unter den gerunzelten Brauen, ein wunderbarer Mund, der die unglaublichsten Dinge mit ihr tun konnte. Sie starrte einen langen Moment auf seine von einem dünnen Schweißfilm bedeckte Brust, ehe sie ihm wieder in die Augen sah.

»Wenn du willst«, antwortete sie schlicht und senkte ihren Blick wieder auf seine Brust. Sie war fasziniert. Wie von selbst bewegte sich ihre Hand, um auf seinem Herzen zu ruhen. Endlich hatte sie die Antwort auf ihre Frage: Das Haar dort war weich und sanft, und es war schön, es zu berühren.

»Heilige Mutter Gottes«, sagte Connor und sprang zurück, als schmerze ihre sanfte Berührung. Ehe sie, aus ihrem glückseligen Taumel aufgeschreckt, wußte, was los war, stand er am Rand des Bassins und kämpfte um sein Gleichgewicht. Instinktiv streckte sie die Hand nach ihm aus, aber es war zu spät. Er fiel rückwärts ins Wasser.

Es schien eine Ewigkeit zu dauern, bis er wieder aus dem dunklen Wasser auftauchte. Er musterte sie verärgert und strich sich die nassen Haarsträhnen aus dem Gesicht. Dann wurde ihm die Lächerlichkeit der Situation bewußt, und er mußte wider Willen grinsen.

»Ich hätte auf Mickeen hören sollen«, sagte er, während er herauskletterte. »Von Anfang an hast du mir nur Ärger gebracht, kleine Caitlyn, und je mehr ich versuche, ihm zu entgehen, um so tiefer gerate ich hinein. Und du bist nicht gerade eine Hilfe.«

»Wie meinst du das?« fragte sie verwirrt. Bekümmert sah er an sich hinab. Er war naß bis auf die Haut, und seine Stiefel waren ohne Zweifel ruiniert. Das Band, das seine Haare zusammengehalten hatte, trieb im Wasser, und er triefte.

»Ich hatte nie vor, Hand an dich zu legen, Mädchen, und ich schäme mich dafür. Ich hoffe, du wirst mir dabei helfen, daß so etwas nie wieder vorkommt.«

»Aber – aber ...« Caitlyn wollte nicht glauben, was sie da eben gehört hatte. »Du – du hast doch vorhin gesagt, ich würde jetzt dir gehören. Ich dachte ...« Sie konnte nicht sagen, was sie gedacht hatte, und der Satz blieb halb in der Luft hängen. Er sah sie geradeheraus an.

»Ich habe das nur gesagt, weil ich nicht wollte, daß meine Brüder sich deinetwegen die Schädel einschlagen. Ich wollte dich nicht wirklich für mich beanspruchen. Außerdem wollte ich, daß du vor ihnen sicher bist.«

»Oh!« Langsam begriff sie, was er da eben gesagt hatte, und ihre Wangen begannen zu brennen. Ihre Hände flogen zu ihrem Gesicht. Wenn sie daran dachte, was sie gesagt und getan hatte, schämte sie sich fast zu Tode. Dann verwandelte sich ihre Scham in Wut.

»Ihr seid ein Tier, Connor d'Arcy!« zischte sie ihm zu, und als er einen Schritt auf sie zumachte, gab sie ihm einen festen Stoß, und er fiel wieder zurück ins Wasser. Ohne auf ihn zu achten, drehte sie sich um und verließ wütend und beschämt das Quellhaus. Wenn sie Glück hatte, dachte sie erbost, würde er in dem verdammten Teich ertrinken.

21

Caitlyn verbrachte einen Großteil der folgenden Nacht damit, über die Ereignisse nachzudenken. Sie konnte kein Auge zutun, und bei dem Gedanken daran, was passiert war, wand sie sich innerlich. Es war peinlich und demütigend. Wie konnte er es wagen! In ihrer Phantasie schwankte sie zwischen Selbstmitleid und Rachegelüsten. Einmal sah sie sich nachts durchs Haus schleichen und ihm ein Messer in die Brust rammen, dann wieder tötete sie sich selbst. Vielleicht sollte sie erst ihn umbringen, dann sich? Nein, das war auch kein Ausweg. Sie wälzte sich hin und her, und Gedanken und Pläne kreisten in ihrem Kopf.

Als schließlich der Morgen graute, war sie endgültig zu dem Schluß gekommen, daß weder Mord noch Selbstmord eine Lösung wäre. Auch wenn Connor ein elendes Schwein war, so wollte sie ihn doch nicht tot sehen. Außerdem bezweifelte sie sehr, daß sie überhaupt in der Lage wäre, ihn zu töten. Und Selbstmord? Nein, das kam schon gleich gar nicht in Frage. So leicht würde sie ihn nicht von seinem Problem befreien. Davon abgesehen war sie sich sicher, daß er sie trotz allem begehrenswert fand. Als er sie geküßt hatte, das war ehrlich gewesen. Er hatte ihr nichts vorgespielt, mochte er hinterher sagen, was er wollte. Sie begehrte Connor – und er sie.

Sie wollte Connor d'Arcy. Diese Erkenntnis hatte sie wie ein Blitz getroffen. Seit Monaten war dieses Gefühl schon unentdeckt in ihr gewachsen. Sie wollte ihn als ihren Mann, er gehörte zu ihr, das spürte sie ganz deutlich. Er war sich dessen nur noch nicht bewußt, und die Frage war, wie konnte man ihn dazu bringen, die Augen zu öffnen und es sich einzugestehen?

Als sie sich anzog und zum Frühstück hinunterging, grübelte sie immer noch darüber nach. Unten erfuhr sie dann, daß Connor mit Mickeen nach Dublin gefahren war. Es dauerte drei Tage, bis er zurückkam.

Während dieser Zeit distanzierte sich Caitlyn etwas von den zurückgebliebenen d'Arcys. Rory und Cormac schienen sich ohnehin Connors Warnung zu Herzen genommen zu haben, denn sie sprachen kaum ein Wort mit ihr. Liam war die ganze Zeit mit den Büchern der Farm beschäftigt, und sie bezweifelte, daß er überhaupt etwas von der ganzen Sache mitbekommen hatte. Er war die meiste Zeit so in Gedanken versunken, daß er sie und die anderen gar nicht zu bemerken schien.

Caitlyn erledigte ihre Arbeit und ritt auf Finnbarr aus. Wenn sie unglücklich war, dann ließ sie es sich nicht anmerken.

Am Nachmittag des dritten Tages sattelte Caitlyn Finnbarr für einen Ausritt. Die jüngeren d'Arcys schmollten immer noch, und da Mickeen in Dublin war, konnte niemand ihr verbieten, alleine auszureiten. Genaugenommen war sie auch schon die letzten beiden Tage allein unterwegs gewesen, und sie hatte ihre Freiheit genossen, obwohl sie die lokkeren Scherze mit Rory und Cormac vermißte. Sogar Liams trockene Art ging ihr ab. Und sie vermißte Connor sehr, wenn sie auch von Tag zu Tag wütender auf ihn wurde.

Sie ritt wie immer in Richtung auf den Boyne. Finnbarr war unruhig. Nach einer Weile nahm sie ihr Kopftuch ab, so daß ihr Haar frei im Wind flog. Dann gab sie Finnbarr nach und ließ ihn laufen. Er galoppierte über die Hügel davon. Sie genoß den wilden Ritt und bedauerte es fast, als sie ihn wieder zügeln mußte, aber sie wollte ihn auch nicht überanstrengen. Als sie an einen Bach kamen, hielt sie an. Er trank durstig. Sie tätschelte Finnbarrs Hals, machte es sich im Sattel bequem und verfiel in einen Tagtraum. Sie sah Connor vor sich auf den Knien liegen und ihre Hände küssen.

»Schön, Sie zu treffen, Miß O'Malley!« Beim Klang der fremden Stimme schreckte sie hoch und wäre fast vom Pferd gefallen. Sir Edward Dunne kam auf sie zugeritten.

»Guten Tag, Sir Edward«, entgegnete sie höflich. Sie griff nach den Zügeln, aber sie waren natürlich über den Pferdehals hinuntergerutscht, und sosehr sie sich auch vorbeugte, sie konnte sie nicht erreichen.

»Gestatten Sie?« Sir Edward stieg ab, watete durch den Bach und hob ihre Zügel auf. Caitlyn war nicht ganz wohl zumute. Nach allem, was sie bis jetzt von diesem Mann gehört hatte, wollte sie nicht unbedingt mit ihm allein sein. Allerdings war die Straße nicht weit entfernt, und sicher war er auch nicht ganz so übel, wie die d'Arcys ihn geschildert hatten. Außerdem stand sie unter Connors Schutz.

»Wenn ich das sagen darf, Miß O'Malley, Sie werden von Tag zu Tag hübscher.« Er machte keine Anstalten, ihr die Zügel zu geben, sondern schlug damit auf die Handfläche, während er zu ihr aufsah.

»Oh, danke.« Caitlyn wurde langsam nervös, sie streckte ihre Hand nach den Zügeln aus, aber er lächelte nur und hielt sie außer Reichweite.

»Sie können doch sicher ein bißchen bleiben und noch etwas mit mir plaudern, nicht? Es ist so selten, daß ich Sie einmal ohne einen Ihrer – äh – Cousins antreffe.«

»Nein, leider, ich muß zurück. Connor wird schon nach mir suchen.« Weder sein Blick noch sein vertraulicher Ton gefielen ihr sonderlich. Sie hoffte, es würde ihn zurückhalten, wenn er annehmen mußte, daß Connor jeden Moment hier auftauchen konnte.

»Wirklich?« Sir Edward schien überrascht. Sein Lächeln wurde noch breiter. »Seltsam, ich bin erst heute morgen aus Dublin zurückgekommen, wo ich die Ehre hatte, an einem Ball in Dublin Castle teilnehmen zu dürfen. Dort habe ich auch d'Arcy getroffen, der eben einen Walzer mit Meredith Congreve tanzte. Er versicherte mir, daß er nicht vor Ende der Woche nach Donoughmore zurückkommen würde, und so, wie die göttliche Meredith ihn anhimmelte, glaube ich ihm das gerne.«

»Ich habe natürlich Cormac gemeint«, warf sie schnell ein. Das waren ja schöne Sachen, die sie da zu hören bekam! Aber im Moment konnte sie sich nicht damit auseinandersetzen. Sie würde sich ihre Wut für später aufheben. Jetzt mußte sie erst einmal Sir Edward loswerden, denn ihr wurde zunehmend mulmiger unter seinem Blick.

»Ah, aber der junge Cormac, das ist wieder ganz etwas anderes. Wenn d'Arcy dich jetzt schon an seinen kleinen Bruder weitergegeben hat, dann brauche ich wohl auch keine Skrupel mehr zu haben. Ich möchte dir ein Angebot machen, meine Liebe.«

»Ein Angebot?« Caitlyn funkelte ihn an. Am liebsten wäre sie vom Pferd gesprungen und davongelaufen, um diesen unangenehmen Mann endlich loszuwerden; aber ihre Chancen standen schlecht, und es wäre dumm gewesen, sich so direkt in seine Reichweite zu begeben.

»Ich bin wesentlich reicher als Connor d'Arcy, ganz zu schweigen von dem Rest der Meute. Und du wirst feststellen, daß ich außerordentlich großzügig sein kann, wenn ich zufrieden bin. Eine junge Lady wie du sollte schöne Kleider haben, Schmuck, sie sollte in der Gesellschaft glänzen und nicht wie ein Aschenputtel zu Hause sitzen, während der hohe Herr sich amüsiert. Das alles kann ich dir bieten und noch mehr.«

»Ich habe nicht die geringste Ahnung, wovon Ihr sprecht.« Sie war ehrlich verwirrt. Er verzog ungeduldig den Mund. Sein Gesicht, das sie früher für nicht unattraktiv gehalten hatte, wirkte plötzlich verzerrt und gemein.

»Komm, komm, Caitlyn. Ich darf dich doch Caitlyn nennen, oder? Du glaubst doch sicher nicht, daß ich – oder sonst irgend jemand – diesen Blödsinn geglaubt habe, daß du die Cousine der d'Arcys bist? Es ist doch ganz offensichtlich, daß du zumindest die Geliebte d'Arcys warst, und wahrscheinlich auch noch die der anderen. Ich kann dir Besseres bieten, ein Haus in Dublin, wenn du willst.«

»Ihr seid im Irrtum, Sir«, sagte Caitlyn hochnäsig und streckte ungeduldig die Hand aus. »Wenn Ihr mir jetzt bitte die Zügel geben wollt.«

»Oh, du willst den Preis hochtreiben, was? Mal sehen, wie hoch du dich einschätzt, wenn es erst einmal passiert ist, mein Mädchen!« Er packte sie um die Hüfte und zog sie mit einem Ruck vom Pferd. Caitlyn schrie schrill, für den Fall, daß jemand in der Nähe war. Als Sir Edward sie in die Arme zog, trat sie ihm kräftig gegen das Schienbein.

»Au! Du bist ja ein richtiger kleiner Teufel! Kein Wunder, daß die d'Arcys dich so lange behalten haben.« Sein Griff hatte sich kurz gelockert, aber er zog sie schon wieder an sich. Trotzdem war es ihr gelungen, einen Arm zu befreien, und als er diesmal versuchte, sie zu küssen, verpaßte sie ihm einen kräftigen Faustschlag ins Gesicht. Sie traf sein linkes Auge, und er heulte auf, ließ sie aber nicht los. Sie versuchte, ihm noch einen Hieb zu versetzen, aber er wehrte ihre Schläge geschickt ab.

»Ich werde dir zeigen, mich zu schlagen«, zischte er wütend. Er schlug sie, so fest er konnte, ins Gesicht. Ihr Kopf flog zurück, und sie fühlte ihre Lippe aufplatzen. Dann zog er sie wieder eng an sich und preßte seinen Mund auf den ihren, ohne sich um das Blut zu kümmern.

Plötzlich ging in unmittelbarer Entfernung eine Pistole los. Caitlyn, endlich von diesem ekelhaften Kuß erlöst, sah sich erschrocken um. Zu ihrer unendlichen Erleichterung erblickte sie Connor auf Fharannain nur ein paar Meter von sich entfernt. Er senkte gerade die qualmende Pistole, und der Ausdruck in seinem Gesicht war furchteinflößend. Jetzt zog er eine zweite Pistole aus dem Gürtel und richtete sie auf Sir Edward.

»Laßt sie los oder sterbt«, sagte er gefährlich ruhig, und zumindest Caitlyn war sich sicher, daß er es ernst meinte. Offensichtlich hatte er auch Sir Edward überzeugt, denn der ließ sie los, und sie stolperte in Connors Richtung von ihm weg.

»Ich habe lediglich angeboten, sie Euch abzunehmen. Ihr müßt ihrer doch schon überdrüssig sein, und ich werde Euch großzügig abfinden, wenn Ihr sie mir überlaßt.« Sir Edward hörte sich ziemlich nervös an. Connor ignorierte ihn, stieg ab und legte eine Hand unter Caitlyns Kinn. Selbst als er ihr Gesicht anhob, um ihre Lippe zu betrachten, hielt er die Waffe auf ihn gerichtet.

»Er hat dich geschlagen.« Das war keine Frage, und der Klang seiner Worte machte ihr angst. Hinter dem eisigen Ton dieser Feststellung konnte sie seinen ungeheuren Zorn fühlen. Sie kannte Connors Wutausbrüche, aber das hier war etwas anderes, Gefährlicheres.

»Es tut nicht weh, wirklich nicht«, versicherte sie ihm schnell, aber sie hätte ebensogut mit Fharannain sprechen können, denn Connor beachtete sie gar nicht. Er fixierte Sir Edward.

»Ihr habt einen gravierenden Fehler gemacht«, sagte er mit einem Lächeln, das Caitlyns Blut in den Adern stocken ließ. Es mußte einen ähnlichen Effekt auf Sir Edward gehabt haben.

»Wenn Ihr mich tötet, werdet Ihr dafür hängen, d'Arcy.«

Connor warf Caitlyn einen kurzen Blick zu. »Steig auf dein Pferd und reite nach Hause!«

»Sie sollten ihn besser aufhalten, Miß O'Malley, oder wollen Sie ihn hängen sehen?« Sir Edwards Stimme klang schon fast hysterisch, und als sie Connor ansah, konnte sie es ihm nicht verdenken. Er war bereit, ihn zu töten.

»Bitte, bring ihn nicht um, Connor«, sagte sie leise und legte eine Hand auf seinen Arm. »Es war ja nur ein Kuß, sonst nichts. Das ist doch kein Grund, jemanden zu töten.«

Connor musterte sie schweigend, dann konzentrierte er sich wieder auf Sir Edward.

»Seht Ihr, d'Arcy, nur ein Kuß. Wenn ich – wenn ich etwas grob geworden bin, dann entschuldige ich mich hiermit bei der jungen Dame. Seht Ihr, es ist doch wirklich nichts passiert!«

»Steig auf und mach, daß du nach Hause kommst«, wiederholte Connor unbeeindruckt, und der mörderische Ausdruck in seinen Augen hatte kein bißchen nachgelassen.

»Connor!«

»Ich werde ihn nicht umbringen«, sagte er und gab ihr einen kleinen Schubs. »Geh jetzt!«

Trotz Sir Edwards ängstlicher Proteste stieg sie auf. Connor machte eine Handbewegung, und sie ritt los, aber nur bis zu einer kleinen Gruppe von Kiefern. Dort verbarg sie sich hinter den duftenden Zweigen und beobachtete das Geschehen.

Connor hatte seine Pistole noch immer auf Sir Edward gerichtet, als er langsam auf ihn zuging. Sie war zu weit entfernt, um hören zu können, was gesprochen wurde. Aber was immer Connor zu ihm gesagt hatte, Sir Edward wurde käseweiß. Dann steckte Connor die Pistole weg und packte den Engländer am Kragen. Was daraufhin folgte, konnte man kaum einen Kampf nennen. Sir Edward konnte ein paar Treffer landen, aber dann schickte Connor ihn mit wenigen kräftigen Schlägen auf die Knie, und Caitlyn wurde schon allein vom Zuschauen schummrig. Sir Edward schwankte leicht und sagte etwas. Caitlyn nahm an, es war eine Bitte, aufzuhören. Connor packte ihn am Kragen und zog ihn halbwegs auf die Füße. Dann verpaßte er ihm einen kräftigen Schlag ins Gesicht und ließ ihn gleichzeitig los. Sir Edward fiel um, wie vom Blitz getroffen, und rührte sich nicht mehr. Connor stand noch etwa eine Minute schwer atmend über ihm, dann trat er ihm einmal fest in die Rippen, aber er rührte sich immer noch nicht. Caitlyn zuckte zusammen. Connor spuckte auf seinen bewußtlosen Gegner, dann stieg er auf Fharannain und ritt los. Sir Edward ließ er im Gras liegen, blutend und bewegungslos.

Caitlyn war so durcheinander, sie dachte gar nicht mehr daran, daß Connor ihr ja befohlen hatte, nach Hause zu reiten. Als Connor die Bäume erreichte und sie sah, konnte sie ihn nur mit weit aufgerissenen Augen anstarren. Er hatte einen Riß in der Wange, und Blut lief ihm übers Gesicht. Sonst konnte sie keine Verletzung an ihm entdecken.

»Euer Gesicht . . .«, sagte sie und ritt ihm entgegen.

»Er hat mich mit seinem verdammten Ring erwischt«, meinte Connor grollend, und seine Augen blitzten, als er ihre geschwollene Lippe musterte. »Es ist nichts. Ich habe dir gesagt, du sollst heimreiten.«

»Ich hatte Angst um Euch.«

Connor schnaubte. Gemeinsam ritten sie in Richtung auf die Farm weiter. »Sollen wir ihn einfach so liegen lassen?« fragte sie und sah über die Schulter zurück, wo Sir Edward noch immer lag.

»Ich werde seine Leute benachrichtigen, sie können ihn dann abholen. Bis dahin wird er schon nicht verbluten.«

»Aber . . .«

»Nichts aber. Er hatte Glück, daß ich ihn nicht gleich umgebracht habe. Verdient hätte er es.«

»Es war doch nur ein Kuß und ein Schlag. Ich habe schon Schlimmeres ertragen.«

Connor warf ihr einen Blick zu, und seine Augen glühten. »Dieser Mann ist ein elender Bastard. Deine Lippe ist so dick wie eine Wurst. Und es war auch deshalb nur ein Kuß, weil ich gerade noch rechtzeitig gekommen bin. Sonst hätte er dich vergewaltigt. Erzähl mir jetzt bloß nicht, daß er das nicht vorhatte.«

Caitlyn wußte, daß Connor recht hatte, aber sie hütete sich, ihm das zu sagen. Sie wollte Connors Wut nicht noch mehr schüren, denn sie hatte wirklich Angst, er würde zurückreiten und Sir Edward den Rest geben. Nicht, daß es ihr um den Engländer leid getan hätte, aber Connor konnte dafür hängen.

»Wie kommt es überhaupt, daß Ihr in der Nähe wart, um mich zu retten? Ich dachte, Ihr wärt in Dublin und vergnügtet Euch dort mit Mrs. Congreve!« Die Worte, triefend von Sarkasmus, waren ihr nur so herausgerutscht, und sie hätte sich die Zunge dafür abbeißen können. Ihre Worte mußten sich richtig eifersüchtig anhören – was sie natürlich auch war, aber das mußte sie ihm ja nicht unbedingt auf die Nase binden.

Er wirkte für einen kurzen Augenblick fast amüsiert, als er ihr einen Seitenblick zuwarf. »Ich habe mit vielen Ladys getanzt, und Mrs. Congreve war auch darunter«, sagte er dann beruhigend. »Zu deinem Glück habe ich heute morgen beschlossen, daß ich lange genug von Donoughmore weggewesen bin. Ich habe Mickeen in Dublin gelassen, um noch die restlichen Vorräte zu besorgen, und bin zurückgeritten. Tja, und dann hörte ich nicht weit von hier entfernt eine Frau schreien, und Gentleman wie immer, wollte ich nachforschen, was los ist. Und wen finde ich? Dich!«

Er sah schon wieder ziemlich wütend aus. Caitlyn wollte etwas sagen, aber er warf ihr einen glühenden Blick zu, der sie verstummen ließ.

»Wenn du noch einmal allein ausreitest, verkaufe ich dein verdammtes Pferd und schicke dich zu den Nonnen. Erpressung hin oder her«, sagte er ärgerlich, gab Fharannain die Fersen und galoppierte davon.

22

Zwei Tage später war die Verletzung auf Connors Wange fast schon wieder verheilt, und Caitlyns Lippe hatte wieder ihre normale Form angenommen. Von Ballymara hatten sie nichts gehört, obwohl Connor sein Versprechen gehalten und eine

Nachricht geschickt hatte, daß Sir Edward einen »Unfall« erlitten habe und wo er zu finden sei. Caitlyn befürchtete allerdings, daß die Sache damit noch nicht erledigt war, aber da von Sir Edward nichts zu sehen oder zu hören war, versuchte sie die Angelegenheit zu vergessen.

Connors Laune hatte sich im großen und ganzen nicht gebessert. Als seine Brüder ihn besorgt über die Verletzung auf seiner Wange und Caitlyns geschwollene Lippe befragen wollten, nützte er die Gelegenheit, ihnen eine Standpauke zu halten, weil sie nicht besser auf Caitlyn aufgepaßt hatten. Caitlyn versuchte auszugleichen, aber daraufhin ging er sofort auf sie los, und seine Brüder schienen nicht sonderlich begeistert über ihre Bemühungen. Seither war Connor ständig beschäftigt. Wann und wo auch immer sie versuchte, ihn zu sprechen, er ließ sie nie zu Wort kommen. Sie konnte nicht glauben, daß er so wütend auf sie war, nur weil sie allein ausgeritten und natürlich prompt in Schwierigkeiten geraten war. Aber was sollte er sonst für einen Grund haben, so wütend zu sein? Nun, was auch immer der Grund war, sie fühlte sich scheußlich.

»Um Himmels willen, was hast du bloß mit dem Mann gemacht?« fragte Rory sie eines Tages nach dem Essen. Connor hatte ihnen eben allen den Kopf gewaschen, um dann wutschnaubend zu den Arbeitern auf dem Feld davonzustapfen. »Das ist ja nicht zum Aushalten!«

Caitlyn hatte sich freiwillig dazu bereit erklärt, die Ställe auszumisten, um nicht beim Abwasch helfen zu müssen. Darum würde sie heute das Haus mit den Männern verlassen. Mrs. McFee, die gerade die Teller zusammenstellte, hielt inne und sah sie an, als wartete sie auf Bestätigung für das Ungemach, das sie für Caitlyns Anwesenheit auf Donoughmore prophezeit hatte.

»Still«, murmelte Caitlyn deshalb Rory zu, der ihren Seitenblick richtig verstand und gehorsam schwieg, bis sie draußen waren. Dann sah er sie mit hochgezogenen Augenbrauen an und wartete auf eine Antwort.

»Ich habe überhaupt nichts mit ihm gemacht«, verteidigte sie sich.

Cormac hinter ihr schnaubte. »Und genau das dürfte das Problem sein.«

Caitlyn verstand nichts und starrte ihn an, als er an ihre Seite kam. Liam wurde rot bis über beide Ohren. Rory, auf Caitlyns anderer Seite, warf Cormac einen strafenden Blick zu.

»Du solltest so etwas nicht vor Caitlyn sagen, das tut man nicht«, wies er seinen Bruder zurecht.

Cormac zuckte mit den Schultern. »Warum nicht? Wenn sie mit ihm schläft, ist sie nicht so unschuldig, daß es ihr peinlich sein könnte, und wenn nicht – nun, ich würde sagen, da liegt das Problem.«

Seine Stimme hatte einen bitteren Unterton, und Caitlyn war auf einmal bewußt, daß er immer noch an der Sache kaute. Impulsiv legte sie eine Hand auf seinen Arm. Die anderen blieben auch stehen und musterten Caitlyn erwartungsvoll, die Cormac ernst ansah.

»Können wir nicht Freunde sein, Cormac?« fragte sie sanft. »Nur weil ich – so für Connor fühle, heißt das doch nicht, daß ich dich nicht mag. Oder Rory. Und Liam.« Sie lächelte Liam zu. »Als Brüder. Wir waren doch Freunde – gute Freunde – für über ein Jahr. Nur weil wir langsam erwachsen werden, muß sich das doch nicht ändern.«

Cormac sah sie einen Moment lang beleidigt an, dann lächelte er zögernd. »Nein, du hast recht. Obwohl ich zugeben muß, daß Caitlyn, die junge Schönheit, wesentlich interessanter ist als O'Malley, der Dieb.«

Rory und Liam lachten, und Caitlyn stimmte ein. Etwas von dem Schmerz in ihrem Herzen begann zu heilen, jetzt, da sie wußte, daß sie zumindest mit den jüngeren d'Arcys wieder versöhnt war. Wenn es mit Connor nur auch so einfach wäre ...

»Danke, Cormac«, sagte sie sanft und drückte ihm einen schwesterlichen Kuß auf die Wange. Auch Rory und Liam bekamen einen.

»Ganz schön freigebig mit deinen Küssen, was«, bemerkte eine nur zu bekannte Stimme hinter ihr bissig. Caitlyn und die drei anderen d'Arcys drehten sich schuldbewußt um. Da stand Connor, eine Mistgabel in der Hand, und sein Gesichtsausdruck war ausgesprochen mißmutig. Er trug seine ältesten Hosen und Stiefel und war wohl doch nicht zu den Arbeitern aufs Feld gegangen. So wie er aussah und roch, hatte er bereits die Ställe ausgemistet. Ärger stieg in ihr auf, als sie ihn ansah.

Der unausgesprochene Vorwurf, daß sie mit der Arbeit hätte schneller sein sollen, hing beinahe greifbar in der Luft.

»Aber Conn . . .«, begann Liam kläglich, woraufhin er sogar Liam böse anfunkelte, der doch sonst nur selten seinen Unmut erregte.

Das Geräusch einer sich nähernden Kutsche unterbrach sie, und alle Augen richteten sich auf Mrs. Congreve, die soeben mit ihrem eleganten Einspänner auf den Hof gefahren kam. Caitlyn starrte den Eindringling wütend an, und es befriedigte sie zu sehen, daß die jüngeren d'Arcys auch nicht viel begeisterter wirkten. Connors Augen wurden schmal, aber es war unmöglich zu sagen, ob er sich über ihre Ankunft freute oder nicht. Mrs. Congreve winkte fröhlich. Sie lenkte ihr Gefährt zu ihnen hinüber und zügelte das Pferd kurz vor ihrer kleinen Gruppe.

»Mistest du etwa die Ställe aus, Liebling?« rief sie Connor heiter zu, dessen mißmutiger Gesichtsausdruck plötzlich wie weggefegt war. Er lächelte sogar, als er, die Mistgabel immer noch in der Hand, zu ihr hinüberging. Caitlyns Blick wurde nicht gerade freundlicher, als sie die makellose Schönheit der Lady in sich aufnahm. Selbst an einem so heißen Tag wie heute war nicht ein einziges Härchen auf diesem gepuderten Kopf in Unordnung. Sie trug diesmal ein elegantes Kleid aus blaßroter Seide; silberne Spitze und eine ebenfalls blaßrote Feder zierten eine Seite ihres riesigen Huts. Caitlyn warf einen Blick auf ihr eigenes, schon oft geflicktes Kleid, und ihre Laune verschlechterte sich in direkter Proportion zu ihrer ärmlichen Kleidung.

»Ich bin ein schwer arbeitender Farmer, wie du weißt, Meredith«, entgegnete er jovial. In letzter Zeit war er zu keinem von ihnen auch nur annähernd so freundlich gewesen. Mrs. Congreve himmelte ihn gekonnt an, und Caitlyns Ärger nahm weiter zu.

»Ich hoffe, ich komme nicht ungelegen«, fuhr ihr ungeladener Gast fort und streckte Connor die schmale weiße Hand hin. »Ich habe von Sarah Dunne gehört, daß du mit Sir Edward eine Art – äh, Meinungsverschiedenheit hattest, und Sir Edward muß dabei ziemlich schlimm zugerichtet worden sein. Ich wollte mich nur selbst überzeugen, daß es dir nicht ähnlich ergangen ist, obwohl ich hätte wissen müssen, daß das gar nicht möglich ist. Ich hoffe doch sehr, daß ich nicht der Grund für eure Auseinandersetzung war, Liebling!« An ihrem Gesicht konnte Caitlyn jedoch nur zu deutlich sehen, daß die Lady eher das Gegenteil hoffte.

»Ah, das wird nicht verraten«, entgegnete Connor charmant, beugte sich über ihre Hand und hob sie an die Lippen. Seine Augen trafen dabei die Caitlyns. Sie funkelte ihn an, und sein Gesichtsausdruck wurde für einen Moment entschlossen. Dann – er hielt immer noch Merediths Hand – beugte er sich demonstrativ über die Brüstung des Einspänners und küßte sie auf die Wange.

Die jüngeren d'Arcys hielten den Atem an, dann wanderten ihre Blicke zu Caitlyn, um zu sehen, wie sie es aufnehmen würde. Caitlyn war völlig starr. Ihre Augen waren ausschließlich auf das Paar bei der Kutsche gerichtet. Animalische Wut durchflutete sie. Sie ballte die Fäuste, ihre Augen blitzten gefährlich. Energisch wich sie Liams Arm aus, der sie zurückhalten wollte. Sie ging auf den Einspänner zu und blieb einen halben Meter von Connor entfernt stehen.

»Oh, Connor, Liebling«, sagte sie süßlich, eine perfekte Nachahmung von Mrs. Congreve. Als er sich mit hochgezogenen Augenbrauen zu ihr umdrehte, holte sie aus und schlug ihm mit aller Kraft ins Gesicht.

Für einen Moment herrschte Stille, dann schnappte Mrs. Congreve deutlich hörbar nach Luft. Connor legte eine Hand auf seine brennende Wange und funkelte Caitlyn wütend an. Die drei jüngeren d'Arcys machten fast gleichzeitig einen Schritt nach vorne, aber bevor Connor mit mehr als nur einem Blick reagieren konnte, hatte sie sich schon umgedreht und verschwand im Stall. Dort kletterte sie auf den Heuboden, warf sich bäuchlings ins Stroh und erwartete mit einer Mischung aus Angst und Zufriedenheit ihr Schicksal.

Sie mußte nicht lange warten. Sie spürte seine Gegenwart, noch ehe sie seine Schritte auf dem Holzboden hörte. Trotzdem starrte sie weiter aus dem Fenster. Sie weigerte sich sogar, ihn anzusehen, als er schon direkt neben ihr stand.

»Ich hoffe, du bist mit deiner Leistung von eben zufrieden«, begann er wütend.

»Solltet Ihr nicht bei Eurer Freundin sein?« entgegnete sie sarkastisch und setzte sich auf. Der rote Abdruck ihrer Hand war noch immer deutlich zu sehen. Seine teuflischen Augen blitzten sie wütend an.

»Aye, das sollte ich«, antwortete er hitzig. Dann hielt er inne und bemühte sich, seinen Ärger unter Kontrolle zu bekommen. Als er weitersprach, klang seine Stimme ruhiger. »Welcher Teufel hat dich geritten, mich zu ohrfeigen? Jetzt ist Meredith sicher davon überzeugt, daß du meine Geliebte bist, und nachdem sie nichts für sich behalten kann, wird es bald die ganze Grafschaft wissen.«

»Ist mir egal«, entgegnete sie stur und starrte weiter aus dem Fenster, die Arme vor der Brust verschränkt.

»Nun, mir aber nicht.«

»Oh, ist die liebe Meredith etwa verärgert?« meinte Caitlyn bissig. »Um so besser!«

Für einen Moment herrschte erwartungsvolle Stille. Caitlyn konnte Connors Augen auf ihrem abgewandten Gesicht fühlen. Schließlich sagte er bemüht geduldig: »Du hast wirklich keinen Grund, auf Meredith eifersüchtig zu sein. Was zwischen ihr und mir ist, betrifft dich nicht. Wir sind beide erwachsen, und du bist noch ein Kind.«

Jetzt sah sie ihn an, und ihre Augen blitzten. »Ach wirklich? Wahrscheinlich bilde ich es mir ja nur ein, aber vor wenigen Tagen scheint Ihr mich durchaus für erwachsen gehalten zu haben. Oder küßt Ihr Kinder immer so?«

Seine Augen wurden schmal, und er verschränkte die Arme, als er ihrem wütenden Blick begegnete. Während er sie betrachtete, verschwand der Ärger plötzlich aus seinem Gesicht. »Das war ein Versehen, mehr nicht.«

»Ein Versehen! Ein Versehen!« Sie war so wütend, daß sie dachte, sie würde platzen. Caitlyn sprang auf, und ihre Hand schwang in einem weiten Bogen auf sein Gesicht zu, aber dieses Mal fing er sie ab und hielt sie fest.

»Caitlyn!« sagte er warnend.

Sie beachtete ihn gar nicht, sie war außer sich. »Warum gibst du es nicht zu, Connor d'Arcy? Es hat dir gefallen, mich zu küssen! Das habe ich doch gemerkt! Und wenn ich eifersüchtig bin, nun, das bist du auch! Du bist so eifersüchtig auf deinen eigenen Bruder, daß du grün vor Neid wirst. Und erzähl mir bloß nicht, daß du diese Mrs. Congreve nur geküßt hast, weil ich deinen Brüdern einen Kuß gegeben habe, und das war wirklich völlig unschuldig, was mehr ist, als du für dich beanspruchen kannst.«

»Caitlyn!«

»Was soll dieses ›Caitlyn‹?« Sie holte mit ihrer anderen Hand aus, aber er fing auch die ab.

»Verdammt, Caitlyn, wenn du mich noch einmal schlägst, lege ich dich übers Knie und versohle dir den Hintern.«

»Wann wirst du es endlich in deinen Kopf kriegen, daß ich zu alt dafür bin! Ich bin eine erwachsene Frau, Connor d'Arcy, und das weißt du auch. Du bist nur zu feige, es zuzugeben!«

Er starrte sie einen Moment mit zusammengepreßten Lippen an. In seinen Augen lebte der Ärger wieder auf, als sie über ihr Gesicht wanderten. Aber da war auch noch etwas anderes: Sein Blick streifte über ihren Körper und blieb an ihren sich hebenden und senkenden Brüsten hängen. Er wanderte weiter zu ihrer schmalen Taille, dann sah er ihr wieder ins Gesicht und sagte leise: »Du solltest froh sein, daß es so ist; denn wenn ich dich als erwachsene Frau sehen würde, wäre hier erst recht die Hölle los.«

Sie sah ihn an, wußte nichts zu erwidern. Doch seine Stimme hatte einen Unterton, der ihr Hoffnung ab. Ihr Ärger verflog, und sie hörte auf, sich gegen seinen festen Griff an ihren Handgelenken zu wehren. »Ich möchte aber, daß du mich wie eine erwachsene Frau behandelst«, sagte sie fast schon einschmeichelnd.

»Du bist noch zu jung, um zu wissen, was du willst.« Seine Augen wurden schmal, und sein Blick bekam etwas Ruheloses. Sie konzentrierte sich darauf und versuchte, seinen schroffen Ton zu überhören. »Du solltest dankbar sein, daß ich mehr gesunden Menschenverstand habe als du.«

Er war eindeutig entschlossen, sie auf Armeslänge von sich entfernt zu halten. Sie musterte sein kantiges, gutaussehendes Gesicht, das auf einmal so ernst aussah. Sein Griff an ihren Handgelenken hatte sich gelockert, da sie nicht mehr um jeden Preis darauf aus schien, ihn zu schlagen, und ihre Finger hatten sich wie von selbst ineinander verschlungen, ungeachtet der unfreundlichen Worte, die gewechselt wurden.

»Ich hasse dich«, sagte sie schmollend und begann wieder an seinen Händen zu zerren.

»Gut!« entgegnete er herzlos, gab aber ihre Hände nicht frei.

»Laß mich los! Du Tier!« Sie zog an seinen Händen, um ihre Worte zu unterstreichen.

Er seufzte. »Caitlyn, du bist ein sehr hübsches Mädchen, und ich bin ein ganz normaler Mann. Ich versuche nur, dich zu beschützen.«

Sie ließ ihre Hände wieder in seinen ruhen und musterte ihn. »Ich will nicht beschützt werden. Nicht vor dir. Und ich hasse dich auch nicht, Connor. Ich – ich liebe dich.«

Endlich hatte sie es gesagt. Seine Augen wurden schmal, dann weiteten sie sich. Seine Stimme klang rauh.

»Du bist noch ein Kind. Du weißt nicht, was du sagst.«

»Und ob ich das weiß!«

Er sagte nichts, sah sie nur an. Etwas flackerte tief in seinen Augen, und er drückte ihre Finger so fest, daß es weh tat; aber sie ertrug es gerne.

»Es wäre falsch, wenn ich ausnützen würde, was du zu fühlen glaubst. Du . . .«

»Ich bin kein Kind mehr, Connor«, unterbrach sie ihn. Sie ging einen Schritt auf ihn zu. »Ich möchte, daß du mich küßt. Jetzt! Bitte.«

»Caitlyn . . .« Trotz der rastlosen Glut in seinen Augen zögerte er noch. Mutig ging sie auf die Zehenspitzen und preßte ihren Mund auf seinen.

»Caitlyn!« Aber er schob sie nicht von sich weg, und das strafte seinen Protest Lügen. Ermutigt legte sie den Kopf auf die Seite, schloß die Augen und drückte ihre Lippen wieder auf die seinen. Ihr Herz begann schneller zu schlagen, und ihr Atem beschleunigte sich. Seine Lippen waren fest und warm; sie nahm all ihren Mut zusammen und streichelte die Linie zwischen ihnen mit ihrer Zunge.

Er widerstand noch einen Moment länger ihrem sanften Angriff, dann holte er tief Luft, löste seine Finger aus den ihren und legte ihr die Arme um die Hüfte.

»Nun gut, du trägst die Verantwortung«, murmelte er gegen ihren Mund. Dann küßte er sie, wild und leidenschaftlich, als hätte er sich schon lange danach gesehnt, und die Welt hörte auf zu existieren. Sie schlang die Arme um seinen Hals und erwiderte den Kuß. Ihr Herz schlug so laut, daß sie kaum seinen schweren Atem hören konnte. Ein seltsames Gefühl regte sich in ihrem Magen und wanderte langsam tiefer. Ihre Knie wurden weich. Sie klammerte sich an ihn als den einzig soliden Gegenstand in einem wirbelnden Universum.

»Ahh, Caitlyn!« Er löste sich von ihrem Mund und zog eine Linie heißer Küsse zu ihrem Ohr. Caitlyn holte tief Luft und vergrub ihr Gesicht an seiner Schulter. Seine Wärme und sein männlicher Geruch erregten sie, sie hob den Kopf und berührte seinen Hals mit der Zunge.

Er schloß seine Arme fester um sie, zog sie auf die Zehenspitzen, und seine Lippen hinterließen eine feurige Spur auf ihrem Hals. An der Stelle, wo Hals und Schulter zusammentreffen, verweilte er, und sein Mund schien sich durch ihre Haut zu brennen. Sie vergrub die Nägel in seiner Schulter und preßte ihre halbgeöffneten Lippen gegen seinen Hals. Er hob sie sanft hoch und senkte sie aufs Stroh.

Sie streckte die Arme nach ihm aus, die Augen voller Sehnsucht. Er legte sich dicht neben sie, und sie spürte die Hitze seines Körpers, als er sich über sie beugte und sie küßte.

Sie streichelte seine Schulter. Durch das dünne Leinen seines Hemds konnte sie die Wärme seiner Haut fühlen; ihre Hand glitt über seinen Rücken, dann schob sie sie unter seinen Kragen, um seine nackte Haut spüren zu können. Seine Finger wanderten nach oben und umschlossen schließlich ihre Brust. Sie sog die Luft durch die halbgeöffneten Lippen ein und zitterte – es war ein wunderbares Gefühl.

»Ich liebe dich, Connor«, flüsterte sie ihm ins Ohr, und der Druck an ihrer Brust verstärkte sich für einen Moment.

»Meine wunderschöne Caitlyn«, sagte er sanft und richtete sich etwas auf, um sie anzusehen.

»Hör nicht auf«, flüsterte sie, und ihre Hand glitt über seine Schulter dorthin, wo seine auf ihrer Brust lag. Sie drückte seine Finger fester in das weiche Fleisch. Ein seltsames Leuchten trat in seine Augen, und seine Lippen öffneten sich.

»Auch wenn ich wollte, ich könnte es nicht«, gestand er mit der Andeutung eines Lächelns. Dann küßte er sie leidenschaftlich. Seine Hände wanderten zu ihrem Rücken, um die Knöpfe ihres Kleids zu öffnen.

Caitlyn konnte kaum mehr atmen. Er streifte ihr das Kleid von den Schultern, dann das Unterkleid. Sie beobachtete ihn und sah die Erregung in seinen Augen, als er langsam ihre Brüste entblößte. Er berührte sie sanft, streichelte ihre harten

Brustwarzen ehrfürchtig. Das Gefühl ging ihr durch und durch; sie stöhnte leise und reckte ihm ihre Brüste entgegen.

»Langsam, mein Liebling«, murmelte er und betrachtete ihr Gesicht, nahm die Leidenschaft in sich auf, die aus ihm schien. Ihr Kopf ruhte auf seinem Oberarm, er beugte sich über sie und zog eine Linie zwischen ihren Brüsten. Dann senkte er den Kopf.

Caitlyn beobachtete ihn, die Augen glasig vor Sehnsucht und Verlangen, als er ihre Brustwarzen sanft mit der Zunge berührte. Er wiederholte die zarte Berührung an ihrer anderen Brust, und sie schrie seinen Namen heraus.

Die Muskeln seiner Schultern spannten sich unter ihrer Hand. Dann bedeckten seine Lippen wieder ihren Mund, hart, heiß und fordernd, und er drückte sie zurück ins Stroh. Seine Hand glitt über ihren Körper und zerrte an ihren verwirrten Röcken.

23

»Conn!«

Das war Liams Stimme. Connors Hand, die gerade halbwegs ihren nackten Schenkel hinaufgeglitten war, hielt inne. Ihr Körper erstarrte, und sie versuchte die störende Stimme einfach zu überhören. Wortlos bat sie ihn mit ihrem Körper, nicht aufzuhören. Connors breite Schultern versperrten ihr den Blick auf den restlichen Dachboden. Er drehte sich um und sah zur Leiter, von deren Fuß Liams Stimme gekommen war. Sie drängte ihn, die Unterbrechung zu ignorieren, und schlang ihre Arme fester um seinen Hals. Er sah sie an. Seine Augen wanderten über ihre nackten Schenkel, nahmen ihre zitternden Brüste mit den harten rosa Brustwarzen in sich auf. Sie lag fast nackt unter ihm. Das Wissen darum löste etwas tief in ihrem Inneren. Sie schauderte, und Connors Augen, heiß wie die Mittagssonne, trafen ihre.

»Connor!« rief Liam drängend. Er riß seine Augen von ihr los und sah wieder in Richtung Leiter.

»Ja, was gibt es?« antwortete er mit noch immer nicht ganz fester Stimme. Dann kehrten seine Augen ratlos zu ihr zurück.

Sie wanderten über ihren Körper und blieben an seiner Hand hängen, die groß und dunkel auf ihrem weißen Schenkel lag. Seine Augen weiteten sich, dann zuckte etwas um seinen Mund, und er zog trotz ihres leisen Protests seine Hand zurück. Sorgsam ordnete er ihre Röcke. In seinem Gesicht standen Leidenschaft, Bedauern und etwas, das sie schließlich als Entschlossenheit deutete.

»Narren und kleine Kinder«, murmelte er leise. Caitlyn wußte, daß er das schon einmal zu ihr gesagt hatte, aber ehe sie sich richtig erinnern konnte, unterbrach Liam ihre Gedanken.

»Äh – dein Besuch nimmt gerade Tee im Salon, und sie fragt sich, wo du wohl geblieben bist.« Er stand noch immer am Fuß der Leiter.

»Verdammt! Ich habe sie ganz vergessen!« Dieser Feststellung folgte eine Reihe gemurmelter Flüche, dann nahm er Caitlyns Arme von seinem Hals, setzte sich auf und fuhr sich mit unsicheren Fingern durchs Haar. Bei der Erwähnung von Mrs. Congreve gesellte sich Wut zu der Leidenschaft in Caitlyns Augen.

»Kümmere dich um sie, ja? Ich komme gleich!« rief Connor die Leiter hinunter.

»Aye.« Sie hörte gedämpfte Schritte, dann war Liam verschwunden. Caitlyn setzte sich auf und zog wütend ihr Oberteil zurecht. Dabei funkelte sie Connor die ganze Zeit an. Die leichte Röte, die die Leidenschaft auf seine Wangen gezaubert hatte, verblaßte schnell, als er seine Haare ordnete und zusammenband. Wie konnte er nur von ihr zu dieser – dieser Frau gehen! Der Gedanke machte sie so wütend, daß sie ihm am liebsten den nächstbesten schweren Gegenstand auf den Kopf geschlagen hätte. Glücklicherweise für Connor war nichts Derartiges greifbar. Caitlyn verzog den Mund und zupfte einen Strohhalm aus seinem schwarzen Haar. Connor sah sie mit hochgezogenen Augenbrauen an.

»Wir möchten doch nicht, daß deine Freundin denkt, du hättest etwas getan, was du nicht tun solltest!« sagte sie bissig und ließ den Strohhalm bedeutungsvoll zu Boden fallen.

»Ich denke dabei auch an dich! Oder willst du, daß bald die ganze Grafschaft weiß, daß ich es mitten am Nachmittag auf dem Heuboden mit dir getrieben habe? Dein Name wird darunter leiden, nicht der meine!«

»Glaubst du vielleicht, daß mir das etwas ausmacht?« entgegnete sie heftig. Ihr Zorn wirkte ansteckend.

»Du bist ein Dummkopf, und ich bin ein noch viel größerer. Aber ich habe jetzt keine Zeit, mit dir darüber zu diskutieren«, entgegnete er und sprang auf die Füße. Für einen Moment stand er nur da, die Hände in die Hüfte gestützt, und sah sie an. Von den immer noch verwirrten schwarzen Haaren bis zu den staubigen Stiefelspitzen wirkte er ausgesprochen männlich und irgendwie sehr beeindruckend. Der entschlossene Zug um seinen Mund bedeutete Ärger, aber so schnell ließ Caitlyn sich nicht einschüchtern. Mit verschränkten Armen erwiderte sie seinen Blick. Eben war es noch so wunderbar gewesen, und jetzt könnte sie ihn schon wieder erwürgen!

»Was stehst du noch hier herum? Geh schon! Meredith wartet auf dich!« Spott triefte aus jedem Wort. Connors Augen glitzerten einen Moment gefährlich, dann holte er tief Luft und zog sie ohne große Umstände auf die Füße. Ohne den Halt ihrer Hände klaffte das Oberteil ihres Kleids unanständig weit nach vorne.

»Laß mich los! Was soll das?« Sie versuchte ihr fallendes Oberteil aufzufangen und sich gleichzeitig von ihm zu befreien. Er drehte sie um, und nur ihr Unterkleid bewahrte sie davor, ganz entblößt dazustehen. Wütend und beschämt zog sie ihr Kleid zurecht und hielt es mit beiden Händen fest.

»Ich möchte nur dein Kleid zuknöpfen«, sagte er, und seine Hände drückten ihre Schultern warnend, ehe er sich an die Arbeit machte.

»Du hast wohl eine Menge Übung als Kammerzofe, was?« sagte sie unfreundlich, als er ihr Kleid in Rekordzeit zuknöpfte. Kaum war der letzte Knopf geschlossen, trat sie von ihm weg und drehte sich um. Sie funkelte ihn herausfordernd an; er verschränkte die Arme vor der Brust und erwiderte ihren Blick nicht weniger wütend. Dann ließ etwas in ihrem Gesicht seinen Ärger verfliegen.

»Ich habe es dir schon gesagt: Du hast keinen Grund, auf Meredith eifersüchtig zu sein. Was zwischen ihr und mir ist, hat mit dir überhaupt nichts zu tun.«

»Ich warne dich, Connor d'Arcy! Ich werde nicht teilen!« Er betrachtete sie einen Moment lang schweigend.

»Du nimmst zuviel für gegeben, Caitlyn O'Malley. Wenn

du schon fest entschlossen bist, meine Geliebte zu werden, dann solltest du auch wissen, daß eine Geliebte keinerlei Rechte auf einen Mann hat. Die hat nur eine Ehefrau.«

»Dann werde ich eben deine Frau!« entgegnete sie angriffslustig, und kaum hatte sie die Worte ausgesprochen, wußte sie, daß es genau das war, was sie wollte. Sie wollte seine Frau werden, ihn lieben, mit ihm leben.

»Es gilt als üblich zu warten, bis man gefragt wird«, antwortete Connor trocken.

»Dann bin ich eben unüblich!«

»Das hättest du nicht extra zu erwähnen brauchen!«

Sie funkelten sich an, keiner von ihnen wollte auch nur einen Zentimeter weichen. Dann schüttelte Connor ungeduldig den Kopf. »Ich habe keine Zeit, mich mit dir herumzustreiten«, sagte er und drehte sich um.

»Ja, ja, wir dürfen die liebe Meredith schließlich nicht warten lassen, nicht?« schrie sie ihm wütend nach, als er zur Leiter ging. Er fuhr herum.

»Verdammt, Caitlyn!« Dann murmelte er einen Fluch und stieg die Leiter hinunter. Wütend stampfte Caitlyn mit dem Fuß auf. Hätte sie etwas zu werfen gehabt, wäre es hinter ihm durch die Luft gesegelt, aber Stroh gab ein schlechtes Wurfgeschoß ab. Ohnmächtig stampfte sie noch einmal auf und verfluchte ihn.

24

Sie sah Connor erst beim Abendessen wieder. Auch wenn sie ihn mit hocherhobenem Kopf betont ignorierte, war sie doch erleichtert, ihn zu sehen. Sie hatte schon befürchtet, er hätte Mrs. Congreve nach Hause begleitet oder wäre wieder nach Dublin gefahren, wie damals nach dem Kuß. Aber er war da, schweigend, ernst, aber anwesend, und Caitlyn war froh darüber.

Es war gar nicht so einfach, einen Mann nicht zu beachten, wenn man sein Essen servieren mußte, aber Caitlyn gelang es ganz gut. Auf allgemeinen Wunsch war sie vom Kochen befreit worden. Weder Mickeen noch die d'Arcys waren von den verschiedenen Klumpen und Fremdobjekten allzu begeistert gewesen, die regelmäßig im Essen aufgetaucht waren, als Mrs. McFee versucht hatte, ihr die Kochkunst zu vermitteln. Statt dessen servierte sie das Essen. Sie machte ihre Runde um den Tisch und ließ die Kartoffeln mit einem lauten ›Platsch‹ und nicht unbeträchtlichem Gespritze auf die Teller fallen. Connor, als Hausherr, wurde normalerweise als erster bedient, aber als kleine Rache servierte sie ihm zuletzt. Sie stellte mit Zufriedenheit fest, daß nur noch drei kleine Kartoffeln übrig waren, als sie seinen Platz erreichte.

»Vorsicht! Paß doch auf, was du tust!« rief Mrs. McFee tadelnd, als die spärlichen Überbleibsel Connors Teller fast ganz verfehlten. Connor warf ihr einen strafenden Blick zu, sagte aber nichts.

»Caitlyn ist heute wohl schlecht gelaunt«, sagte Cormac neckend, und seine braunen Augen glitzerten, als sie die leere Schüssel laut klappernd auf dem Büfett abstellte, ehe sie sich setzte.

Sie sah ihn über den Tisch hinweg düster an, gab aber keine Antwort. Er grinste und wollte gerade noch etwas sagen, als er plötzlich überrascht zusammenzuckte.

»Was soll das, warum hast du mich getreten?« fragte er erstaunt und sah Liam fragend an.

»Halt den Mund, Idiot«, antwortete dieser halblaut. Connor wurde gerade von Rory abgelenkt, der ihn etwas wegen der Schafe fragte, aber nur eine mißmutige Antwort bekam. Liam nützte die Gelegenheit und warf erst einen vielsagenden Blick auf Connor, dann auf Caitlyn. Caitlyn, der der Blick und seine Bedeutung nicht entgangen war, lief rot an. Cormacs Augen weiteten sich, als er ebenfalls von Connor zu Caitlyn blickte. Beide sahen ähnlich verärgert aus.

»Was habt ihr beide denn zu flüstern?« Connors Stimme klang aggressiv. Cormac zögerte, dann zuckte er mit den Achseln und konzentrierte sich wieder auf seinen Teller. Auch Liam sagte keinen Ton. Connor musterte die beiden für einen Moment, dann wandte er sich ebenfalls wieder seinem Essen zu. Für den Rest der Mahlzeit wurde nicht mehr gesprochen als: »Bitte gib mir das Brot.«

Gerade wollten sich alle vom Tisch erheben, als Mrs. McFee mit einem Paar Handschuhe hereinkam.

»Die habe ich im Salon gefunden, Eure Lordschaft. Die Lady hat sie dort vergessen.« Sie warf Caitlyn einen triumphierenden Blick zu. Caitlyns Augen wurden schmal, Wut brannte in ihnen. Sie fixierte Connor, aber der sah Mrs. McFee an und streckte seine Hand nach den Handschuhen aus.

»Danke.« Er nahm sie ohne sichtbare Veränderung in seinem Gesichtsausdruck und trug sie mit sich, als er das Zimmer verließ.

Caitlyns Stimmung verdüsterte sich zunehmend, während sie Mrs. McFee dabei half, den Tisch abzuräumen. Natürlich würde ihr Connor die dämlichen Handschuhe vorbeibringen, wahrscheinlich noch heute abend. Und wenn er dann schon da war, würde er bestimmt auch gleich noch die Nacht im Bett dieser Frau verbringen. Was sie damit zweifelsohne auch bezweckt hatte, und Connor fiel darauf herein. Na ja, was hieß reinfallen, er war ein erwachsener Mann und durchschaute diesen Trick bestimmt. Was natürlich bedeutete, daß es genau das war, was er wollte: im Bett von Mrs. Congreve zu landen. Und davor hatte Caitlyn Angst.

Mrs. McFees stiller Triumph trug auch nichts dazu bei, sie aufzuheitern. Auch wenn die Frau nicht wußte, wie weit die Beziehung zwischen Caitlyn und Connor gediehen war, hatte ihr die Spannung zwischen den beiden wohl kaum entgehen können. Mrs. McFee war sich von Anfang an sicher gewesen, daß Caitlyn es auf Connor abgesehen hatte. Und jetzt, da sich ihre Voraussage zu erfüllen schien, tat sie natürlich alles, um Caitlyn einen Knüppel zwischen die Beine zu werfen. Darum dauerte der Abwasch heute auch mindestens doppelt so lang wie sonst. Mrs. McFee versuchte, sie so lange wie möglich zu beschäftigen und von Connor fernzuhalten.

Schließlich hatte Caitlyn von dem Schneckentempo und ihren komischen Blicken die Nase voll. »Wenn Sie nach Hause gehen wollen, ich werde hier auch allein fertig«, sagte sie provokativ.

»Es ist nicht deine Sache, mir zu sagen, wann ich gehen soll. Ich arbeite für Seine Lordschaft und nicht für ein dahergelaufenes Ding, das mehr scheinen will, als es ist.«

Caitlyn starrte Mrs. McFee an und kämpfte gegen den Wunsch, ihr den Teller, den sie gerade abgetrocknet hatte, an den Kopf zu werfen. Mrs. McFees Beleidigungen und die regelmäßigen Prophezeiungen, welch großes Übel und Unglück Caitlyns Anwesenheit über Donoughmore bringen würde, hatten nie aufgehört, und eigentlich sollte sie daran mittlerweile gewöhnt sein. Die Frau konnte sie nicht leiden, was auf Gegenseitigkeit beruhte. Und genaugenommen hatte sie ja mit Connor Streit, also sollte sie ihre Wut gerechterweise auch an ihm auslassen. Nun gut, dann würde sie sich eben beherrschen.

»Dann können Sie hier auch alleine fertigmachen. Ich habe Wichtigeres zu tun.«

»Eine allzugroße Hilfe bist du sowieso nicht«, meinte Mrs. McFee noch, dann war Caitlyn durch die Küchentür verschwunden, die Bemerkung mit zusammengebissenen Zähnen ignorierend. In wenigen Minuten würde Mrs. McFee ihren Schal um den Kopf schlingen und nach Hause ins Dorf gehen. In der Zwischenzeit würde Caitlyn ihren Ärger bei dem loswerden, der ihn verursacht hatte. Allein der Gedanke, daß er mit Mrs. Congreve die Art von Intimitäten austauschen könnte, die sie auf dem Dachboden geteilt hatten, trieb sie zur Weißglut. Er war ein Schwein, und das würde sie ihm auch sagen!

Nach dem Abendessen versammelten sich die d'Arcys im allgemeinen im Salon. Rory und Cormac waren schon da, sie saßen auf zwei Sesseln aus verblaßtem goldfarbenen Brokat, die normalerweise neben dem großen Kamin standen. Sie hatten sie vor dem Feuer zusammengerückt, und zwischen ihnen stand ein kleiner Tisch mit einem Schachbrett darauf. Die beiden argumentierten gerade leise, aber aufgeregt über das Spiel.

»Wo ist Connor?« fragte sie, ohne sich mit großen Vorreden aufzuhalten, und ihre Wut steigerte sich bei dem Gedanken, er könnte schon unterwegs zu dieser – dieser Kuh sein.

»Glaub mir, du willst Connor jetzt ganz bestimmt nicht sehen«, antwortete ihr Rory überzeugt. »Seit dem Essen hat er sich bereits mit Cormac gestritten und ist jetzt oben, um Liam den Kopf zu waschen, weil er einen Fehler bei den Büchern gemacht hat. Kurz und gut, seine Laune ist nicht gerade die beste.«

»So, er ist also oben, ja?« Sie drehte sich um, entschlossen, direkt ins Büro zu marschieren und ihm die Meinung zu sagen. Wenn er Streit wollte, nun, den konnte er schon haben!

»Ich würde ihn in Ruhe lassen, er ist wirklich scheußlich schlecht gelaunt. Da hilft nur noch die Flucht!« rief Rory ihr nach.

»Wenn man bedenkt, daß sie der Grund dafür ist, geschieht es ihr ganz recht, wenn sie auch ihren Teil abbekommt«, hörte sie Cormac sagen, dann hatte sie die Treppe erreicht.

Die Tür zum Büro stand einen Spalt offen. Ohne sich die Zeit zu nehmen anzuklopfen, stieß sie sie auf. Liam saß am Schreibtisch, Connor hatte sich von hinten über ihn gebeugt und deutete auf eine Stelle in den Büchern. Beide sahen überrascht auf, als sie so hereinplatzte.

»Ich möchte mit Euch sprechen«, sagte sie zu Connor, ohne Liam zu beachten.

»Ich habe jetzt keine Zeit für deine Kindereien. Wie du siehst, bin ich beschäftigt.« Sein Ton war so unfreundlich wie seine Worte.

Kindereien? Sie würde es ihm schon geben! »So, dann bin ich jetzt also wieder ein Kind, ja? Ihr seid ein Heuchler, Connor d'Arcy, und das ist noch nicht mal das Schlimmste!«

»Und du bist der aufdringlichste Bauerntrampel, der mir je über den Weg gelaufen ist – leider, wie ich sagen muß!« brüllte Connor. Er machte einen Schritt auf sie zu, dann hielt er sich mühsam zurück und stand mit geballten Fäusten da.

»Feigling!« Sie stand ihm gegenüber, die Hände in die Hüfte gestemmt, und ihre Augen blitzten. Er funkelte sie an.

»Megäre!«

»Megäre?« Caitlyn war so aufgebracht, daß sie fast nicht antworten konnte. »Megäre!«

»Jawohl, Megäre! Oder wie würdest du ein weibliches Wesen nennen, das einen Mann einfach nicht in Ruhe lassen kann, der ganz eindeutig nichts von ihr will?«

»Conn!« Liam versuchte ihn zu beruhigen, und er sah sehr unglücklich dabei aus.

»So, Ihr wollt also nichts von mir, Connor d'Arcy? Das ist eine Lüge, und das wißt Ihr so gut wie ich! Ihr wollt mich haben, und Ihr seid ganz einfach zu feige, Euch zu nehmen, was Ihr wollt!«

»Wenn du dich mir weiterhin an den Hals wirfst . . .«

»Ich werfe mich Euch also an den Hals? Sehr interessant!«

»Conn!« Verzweifelt sah Liam von Connor zu Caitlyn, aber die beiden beachteten ihn gar nicht.

»Wie würdest du es nennen? ›Ich liebe dich, Connor, ich möchte, daß du mich küßt, Connor‹«, ahmte er sie spöttisch nach. »Wenn du hören würdest, wie eine andere Frau das zu einem Mann sagt, würdest du nicht auch finden, daß sie sich ihm an den Hals wirft?«

Das war ein Schlag unter die Gürtellinie, und das noch dazu vor Liam, dem das sichtlich unangenehm war. Caitlyn war so wütend, daß sie eine volle Minute nichts sagen konnte. Ein tiefer Schmerz gesellte sich zu ihrer Wut, aber sie zeigte es nicht, gab es nicht einmal sich selbst gegenüber zu.

»Elender Bastard!« Als sie wieder sprechen konnte, schleuderte sie ihm die Worte wie Steine entgegen. Seine Augen funkelten sie an.

»Du gehst zu weit, Conn!« sagte Liam drängend. Er sprang auf und legte seinem Bruder eine Hand auf den Arm.

»Den Teufel tue ich!« Connors Stimme klang wirklich wütend. Er fixierte Caitlyn, dann ließ etwas in ihrem Gesicht seine Lippen schmal werden. Er sah auf die Hand seines Bruders hinunter, die noch immer auf seinem Arm lag, und sagte mit mühsamer Beherrschung: »Geh mir aus dem Weg!« Als Liam keine Anstalten machte, zur Seite zu gehen, schüttelte er seine Hand ab und ging an ihnen vorbei zur Tür hinaus. Caitlyn und Liam sahen sich an, während seine Schritte auf der Treppe leiser wurden.

»Er hat es nicht so gemeint«, sagte Liam sichtlich unwohl nach einem Moment geladener Stille.

»Wirklich?« entgegnete Caitlyn, und ihre Stimme klang eisig.

»Du weißt, daß er es nicht so gemeint hat. Du kennst doch Conn.« Liam schüttelte den Kopf und kam auf sie zu. Unbeholfen versuchte er sie zu trösten. »Er geht in die Luft, und dann sagt er Sachen, die er eigentlich gar nicht meint. Wenn er sich dann beruhigt hat, ist alles wieder vergessen.«

»Aber nicht von mir«, entgegnete Caitlyn. »Dein hochgeschätzter Bruder kann von mir aus zum Teufel gehen!«

25

Es war bereits nach Mitternacht, aber Caitlyn konnte kein Auge zutun, auch wenn alle anderen schon längst im Bett lagen und tief und fest schliefen. Nach ihrem Streit war Connor auf Fharannain weggeritten und noch nicht zurückgekommen. Langsam kam sie immer mehr zu der Überzeugung, daß er heute nacht auch nicht mehr kommen würde. Sie stellte sich ihn in Meredith Congreves Bett vor und mußte vor Wut mit den Zähnen knirschen. In eine Decke gewickelt saß sie vor dem Feuer in der Küche und wartete. Ihr Gesichtsausdruck wurde zunehmend grimmiger, und die Gedanken, die ihr durch den Kopf gingen, immer unfreundlicher. Leider sah es ganz so aus, als müßte ihr Zusammentreffen bis morgen warten.

Seit Stunden wiederholte sich die Szene, die sich im Büro abgespielt hatte, in ihrem Kopf. So etwas zu ihr zu sagen, und noch dazu vor Liam! Er war nicht nur ein Heuchler, sondern auch ausgesprochen unverschämt. Wenn sie ihn in die Finger bekam, würde sie ihm dafür die Augen auskratzen! Sollte sich allerdings herausstellen, daß er die Nacht mit Mrs. Congreve verbracht hatte, würde sie ihm den Schädel spalten und der Angelegenheit damit ein für allemal ein Ende machen. Dieser unverschämte Schweinekerl!

Die Ehrlichkeit zwang sie allerdings zuzugeben, daß zumindest ein Körnchen Wahrheit in seinen Worten steckte. Sicher, meistens hatte sie die Initiative ergriffen, und sie hatte ihn auch gebeten, sie zu küssen (wenn auch nicht das erste Mal!), aber was sonst blieb einem bei einem Mann wie Connor schon übrig? Dieser Dickschädel weigerte sich aus einer verqueren Vorstellung von Ehre heraus, seiner – und ihrer – natürlichen Bestimmung zu folgen. Auch wenn sie noch unschuldig war, wußte sie sehr wohl, daß das Feuer, das bei jeder Berührung zwischen ihnen aufflammte, nichts Alltägliches war. Selbst wenn sie nur in Sichtweite waren, war die Spannung zwischen ihnen so intensiv, daß man sie fast mit Händen greifen konnte. Aber Connor, stur wie immer, hatte sich natürlich in den Kopf gesetzt, daß etwas, was so stark und elementar war, Sünde sein mußte. Sie hatte keine solchen Bedenken. Sie liebte ihn trotz seiner Fehler, und derer gab es genügend. Je länger sie darüber nachdachte, desto mehr wurden es, und sie hätte den Großteil der Nacht damit zubringen können, alle aufzuzählen. Trotzdem wollte sie ihn haben – das heißt, falls sie ihn nicht zuvor ermorden würde. Von wegen Megäre!

Sie gähnte gerade herzhaft, als sie Schritte auf der Hintertreppe hörte. Schnell klappte sie den Mund zu, zog die Decke fester um sich und sah erwartungsvoll zur Tür. Die Uhr im Gang schlug gerade zwei. Eine schöne Zeit, um nach Hause zu kommen!

Er versuchte eindeutig, leise zu sein, als er in die Küche kam und die Tür hinter sich schloß. Sie stand im Schatten neben dem Feuer, und er bemerkte sie nicht. Regentropfen glitzerten auf seinem Haar und dem Mantel. Der Feuerschein beleuchtete ihn schwach und warf einen riesigen Schatten-Connor an die Wand hinter ihm. Leise und vorsichtig schlich er durch die Küche, wahrscheinlich, um niemanden zu wecken, und seine Bewegungen hatten irgendwie etwas Schuldbewußtes. Egal, wo er gewesen war, er wollte offensichtlich nicht, daß jemand ihn von dort nach Hause kommen sah. Das schürte ihre Wut noch mehr. Wenn es ihm so peinlich war, wo anders konnte er dann schon gewesen sein als bei seiner Geliebten?

»Das ist ja eine schöne Zeit, um nach Hause zu kommen!« sagte sie schließlich, trat einen Schritt nach vorn und funkelte ihn herausfordernd an.

Connor war aufs Feuer zugegangen, um sich zu wärmen, aber jetzt hielt er ein. Für einen Moment sah er ertappt aus, dann versuchte er, es mit Wut zu überspielen.

»Was zum Teufel machst du um diese Zeit noch auf? Du solltest längst im Bett sein!« sagte er barsch und zog die Augenbrauen zusammen. »Es ist schon nach zwei!«

»Ich weiß sehr wohl, wie spät es ist, vielen Dank! Wo warst du denn so lange?«

Er ging wieder aufs Feuer zu. »Das geht Sie überhaupt nichts an, Miß!« sagte er über die Schulter und streckte die Hände aus, um sie zu wärmen.

»So, wirklich nicht?« Sie trat näher, bis sie dicht hinter ihm stand. Der Vorwurf kam wie von selbst. »Warst du bei dieser Frau?«

Er musterte sie eine Weile. Sie stand aufrecht, in eine verwaschene blaue Decke gewickelt. Das Haar fiel ihr offen über

Rücken und Schultern, die Augen blitzten, als sie seinen Blick erwiderte, und sie zitterte vor Wut. Endlich antwortete er.

»Hör auf, auf mir rumzuhacken, Mädchen, und mach, daß du ins Bett kommst. Ich bin nicht in Stimmung für einen deiner Wutanfälle.«

»Wutanfälle? Bei dir ist es wohl gerechter Zorn, nehme ich an!«

Er seufzte einmal tief, als würde er mal wieder gründlich mißverstanden, und wandte sich vom Feuer ab. »Wenn du nicht ins Bett gehen willst, gehe ich eben. Gute Nacht!«

»Komm sofort zurück! Ich bin noch lange nicht mit dir fertig!«

»Das glaube ich dir gern, aber ich bin nicht in der Stimmung, dir zuzuhören. Du wirst dich schon bis morgen gedulden müssen!«

»Ich . . .« Sie war ihm durch die Eingangshalle zur Treppe gefolgt, und beide hatten nur noch geflüstert, aber jetzt brach sie mitten im Satz ab. Er hatte ein Bein gehoben, um die erste Stufe zu nehmen, aber er hatte sie verfehlt und war zur Seite getaumelt, bis er mit der Schulter an der Wand zu lehnen kam. Langsam richtete er sich wieder auf.

»Connor . . .«, begann sie, aber ehe sie weitersprechen konnte, hatte er sein Gleichgewicht wiedererlangt und begann die Treppe hinaufzusteigen. Was war nur mit ihm los, er war sonst nie unbeholfen! Seine Bewegungen waren langsam und irgendwie seltsam, aber er schaffte es ohne weiteren Zwischenfall nach oben. Sie folgte ihm zu seinem Zimmer und beobachtete ihn dabei ganz genau. Er war doch nicht etwa krank oder verletzt? Jetzt, wo sie darüber nachdachte: Hatte er sich nicht auch irgendwie seltsam angehört? Jeder seiner Schritte sprach von seinem Bemühen, ganz normal zu wirken. Es war nicht sehr auffällig, und sie hätte es auch sicher nicht bemerkt, wenn er nicht vorhin geschwankt wäre.

»Warte, Connor!« flüsterte sie eindringlich, als er in sein Zimmer ging, ohne einen Blick zurückzuwerfen. Es sah so aus, als wolle er ihr die Tür vor der Nase zumachen, und sie drückte dagegen. Zu ihrer Überraschung flog die Tür weit auf, knallte gegen die Wand, und Connor stolperte zurück.

»Pssst!« sagte er und lehnte sich gegen die Wand. Auf der anderen Seite des Flurs schnarchte Cormac weiter ungestört vor sich hin, und sie war ausreichend mit den Schlafgewohnheiten der d'Arcys vertraut, um zu wissen, daß sie bestenfalls ein mittleres Erdbeben wecken würde. Trotzdem schloß sie vorsichtig die Tür und lehnte sich dann dagegen, um sich Connor genauer anzusehen. Er rührte sich nicht, sondern blieb weiter an die Wand gelehnt.

»Was ist mit dir los, Connor?« fragte sie besorgt und ging auf ihn zu.

»Großer Gott, kannst du einem auf die Nerven gehen! Ist es denn nicht möglich, daß du mich endlich in Ruhe läßt?« Aber er bewegte sich nicht von der Wand weg, und Caitlyns Besorgnis wuchs.

»Bist du verletzt? Bist du krank?« Sie legte eine Hand auf seine Wange, um zu sehen, ob er Fieber hatte, und ihre Augen wanderten besorgt über seinen Körper. Er griff nach ihrer Hand und zog sie weg.

»Ich bin weder krank noch verletzt, und ich möchte gerne ins Bett gehen. Würdest du mich also jetzt bitte allein lassen?« Er hielt ihr Handgelenk immer noch fest und beugte sich drohend nach vorne. Zum erstenmal roch sie seinen Atem. Whiskey! Sie blieb stocksteif stehen und starrte ihn an. Ihr Gesichtsausdruck brachte ihn etwas zu sich, und er hob den Kopf.

»Connor d'Arcy, hast du etwa getrunken?«

»Nur ein Gläschen oder zwei mit Vater Patrick.«

»Du hast also getrunken!«

»Ich würde das nicht trinken nennen.«

»Ich schon. Du bist betrunken!«

»Bin ich nicht! Ich bin nur müde und möchte gerne schlafen gehen. Allein, wenn es dir nichts ausmacht.«

Diese Bemerkung ließ Caitlyns Wut, die aus Sorge um ihn beinahe verflogen war, wieder aufleben. Sie riß sich los und funkelte ihn an. »Du bist ein elendes Schwein!«

»Das hast du schon einmal gesagt. Aber wenigstens bin ich kein solches Schwein, daß ich ein junges Mädchen, das in meinem Haus lebt und unter meinem Schutz steht, entehren würde! Bis jetzt jedenfalls noch nicht.« Letzteres hatte er mehr gemurmelt, und es war offensichtlich nicht für ihre Ohren bestimmt gewesen.

»Connor . . .« Er lehnte immer noch an der Wand. Jetzt richtete er sich auf, stand aber nicht gerade allzu sicher auf den Beinen. Er entknotete den Schal und zog ihn vom Hals.

»Geh ins Bett, Caitlyn. Bitte!« Er ließ den Schal fallen und lehnte sich wieder an die Wand. Er schien so erschöpft, oder vielleicht war er ja auch nur so betrunken, daß sie sich trotz ihres Ärgers um ihn sorgte.

»Brauchst du Hilfe beim Ausziehen?« fragte sie wie eine Mutter, die sich um ein unartiges, aber geliebtes Kind sorgt.

Er lachte sarkastisch. »Hilfe beim Ausziehen ist genau das, was ich nicht brauche. Geh ins Bett!«

»Aber . . .«

»Ich habe dich eine Megäre genannt, weißt du noch? Du solltest wütend sein, anstatt dir Sorgen um mich zu machen.«

»Ich war wütend.« Caitlyn erinnerte sich nur zu genau, und sie funkelte ihn an. »Ich bin wütend. Du bist nicht nur ein Schwein, du bist ein elender Hundesohn, du dreimal verfluchter Bastard. Du . . .«

»Ich habe es nicht so gemeint«, unterbrach er sie mitten in ihrer Flut von Beschimpfungen. Etwas in seinem Blick ließ ihr Herz schneller schlagen.

»Connor . . .«

»Geh ins Bett!«

»Wenn du glaubst, daß du mit dieser mageren Vortäuschung einer Entschuldigung davonkommst . . .«

»Morgen früh werde ich es besser machen, Ehrenwort. Geh ins Bett. Dein Bett.«

»Ich will aber nicht ins Bett gehen!« Seine Augen wurden schmal. Er richtete sich wieder auf, legte ihr die Hände auf die Schultern und versuchte sie umzudrehen. Sie wehrte sich, und ihre Finger umschlossen seine Handgelenke. Ihre Decke fiel zu Boden, und sie stand, nur in ein dünnes Nachthemd gehüllt, vor ihm. Wie von einem Magneten angezogen, glitten seine Augen über ihren Körper, ehe er sich wieder auf ihr Gesicht konzentrierte.

»Caitlyn, um Himmels willen . . .« Der Ausdruck in seinen Augen war schon fast verzweifelt, als sie sanft über die gebräunte Haut seiner Handgelenke streichelte.

»Ich will meine Entschuldigung jetzt«, sagte sie, und ihre Stimme klang belegt.

»Ich entschuldige mich. Und, bist du zufrieden? Geh jetzt ins Bett!«

Caitlyn schmollte. »Glaubst du wirklich, dieses bißchen kann die schrecklichen Sachen, die du zu mir gesagt hast, wiedergutmachen?«

»Ich weiß nicht mehr, was ich gesagt habe. Ich war ziemlich wütend, und ich verspreche dir für morgen eine angemessene Entschuldigung, aber . . .«

»Ich weiß es noch«, unterbrach sie ihn erbarmungslos, und ihre Finger streichelten weiter die harten Knochen an seinem Handgelenk. Sie sah zu ihm auf, und ihre Augen trafen sich. Er musterte sie mit gerunzelter Stirn, und seine Augenbrauen bildeten ein dunkles ›V‹ über den Augen, in die ein rastloser Schimmer getreten war. Er versuchte nicht mehr, sie aus dem Zimmer zu schieben.

»Davon abgesehen, daß du mich eine Megäre genannt hast, hattest du auch noch die Unverschämtheit zu behaupten, ich würde mich dir an den Hals werfen.«

»Tust du das denn nicht?« murmelte er, aber die Art, wie er fasziniert ihre Lippen beobachtete, nahm seinen Worten den Stachel.

Sie schüttelte den Kopf. Er sah ihr in die Augen, und sie dachte, sie würde für immer in ihren blaugrünen Tiefen versinken.

»Nur weil ich gesagt habe: Ich liebe dich, Connor . . .« Ihre Stimme war eine sanfte Liebkosung; sie sah ihm die ganze Zeit in die Augen, und ihre Worte entzündeten kleine Flammen in ihnen. Ihre Hand glitt langsam seinen Arm hinauf, über den immer noch feuchten Ärmel seines Mantels, bis sie seine Schulter erreichte. Dann, sie sah ihm immer noch tief in die Augen, legte sie ihre Hand in seinen Nacken. ». . . und: Ich möchte, daß du mich küßt, Connor«, sie hob ihm ihr Gesicht entgegen, während er ihr automatisch die Hände um die Hüfte legte, »bedeutet das noch lange nicht, daß ich mich dir an den Hals werfe.«

»Nein?« Seine Haut schien unter ihrer Hand zu glühen.

»Wenn ich wirklich vorhätte, mich dir an den Hals zu werfen . . .«, fuhr sie fort, wobei ihre Stimme kaum mehr als ein Flüstern war, ». . . dann würde ich . . .« Sie zögerte und befeuchtete die Lippen.

»Was?« fragte er heiser, und seine Augen brannten auf ihrem Gesicht.

»Dann würde ich das tun«, sagte sie und küßte ihn.

26

Einen Moment lang genoß er ihre Liebkosung, ohne sich zu bewegen. Dann schnappte er nach Luft, als wäre er am Erstikken, und zog sie in die Arme. Er küßte sie, als sehne er sich nach nichts mehr, als habe er schon ewig darauf gewartet. Caitlyn klammerte sich an ihn, um sie drehte sich alles. Sie erwiderte seinen Kuß voll feuriger Leidenschaft und genoß sogar den Geschmack von Whiskey, den sie zuvor verabscheut hatte. Die Arme hatte sie um seinen Hals geschlungen, als würde sie ihn nie wieder gehen lassen. Ihre Zunge berührte die seine, streichelte sie, und er schauderte. Er nahm sie auf die Arme und machte zwei unsichere Schritte auf das Bett zu. Wahrscheinlich hatte er sie dort sanft ablegen wollen, aber soweit kam es nicht. Der ungeschickte Tölpel stolperte über seine eigenen Füße, und sie krachten beide unter laut quietschendem Protest der Matratze auf das Bett.

Caitlyn war auf den Rücken gefallen und starrte einen Moment lang an die Decke, noch etwas verwirrt vom plötzlichen Wandel der Ereignisse. Dann warf sie einen Blick zur Seite; Connor lag neben ihr, den Kopf auf einem Arm, und er sah ausgesprochen zufrieden aus. Er erwiderte ihren Blick, und die Andeutung eines Lächelns umspielte seine Lippen.

»Narren und kleine Kinder«, murmelte er undeutlich und lächelte bedauernd.

»Narren und kleine Kinder, aber wirklich«, sagte sie, als sie sich aufsetzte, um ihn wütend anzufunkeln. »Wenn du damit meinst, daß mich unser Herr im Himmel in seiner unendlichen Weisheit vor dir beschützt, dann würde ich sagen, er benützt wirklich eigenartige Methoden. Erst dieses schamlose Weib, und jetzt sicherlich mehr als nur ein-, zwei Gläschen Whiskey. Du bist stockbesoffen, Connor d'Arcy, und das sieht mir wohl eher nach dem Werk des Teufels aus.«

»Da liegst du aber ganz falsch, außer Satan hat sich als Vater

Patrick verkleidet, denn Vater Patrick ist ganz sicher ein treuer Diener unseres Herrn. Er hat gesagt, du wärst fleischliche Versuchung und ich müßte dir widerstehen, zum Heil meiner unsterblichen Seele.« Connors Augen wanderten von der Zimmerdecke zu ihrem Gesicht. »Hinfort mit dir, Satan!« sagte er und kicherte.

»Mit dir kann man im Moment nicht vernünftig reden, soviel ist klar«, sagte Caitlyn ärgerlich. Sie stand vom Bett auf und musterte ihn mißbilligend. Die langen Beine ausgestreckt und die Arme übers Bett gebreitet, lag er auf dem Rücken, und ein seltsames Lächeln umspielte seine Lippen. Sie hatte Connor schon in den eigenartigsten Launen erlebt, aber noch nie betrunken. Trotz ihres Ärgers mußte sie lächeln. Sein schwarzes Haar hing ihm aufgelöst um den Kopf, die Augen blitzten, und das spitzbübische Lächeln verlieh seinem schmalen Gesicht einen jungenhaften Charme. Er sah so gut aus, daß es ihr für einen Moment den Atem verschlug. Plötzlich wirkte er auch sehr jung, jünger als sie sogar. Die ganze Zeit hatte er sich um sie gekümmert, hatte ihr ein Zuhause und eine Familie gegeben und sie beschützt. Jetzt brauchte er zur Abwechslung einmal jemanden, der sich um ihn kümmerte.

»Was machst du?« Er hob den Kopf, als sie – mit dem Rücken zu ihm – seinen Fuß nahm. Die Anstrengung war offensichtlich zuviel für ihn, denn er ließ den Kopf gleich wieder fallen.

»Ich ziehe dir die Stiefel aus, oder willst du mit ihnen schlafen?«

»Habe ich auch schon gemacht und es überlebt.«

»Nun, heute nacht wirst du es auf jeden Fall nicht tun. Hoffe ich zumindest.« Den zweiten Teil murmelte sie vor sich hin, als der betreffende Stiefel ihren Bemühungen widerstand. Schließlich gelang es ihr doch, seinen Fuß davon zu befreien, und während er die Zehen bewegte, machte sie sich auf der anderen Seite an die Arbeit. Als sie ihm endlich auch den zweiten Stiefel vom Fuß gezogen hatte, atmete sie schwer. Sie stellte beide ordentlich neben das Bett, dann drehte sie sich zu ihm um. Er beobachtete sie, aber nur mit dem schwachen Mondlicht als Beleuchtung war es schwer, seinen Gesichtsausdruck zu deuten. Allem Anschein nach versuchte er gerade, seine vom Whiskey benebelten Sinne unter Kontrolle zu bekommen.

»Kannst du dich aufsetzen?«

Seine Augen wanderten von ihr zurück zur Zimmerdecke. »Warum sollte ich denn so etwas Dummes tun?«

»Weil du noch immer deinen feuchten Mantel anhast. Wenn du dich aufsetzen würdest, wäre es viel einfacher für mich, ihn dir auszuziehen.«

»Und wenn nicht?«

»Dann werde ich ihn zerschneiden müssen. Im Büro ist eine Schere.«

»Das wirst du nicht tun!« Sie wußte ganz genau, daß er diesen Mantel besonders gerne mochte.

»Dann setz dich auf. Hier, nimm meine Hand!« Er zögerte einen Moment, dann griff er danach. Sie zog, so fest sie konnte, und beinahe hätte er sie aufs Bett zurückgezogen, aber dann schaffte er es unter beträchtlichem Stöhnen, sich aufzusetzen. Er stöhnte noch einmal und sank dann in sich zusammen, Ellenbogen auf die Knie und Kopf in die Hände gestützt.

»Mein Kopf fühlt sich an, als würde ihn jemand mit dem Schmiedehammer bearbeiten.«

»Geschieht dir recht«, entgegnete sie ohne Mitgefühl.

Er grunzte und hob den Kopf, so daß er sie ansehen konnte. »Du bist auch nicht gerade ein großer Trost.«

»Komm schon, heb den Arm! Mir scheint, du hattest heute schon genug Trost. Das ist es doch, warum Männer trinken, oder?«

Gehorsam hob er den Arm, so daß sie ihm den Mantel ausziehen konnte, und er streifte sie mit einem eigenartigen Blick. »Ich weiß nicht, warum andere Männer trinken. Ich weiß nur, was mich dazu treibt.«

»Und das wäre?« Sie stützte ihn mit einer Hand an der Schulter und ließ den Mantel auf den Boden fallen. Das Hemd unter ihren Fingern fühlte sich auch feucht an. Automatisch, wie eine Mutter es für ihr Kind tun würde, begann sie es aufzuknöpfen.

Er lächelte schief. »Du, meine wunderschöne Caitlyn. Du bist der Grund.«

Ihre Hände hielten ein, und sie starrte ihn an. »Ich wüßte nicht, warum ich daran schuld sein sollte!«

»Nein?« Er griff nach ihren Händen, wo sie ihre Arbeit unterbrochen hatten, und drückte sie fest an sich. Sie spürte seine nackte Brust unter ihren Fingern, und es verschlug ihr den Atem.

»Du bist eine ständige Versuchung für mich, mein Mädchen, und immer, wenn ich dich sehe, ringe ich mit dem Teufel um meine unsterbliche Seele. Du mit deiner zarten weißen Haut und den rosigen Lippen, deinen wunderschönen Augen und dem weichen, seidigen Haar, schwarz wie die tiefste Nacht. Wenn ich dich sehe, bin ich manchmal fast geneigt, Vater Patrick zuzustimmen, der sagt, du wärst vom Teufel gesandt. Aber ich kenne dein Innerstes, und das ist so rein und klar wie die Seele eines Engels.«

Connor war sonst eigentlich kein Mann, der blumige Reden führte, trotzdem waren das die schönsten Worte, die sie je gehört hatte. Sie rührten an ihr Herz und trieben ihr Tränen in die Augen.

»O Connor, ich liebe dich so!« flüsterte sie, und sie konnte die Worte kaum herausbringen, denn sie hatte einen dicken Kloß im Hals. Sie sahen sich tief in die Augen. Er saß auf dem Bettrand, das Hemd halb aufgeknöpft, in engen schwarzen Hosen und weißen Strümpfen; sie stand vor ihm, und er drückte ihre Hände an seine Brust.

»Der Weg zur Hölle ist mit guten Vorsätzen gepflastert, wie es so schön heißt«, murmelte er und zog sie in die Arme. Sie gab einen kleinen Laut von sich, kuschelte sich auf seinem Schoß zusammen und legte ihre Arme um seinen Hals. Sie hob ihm ihren Kopf entgegen, gerade als er seinen senkte. Seine Lippen waren weich und sanft, dann wurden sie hart und sein Kuß fordernder, und sie öffnete ihren Mund für ihn. Sie gab sich ihm ganz hin, ohne etwas zurückzuhalten. Sie erwiderte seinen Kuß mit all der Liebe, die sie in jenen Jahren ohne Zuneigung und Zuhause in sich aufgestaut hatte, aber auch mit der Leidenschaft einer Frau. Sie küßte ihn, bis sie nicht mehr wußte, wer sie war und wo sie war und bis das auch alles nicht mehr zählte. Nichts zählte mehr außer Connor, ihrer Liebe zu ihm, und daß sie ihn brauchte. Als seine Hand ihre Brust fand, erschauerte sie und drückte sich fester an ihn. Er suchte ihre Brustwarzen, streichelte und liebkoste sie, bis sie sich gegen den beengenden Stoff des dünnen Nachthemds drückten, als dränge es sie, frei zu sein.

»Caitlyn . . .« Er nahm die Hand von ihrer Brust. Sie öffnete die Augen und sah den Kampf, der in ihm tobte. Er versuchte immer noch, sich dagegen zu wehren.

»Ich liebe dich«, flüsterte sie. Seine Augen weiteten sich, er senkte seinen Mund auf ihren, hungrig und begierig. Seine Hände fanden die Knöpfe ihres Nachthemds, öffneten sie, und er glitt mit einer Hand in die Öffnung. Seine Finger strichen über ihren Oberkörper, fanden die zarte Schwellung ihrer Brust, umfaßten sie, drückten, liebkosten, streichelten sie, bis sie sich auf seinem Schoß wand. In ihr brannte ein Feuer, sie wollte ihn, sie wollte mehr, auch wenn sie nicht genau wußte, was mehr war.

»Also gut, ziehen wir dir das mal aus«, sagte er heiser und stand mit ihr auf. Vorsichtig stellte er sie auf die Füße. Der Holzboden war eisig kalt. Für einen Moment hielt er sie an sich gedrückt, während ihre Sinne versuchten, wieder in diese Welt zurückzufinden. Sie war sich dunkel bewußt, daß er sich hinunterbeugte und nach dem Saum ihres Nachthemds griff. Dann zog er es ihr über den Kopf und warf es zur Seite. Es landete irgendwo in einem Haufen neben dem Bett. Sie stand vor ihm, nackt und zitternd, er musterte sie mit einem Ausdruck in den hellen Tiefen seiner Augen, der ihre Knie weich werden und ihr Herz schneller schlagen ließ.

Ihr Haar fiel ihr über die Schultern bis zur Hüfte, und es verbarg sie zum Teil vor ihm. Er hob eine Hand, strich ihr die Strähnen hinter die Ohren und glättete es, so daß es ihr wie ein schwarzer Schleier über den Rücken fiel. Er konnte seine Augen nicht von ihr losreißen, musterte ihren schlanken Körper mit den langen Gliedmaßen. Ihre Haut war so weiß wie die Strahlen des Mondlichts an der Decke, und sie war wunderschön. Ihr dichtes rabenschwarzes Haar ergänzte sich genau mit dem dunklen Dreieck zwischen ihren Schenkeln. Die festen Brüste reflektierten das Mondlicht, die rosa Brustwarzen bildeten verlockende dunkle Kreise. Ihre Augen waren weich und warm und voller Liebe, als sie sein Gesicht betrachteten. Er starrte sie wie gebannt an. Caitlyn senkte den Kopf und drückte ihre Lippen auf seine Hand, die noch immer ihr Ohr berührte. Er schauderte und zog sie fest an sich. Sie schloß die Augen und schlang die Arme um seinen Hals.

Sein Atem ging schnell und flach, als er sie aufs Bett senkte und hart auf ihr zu liegen kam. Sein Gewicht drückte sie in die

Matratze. Ihre Schenkel öffneten sich von selbst, als seine Hüfte fordernd dagegendrückte. Seine wollene Hose kratzte an ihrer empfindlichen Haut, als er sich gegen sie preßte. Das Gefühl ließ sie schwindlig werden; sie holte tief Luft, und er preßte sich noch einmal gegen sie. Sie konnte die Hitze spüren, die von ihm ausging, und seine Härte, die gegen den Teil von ihr drückte und rieb, der offen war, verletzlich und sich nach ihm sehnte. Sie gab einen kleinen Schrei von sich und bewegte sich wild unter ihm. Dabei bog sie den Rücken, und ihre Brüste rieben gegen sein Hemd. Er war noch immer völlig bekleidet, und sie wollte ihn nackt, so nackt, wie sie war. Sie griff in sein Hemd und zog kräftig an. Sie hörte Knöpfe springen und Stoff reißen, dann berührte sie seine Brust, streichelte die harten Muskeln und die flachen Brustwarzen.

»O Gott, das geht zu schnell«, murmelte er undeutlich und atmete schwer, dann senkte er den Kopf und nahm ihre zitternden Lippen mit wilder Leidenschaft. Sie stöhnte leise und bewegte sich unter ihm. Seine Hand glitt zwischen ihre Körper und kämpfte mit den Knöpfen seiner Hose. Endlich war er frei und preßte sich heiß und hart gegen sie. Caitlyn schrie auf, sein Mund erstickte den Laut. Ihre Fingernägel gruben sich in seine Brust, als er sie erforschte, ihre heiße, feuchte Mitte fand, die pochte und brannte und sich nach ihm sehnte. Er konnte sich nicht mehr zurückhalten und drang mit einem Ruck ein Stückchen in sie ein. Dann fing er sich und hielt sich mit aller Macht zurück. Sie konnte ihn zittern spüren, als er um die Kontrolle kämpfte.

»Connor . . .«, hauchte sie in seinen Mund, ihre Hände umklammerten seine Schultern, ihr Körper bewegte sich drängend unter seinem.

»Ich – ich möchte dir nicht weh tun«, sagte er heiser, die Worte fast unverständlich. Dann stöhnte er auf und drang weiter in sie ein, traf auf ihre Jungfräulichkeit und stieß noch einmal zu, fester.

Sie schrie, und ihre Augen flogen auf. Der Schmerz kam unerwartet und war wie ein Schock. Er war jetzt tief in ihr, Schweiß stand auf seiner Stirn. Bei ihrem Schrei hatte er die Augen geöffnet, sein Blick war heiß und glasig. Er sah ihren Schmerz, sah, wie sich ihre Zähne in die Unterlippe gruben, und ein Schauer durchfuhr ihn, als er sie fest an sich zog. Er schloß die Augen.

»Es tut mir leid. Entschuldige«, flüsterte er gegen ihren Hals. Aber er hörte nicht auf, konnte nicht aufhören, stieß weiter in sie mit hungriger Gewalt. Es war, wie sie sich die Schattenseite männlicher Leidenschaft vorgestellt hatte. Wäre es ein anderer Mann gewesen, es hätte sie entsetzt, abgestoßen, angewidert. Sie hätte gekämpft, um diesem Schmerz zu entkommen, der sie in Stücke zu reißen drohte. Aber es war ja Connor, den sie liebte. Er würde ihr nie absichtlich weh tun. Das war es also, was Männer mit Frauen auf der ganzen Welt taten, vom Anbeginn der Zeiten an. Er hatte sie davor gewarnt, hatte versucht, sie zu beschützen. Das war der Preis, wenn sie ihm gehören wollte, und sie war bereit, ihn zu bezahlen. Für sein Vergnügen würde sie den Schmerz ertragen. Sie schlang die Arme um seinen Hals, biß die Zähne zusammen und hielt ihn, während er auf ihr schwitzte und stöhnte. Dann explodierte er mit einem wilden Schrei in ihr, und als er sich auf sie fallen ließ, heftig atmend, war der Schmerz kaum mehr als ein dumpfes Pochen, und sie glaubte, daß sie diese Mann-Frau-Sache noch einmal würde ertragen können. Für Connor.

Nur für Connor.

27

Er lag eine Weile ruhig auf ihr, während sie seinen schweißnassen Nacken streichelte. Schließlich hob er den Kopf, um sie anzusehen. Sie begegnete seinem Blick und lächelte noch etwas zittrig. Er stöhnte leise und schloß die Augen, als bereite ihr Anblick ihm Schmerzen. Dann zog er sich zurück und rollte von ihr herunter. Er zog sie an sich, so daß sie an seine Seite gekuschelt lag; ihr Kopf ruhte an seiner Schulter, ihr Arm auf seiner Hüfte, ein Stück über seiner offenen Hose.

»Ich sollte erschossen werden«, sagte er durch zusammengebissene Zähne, die Augen noch immer geschlossen. Er zog sie fester in die Arme. Caitlyn hob den Kopf und betrachtete sein schmales, dunkles Gesicht, sah ihn die Augen öffnen und einen kurzen Blick auf sie werfen. »Es tut mir wahnsinnig leid, aber ich konnte einfach nicht aufhören oder mich beherrschen. Ich wollte dir nicht weh tun, meine Kleine.«

»Es – es war nicht so schlimm. Wirklich.« Er sah plötzlich so zerknirscht aus, daß sie ihn beruhigen wollte. Er konnte ja nichts dafür. Zögernd streichelte sie seine Brust. Die Haut unter ihren Fingern war warm und feucht. Er biß die Zähne zusammen.

»Es war nicht so schlimm«, wiederholte er mit einem grimmigen Lachen. Er setzte sich auf, beugte sich über sie und drückte ihr einen Kuß auf den Mund. »Mein Liebling, ich habe in meinem Leben schon mit Dutzenden, was sage ich, mit ziemlich vielen Frauen geschlafen, aber keine von ihnen hat hinterher gesagt: Es war nicht so schlimm.«

»Weißt du, ich liebe dich, und das macht wahrscheinlich einen Unterschied«, sagte sie so ernst, daß er sie einen Moment lang nur verblüfft anstarrte. Dann lachte er, genauso grimmig wie zuvor.

»Was muß ich tun, um dich davon zu überzeugen, daß es normalerweise sehr vergnüglich ist, sich zu lieben? Für die Frau genauso wie für den Mann. Gott, vergib mir, ich hätte dich überhaupt nicht nehmen sollen, aber wenn schon, dann hätte ich vorsichtiger sein sollen, aufmerksamer. Ich begehrte dich nur so sehr, so lange schon . . . Nur so konnte ich vergessen, daß du fast noch ein Kind bist. Ich kann nur dem Whiskey die Schuld geben – und dir. Du bist mir genauso zu Kopf gestiegen wie der Alkohol. Trotzdem, ich hätte mir mehr Zeit nehmen sollen, dich vorbereiten. Ich bin wirklich ein Idiot. Aber ich verspreche dir, das nächste Mal wird es nicht weh tun. Es wird dir gefallen. Es wird immer besser werden, bis du mich anflehen wirst, dich zu lieben, Tag und Nacht, bei jeder Gelegenheit, bis ich schon ganz schwach und ausgelaugt bin. Ich werde alle Hände voll zu tun haben, mich deiner zu erwehren.«

Sie sah ihn an, und Zweifel standen ihr deutlich ins Gesicht geschrieben.

»Ich verspreche es«, sagte er. Sie sah ihn an. Er erwiderte ihren Blick einen Moment lang, dann stand er auf.

»Was tust du?«

»Ich ziehe mich aus.«

»Oh.« Das hörte sich so unwohl an, wie sie sich fühlte. Er

schlüpfte aus den Resten seines Hemds und zog die Hose aus. Sie setzte sich auf, schlang die Tagesdecke um sich und beobachtete ihn ängstlich, aber interessiert. Er setzte sich auf einen Stuhl, um die Socken auszuziehen. Obwohl sie in der Dunkelheit nicht viel erkennen konnte, bewunderte sie seinen Körper, die breiten Schultern und muskulösen Arme. Sein Oberkörper war kräftig, die Brust zierte ein dunkles ›V‹ lockiger Haare, die zu einer dünnen Linie zusammenliefen und sich über seinen muskulösen Bauch nach unten zogen. Ihre Augen huschten über seine schmalen Hüften, sein Geschlecht und weiter, die langen kräftigen Beine hinab. Sie war noch nicht bereit zu sehen, was ihr solchen Schmerz verursacht hatte. Er war jetzt nackt und kam auf sie zu. Ein Strahl des Mondlichts ließ seine Augen kurz aufblitzen. Er registrierte wohlgefällig, wie sie ihn beobachtete, und das Wissen darum ließ sie rot werden.

»Auf mit dir!«

Sie sah ihn mit weit aufgerissenen Augen an, als er ihr eine Hand hinstreckte. Er wollte ganz offensichtlich, daß sie vom Bett aufstand. Als er weiter geduldig wartete, stand sie auf, nahm aber die Decke mit, in die sie sich gewickelt hatte. Plötzlich, unerklärlicherweise, schämte sie sich. Aber er beachtete sie gar nicht, sondern begann das Laken glattzustreichen und die Bettdecke aufzuschütteln. Draußen hatte es inzwischen begonnen, stark zu regnen; die Tropfen hämmerten aufs Dach. Das Feuer in seinem Zimmer war schon seit Stunden ausgegangen, und es war nicht nur dunkel, sondern auch kalt. Caitlyn bewegte die Zehen und fragte sich unsicher, ob sein Verhalten wohl Stichwort für sie war, in ihr Zimmer zurückzugehen. Sie war noch nie mit einem Mann so zusammengewesen, und sie wußte nicht, was genau man danach tat.

»Rein mit dir!« Er hatte soeben das letzte Kissen aufgeschüttelt und drehte sich zu ihr um. Seine Augen musterten sie mit einem abschätzenden Blick, und Caitlyn sah unsicher von ihm zu dem gemütlich gemachten Bett.

»Legen wir uns jetzt zusammen schlafen?«

Er lächelte tatsächlich.

»Ich dachte, wir unterhalten uns erst noch ein bißchen, wenn du nichts dagegen hast.«

»N-nein.« Sie war sich immer noch nicht so ganz sicher, aber er war nackt und fror bestimmt. Außerdem hatte er selbst gesagt, daß er es schon oft gemacht hatte, und er mußte ja wohl wissen, was man danach tat. Allerdings sah er gar nicht müde aus, im Gegenteil, er wirkte viel wacher als zuvor. Und vermutlich würde sie nicht schlafen können; es war so viel passiert, viel zuviel, worüber man nachdenken mußte. Er wartete immer noch geduldig, also kletterte sie ins Bett. Sie legte sich auf den Rücken und lag ziemlich steif und verkrampft da. Er beugte sich über sie und zog sanft an der Decke, in die sie noch immer eingewickelt war.

»Ich glaube nicht, daß du die brauchen wirst.«

Instinktiv zog sie die Decke fester um sich und musterte ihn mit einer Spur von Vorsicht in den Augen. Das leichte Lächeln in seinem geliebten Gesicht beruhigte sie. Schließlich war das Connor, ihr Connor, dem sie selbst ihr Leben anvertrauen konnte. Außerdem hatten sie für diese Nacht die Mann-Frau-Sache ja schon hinter sich gebracht, und sie wußte, daß er ihr auf keine andere Art weh tun würde. Also erlaubte sie ihm, ohne sich zu wehren, daß er ihr die Decke wegzog. Allerdings zog sie sofort die Bettdecke über sich. Sie war noch nicht soweit, daß sie nackt unter seinem Blick liegen konnte. Sein Gewicht schaffte eine Mulde im Bett, auf die sie unweigerlich zurollte. Als sie endlich bequem lagen, hatte er die Arme um sie geschlungen, und ihr Kopf ruhte auf seiner Brust. Seine Finger spielten mit ihrem Haar, streichelten es und strichen es über ihren nackten Schultern glatt, die gerade noch unter der Bettdecke herausschauten.

»Ist dir warm? Liegst du bequem?« Er hatte den Kopf gedreht, damit er sie ansehen konnte, und sie nickte. Genaugenommen fühlte sie sich so wohl wie schon lange nicht, so an seinen warmen nackten Körper gekuschelt, und sie hätte für immer so liegen bleiben können. Dieser Teil der Mann-Frau-Sache gefiel ihr. Jetzt, da sie wußte, daß diese wunderbare Phase der Wärme und Nähe folgen würde, könnte sie es das nächste Mal schon viel leichter ertragen.

»Tut dir etwas weh?«

Sie überlegte kurz. Die Stelle zwischen ihren Beinen fühlte sich etwas wund an, aber sie tat nicht wirklich weh. Sie schüttelte den Kopf.

»Und du hast keine Angst vor mir?«

Sie stützte sich auf einen Ellenbogen und sah ihn überrascht an. »Natürlich nicht!«

»Ich war mir nicht ganz sicher.«

»Nun, ich habe keine Angst. Ich weiß, daß du mir nie etwas Schlimmes tun würdest. Du kannst also aufhören, dich ständig schuldig zu fühlen. Ich weiß sehr wohl, daß Männer außerordentlich großes Vergnügen daran finden, und ich bin durchaus bereit, es für dich zu ertragen.«

»Danke«, sagte er mit gespieltem Ernst. Caitlyn musterte ihn mit gerunzelter Stirn, wie er mit sich kämpfte, um nicht laut herauszuplatzen.

»Was ist daran so komisch, wenn man fragen darf?« meinte sie eingeschnappt. Er grinste breit und zwickte sie in die Nase. Caitlyn wich zurück und zog die Stirn in Falten.

»Nichts, mein Liebling. Du bist nur so süß und so absurd, daß ich mir wie der derbste, ungeschickteste Tölpel vorkomme. Hätte ein anderer getan, was ich eben vollbracht habe, würde ich ihm spätestens jetzt eine Kugel durch den Kopf jagen. Da ich aber nicht vorhabe, mir selbst den Garaus zu machen, tue ich das Nächstbeste: Ich mache eine ehrliche Frau aus dir.«

»Was?« Caitlyn blinzelte; sie war sich nicht ganz sicher, ob sie richtig gehört hatte. Sie setzte sich auf und zog dabei die Decke an sich, so daß sie bis zu den Achseln bedeckt und er bis zur Hüfte nackt war.

»Wie würde es dir gefallen, eine Gräfin zu sein?« Er lächelte schelmisch, als er die Hände faltete und hinter den Kopf legte. Sie hatte einen vagen Eindruck von sich streckenden Muskeln und dunklen Körperhaaren, aber sie war momentan mehr an seinen Worten interessiert als an seinem Aussehen. Er grinste, und seine Augen leuchteten, als sie ihr Gesicht musterten. Plötzlich wirkte er unbeschwert und glücklich, wie ein Mann, dem eine Last von den Schultern genommen wurde.

»Soll das heißen, daß du mich heiraten willst?« Aufregung durchfuhr sie, blitzte in ihren Augen, färbte ihre Stimme. Sein Grinsen wurde breiter.

»Ja, doch, das könnte man so sagen. Also komm schon, was sagst du?«

»O Connor!« Sie warf sich auf ihn und umarmte ihn so stürmisch, daß er fast keine Luft mehr bekam. Er erwiderte ihre

Umarmung und küßte sie auf den Hals, bevor er mit ihr herumrollte, so daß sie auf dem Rücken und er wieder auf ihr lag.

»Ich nehme an, das heißt ›ja‹.«

»Ja!«

»Nachdem wir jetzt verlobt sind, brauche ich keine Bedenken mehr zu haben und kann dir alles zeigen, was man über diese Mann-Frau-Sache, wie du sagst, wissen muß.« Er lächelte neckend.

»O ja . . . Heißt das, es gibt da noch mehr?« Ihre Freude verwandelte sich in ängstliche Enttäuschung, als ihr die Bedeutung seiner Worte klar wurde. Sie sah ihn zweifelnd an. Er grinste.

»Du bist eine ständige Quelle der Freude für mich, meine Caitlyn. Ja, es gibt noch mehr; du hast gerade mal angefangen.«

»Oh.«

Sein Grinsen wurde breiter, bis er tatsächlich lachte. »Mach dir keine Sorgen. Es macht Spaß, sich zu lieben. Es wird dir gefallen, wenn du dich erst einmal daran gewöhnt hast. Ich gebe dir mein Wort darauf.«

Sein Lachen ließ einen Verdacht in ihr aufsteigen. »Connor d'Arcy, macht Ihr Euch etwa über mich lustig?«

»Wie kommst du darauf?«

»Ein Mann kann nicht – du kannst nicht – wir haben uns heute nacht doch schon geliebt.«

»Vollkommen richtig.« Er hörte sich ernst an, aber etwas in seinen Augen ließ sie vermuten, daß er immer noch über sie lachte. »Mach dir deshalb mal keine Sorgen! Vielleicht möchtest du mir aber statt dessen einen Kuß geben, um unsere Verlobung zu besiegeln? Ein Kuß ist doch nichts, wovor man Angst haben müßte, oder? Bis jetzt hatte ich immer den Eindruck, es würde dir ganz besonders gefallen.«

Caitlyn betrachtete sein Gesicht, die lange schlanke Nase, die hohen Wangenknochen, den Mund, der leicht vor Lachen zuckte, seine hellen Augen, die einen seltsamen Kontrast zu der gebräunten Haut bildeten. Plötzlich empfand sie so viel Liebe für ihn, daß sie schauderte. Er gehörte zu ihr, jetzt und für immer. Sie würde seine Frau werden. Connors Frau. Das war ihr Traum gewesen, und nun wurde er tatsächlich wahr. Sie hob eine Hand und streichelte seine stoppelige Wange.

»Ich werde dir eine gute Frau sein«, sagte sie, als würde sie einen Eid leisten. Seine Augen wurden ernst, und er musterte sie. Dann, ohne zu warten, ob sie es tun würde, küßte er sie wild und leidenschaftlich, als wolle er seine Besitzergreifung besiegeln. Sie schlang die Arme um seinen Hals und küßte ihn wieder. Er murmelte etwas Unverständliches vor sich hin, ordnete die Decke, ohne dabei den Kuß zu unterbrechen und zog sie fest an sich.

Er hielt sie in den Armen und drückte flüchtige Küsse auf ihre Mundwinkel, nagte sanft an ihren Lippen, reizte sie mit schnellen Angriffen seiner Zunge, bis sie sich in sein Haar verkrallte und ihn festhielt, so daß sie ihn richtig küssen konnte, wie er es ihr beigebracht hatte. Seine Lippen machten einen kleinen Ausflug zu ihrem Ohr und zurück, dann küßte er sie so lange und innig, bis sich alles in ihrem Kopf drehte und sie dieses seltsame, aber langsam schon bekannte Ziehen in ihren Lenden spürte. Ihre Brüste schwollen an und drückten sich gegen seine Brust, auch wenn sie jetzt wußte, wie dieses herrliche Gefühl enden würde. Aber für den Rest der Nacht war sie sicher und konnte sich beruhigt seinen Liebkosungen hingeben, sie genießen, ohne die Mann-Frau-Sache fürchten zu müssen.

Er löste seinen Mund von ihrem und zog eine Linie von Küssen zu ihrem Ohr, wo er dieses Mal verweilte. Er saugte an ihrem Ohrläppchen und steichelte es mit der Zunge. Sie lächelte und wand sich unter ihm, dann machte sie dasselbe mit seinem Ohr, bis er den Kopf schüttelte, um sich von ihrer forschenden Zunge zu befreien. Er senkte den Kopf außerhalb ihrer Reichweite, tastete sich mit seinen Lippen ihren Hals entlang, hielt sie dabei die ganze Zeit fest an sich gedrückt, so daß sie seine Hitze fühlen konnte, seine Kraft. Jede Faser ihres Körpers war erregt, und sie klammerte sich noch fester an ihn, während er mit seiner Zunge ihren Hals bearbeitete. Dann preßte er seine Lippen auf ihren schnell hämmernden Puls, wo er verweilte, während seine Hand ihr Rückgrat entlangglitt, bis sie zu ihrem Po gelangte, dessen Rundungen sie liebkoste. Caitlyns Atem ging schneller. Wie konnte es sein, daß die Gefühle, die er in ihr erzeugte, so wunderbar waren, wenn die eigentliche Sache dann so weh tat? Aber das hatte sie ja heute nacht nicht mehr zu fürchten. Sie konnte sich entspannen und seine Zärtlichkeiten genießen, das Gefühl genießen, ihn genießen. Seit Monaten hatte sie sich nach seinen Küssen gesehnt, nach seiner Berührung, seinem Körper. Jetzt, da sie das Schlimmste hinter sich hatte, konnte sie sich dem hingeben, wonach sie sich gesehnt hatte.

Ihre Hände begannen seinen Körper zu erkunden, zögernd zuerst, dann immer mutiger. Sie streichelte seine Brust, spielte mit den dunklen Haaren dort, liebkoste seine Brustwarzen, bis sie sich zu ihrer Überraschung aufrichteten wie ihre eigenen. Sie ließ einen Finger über seinen straffen Bauch wandern, bis sie an den Nabel gelangte und ihn erforschte. Er erlaubte ihre Erkundigung bis zu diesem Punkt und beobachtete ihr Gesicht, als sie sich mit seinem Körper vertraut machte. Dann, als sie einen Blick auf sein Glied warf, das plötzlich viel größer und bedrohlicher wirkte als zu Anfang, schüttelte er den Kopf und drückte sie auf den Rücken.

»Immer abwechselnd, fair ist fair«, sagte er, und seine Stimme hätte fast neckisch geklungen, wäre da nicht der rauhe Unterton gewesen. Caitlyn sah mit aufgerissenen Augen zu ihm auf, aber dann küßte er sie, und jeder vernünftige Gedanke verschwand, als die Welt begann, sich um sie zu drehen. Er umfaßte ihre Brüste mit den Händen, hielt sie gefangen für seinen Mund. Er küßte jede Brust so ausgiebig, daß sie, als er endlich die erste Brustwarze mit seiner Zunge streichelte, das Gefühl kaum mehr ertragen konnte, so schön war es. Ein kleiner Teil ihres Gehirns konnte noch klar denken, und sie fragte sich wieder, wie ihr seine Berührungen so viel Vergnügen bereiten konnten, wenn es dann so weh tat. In diesem Moment glitt seine Hand nach unten zwischen ihre Schenkel, und sie hörte ganz auf zu denken.

»Spreiz deine Beine etwas für mich, *cuilin*«, flüsterte er ihr ins Ohr, als sie teils aus Furcht, teils aus Angst ihre Schenkel zusammendrückte, seine Hand zwischen ihnen gefangenhielt. Seine Finger bewegten sich in dem seidigen Dreieck, drängten tiefer, streichelten, berührten, bis sie mit einem tiefen Atemzug gehorchte. Sie öffnete die Beine, bis er Zugang zu den tiefsten Geheimnissen ihres Körpers hatte. Ihre Augen waren fest geschlossen, ihr Körper und die Beine angespannt, und sie krallte die Nägel in seine Schultern, als seine Finger forschten und liebkosten. Dann plötzlich glitten sie in sie, da hinein, wo er ihr noch vor kurzem so weh getan hatte. Sie sog die Luft ein, aber dieses Mal nicht vor Schmerz, denn da war kein Schmerz, nur ein tiefes Begehren, das nach Erfüllung schrie.

Sie war an der Grenze zu etwas Großartigem, Unfaßbarem, als er seine Hand zurückzog.

»Langsam jetzt«, beruhigte er sie, als sie mit einem leisen Wimmern protestierte. Und dann, während ihre Sinne noch vernebelt waren von dem Begehren, das er in ihr geweckt hatte, drang er in sie ein. Ein Stoß, und er war tief in ihr, füllte sie aus. Es kam so unerwartet, daß sie vor Schreck und in Erinnerung an den Schmerz aufschrie und erstarrte. Sie riß die Augen auf. Er war riesig, heiß und pochend. Das war doch nicht möglich, er konnte doch nicht . . .

»Connor!« Sein Name war sowohl Protest als auch Bitte. Ihre kornblumenblauen Augen waren riesig, als sie auf seine trafen. Er war über ihr, sein Gewicht auf den Ellenbogen abgestützt, aber ihre Körper berührten sich ganz dicht. Nur war er sich dieses Mal ihrer ganz bewußt; er lächelte leicht, als er auf sie hinuntersah und sie in sich aufnahm, ihren schlanken Körper, die von seinen Küssen geschwollenen Lippen, ihr wirr über das Kissen gebreitetes schwarzes Haar.

»Ich dachte, du liebst mich?« Seine Stimme klang rauh.

»Das tue ich, du weißt es, aber . . .«

»Dann vertrau mir, *cuilin*.«

Caitlyn starrte ihn an, fast schon verzweifelt. Sie vertraute ihm ja, und wie, und er würde sie nie absichtlich belügen, aber vielleicht wußte er ja nicht, wie es für eine Frau war. Oder vielleicht war sie nicht wie andere Frauen. Vielleicht war sie zu eng für ihn – vielleicht, vielleicht war sie mißgebildet. Sie wußte es nicht, nur, daß es zuvor weh getan hatte und daß sie den Schmerz fürchtete. Aber er war schon in ihr und es tat nicht weh, möglicherweise würde es dieses Mal nicht ganz so schlimm sein. Sie hoffte es. Außerdem war das der Preis, den sie zahlen mußte, wenn sie ihm gehören wollte. Und wenn sie es fünfmal jede Nacht ertragen müßte, sie würde es erdulden.

»In Ordnung.« Sie schloß die Augen und vergrub unbewußt die Zähne in der Unterlippe in Erwartung des Schmerzes. Ihr Körper war angespannt, während ihre Hände über seine Schultern glitten und sich um die harten Muskeln seiner Oberarme schlossen. Er sah einen Moment auf sie hinab, eine

Mischung aus Reue und Zärtlichkeit schien aus seinen Augen. Dann, ohne die untere Hälfte seines Körpers mehr zu bewegen, als es sein mußte, beugte er sich zu ihr hinunter und drückte ihr ein paar heiße Küsse auf den Mund.

Ihre Augen flogen auf, und sie sah ihn ängstlich an. »Ich bin soweit. Fang an«, sagte sie mutig. Er lächelte und küßte sie noch einmal. Der Teil von ihm, der sie miteinander verband, schien in ihr anzuschwellen, er war heiß und pochte, aber Connor bewegte sich nicht, und es tat nicht weh.

»Schau mich nicht so entsetzt an, *cuilin*. Ich werde nicht mehr tun als das, ich verspreche es. Außer, du willst es. Du kannst dich also ganz sicher fühlen. Das tut doch nicht weh, oder?«

»Nein.«

»Gut. Also entspanne dich.«

Sie konnte das Zittern seiner Arme spüren, mit denen er sein Gewicht abstützte, und in seinen Augen sah sie, wieviel Anstrengung es ihn kostete, sich zurückzuhalten. Ihr Herz floß über vor Liebe für ihn. Sie sagte es ihm, und als Antwort zog er eine Grimasse. Auf seiner Stirn brach der Schweiß aus. Aber er bewegte seinen Unterkörper immer noch nicht, er blieb nur tief in ihr und ließ sie sich an das Gefühl gewöhnen. Der Teil von ihm, der sie so besaß, mochte anschwellen und pochen, aber er benützte ihn nicht gegen sie, und langsam wurde ihr klar, daß er es auch nicht tun würde. Sie begann sich zu entspannen.

Sein bewegungsloser Besitz von ihr war nicht wirklich unangenehm, stellte sie fest, als ihre Angst vor dem Schmerz langsam verschwand. Seine Hüfte, gefangen zwischen ihren Schenkeln, preßte sich fest an sie, und in ihr stieg eine Spannung auf, die sich langsam steigerte und kleine Wellen entlang ihrer Nervenenden sandte. Ihre Brustwarzen berührten gerade noch sanft die Haare auf seiner Brust, und sie wurden hart und richteten sich auf. Ihr Bauch war an seinen gedrückt, und sie konnte die Wärme seiner Haut spüren, seine harten Beine drückten gegen die weiche Innenseite ihrer Schenkel. Die Muskeln seiner Oberarme unter ihrer Hand waren hart wie Eisen, und fast unbewußt begannen Caitlyns Finger sie zu streicheln.

Er bewegte sich, nur ein bißchen, und Hitze schoß wie ein

glühender Pfeil durch ihren Körper. Sie hielt die Luft an, fühlte, wie sich ihre Muskeln um ihn zusammenzogen. Ihr Herz schlug schneller. Etwas von dem, was sie empfand, mußte in ihrem Gesicht zu sehen sein, denn er biß die Zähne zusammen. Caitlyn wartete angespannt, aber er machte keine Anstalten, sein Vergnügen zu suchen.

Dieses Mal würde er ihr nicht weh tun. Connor war ein Mann, der sein Versprechen hielt. Caitlyns Angst verschwand, und plötzlich erfüllte ein herrliches Gefühl ihren Körper. Sie holte tief Luft und bewegte die Beine etwas. Was sie daraufhin spürte, war wundervoll, und es kam ganz überraschend. Ihre Augen weiteten sich, und sie versuchte es noch einmal. Connor hatte die Augen jetzt fast geschlossen, und sein Atem ging schnell. Schweiß lief ihm von der Stirn übers Gesicht. Trotzdem verhielt er sich noch immer ruhig, und Caitlyn wußte, er würde es ihr überlassen, alles über diese Sache zwischen Mann und Frau herauszufinden. Schon selbstsicherer, hob sie die Hüfte leicht an, so daß sie sich fester gegen ihn preßte, dann zog sie sie wieder zurück. Sie schloß kurz die Augen, und als sie sie wieder öffnete, sah sie, daß Connors Gesicht langsam rot anlief. Ein Zittern lief durch seinen Körper. Das Wissen, daß sie ihn so beeinflussen konnte, war erregend. Mutiger geworden, preßte sie ihre Hüfte ganz fest gegen ihn, ehe sie sie wieder auf die Matratze senkte. Das Gefühl war überwältigend, und sie hielt die Luft an.

»O Gott«, murmelte er leise. Seine Augen waren geschlossen, die Lippen fest zusammengepreßt. Er schien Schmerzen zu haben, und Caitlyn war einen Augenblick lang besorgt. Dann erkannte sie, was der Grund für sein Unbehagen war: Er begehrte sie so sehr, daß es ihn unheimliche Anstrengung kostete, sich zurückzuhalten. Ein warmes Gefühl machte sich in ihr breit. Sie begann sich wieder zu bewegen, schob die Hüfte vor und zurück, glitt auf ihm auf und ab, während ihre Hände langsam nach oben wanderten, bis sie sie hinter seinem Hals verschränken konnte.

»O mein Gott!« Plötzlich verzog er das Gesicht und begann sich zurückzuziehen. Caitlyn klammerte sich an ihn, und ihre Beine umschlangen instinktiv seinen Körper, um ihn an Ort und Stelle zu halten.

»Caitlyn, laß mich! Laß mich, oder ich bin nicht verantwortlich ...« Er schwitzte jetzt so stark, daß sein ganzer Rücken naß war. Er klang verzweifelt, und seine Augen waren fast glasig, als er sie ansah. Dieser sichtbare Beweis der Stärke seiner Liebe zu ihr entzündete ein Feuer in ihren Lenden, das sich langsam nach oben zog, bis ihr ganzer Körper zu glühen schien.

»Ich habe keine Angst mehr. Zeig mir den Rest!« Diese geflüsterten Worte hatten einen erstaunlichen Effekt auf ihn. Er ließ sich auf sie fallen, seine Arme umschlangen sie und drückten sie so fest an ihn, daß sie kaum mehr Luft bekam. Er vergrub seinen Kopf in der Beuge zwischen Hals und Schulter und flüsterte unverständliche Koseworte gegen ihre Haut. Er begann sich wild auf ihr zu bewegen, und das Gefühl trug sie mit sich fort. Sie klammerte sich an ihn, ihr Rücken bog sich, und sie vergrub ihr Gesicht an seiner Schulter, während wildes Feuer durch ihre Adern schoß. Es dauerte nur ein paar Minuten, aber als es vorbei war, hatte sich die Welt geändert.

»Puh!« Das war das erste, was sie sagte, als sie wieder zurück auf die Erde kam, und er lachte überrascht. Er lag immer noch auf ihr und atmete so schwer wie sie. Dabei hob er aber den Kopf und schaute sie an.

»Puh?« wiederholte er und hob fragend die Augenbrauen. Sie lächelte, sagte aber nichts.

»Nun, es ist ja immerhin schon besser als: ›Es war nicht so schlimm‹.«

Sie lächelte und senkte die Augen.

»Caitlyn ...«

Sie sah zu ihm auf.

»Wenn du diese faszinierende Bemerkung nicht erweiterst, könnte ich mich versucht fühlen, meine Hände um deinen lieblichen Hals zu legen und ganz fest zuzudrücken!«

Sie grinste breit und zufrieden, sah aus wie eine Katze, die gerade einen Teller mit Milch getrunken hat.

»Ich glaube, es wird mir sehr gut gefallen, deine Geliebte zu sein. Ich wußte nicht, daß es mir gefallen wird!«

Er runzelte die Stirn. »Du bist nicht meine Geliebte, du bist meine Verlobte, und das ist ganz etwas anderes. Wir werden heiraten. Du brauchst dich nicht zu schämen für das, was wir getan haben.«

Caitlyn musterte ihn. Seine Frau zu werden war alles, was

sie sich wünschte, trotzdem fühlte sie, daß sie ihn nicht damit binden durfte. Sie liebte ihn zu sehr. »Du mußt mich nicht heiraten, Connor, jedenfalls nicht nur wegen dem, was wir getan haben.«

»Was, du möchtest meine unsterbliche Seele in Gefahr bringen?« Er grinste plötzlich unbeschwert. »Ich habe nicht vor, für alle Ewigkeit in der Hölle zu schmoren, wegen einem Teufelsbraten wie dir. Viel lieber möchte ich alle Ewigkeit damit zubringen, meine gesetzlich angetraute Ehefrau zu lieben, ohne jede Spur von Sünde. So, ob du willst oder nicht, wir werden so bald wie möglich heiraten. Und ich möchte keinen Widerspruch hören!«

Er sprach im Spaß, aber es war Caitlyn, als hätte sie eine Spur von Ernst herausgehört. Er hatte nicht gesagt, daß er sie liebte, aber sie war zufrieden. Wenn er sie auch nicht so liebte, wie sie ihn, nun, das würde er schon noch. Dafür würde sie schon sorgen. Und wie sie schon gesagt hatte, sie würde ihm eine gute Frau sein. Plötzlich fiel ihr etwas ein.

»Ich werde keine Besuche bei Meredith Congreve mehr dulden«, teilte sie ihm schmollend mit.

Er sah sie einen Moment lang an, dann grinste er, und aller Ernst verschwand aus seinem Gesicht. »Aber Liebling, ich dachte, du wüßtest es: Alle verheirateten Männer haben eine Geliebte. Das ist ganz normal. Und schließlich wirst du meine Ehefrau sein.«

Sie ballte die Faust und trommelte ihm gegen die Schulter, auch wenn sie wußte, daß er es nicht ernst gemeint hatte.

»Ich werde nicht teilen, Connor«, sagte sie mit gespielter Strenge. Er küßte sie als Antwort.

»Ich auch nicht, mein Liebling, also sei gewarnt. Wenn wir heiraten, gehören wir zueinander, ein Leben lang.«

»Ich würde dich nie betrügen, Connor!«

»Aye, das weiß ich. An dir ist auch nicht ein Funke von Falschheit.« Er rollte von ihr hinunter, stand mit einer einzigen geschmeidigen Bewegung auf und verschwand in der Dunkelheit. Sie stützte sich auf einen Ellenbogen und sah ihm nach.

»Was machst du jetzt?« fragte sie verwundert, als er mit einem Handtuch zurückkam.

»Ich werde dich waschen, in dein Nachthemd stecken und

auf Händen in dein Bett tragen. Bis wir verheiratet sind, wirst du allein schlafen. Ich will keinen Skandal im Zusammenhang mit unserer Hochzeit.«

»Hochzeit«, wiederholte sie verträumt und setzte sich auf, ungeachtet ihrer Nacktheit. Er kam ums Bett herum, setzte sich zu ihr und wusch ihr Gesicht mit dem Handtuch, das er in der Waschschüssel angefeuchtet hatte. Sie schnaubte, und als er fortfahren wollte, sie zu waschen, nahm sie ihm das Handtuch weg.

»Das kann ich selbst, danke. Wenn du dich bitte umdrehen würdest.«

»Immer noch schüchtern, nach all dem, was wir geteilt haben? Das werde ich dir austreiben, ehe die Tinte auf unserer Heiratsurkunde getrocknet ist.«

»Wir sind noch nicht verheiratet«, entgegnete sie resolut. »Und manche Dinge verlangen nach Privatsphäre. Wenn du dich jetzt also bitte umdrehen würdest . . .«

Er begegnete ihrem fordernden Blick, dann grinste er plötzlich, gab auf und drehte sich um.

»Du bist ganz schön stur, was? Aber ich warne dich, ich werde in meinem Haus der Herr sein.«

»Und ich in meinem die Herrin.« Caitlyn bewunderte einen Moment lang seinen muskulösen Rücken und die runden Pobacken, dann begann sie sich zu säubern. Sie wusch sich schnell, aber gründlich, und als sie das Bett verließ, um das Handtuch noch einmal naß zu machen, warnte sie Connor vorsorglich, sich ja nicht umzudrehen. Als sie es ihm schließlich erlaubte, war sie bereits wieder in ihr Nachthemd geschlüpft und knöpfte es gerade zu. Er betrachtete sie und grinste.

»Das ist das verführerischste Nachthemd, das ich je gesehen habe. Das letzte Mal, als du es hier getragen hast, mußte ich mich schon sehr beherrschen, um es dir nicht vom Leibe zu reißen.«

»Ich fürchte, du bist sehr leicht zu verführen.«

Er kicherte. »Im Prinzip nicht. Aber jetzt hat es mich erwischt, und das gründlich.« Er war noch immer nackt, aber er schämte sich dessen nicht, und ihre Augen bewunderten seinen kräftigen maskulinen Körper. Die Dunkelheit ließ alles nur schemenhaft erkennen, was sie bedauerte. Jetzt, da sie sich nicht mehr fürchtete, hätte sie gerne die Attribute seiner Männlichkeit betrachtet. Er griff jedoch nach seiner Hose und schlüpfte hinein.

»Warum ziehst du dich an?«

»Wenn ich sage, ich werde dich auf Händen in dein Bett tragen, dann tue ich das auch.«

»Das ist doch nicht nötig. Ich finde den Weg auch allein.«

Er knöpfte seine Hose zu und hob sie trotz ihres Protests hoch. »Du wirst lernen müssen, mir zu gehorchen. Ich möchte keine dickköpfige Frau haben, die sich dauernd mit mir herumstreitet.«

»Und ich möchte keinen dominanten Dickkopf als Mann. Laß mich runter, Connor, hast du gehört?«

»Ich habe es gehört, *cuilin*. Was bist du nur für ein eigensinniges Ding? Paß bloß auf, daß ich dir nicht den Hintern versohle, wenn wir erst verheiratet sind!«

»Du kannst es ja versuchen. Nur daß du dann vielleicht eher die Belohnung für dein sündiges irdisches Leben erhalten wirst, als du dir hättest träumen lassen!«

Er grinste und gab ihr einen Kuß, mitten auf dem Gang. Caitlyn schlang die Arme um seinen Hals und erwiderte den Kuß innig. Sie war so abgelenkt, daß sie gar nicht hörte, wie sich am Ende des Gangs eine Tür öffnete. Sie bemerkte Cormac erst, als sie aufsah und ihn vor sich erblickte. Er lehnte in eine Decke gewickelt an seiner Zimmertür, einen erstaunten Ausdruck im Gesicht. Als sie sich vorstellte, was für ein Bild sie abgeben mußten, wurde sie rot. Sie auf Connors Armen, an seine nackte Brust gekuschelt, während er sie ausgiebig küßte. Connor, der seinen Bruder schon vor Caitlyn bemerkt hatte, runzelte die Stirn. Cormac zog die Augenbrauen hoch, und sein Blick ähnelte gespenstisch dem fragenden Ausdruck, den Connor manchmal hatte.

»Wir werden heiraten«, sagte Connor kurz angebunden, ohne Caitlyn abzusetzen. Cormac sah überrascht aus; dann folgte ein Blick, der schwer zu deuten war.

»Gott sei Dank, dann kann man hier vielleicht endlich wieder einigermaßen normal leben«, sagte er dann trocken, drehte sich um und schloß die Tür hinter sich. Connor und Caitlyn starrten für einen Moment auf die geschlossene Tür, dann grinste Connor und ging weiter.

»Glaubst du, er hat damit gemeint, daß meine Laune sich bessern wird, wenn ich erst verheiratet bin?«

»Nun, verschlechtern kann sie sich kaum. Du warst in der letzten Zeit so freundlich wie ein Bär, den man beim Winterschlaf gestört hat.«

»Ich habe schwer mit meinem Gewissen gekämpft. Ich bin froh, mitteilen zu können, daß es verloren hat.«

»Oh, hat es das?« Sie mußte lächeln und drückte ihm einen Kuß auf die stoppelige Wange. Seine Bartstoppeln kratzten leicht an ihren Lippen, und sie fand, daß ihr das Gefühl gefiel, also streckte sie die Zunge heraus, um es weiter zu erproben. Er hielt ein, wo er war, mitten auf der engen Treppe zum Dachgeschoß, und küßte sie so ausgiebig, daß sie dachte, sie würde ersticken, wenn sie nicht vorher vor Glück sterben würde.

»Eine Woche«, sagte er, als er ihr Zimmer betrat. Er zog die Decke vom Bett, legte sie hinein und deckte sie sorgfältig zu. »Länger sollte es nicht dauern.«

»Was dauert nicht länger?« Ihr Gehirn funktionierte noch nicht wieder richtig nach diesem wunderbaren Kuß.

»Die Hochzeitsvorbereitungen. Natürlich muß ich Vater Patrick erklären, daß der Teufel nicht von mir gewichen, sondern vielmehr über mich hergefallen ist, aber . . .«

Caitlyn zwickte ihn. Er grinste, küßte sie kurz auf den Mund und drehte sich um. Er war schon an der Tür, als ihr etwas einfiel.

»Connor?«

»Hmmm?« Er drehte sich zu ihr um.

»Was bedeutet *›cuilin‹*?«

»Mickeen hat mir schon gesagt, daß du kein Gälisch sprichst. Noch etwas, was du bald lernen wirst. Es bedeutet: Du, mein Mädchen mit dem wundervollen Haar.« Er lächelte schelmisch und ging.

Caitlyn lächelte noch immer glücklich, als sie bald darauf einschlief.

28

Am nächsten Morgen teilte Connor seinen Brüdern die Neuigkeit mit, ehe Caitlyn nach unten kam. Er wußte, wie gerne seine Brüder spotteten, und er hoffte wohl, ihr das Schlimmste zu ersparen. Aber sie war so aufgeregt, daß sie früh aufwachte. Als sie unten erschien, begrüßten die jüngeren d'Arcys sie mit einem lauten ›Hurrah!‹. Auf so einen Empfang war sie nicht vorbereitet gewesen, und sie blieb mit weit aufgerissenen Augen in der Tür zum Eßzimmer stehen. Sie hatte sich besonders viel Mühe mit ihrem Aussehen gegeben, hatte ihr Haar gebürstet, bis es vor Elektrizität knisterte, und es im Nacken mit einem blauen Samtband zusammengebunden, das farblich genau zu ihrem Lieblingskleid aus blauer Wolle paßte. Es war zwar schon etwas ausgebleicht, aber es stand ihr hervorragend. Sie hatte beim Ankleiden an Connor gedacht, aber jetzt, unter den Augen seiner Brüder, fürchtete sie, daß ihre Bemühungen zu offensichtlich waren. Der lautstarke Empfang ließ sie rot anlaufen, und sie sah Connor hilfesuchend an. Er kam zu ihr herüber, und er wirkte sehr selbstbewußt, als er sie anlächelte.

»Das reicht jetzt«, sagte er dann, nahm Caitlyns Hand und musterte seine Brüder halb amüsiert, halb strafend.

»Wir bekommen nicht jeden Tag eine Schwägerin, Conn. Vor allem nicht eine wie Caitlyn«, sagte Rory grinsend.

»Ob wir wohl von nun an aufstehen sollten, wenn sie den Raum betritt, was meinst du? Aber natürlich! Schließlich wird sie eine Gräfin!« Cormac gab Rory einen Stoß mit dem Ellenbogen, stand auf und verbeugte sich elegant, wenn auch reichlich übertrieben vor Caitlyn. Rory folgte seinem Beispiel, nur Liam blieb sitzen und musterte seine Brüder leicht angewidert.

»Laßt das Mädchen in Ruhe essen«, sagte Connor, zog sie mit sich zum Tisch und rückte einen Stuhl für sie zurecht. Caitlyn setzte sich, noch etwas durcheinander von Connors unerwarteter Zuvorkommenheit und den Witzen der anderen, aber es wärmte sie auch. Die Männer setzten sich erst, als sie saß. Mrs. McFee stellte ihr mit steinernem Gesicht eine Schüssel mit dampfendem Porridge vor die Nase, sagte aber glücklicherweise nichts. Ihrem Verhalten entnahm Caitlyn, daß Connor ihr auch hier den Weg geebnet hatte. Wahrscheinlich hatte er der Frau kurzerhand mit Entlassung gedroht, wenn sie nicht den Mund hielte, egal, wie sie über seine Entscheidung dachte.

»Wann soll denn die Hochzeit sein?« fragte Cormac, als Caitlyn gerade einen Löffel Porridge zum Mund führte. Die anderen hatten schon gefrühstückt, und Caitlyn stand plötzlich im Mittelpunkt der Aufmerksamkeit. Sie schluckte den Bissen mühevoll hinunter.

»So bald wie möglich. Ich habe Mickeen mit einer Nachricht zu Vater Patrick gesandt.«

Liam runzelte die Stirn. »Ob das so gut ist?«

»Wir werden auf jeden Fall in der Kirche heiraten. In aller Stille zwar, aber deshalb nicht weniger bindend. Die offizielle Zeremonie wird natürlich in Dublin sein. Wir werden eine Woche dort bleiben.«

»Oh, Flitterwochen!« Cormac nickte wissend, und Caitlyn, die gerade einen weiteren Bissen hinunterschluckte, sah Connor nachdenklich an. Er hatte sie nicht nach ihren Wünschen bezüglich der Hochzeit gefragt, aber sie war so glücklich, daß sie ihn nicht darauf aufmerksam machte, daß sie vielleicht ihre eigene Vorstellung von ihrer Hochzeit hatte. Und wie sie so darüber nachdachte, kam sie zu dem Schluß, daß es ihr auch egal war, solange es Connor war, den sie heiratete. Später war noch Zeit genug, ihm klarzumachen, daß sie nicht das folgsame Weibchen sein würde, das er sich wohl vorgestellt hatte.

Liam räusperte sich. Seine Augen streiften Caitlyn, ehe sie Connor fixierten. »Das dürfte uns ausreichend Zeit geben, eine andere Unterkunft zu finden. Wenn ihr dann soweit seid, daß ihr es euch hier einrichten wollt, sollten wir wohl am besten aus dem Weg sein.«

Plötzlich richtete sich die gesamte Aufmerksamkeit auf Liam. Caitlyn runzelte die Stirn und legte den Löffel beiseite. Dann sprach Connor aus, was ihr auch gerade durch den Kopf gegangen war: »Was redest du für einen Unsinn, Bruder?« Er starrte Liam genauso verblüfft an wie die anderen.

»Jetzt, wo ihr heiraten wollt, willst du doch sicher mit Caitlyn allein sein. Wir finden bestimmt eine Unterkunft in der Ortschaft, oder . . .«

»Sei kein Narr, Liam«, unterbrach Connor ihn. »Wir sind eine Familie, wir bleiben zusammen.«

»Du hast noch nicht darüber nachgedacht! Ihr werdet ein Kinderzimmer brauchen . . .«

»Kinderzimmer oder nicht, das ist hier dein Zuhause!«

»Wir sind erwachsen, Connor. Du brauchst dich nicht länger für uns verantwortlich zu fühlen.«

»Soll das heißen, daß du nicht hierbleiben willst, wenn wir heiraten?« Connors Stimme hatte einen seltsamen Unterton, und er fixierte Liam.

»Ich möchte, daß ihr bleibt, Liam. Bitte!« warf Caitlyn hastig ein. Connor liebte seine Brüder heiß und innig. Es würde ihn sehr verletzen, wenn etwas zwischen sie käme, und sie wollte es auch nicht. »Ihr alle, ihr seid die einzige Familie, die ich je gehabt habe. Ich liebe euch alle, und wenn ihr glaubt, ihr könnt hier nicht mehr leben, wenn ich Connors Frau werde, nun dann – dann werde ich überhaupt nicht heiraten!« Alle Augen waren jetzt auf sie gerichtet, und sie begegnete ihnen mit hocherhobenem Kopf.

»Ja, ja, und Connor wird wahnsinnig wütend sein und seine schlechte Laune an uns auslassen, wodurch das Leben hier kaum mehr lebenswert sein dürfte«, faßte Cormac breit grinsend zusammen. »Beruhige dich, Liam. Conn will nicht, daß wir gehen, und Caitlyn auch nicht. Und wenn Conn lernen kann, Babys auf seinen Knien zu schaukeln, dann werden wir das wohl auch noch schaffen. Es wird schon nicht so schlimm werden.«

»Bist du ganz sicher, Conn? Wir werden es dir nicht übelnehmen, wenn ihr eure Privatsphäre haben wollt.« Liam sah seinen Bruder fragend an.

»Ich hoffe doch, daß ich und meine Braut ausreichend Privatsphäre haben werden, auch wenn ihr hier wohnt. Außer natürlich, du planst in näherer Zukunft in meinem Zimmer zu schlafen?«

Cormac und Rory grinsten breit, und einen Moment später schloß Liam sich ihnen an. Caitlyn fühlte, daß sie langsam rot wurde, denn irgendwie hatte sie das Gefühl, daß dieser Männerwitz auf ihre Kosten ging.

»Wenn er sie küssen will, kann er uns immer noch zum Teufel schicken«, meinte Rory, der bemerkt hatte, wie sie rot wurde, und grinste süffisant. Caitlyn, die sich schon wieder wohler fühlte, als Rory sie wie sonst auch immer auf den Arm nahm, rümpfte die Nase und wandte sich wieder ihrem Porridge zu, der inzwischen kalt geworden war. Sie nahm noch einen Löffel voll, dann schob sie die Schüssel weg. Mrs. McFee entfernte sie mit einem hörbaren Schnauben.

»Sie ist fertig, Conn. Du kannst es ihr jetzt geben.« Cormac war nicht entgangen, daß sie den Rest ihres Frühstücks verschmäht hatte.

»Das ist einer jener Anlässe, für die eine gewisse Privatsphäre angemessen wäre«, sagte Connor, und seine Augen trafen auf die Caitlyns, die ihn fragend ansah. Seine Lippen bewegten sich nicht, trotzdem schien er ihr liebevoll zuzulächeln. Sie konnte ihre Augen nicht von ihm losreißen.

»Guter Gott, Conn, du schmilzt ja wie Butter in der Sonne! Es ist eine Schande, einen starken Mann so tief sinken zu sehen!« Cormac klang ausgesprochen amüsiert, als er seinen Stuhl vom Tisch zurückschob. Connor warf ihm einen glühenden Blick zu. Rory und Liam grinsten, standen aber auch auf.

»Mir scheint, er hat es schon ganz gut raus, uns zu verstehen zu geben, wir sollen zum Teufel gehen«, meinte Rory. Liam nickte zustimmend, und die drei zogen sich zurück.

Connor stand auf. Er trug den groben braunen Mantel, den er auf der Farm meistens anhatte, ein weißes, kragenloses Hemd und braune Hosen. Als Caitlyn ihn musterte, fiel ihr auf, daß er jünger und sorgloser aussah, als sie ihn je gesehen hatte. Die kleinen Falten um seine Augen waren verschwunden, sein Mund war entspannt, er lächelte sogar fast. Er sah einfach überwältigend gut aus, als er um den Tisch herum auf sie zukam, und er verbarg etwas in seiner Hand.

»Mach die Augen zu, und streck die Hand aus«, sagte er, als er neben ihr stand. Caitlyn tat, was er gesagt hatte. Er nahm ihre Hand, und als sie kaltes Metall über ihre Knöchel gleiten spürte, konnte sie sich nicht länger beherrschen. Sie riß die Augen auf und starrte den Ring, den er ihr gerade über den Finger schob, entgeistert an. Es war ein riesiger goldener Topas, umgeben von feurigen Diamanten, jeder so groß wie der Nagel ihres kleinen Fingers.

»Das ist der Verlobungsring der Earls von Iveagh«, sagte er. »Meine Mutter hat ihn zuletzt getragen.«

»O Connor«, flüsterte sie. Dann stand sie auf und warf ihre Arme um seinen Hals. Es kam so unerwartet, daß er einen Schritt zurückstolperte. Er packte sie um die Hüfte, um sie zu stützen, und sie drückte ihm feurige Küsse auf die glattrasierte Wange und umarmte ihn fest. Er lächelte über ihre Freude und streichelte ihr Haar, das ihr über den Rücken fiel. Dann legte er seine Arme um sie und zog sie an sich. Sie hob ihm ihr Gesicht entgegen.

Bei der ersten Berührung seiner Lippen schauderte sie, stellte sich auf die Zehenspitzen und preßte sich fordernd an ihn. Es wurde ein langer Kuß. Als Connor schließlich von ihr ließ, hatte sie weiche Knie, und ihr Atem ging ruckartig. Seine Augen leuchteten, als er sie ansah, und er drückte ihr einen schnellen Kuß auf die geschwollenen Lippen. Dann hielt er sie etwas von sich weg. Caitlyn sah zu ihm auf und flüsterte: »Ich liebe dich.« Seine Arme schlossen sich wieder ganz fest um sie, er senkte den Kopf, und sie dachte, er würde sie noch einmal küssen.

Applaus von hinten ließ ihren Kopf herumfahren; auch Connor sah auf. Seine drei Brüder standen in der Tür und klatschten wild. Connor warf ihnen einen strafenden Blick zu, während Caitlyn knallrot anlief.

»Nächstes Mal werde ich sichergehen, daß die Tür geschlossen ist«, sagte Connor grollend, aber dann konnte er sich eines Grinsens nicht erwehren.

»Wir dachten, du brauchst später vielleicht mal Zeugen, falls sie dich für eine bessere Partie sausen läßt«, teilte Rory ihm grinsend mit. Liam kam näher und streckte ihm die Hand hin.

»Wir wünschen dir viel Glück, Conn!« Connor nahm seine Hand, schüttelte sie, dann umarmte er seinen Bruder. Rory und Cormac folgten Liams Beispiel. Dann bekam Caitlyn ihren Anteil an Küssen und Umarmungen. Die Brüder warfen scheue Seitenblicke auf Connor, als sie sie in die Arme nahmen und die Lippen auf ihre Wangen drückten. Connor drohte ihnen lachend, und als sie sie gehen ließen, war Caitlyn so erleichtert und glücklich, weil alles wieder in Ordnung war, daß sie Tränen in den Augen hatte.

Stunden später schwebte sie noch immer im siebten Himmel. Sie mußte im Haus helfen, da der Regen die Gartenarbeit, mit der sie sich hatte beschäftigen wollen, unmöglich machte, und sie nützte jede Gelegenheit, ihren Ring zu bewundern. Er war so schwer, daß er ihre Hand nach unten zu ziehen schien, und er saß etwas locker. Ihre größte Angst war, daß sie ihn verlieren könnte, und der Gedanke daran ließ sie schaudern. Sie schwor sich, so bald wie möglich Connor zu bitten, ihn enger machen zu lassen. Sie war so glücklich, daß nicht einmal Mrs. McFees säuerliches Schweigen ihre Laune verderben konnte, und mit dem sichtbaren Beweis an ihrem Finger erlaubte sie sich endlich zu glauben, daß alles wirklich geschehen war: Connor hatte sie gebeten, seine Frau zu werden.

Auch Connor war außerordentlich gut gelaunt, als er sich an die tausend Arbeiten machte, die nötig waren, um die Farm am Laufen zu halten. Rory hatte versehentlich vergessen, ein Fäßchen mit Saatgut für die Frühjahrssaat zu schließen, und zwei hungrige Schafe hatten es umgeworfen und sich darüber hergemacht. Aber als Rory es Connor beichtete, zuckte der nur mit den Schultern und meinte: »Das kann schon mal passieren.« Rory fiel ein Stein vom Herzen, und er dankte dem Himmel für die Kraft der Liebe, was ihm einen scharfen Blick von seiten seines Bruders eintrug, der aber gleich darauf von einem breiten Lächeln abgelöst wurde.

Cormac, der gerade ein paar Schafen Medizin einflößte, hatte alles beobachtet und schüttelte den Kopf. »Wie lange wird diese gute Laune wohl anhalten? Caitlyn schafft es doch immer wieder, dich zur Weißglut zu treiben.«

»Ja, aber jetzt werden wir heiraten, und ich bin so brav wie nur möglich. Ich habe Connor schon versprochen, daß ich ihm eine gute Frau sein werde!« Caitlyn war gerade rechtzeitig in die Scheune gekommen, um die letzte Bemerkung zu hören und ihm eine Antwort zu geben. Obwohl sie im Haus noch viel zu erledigen hatte, hatte sie sich davongeschlichen und Mrs. McFee mit der Hausarbeit alleingelassen. Sie hätte es keinen Moment länger ohne Connor ausgehalten und war gerade auf der Suche nach ihm gewesen, als sie seine Stimme gehört hatte. Sie schüttelte den Schal aus, mit dem sie sich vor dem Regen geschützt hatte, und lächelte Connor verliebt an.

»Eine gehorsame Frau«, verbesserte er sie mit gespieltem Ernst und kniff sie in die Nase, als sie zu ihm kam.

»Hört, hört!« sagten Rory und Cormac wie aus einem Munde, und Caitlyn streckte ihnen die Zunge heraus.

»Conn, wenn du es tatsächlich mit diesem frechen kleinen Biest als Frau aufnehmen willst, bist du ein mutigerer Mann als ich!«

»Daran bestand ja wohl kaum ein Zweifel, oder?« entgegnete Connor trocken, und Rory mußte grinsen.

»So viel Glück und Zufriedenheit ist ja sehr schön, meine Kinder, aber ich habe noch vier von diesen verdammten Schafen vor mir. Was meinst du, Connor, könnte ich mir wohl deine Zukünftige mal ausleihen?«

»Wozu?«

»Um mich auf ihre Köpfe zu setzen«, antwortete Caitlyn für Cormac. Sie seufzte, als sie sich von Connors Seite losriß, stieg in den Pferch und klemmte den Kopf eines sich heftig wehrenden Schafs zwischen die Beine. »Ich habe gerade das richtige Gewicht dafür, weißt du. Obwohl ich fast fürchte, daß es unter der Würde einer zukünftigen Gräfin ist.«

»Tja, aber es gibt Gräfinnen und Gräfinnen«, sagte Rory und lehnte sich über den Pferch. »Und du wirst mit Sicherheit eine andere Gräfin sein.«

»Nun, du . . .«, setzte Caitlyn gerade zu einer Antwort an, als sie von Mickeen unterbrochen wurde, der nach Connor rief.

»Unsere Lordschaft! Eure Lordschaft, da seid Ihr ja! Ich . . .« Mickeen keuchte und schüttelte die Regentropfen aus seinem Haar, als er auf Connor zueilte.

»Hast du Vater Patrick meine Nachricht überbracht?«

»Aye, habe ich, und . . .«

»Und ich habe beschlossen, selbst vorbeizukommen, um mit dir zu sprechen«, unterbrach die tiefe Stimme eines Fremden. Von ihrem Platz aus konnte sie ihn nicht sehen, aber Caitlyn war sich sofort sicher, daß das nur Vater Patrick sein konnte. Mickeens unglücklichem Gesichtsausdruck entnahm sie, daß die Anwesenheit des Priesters der Grund für seine Eile gewesen war. Er hatte Connor warnen wollen.

»Guten Tag, Vater.« Rorys Stimme klang ehrfürchtig, fast schon etwas nervös. Der Priester mußte beträchtlichen Einfluß auf die d'Arcys haben.

»Auch dir einen guten Tag, Rory. Connor, in Anbetracht unserer Unterhaltung kürzlich war ich doch ein klein wenig überrascht, als Mickeen deine Nachricht brachte. Er sagte mir, du willst heiraten? Innerhalb der nächsten Woche?«

»Aye.«

»Und zwar das Mädchen, über das wir gesprochen haben?« Caitlyn konnte zwar Vater Patrick nicht sehen, aber sie sah Connor. Er grinste verlegen. »Oh, aye, Vater.«

»Ehe ich alles in die Wege leiten kann, muß ich, soweit das möglich ist, sichergehen, daß es für beide Teile das beste ist. Ich würde gerne mit dem Mädchen sprechen, wenn du nichts dagegen hast.«

Als Caitlyn klar wurde, daß sie Vater Patrick treffen sollte, der Connor geraten hatte, sich unter allen Umständen nicht mit ihr einzulassen, ließ ihre Konzentration einen Augenblick nach. Das wehrhafte Schaf unter ihr nützte die Gelegenheit und schüttelte sie mit einem kräftigen Schwung seines Kopfes ab. Sie schlug mit der Stirn gegen den Pferch, und als sie rückwärts ins Stroh fiel, sah sie für einen Moment Sterne. Sie konnte sich gerade noch einen Fluch verbeißen; Cormac, der die Hälfte der klebrigen Medizin auf sein Hemd bekommen hatte, hatte nicht so viel Glück. Er fluchte herzhaft auf das blöde Schaf und dessen Sturheit und im selben Atemzug auf Caitlyn wegen ihres ungeschickten Verhaltens. Dann erinnerte er sich an die Gegenwart Vater Patricks und wurde feuerrot.

»Entschuldigt, Vater«, sagte er beschämt. Connor hatte den Pferch geöffnet und kam jetzt auf Caitlyn zu. Er sah besorgt aus, als er ihr sanft ein paar Haarsträhnen aus dem Gesicht strich.

»Bist du verletzt?« fragte er leise und berührte die rote Stelle auf ihrer Stirn, die bereits langsam anzuschwellen begann.

»N-nein, nicht ernsthaft«, sagte sie und schüttelte den Kopf. Dann lächelte sie. »Nur mein Stolz.«

»Such dir in Zukunft jemand anderen, der auf deinen blöden Schafen sitzt«, sagte er über die Schulter zu Cormac, während er Caitlyn auf die Füße half. Obwohl sie sich schon fast wieder erholt hatte, lehnte sie sich zufrieden gegen Connor, von seinen Armen gestützt. Zumindest, bis sie aufsah und den ernsten grauen Augen des rundlichen Priesters begegnete, der sie ruhig musterte.

»Du bist ganz ohne Zweifel Caitlyn. Ich hoffe, dein Kopf tut nicht zu sehr weh. Ich bin Vater Patrick.«

»Guten Tag, Vater. Connor ... hat mehr als einmal von Euch gesprochen.« Caitlyn trat einen Schritt von Connor weg, spürte die prüfenden Augen des Priesters auf sich gerichtet. Sie strich sich die losen Haare aus dem Gesicht und wünschte, sie hätte heute morgen mehr darauf geachtet, daß ihre Frisur halten würde, als daß sie attraktiv aussah. Schon vor ihrer Konfrontation mit dem Schaf hatten sich ein paar Strähnen gelöst gehabt, aber jetzt fiel ihr Haar offen über Schultern und Rücken. Das Band lag wahrscheinlich noch irgendwo im Stroh. Ihr Kleid war auch nicht mehr in bestem Zustand, Erde und Stroh klebten von ihrem Sturz daran. Auch ihre Hände waren nicht mehr die saubersten. Aber im Moment konnte sie sowieso nichts dagegen tun, also richtete sie sich auf und schritt mit der Würde einer Dame auf den Priester zu, Connor dicht hinter sich.

»Würde es dir etwas ausmachen, wenn wir uns etwas unterhielten, Kind? Ich muß gestehen, ich habe einige Bedenken bezüglich Connors Plänen, aber ich hoffe, daß du sie zerstreuen kannst. Außerdem hätte ich auch nichts gegen eine Tasse Tee einzuwenden.«

»Wenn Ihr mit ins Haus kommen wollt, Vater, würde ich dafür sorgen, daß Ihr eine Tasse Tee bekommt, und ich unterhalte mich gern mit Euch.« Caitlyn erwiderte den Blick des Priesters geradeheraus mit erhobenem Kopf. Sie war fest entschlossen, Connor zu heiraten, ob er damit einverstanden war oder nicht. Sie würde sogar zu Fuß durch alle sieben Höllen pilgern, wenn es nötig wäre, um zu Connor zu gelangen. Aber sie spürte auch, daß Connor die Meinung des Priesters hoch schätzte, und darum lag ihr viel daran, daß er seine Zustimmung geben würde.

Vater Patrick lächelte und legte ihre Hand auf seinen Arm. Er war ein gemütlicher Mann. Sein rundes, rötliches Gesicht hatte klare Züge, und ein Ring grauer Haare zog sich um seinen Kopf. Er war ungefähr von derselben Größe wie Connor, aber seine Ausstrahlung und die schwingende schwarze Robe ließen ihn riesig erscheinen.

»Wir würden uns freuen, wenn Ihr zum Essen bleiben würdet, Vater, und vielleicht können wir danach ...« Connor war auf Caitlyns anderer Seite aufgetaucht. Ein Nicken des Priesters unterbrach ihn.

»Aye, Connor, und vielen Dank für die Einladung. Aber jetzt im Moment brauchen wir dich nicht, nicht wahr, Mädchen? Wir beide werden allein viel besser zurechtkommen.«

Connor runzelte die Stirn und sah Caitlyn an, die sich zwischen den beiden wie ein Zwerg vorkam. »Caitlyn . . .?«

»Es ist schon in Ordnung, Connor. Ich bin sicher, Vater Patrick und ich werden gut miteinander auskommen.«

»Bestimmt. Ich glaube, das Mädchen hat mehr Verstand als du, Connor. Ich beginne zu vermuten, daß du mich in dieser Hinsicht etwas in die Irre geführt hast.« Er warf Connor über Caitlyns Kopf hinweg einen milde prüfenden Blick zu.

Connor erwiderte den Blick mit einem leicht verzerrten, einsichtigen Lächeln. »Vielleicht habe ich das, Vater, vielleicht habe ich das. Aber wenn ich zu Euch gekommen bin, dann meistens, weil ich mit den Nerven ziemlich am Ende war.«

Die Unterhaltung ergab für Caitlyn keinen Sinn, aber die beiden schienen sich sehr gut zu verstehen.

»Kümmere dich jetzt wieder um deine Arbeit, und laß mich und das Mädchen in Ruhe miteinander reden. Wir werden Tee trinken und uns dabei besser kennenlernen.«

Connor zögerte noch immer und sah Caitlyn fragend an.

»Ich komme schon zurecht«, sagte sie. »Wirklich.«

Er nickte, drehte sich um und ging zurück zur Scheune, wo Rory gerade Cormac bei einem schrill blökenden Schaf behilflich war. Als sie durch den leichten Regen zum Haus gingen, fragte Vater Patrick sie: »Sag, mein Kind, bist du in der Kirche?«

Als sie Tee getrunken und anschließend im Familienkreis gegessen hatten, wußte Vater Patrick so ziemlich alles, was es über sie zu wissen gab. Manche Einzelheiten hatte sie allerdings ausgelassen, es war ja nicht unbedingt nötig, sich schwärzer zu malen, als sie war. Als die Männer sich vom Tisch erhoben und Caitlyn Mrs. McFee beim Abräumen half, winkte Vater Patrick sie zu sich herüber, wo er mit Connor stand. Er legte ihr eine fleischige Hand auf die Schulter und meinte: »Ich sage euch beiden ganz offen, daß ich heute morgen ausgezogen bin, um dich, Connor, vor einer verheerenden Ehe zu bewahren. Aber seither habe ich meine Meinung geändert. So, wie ich es sehe, ist es das beste, was du tun kannst. So ein süßes Mädchen findest du in ganz Irland nicht noch einmal. Darüber hinaus liebt sie dich, und es ist offensichtlich, daß sie dir auch nicht gleichgültig ist. Sie wird dir eine gute Frau sein und kräftige, gesunde Söhne gebären. Ihr habt meinen Segen.«

»Vielen Dank, Vater«, sagte Caitlyn, von diesem, ihrer Meinung nach größtenteils unverdienten, Lob überrascht.

»Ihr seid ein Mann von großer Urteilskraft«, sagte Connor grinsend, legte seinen Arm um Caitlyn und zog sie an sich. »Wann können wir heiraten?«

»In einem Monat«, entgegnete Vater Patrick bestimmt und legte seinen Kopf auf die Seite. »Übrigens hätte ich gerne ein Wort unter vier Augen mit dir gewechselt, mein Sohn.«

Connor verzog das Gesicht. »Das letzte Mal, als Ihr mich ›mein Sohn‹ genannt habt, haben mir von der Buße die Knie eine Woche lang weh getan.«

»Ich habe so ein Gefühl, daß sie dieses Mal eher länger schmerzen werden. Komm, ich habe nicht viel Zeit.«

Connor sah seinem Schicksal ergeben aus, als er mit Vater Patrick nach oben ins Büro verschwand. Bald darauf erschienen die beiden wieder in bestem Einvernehmen, wenn Connor auch etwas reumütig aussah. Caitlyn hatte Mrs. McFee den Abwasch überlassen und sich zu den jüngeren d'Arcys in den Salon gesellt, wo sie mit Cormac Spinnikins spielte. Connor kam mit dem Priester herein, ging zu ihr hinüber und stellte sich hinter ihren Stuhl.

»Mußtest du ihm von letzter Nacht erzählen?« flüsterte er ihr ins Ohr. Sie lief rot an und warf ihm einen entschuldigenden Blick zu.

»Ich kann einen Priester doch nicht belügen«, flüsterte sie zurück, dann bedeutete sie ihm mit einem Blick zu schweigen. Kurz darauf erschien Mickeen in der Tür, und Connor ging zu ihm hinüber.

»Es ist alles bereit, Eure Lordschaft«, hörte sie ihn sagen. Verwirrt runzelte sie die Stirn. Ehe sie aufstehen und sich zu ihnen gesellen konnte, war Connor zu Vater Patrick hinübergegangen und sprach jetzt leise mit ihm.

»Ist irgend etwas nicht in Ordnung?« flüsterte sie Rory zu, der ganz in ihrer Nähe stand.

Rory schüttelte den Kopf. »Vater Patrick hält für die Leute von Donoughmore eine Heckenmesse. Sie haben sich im Wäldchen hinter dem Schafstall versammelt, dadurch wird es schwer, jemand Bestimmten auf Donoughmore zu beschuldigen, falls er herauskommt.«

»Eine Heckenmesse?« Connor stand plötzlich neben ihr und legte ihr einen Schal um die Schultern, ehe er ihren Arm nahm. Schweigend verließ die kleine Gruppe hinter Vater Patrick das Haus. Mrs. McFee und Mickeen gesellten sich zu ihnen, als sie aus der Haustür traten. Irgendwann im Laufe des Abends hatte es aufgehört zu regnen. Das Gras unter ihren Füßen war naß und die Luft kühl und frisch. Von allen Seiten zogen Leute durch die Nacht in Richtung auf die Bäume hinter dem Schafstall. Dort erwartete sie schon eine größere Gruppe, und als sie den Priester in seiner scharzen Robe mit Connor an seiner Seite sahen, teilte sich die Menge, um sie durchzulassen.

Jemand hatte einen großen Baumstumpf mit einer glatten Oberfläche in die Mitte einer kleinen Lichtung gerollt. Ein weißes Leintuch lag darüber, und zwei kleine Kerzen standen darauf, deren flackernde Flammen tapfer mit dem leichten Wind kämpften. Caitlyn erkannte den silbernen Kelch; er gehörte zum Haus. Daneben lag die Hostie. Vater Patrick stellte sich hinter den provisorischen Altar. Die Menge sammelte sich, wurde ruhig. Jemand nieste, Kleider raschelten, der Fluß ganz in der Nähe rauschte und gurgelte, ein Nachtvogel schrie, und trotzdem schien es, als habe sich plötzlich ein andächtiges Schweigen über die Nacht gesenkt.

»Gottes Segen sei mit euch«, begann Vater Patrick.

»Und mit Euch, Vater«, kam die vielstimmige Antwort der Gläubigen.

»Liebe Freunde, wir haben nicht viel Zeit. Laßt uns beginnen.«

Der Kelch wurde herumgereicht, die Hostie geteilt. Vierzig Leute oder mehr sanken auf die Knie. Caitlyn, mit Connor an einer Seite und Rory auf der anderen, kniete mit ihnen. Die Gebete wurden beinahe von dem Rauschen des Flusses übertönt, und eine fast greifbare Spannung lag in der Luft. Würde man sie hier erwischen, warteten harte Strafen auf sie alle, denn das Abhalten der Messe war streng verboten.

Obwohl sie als Katholikin geboren und getauft war, konnte

sich Caitlyn nicht erinnern, schon einmal an einer Messe teilgenommen zu haben, auch wenn sie sicher mit ihrer Mutter einmal bei einer gewesen war. In den Jahren nach ihrem Tod, als sie auf sich allein gestellt versuchte, in den Straßen von Dublin zu überleben, war nicht viel Platz für Religion gewesen. Aufmerksam lauschte und beobachtete sie. Runzlige alte Männer knieten im Gebet neben ihren Söhnen und Enkeln. Frauen mit Tränen in den Augen senkten die Köpfe. Auch Connor neben ihr hatte den Kopf gesenkt. Er hatte die Hände vor sich gefaltet, und seine Lippen bewegten sich im Gebet. Caitlyn beobachtete ihn von der Seite, als er das Kreuz schlug, und ihr Herz füllte sich mit Liebe zu ihm und Irland, zur Kirche und jedem der Anwesenden. In diesem Moment schien es ihr, als wären sie alle ein Teil voneinander, Teil eines großen Ganzen, dem alles angehört, was auf dieser Erde lebt.

Dann war auch das letzte Gebet gesprochen, und sie endeten mit einem gemeinsamen ›Amen‹. Die Menge erhob sich und zerstreute sich wieder. Mickeen hatte Vater Patricks Pferd mit zu dem Wäldchen gebracht und wartete jetzt mit den d'Arcys, um dem Priester ›Gottes Segen‹ für den Weg zu wünschen.

Connor hielt ihre Hand fest in der seinen, als sie zum Haus zurückgingen, und sie fühlte sich glücklicher und zufriedener als je zuvor in ihrem Leben.

29

Die nächsten Tage verflogen für Caitlyn, und sie schien fast immer ein paar Zentimeter über dem Boden zu schweben, so glücklich war sie. Obwohl es fast ununterbrochen regnete, kam es ihr so vor, als würde jeden Tag die Sonne scheinen. Die einzige kleine Wolke an ihrem Himmel war, daß Connor, ermahnt von seinem Gewissen und Vater Patrick, sich weigerte, sie zu lieben, bis sie rechtmäßig seine Frau geworden war. Trotz dieser Zurückhaltung und der daraus entstehenden Frustration war auch Connor außergewöhnlich gut gelaunt. Seine Brüder betrachteten ihn mit vorsichtigem Erstaunen, als er selbst Ereignisse, über die er sich früher furchtbar aufgeregt hätte, ruhig und gelassen aufnahm.

Wo auch immer Connor sich aufhielt, war Caitlyn meist nicht weit. Sie folgte ihm über die Farm, half, wo sie konnte, aber öfter noch beobachtete sie ihn einfach nur, wenn er seine Arbeit tat. Er war ein viel besserer Schafzüchter als seine Brüder, und sie schaute ihm mit uneingeschränktem Vergnügen zu, wenn er nackt bis zum Gürtel, ganz ohne Hilfe ein Schaf zu Boden warf, es band oder es auf den Wagen hob, um damit zum Markt zu fahren. Das Spiel seiner Muskeln unter der sonnengebräunten Haut konnte sie für Stunden faszinieren. Ihre Anbetung konnte niemandem verborgen bleiben, und seine Brüder scherzten oft gutmütig darüber, wenn Connor nicht in der Nähe war. Caitlyn nahm ihre Witze gelassen hin. Sie betete Connor nun mal an, und jetzt, da sie heiraten würden, war es ihr egal, wer es wußte.

Zum erstenmal in ihrem Leben interessierte sie sich auch für Kleider. Connor bestand darauf, daß sie in einem ordentlichen Hochzeitskleid heiraten sollte, und so entdeckte sie, daß es Spaß machen konnte, über Mustern zu brüten. Knapp drei Wochen vor ihrer Hochzeit wählte sie dann ein schlichtes Kleid mit hohem Kragen und langen, enganliegenden Ärmeln aus schimmernder weißer Seide. In einer Truhe auf dem Speicher hatte sie einen Schleier aus feiner Spitze entdeckt, der, zusammen mit einem Rosenkranz, der Connors Mutter gehört hatte, ihre Garderobe vervollständigte. Connor fuhr mit ihr ins Dorf, und Mrs. Bannion, die Schneiderin, nahm ihre Maße. Sie versprach, das Kleid in einer Woche zur Anprobe fertig zu haben. Während ihres Aufenthalts im Dorf erfuhr Caitlyn, die seit ihrer Ankunft auf Donoughmore nur ein paarmal hier gewesen war, daß sie momentan im Mittelpunkt der Aufmerksamkeit stand. Mrs. McFee hatte die Neuigkeit von der schockierenden Verlobung Seiner Lordschaft in alle Welt hinausposaunt, und die Welt blieb stehen, um zu gaffen.

»Ich fühle mich wie ein Kalb mit zwei Köpfen«, meinte sie erschöpft zu Connor, als er sie, endlich daheim angelangt, vom Wagen hob. Sie konnte sehr wohl alleine absteigen, aber Connor wurde immer aufmerksamer ihr gegenüber, je näher ihre Hochzeit rückte. Und sie würde sich bestimmt keine Gelegenheit entgehen lassen, von ihm berührt zu werden. Es war jetzt schon zehn Tage her, daß Connor sie mit den Sünden des Fleisches bekannt gemacht hatte, und sie sehnte sich danach, diese Erfahrung zu wiederholen.

»Siehst aber gar nicht so aus«, entgegnete Connor lächelnd, als er sie auf die Füße stellte. Caitlyn ließ ihre Hände etwas länger auf seinen kräftigen Schultern ruhen, die von dem leichten Regen feucht waren. Sie standen so nahe beieinander, daß ihre Körper sich berührten, ihre Hände auf seinen Schultern, seine Hände unter dem Umhang um ihre Hüfte gelegt. Sie hatte die Kapuze zurückgeworfen, und ihr langes schwarzes Haar fiel ihr weich über den Rücken.

»Ich wünschte, wir wären schon verheiratet«, sagte sie sehnsüchtig, und er zog sie näher an sich. Seine Augen glitten zu ihrem Mund, zum Ansatz der an ihn gepreßten Brüste und wieder zurück zu ihren Augen.

Sein Lächeln wurde breiter. »Das hört sich schon besser an. Habe ich dir nicht gesagt, daß es dir gefallen wird?« Sie gab ihm einen leichten Klaps auf die Wange, und ihre Hand blieb noch einen Moment länger. Sie mochte das rauhe Gefühl. Er hatte sich zwar erst am Morgen rasiert, aber die ersten Stoppeln machten sich schon wieder bemerkbar.

»Ja, hast du, du eingebildetes Wesen.«

»Und, hatte ich vielleicht nicht recht?«

Sie sah ihn an. Etwas blitzte in seinen Augen, das ihr durch und durch ging. Ihre Hand glitt seine Wange entlang, bis ihr Daumen gerade seinen Mundwinkel berührte.

»Nein, ganz und gar nicht«, versicherte sie ihm, senkte die Augen und warf ihm dann einen schnellen Blick zu. Seine Augen leuchteten, und ihr Herz begann schneller zu schlagen. Ihr Daumen streichelte über seine geschlossenen Lippen. Diese öffneten sich, und er sog ihren Daumen in seinen Mund und liebkoste ihn mit der Zunge. Sie sog die Luft ein und beobachtete ihn, wie er an ihrem Daumen knabberte, und ihre Knie wurden weich. Sie schob ihn weg und stellte sich auf die Zehenspitzen. Dann preßte sie ihre Lippen auf seinen warmen und festen Mund, der noch leicht feucht war an der Stelle, wo ihr Daumen gelegen war. Seine Hände umfaßten ihre Hüfte, und sie konnte die Spannung in ihm fühlen. Aber er machte keine Anstalten zu tun, was sie wünschte.

»Nur ein Kuß, Connor«, sagte sie einschmeichelnd. Seine Lippen öffneten sich leicht, als er tief und zitternd Luft holte.

»Oh, aye. Nur ein Kuß. Du hast leicht reden!« sagte er murrend, aber er konnte ihr nicht länger widerstehen. Er zog sie so fest an sich, daß sie jeden Muskel seines Körpers spüren konnte. Seine Männlichkeit drängte sich mächtig und drängend gegen sie, sein Herz schlug schnell, und ein leichtes Zittern durchlief die Arme, die sie hielten. Sie legte die Arme um seinen Hals, ihre Hände zerwühlten sein Haar, und sie küßte ihn mit hungriger Leidenschaft. Er holte einmal tief Luft, dann nahm er ihre Lippen mit derartigem Verlangen, daß es ihr den Atem verschlug. Sie fühlte sich, als würde die Hitze seines Mundes ihre Knochen wegschmelzen.

»Genug davon jetzt!« Er löste sich so plötzlich von ihr, daß sie nach seinen Schultern greifen mußte, um die Balance zu halten. Seine Stimme war rauh, und in seinen Augen glühte die Leidenschaft. Doch seine Hände, die sie von sich weghielten, waren fest und bestimmt.

»Connor!« stöhnte sie.

»Wir werden warten, bis wir verheiratet sind!«

»Drei Wochen!«

»Es ist nicht die Ewigkeit. Du wirst meine Frau werden, und in der Zwischenzeit behandle ich dich nicht wie ein Straßenmädchen.«

»Warum nicht? Solange du es bist, macht mir das gar nichts aus!« Sie hatten diese Diskussion schon öfter geführt, aber er bestand darauf, sich ihr gegenüber anständig zu verhalten. Am liebsten hätte sie frustriert mit dem Fuß aufgestampft.

Er runzelte die Stirn. »Du bist mir nicht gerade eine große Hilfe.«

»Wenn wir sowieso heiraten, weiß ich nicht, was es für einen Unterschied machen soll, ob wir nun bis zu der offiziellen Zeremonie warten oder nicht. In Gottes Augen sind wir für mich bereits Mann und Frau. Findest du nicht, Connor?« Sie mußte sich ein triumphierendes Lächeln verbeißen. Darauf sollte ihm erst einmal etwas einfallen!

»Ich . . .«

»Eure Lordschaft! Eure Lordschaft, seid Ihr da? Es gibt Neuigkeiten! Da – oh. Entschuldigung.« Mickeen platzte herein, er sah sehr aufgeregt aus, aber als er Caitlyn in Connors Armen sah, erstarrte er. Er runzelte die Stirn, Unwohlsein und Mißfallen standen ihm deutlich ins Gesicht geschrieben. Wie Mrs.

McFee war Mickeen nicht der Meinung, daß Caitlyn eine passende Frau für den Earl von Iveagh war.

»Ist schon in Ordnung, Mickeen. Wir sind hier fertig. Warum gehst du nicht ins Haus, Liebes, ziehst dir die nassen Schuhe aus und läßt mich zur Abwechslung mal ein paar geschäftliche Dinge erledigen?« sagte er, drehte sie um und schob sie – eine Hand auf ihrem Hinterteil – in Richtung auf die Stalltür. Sie war von dieser ungewohnten Vertrautheit sehr angetan und lächelte ihm über die Schulter verführerisch zu, ehe sie gehorsam in Richtung auf die Tür ging.

»Es ist Gold, Eure Lordschaft! Gold!« Diese Worte drangen noch an Caitlyns Ohr, ehe sie den Stall ganz verlassen hatte. Neugierig geworden, blieb sie kurz stehen und eilte dann nach draußen, wo sie seitlich neben der Stalltür verharrte, damit Connor sie nicht sehen konnte, und schamlos lauschte.

»Wovon redest du, Mickeen?«

»Es ist eine Zahlung von den Blaskets an die Schatzkammer! Der Transport geht über Land nach Dublin und soll heute nacht noch Naas passieren! Es ist ein großes Geheimnis, aber ich kenne einen Burschen, der wiederum jemanden kennt, dessen Bruder einen englischen Gentleman und seine angebliche Familie von einer der Inseln übergesetzt hat. Das war vor drei Tagen, und sie sind mit der Morgendämmerung aufgebrochen. Natürlich hatte er am Gepäck nichts zu suchen, aber das verdammte Zeug war so schwer, daß sie fast untergegangen wären. Also hat er sich gedacht, das könnte doch unmöglich nur die Garderobe einer Lady sein, und darum hat er in einem günstigen Moment einmal nachgesehen. Die Truhen waren voller Gold. Ein Vermögen, hat er gesagt. Man sagt auch, die Regierung hoffe, einem Überfall vorzubeugen, indem sie die Ladung ganz geheim transportiere. Einfach nur ein Gentleman, der mit seiner Familie eine Reise macht. Die Kutsche wird noch nicht einmal einen Begleitschutz haben, hat der Junge gesagt.«

»Sie haben Blaskets vor drei Tagen im Morgengrauen verlassen?« Tief in Gedanken versunken, runzelte Connor die Stirn.

»Aye. Und der Junge meinte, sie würden heute nacht in einem Gasthof in Naas haltmachen. Ich schätze, sie werden dort so gegen Mitternacht ankommen.«

»Naas ist ein ganz schönes Stück von hier entfernt.«

»Aye.«

Connor schwieg nachdenklich, während Mickeen ihn eifrig beobachtete. Schließlich verzog ein leichtes Grinsen seine Lippen. »Nun, das ist ja wirklich sehr interessant.«

Mickeen erwiderte sein Grinsen. »Aye, ich dachte mir schon, daß Ihr so denken würdet.«

Caitlyn konnte nicht länger stillhalten. Sie trat aus ihrem Versteck und betrachtete Connor ernst, die Hände in die Hüfte gestemmt. »Und was bitte wirst du unternehmen?«

Er sah sie an, und seine Augen wurden schmal. Mickeen musterte sie mit unverhohlenem Abscheu.

»Du solltest zum Haus zurückgehen!« Nichts mehr von dem charmanten Mann, der ihr Hinterteil getätschelt hatte. Doch sie kannte auch diesen Connor. Er war furchteinflößend, aber sie hatte keine Angst.

»Aye, ich bin aber nun mal da. Und jetzt sag mir bitte, was an einem Goldtransport so interessant ist.«

»Das hat nichts mit dir zu tun. Geh, und zieh dir andere Schuhe an.«

Sie musterte ihn mit gerunzelter Stirn. »Ich lasse mich nicht wegschicken wie ein kleines Kind. Du willst das Gold holen, nicht wahr?«

»Still jetzt!« sagte Mickeen und sah sich alarmiert um. Glücklicherweise war außer ihnen niemand im Stall oder davor zu sehen.

»Und wenn?«

»Dann will ich mitkommen!«

»So ein Blödsinn!« Seine grobe Antwort reizte sie, sie verschränkte die Arme und funkelte ihn an.

»Wenn wir heiraten, sind wir Partner. Ich gehe, wohin du gehst.«

»Den Teufel wirst du tun!«

»Ich möchte mitkommen, Connor.«

»Nein, und das ist mein letztes Wort. Ich habe dazu nichts mehr zu sagen.« Während er sprach, war er auf sie zugekommen, hatte ihren Arm gepackt und sie herumgedreht. »So, und jetzt wirst du schön ins Haus gehen und dir andere Schuhe anziehen. Wir sehen uns beim Essen. Du wirst sicher etwas finden, um dich bis dahin zu beschäftigen.«

»Frauenarbeit?« fragte Caitlyn spöttisch über die Schulter. »Damit wirst du mich nicht los. Ich kann helfen . . .«

»Verdammt noch mal!« brüllte Connor mit einer Stimme, die Caitlyn zusammenzucken ließ. »Ich will von ›helfen‹ oder dergleichen nichts mehr hören, hast du verstanden? Was immer ich tue oder nicht tue, du wirst zu Hause bleiben, wo du hingehörst. Ist das ganz klar?« Für einen Moment schloß sich seine Hand fester um ihren Arm, dann ließ er sie los.

»Nein, ist es nicht!« entgegnete Caitlyn und drehte sich so schnell zu ihm um, daß ihre Röcke flogen. »Wenn du denkst, daß ich nach deiner Pfeife tanzen werde, nur weil wir heiraten, dann hast du dich getäuscht, Connor d'Arcy!«

»Du wirst tun, was ich dir sage!«

»O nein!«

»O doch! Das weißt du!«

»Werde ich nicht, und du kannst mich nicht zwingen!«

»So, kann ich nicht? Das werden wir schon sehen, mein Mädchen!«

»Was willst du tun, mich schlagen?« Sie wußte sehr wohl, daß er das nie tun würde. Sie standen jetzt fast schon Nase an Nase und schrien sich an. Jeder Windstoß trieb den Regen durch die offene Tür. Der Lärm zog Cormac und Rory an, die im Schafstall gearbeitet hatten. Sie kamen über den matschigen Hof gestapft und grinsten, als sie die beiden sahen.

»Soviel zu Freude und Glück des verlobten Paares«, murmelte Cormac Rory zu, aber Connor hatte es gehört.

»Du hältst dich da besser raus!« fuhr er ihn an und drehte sich wieder zu Caitlyn um. »Und du gehst zurück ins Haus und tust, was ich gesagt habe. Ich habe nicht vor, ein eigensinniges und dickköpfiges Biest zur Frau zu nehmen!«

»Oh, hast du nicht? Dann wirst du mich vielleicht auch nicht zur Frau haben!«

»Ja, vielleicht lasse ich es!«

»Dann nimm deinen verdammten Ring zurück und geh damit zur Hölle!« Sie war wahnsinnig wütend, zog den Ring vom Finger und warf damit nach ihm. Er konnte ihn gerade noch fangen, ehe er ihn ins Gesicht traf, und das Blut stieg ihm in den Kopf, als er sie anstarrte. Sie drehte sich auf dem Absatz um und verließ den Stall. Wütend zog sie die Kapuze über den Kopf, um den Regen abzuhalten.

»Jetzt, da wir nicht mehr verlobt sind, tue ich, verdammt noch mal, was ich will«, zischte sie ihm noch über die Schulter zu und stapfte zum Haus zurück.

»Du wirst gefälligst auf deine Ausdrucksweise achten, ich dulde nicht, daß meine Frau wie ein Kutscher flucht.« Connor kam ihr nach, ungeachtet des Regens, und seine Augen blitzten wütend. Caitlyn begann zu laufen, sie hob ihre Röcke mit einem leisen Fluch, damit sie nicht durch den Dreck schleiften. Er folgte ihr und hatte sie eingeholt, ehe sie auch nur auf halbem Weg zum Haus war. Er packte sie und zog sie in die Arme.

»Laß mich los!« schrie sie und schlug mit den Fäusten auf ihn ein.

»Nicht in diesem Leben«, sagte er durch zusammengebissene Zähne und trug sie ins Haus.

Cormac und Rory waren im Schutz des Stalls zurückgeblieben und tauschten wissende Blicke aus. Dann kam Mickeen zu ihnen herüber, und die drei steckten die Köpfe zusammen, als er ihnen von dem Gold erzählte.

30

»Wirf noch einmal mit deinem Ring nach mir, und ich versohle dir den Hintern, daß du drei Tage lang nicht sitzen kannst!«

Er hatte sie in ihr Zimmer getragen, vorbei an einer entsetzten Mrs. McFee, und auf ihr Bett gesetzt. Jetzt war er über sie gebeugt und hielt sie an beiden Armen fest, während er ihr die Worte ins Gesicht grollte.

»Wage es nicht, mir zu drohen!«

»Ich werde mehr tun, als dir nur drohen, wenn du dich nicht benimmst!«

»Du kannst mich nicht zwingen, zu Hause zu bleiben, während du auf Abenteuersuche bist! Ich will mitkommen!«

Connor gab einen zischenden Laut von sich und beugte sich so weit über sie, daß ihre Nasenspitzen sich fast berührten. »Hör zu, kleine Närrin: Was ich tue, hat mit Abenteuern nichts zu tun! Es ist gefährlich! Du könntest getötet werden! Einer von uns könnte getötet werden, es ist kein Spiel! Kannst du dich erinnern, als Rory angeschossen wurde? Ein paar Zentimeter weiter, und er wäre gestorben. Ich mag es nicht, wenn man auf mich oder meine Brüder schießt, und ich werde es verdammt noch mal nicht zulassen, daß man auf dich schießt! Verstanden?«

»Wenn es so gefährlich ist, dann solltest du es auch besser lassen, durch die Gegend zu reiten und Leute zu überfallen! Ich möchte nicht, daß dir etwas passiert!«

»Es gibt Menschen, die von mir abhängig sind. Ich kann nicht einfach aufhören, ich mache es schon zu lange. Ich habe Verpflichtungen. Ich . . .«

»Dann kannst du mich auch einfach mitnehmen!«

»Eher fessle ich dich und lasse dich im Schafstall.«

»Das würdest du nicht wagen!«

»Probier's aus!«

Sie funkelte ihn an, und er funkelte genauso böse zurück. Keiner gab auch nur einen Millimeter nach. Nach einem Moment verengten sich seine Augen, und der Griff an ihrem Arm lockerte sich. Als er wieder sprach, klang es fast einschmeichelnd. »Es würde mir eine große Freude machen, wenn du diese Idee fallenlassen würdest, mein Mädchen. Der Gedanke, daß du ein paar Kugeln einfangen oder von einem Strick baumeln könntest, macht mir wirklich angst. Wenn ich Angst habe, kann ich mich nicht konzentrieren, und wenn ich unkonzentriert bin, könnte ich getötet werden. Willst du dafür verantwortlich sein?«

Caitlyns Augen weiteten sich. Er sah wirklich ernst aus, aber da war etwas . . .

»O nein, auf die Art und Weise wirst du mich auch nicht los, Connor d'Arcy. Du mußt dir um mich nicht mehr Sorgen machen als um Rory, Cormac oder Liam. Ich kann dir wirklich helfen: zwei Augen mehr, um aufzupassen, noch ein Pferd, um Sachen zu transportieren . . .«

»Einer mehr, um erschossen oder erhängt zu werden!« beendete er ihren Satz düster. »Das war mein letztes Wort zu diesem Thema. Ich werde dir ein liebevoller Ehemann sein, und wahrscheinlich hast du mich um deinen kleinen Finger gewikkelt, ehe ein Jahr verstrichen ist, aber in einer Sache verlange ich Gehorsam: Wenn wir reiten, bleibst du zu Hause. Ist das klar?«

»Nein«, murmelte sie. Sie hatte nicht vor nachzugeben, aber plötzlich hatte sie es satt, mit ihm zu streiten. Es kam nichts dabei heraus. Er würde sie anschreien, ihr drohen, sie würde genauso wütend zurückschreien, und keiner von ihnen gäbe auch nur ein bißchen nach. Am Schluß würden sie dann genau dort aufhören, wo sie angefangen hatten. Nein, nein, es war besser, die Sache ruhen zu lassen und trotzdem zu tun, was sie wollte. Kaum hatte sie diesen Entschluß gefaßt, wurde sie ruhiger.

»Könnte ich jetzt bitte meinen Ring zurückhaben?« fragte sie nachgiebig. Er richtete sich auf und musterte sie mit gerunzelter Stirn, während sie unschuldig zu ihm aufsah.

»Was heckst du jetzt wieder aus, um mir das Leben schwerzumachen?« fragte er, verschränkte die Arme und musterte sie mißtrauisch.

»Ich möchte einfach nur meinen Ring zurück. Es sei denn, du hast es ernst gemeint, daß du kein eigensinniges, dickköpfiges Biest zur Frau haben willst.«

»Ich habe es ernst gemeint.« Er musterte sie düster. »Und ich habe vor, dir beides auszutreiben, selbst wenn es uns beide das Leben kosten sollte.«

»So, hast du das vor?« Beinahe hätte sie ihren Beschluß vergessen, nicht mit ihm zu streiten, aber sie riß sich gerade noch rechtzeitig zusammen und sagte nichts. Er lächelte boshaft und drehte sich um.

»Wo gehst du hin?« Sie sprang auf und wollte ihm folgen, aber er schlug ihr die Tür vor der Nase zu. Sie war so überrascht, daß sie die geschlossene Tür erstaunt ansah, während er sie von außen zusperrte. Als ihr schließlich klar wurde, daß er sie überlistet hatte, war es zu spät. Wut stieg wie ein roter Nebel in ihr auf.

»Mach die Tür auf! Wage es ja nicht, mich wie ein kleines Kind in meinem Zimmer einzuschließen!« Um ihre Worte zu unterstreichen, schlug sie heftig mit beiden Fäusten gegen das Holz.

Durch die geschlossene Tür kam seine Stimme, und sie konnte förmlich hören, daß er grinste. »Ja, so schnell kann es gehen, mein Liebling. Meinst du wirklich, ich merke nicht, wenn du etwas im Schild führst? Du wirst in deinem Zimmer bleiben, sicher aufgehoben, bis ich zurück bin. Wenn ich du wäre, würde ich ins Bett gehen.«

»Connor d'Arcy, wenn du das wagst, werde ich dir das nie vergeben! Ich werde dich für den Rest meines Lebens hassen! Ich . . .« Sie verstummte, als sie seine Schritte sich entfernen hörte, den Gang entlang und die Treppe hinunter.

»Verdammt, laß mich sofort raus!« schrie sie und schlug gegen die Tür. »Connor, wenn du mich nicht sofort rausläßt, wirst du es bereuen! Ich werde . . . ich werde . . .« Ihr fiel nichts ein, was schrecklich genug gewesen wäre. Sie starrte auf die Tür, biß die Zähne zusammen und ballte die Fäuste. Wie konnte er es wagen! Sie würde ihm schon zeigen, daß er mit ihr nicht so umspringen konnte!

Das Problem war nur, außer der Tür gab es keinen Weg aus ihrem Zimmer. Das Fenster war so winzig, daß nicht einmal sie durchgepaßt hätte, und es hatte wenig Sinn, um Hilfe zu rufen. Mrs. McFee war inzwischen schon nach Hause gegangen, also würden sie nur Mickeen und die d'Arcys hören, und die würden sich wahrscheinlich darüber totlachen. Aber es mußte ihr einfach etwas einfallen!

Sie ließ sich aufs Bett fallen und dachte nach. Es mußte einen Ausweg geben. Ganz abgesehen davon, daß sie mit Connor reiten wollte, konnte sie es auch nicht zulassen, daß er sie so behandelte. Es wäre eine schlechte Voraussetzung für ihre Ehe!

Sie überlegte hin und her, und nach einer Weile kam sie zu dem Schluß, daß die Tür tatsächlich der einzige Ausweg aus ihrem Gefängnis war. Die war aber abgeschlossen, und Connor, das Schwein, hatte den Schlüssel. Trotzdem mußte sie irgendwie durch diese Tür hinaus. Caitlyn stand auf und untersuchte sie, aber es war massive Eiche. Nicht einmal ein kräftiger Mann könnte hier ausbrechen, geschweige denn sie selbst. Sie murmelte einen Fluch und stieß, so fest sie konnte, mit dem Fuß gegen die Tür. Ein feiner metallischer Klang drang an ihr Ohr.

Schnell ließ sie sich auf die Knie fallen und drückte ein Auge ans Schlüsselloch. Sie grinste. Connor d'Arcy, das Schwein, sie würde es ihm heimzahlen. Er hatte den Schlüssel stecken lassen. Sicher, er steckte auf der falschen Seite, aber das sollte kein allzugroßes Problem sein, wenn sie es klug anstellte. Sie ließ sich auf die Fersen sinken und dachte nach.

Schließlich stand sie auf und holte den Bezug von ihrem

Kopfkissen und schob ihn unter der Tür durch, so daß nur noch ein kleines Eck auf ihrer Seite war. Jetzt brauchte sie noch etwas, das durch das Schlüsselloch paßte und sich weder bog noch brach. Nach einer längeren Suche entschied sie sich für einen Stab aus Elfenbein, den sie auf dem Speicher gefunden hatte und dessen schöne Schnitzerei ihr gefallen hatte. Wenn das Elfenbein nicht schon zu brüchig war, müßte es funktionieren.

Sie kniete sich wieder vor die Tür, aber es dauerte eine ganze Weile, bis sie es geschafft hatte und den gedämpften Aufprall auf der anderen Seite hörte. Sie grinste breit und zog den Bezug vorsichtig zu sich heran. Für einen kurzen Moment befürchtete sie, daß der Schlüssel vielleicht zu breit wäre und nicht durch den Spalt unter der Tür passen würde, aber es ging alles glatt. Sie steckte den Schlüssel ins Schloß und drehte ihn herum. Vorsichtig öffnete sie die Tür einen Spalt und spähte in Richtung auf die Treppe, aber es war niemand zu sehen.

Sie schlich bis zum Treppenabsatz und lauschte. Das Haus war still. Mickeen hatte gesagt, das Gold würde über Naas kommen, und das war ein ganz schönes Stück von hier entfernt. Das Gold sollte so gegen Mitternacht dort ankommen, und wenn sie es rechtzeitig schaffen wollten, mußten Connor und die anderen schon losgeritten sein.

Schnell holte sie Umhang und Maske aus ihrem Versteck ganz hinten im Kleiderschrank und lief zu Cormacs Zimmer. Sie brauchte nur wenige Minuten, um als junger Mann wieder zu erscheinen. Dann lief sie zum Stall – wie sie erwartet hatte, waren Fharannain und die Pferde der anderen verschwunden – und sattelte Finnbarr, so schnell sie konnte. Sie mußte sich beeilen, wenn sie die anderen noch einholen wollte, denn sie hatten doch fast eine Stunde Vorsprung. Aber sie waren mit ziemlicher Sicherheit durch den Tunnel geritten, denn Eile oder nicht, Connor war vorsichtig. Aber sie – sie würde übers offene Land galoppieren wie der Wind.

Sie schwang sich auf Finnbarrs Rücken und trieb ihr Pferd an. Sie kannte den Weg nach Naas, wußte, wo die Poststraße in die Ortschaft mündete. Connor würde irgendwo entlang dieser Straße sein.

Finnbarr flog über Hügel und nahm Zäune und Hecken auf ihrem Weg. Ein leichter silberner Lichtschein erhellte den

Himmel, und sie warf einen Blick nach oben zu der schmalen Mondsichel. Als sie zum erstenmal mit Connor geritten war, war die Nacht so stockdunkel gewesen, daß sie kaum die Hand vor Augen hatte sehen können. Aber heute, da eine Ladung Gold lockte, hatte der schwarze Rebell nicht bis zum Neumond gewartet.

Finnbarr konnte nicht die ganze Strecke in vollem Galopp dahinrasen, also zügelte sie ihn nach einer Weile, so daß er in einen leichten Trab verfiel. Auch wenn sie es eilig hatte, Connor einzuholen, wollte sie ihr Pferd nicht zur Erschöpfung treiben oder Schlimmeres. Von dem wochenlangen Regen war der Boden naß und schlüpfrig, und sie wollte keinen Unfall riskieren. Ihr einziger Trost war, daß Connor und die anderen auch nicht schneller vorankommen würden; vielleicht würden sie das Gold sogar ganz verpassen, und sie könnten zusammen in aller Ruhe zurückreiten.

Connor würde zwar wahrscheinlich irrsinnig wütend sein, was ihre Freude an dem Heimritt empfindlich trüben würde, aber er war schon öfter wütend auf sie gewesen, und sie hatte es überlebt. Außerdem wollte sie ihm eine Lektion erteilen. Nur weil sie ihn liebte, würde sie nicht jedem seiner Befehle gehorchen. Eine gute Frau zu sein, bedeutete für sie nicht, ihm die Kontrolle über ihr Leben zu überlassen. Sie hatte nicht vor, sich von ihm wie ein kleines Kind bevormunden zu lassen, und Connor war sehr besitzergreifend, wenn er liebte. Sie aber wollte seine Frau sein, sein Partner, nicht ein Spielzeug, mit dem man tut, was man will, das man in die Ecke stellt, wenn es ernst wird. Die Ehe mit ihr würde für Connor noch manche Überraschung bringen.

Die Zeit verstrich, und endlich näherte sie sich Naas. Nach dem Stand des Mondes schätzte sie, daß es schon nach Mitternacht war. Sie fürchtete, sie würde zu spät kommen.

Um Connor zu finden, hatte sie die Poststraße genommen, als sie sich Naas näherte, und als sie um die nächste Kurve bog, sah sie, daß sie trotz ihrer Befürchtung rechtzeitig kam. Gerade in diesem Moment wurde keine fünfhundert Meter von ihr entfernt eine leichte Kutsche angegriffen. Die Pferde scheuten, und ein schreiender Kutscher bemühte sich mit Peitsche und lauten Flüchen, sie wieder unter Kontrolle zu bekommen. Der Leibwächter neben ihm feuerte auf die dunklen, bedrohlichen Gestalten zu Pferde, die aus dem Wäldchen auf einer Anhöhe nahe der Straße auf die Kutsche zugaloppierten. Die Angreifer erwiderten das Feuer. Eine Kugel mußte den Kopf des Leibwächters nur knapp verfehlt haben, denn er ergab sich ganz plötzlich und ließ die Waffe fallen. In diesem Moment ergriff einer der Angreifer die Zügel des Leitpferdes, und damit war der Kampf beendet.

»Geld oder Leben!« kam der Ruf. Caitlyn grinste vor Vorfreude, setzte die Maske auf, zog die Kapuze des Umhangs über den Kopf und ritt auf die Kutsche zu. Die Opfer stiegen gerade aus. Zu ihrer Überraschung verließen zwei gutgekleidete Gentlemen die Kutsche. Es hatte doch geheißen, ein Gentleman mit Familie würde das Gold überbringen. Der Kutscher saß da wie erstarrt, die Leibwache ebenso.

Connor stieg mit der Pistole in der Hand ab, sein schwarzer Umhang flog hinter ihm her. Niemand, der ihn nicht so gut kannte wie sie, hätte ihn erkannt. Auch Liam stieg jetzt ab, ebenfalls bewaffnet. Caitlyns Augen waren auf Connors große Gestalt gerichtet, als sie langsam näher kam. Bei dem Geräusch von Finnbarrs Hufen richtete sich plötzlich alle Aufmerksamkeit auf sie; durch die Maske war es unmöglich, Connors Gesichtsausdruck zu deuten, aber sie sah, wie er erstarrte, und bemerkte den harten Zug um seinen Mund. Er hatte sie natürlich sofort erkannt. Sie gesellte sich zu Mickeen und Cormac, die, immer noch zu Pferde, mit gezogenen Waffen Wache hielten. Rory, auf Balladeer, hielt die Zügel der verängstigten Kutschpferde und gab bei ihrem Erscheinen einen erstickten Laut von sich.

»Du bist ein Mädchen unter Tausenden, Caitlyn, auch wenn Connor dafür sorgen wird, daß du den Tag deiner Geburt verfluchst«, flüsterte Cormac ihr aus dem Mundwinkel zu.

»Pah, ich habe keine Angst vor Connor«, flüsterte sie leichthin zurück, obwohl das Wenige, was sie von seinem Gesicht hatte sehen können, ihr bereits verraten hatte, daß ihr eine ungemütliche Zeit bevorstand.

»Dann bist du ein um so größerer Dummkopf«, murmelte Mickeen und spuckte auf die Straße. Cormac grinste und gab ihr seine zweite Pistole. Überrascht sah sie sie an. Sie hatte nicht viel Erfahrung mit Pistolen. Connor hatte sich eisern geweigert, ihr mehr als die Grundbegriffe beizubringen.

»Du hältst mit Mickeen Wache, während ich Liam helfe, die Pferde zu beladen. Connor ist heute besonders vorsichtig. Er möchte nicht, daß jemand absteigt, wenn es nicht unbedingt nötig ist. Aber es ist gut, daß du gekommen bist. Gold ist ziemlich schwer, und je mehr Pferde wir haben, desto mehr können wir mitnehmen.«

Caitlyn nickte und umklammerte die Pistole. Cormac ritt zur Kutsche hinüber und stieg ab. Der gefährliche Teil war vorbei, es würde keinen Ärger mehr geben, und sollte wirklich etwas passieren, mußte sie nur den Abzug drücken, mehr nicht. Also, warum war sie plötzlich so nervös?

»Du«, sagte Connor zu dem Leibwächter, »steig aufs Dach und wirf das Gepäck herunter. Und beeil dich!« Der Leibwächter bewegte sich nervenzermürbend langsam. Er kletterte aufs Dach und fummelte so umständlich an den Halteriemen herum, daß es eine Ewigkeit zu dauern schien. Schließlich wurde Connor ungeduldig, warf ihm das Messer aus seinem Stiefel zu und befahl ihm, sie durchzuschneiden. Der Wärter machte genauso langsam weiter wie zuvor.

»Du!« Connor zeigte mit der Waffe auf den Kutscher, der sich umgedreht hatte, um die Fortschritte seines Gefährten zu beobachten. »Hilf ihm! Wenn wir hier noch länger rumstehen müssen, wird der Finger an meinem Abzug nervös werden.«

So ermutigt, nahm der Leibwächter eine Truhe, trug sie zum Rand der Kutsche und ließ sie fallen. Caitlyn runzelte die Stirn. Eine Truhe voller Gold sollte viel, viel schwerer sein. So schwer, daß zwei Männer nötig waren, sie zu tragen, und daß sie beim Aufprall auf den Boden beinahe zerspringen würde. Und der Leibwächter war ein schmächtiger Mann, nicht viel größer als Mickeen.

Connor mußte derselbe Gedanke durch den Kopf gegangen sein, denn auch er runzelte die Stirn. Er rief dem Kutscher, der jetzt auch auf dem Dach stand, zu: »Wirf den Rest herunter. Und mach schnell!«

Der Mann gehorchte dem Befehl, und auch ihm schien es wenig Mühe zu bereiten, die Truhe zu tragen. Hier war etwas faul. Entweder, sie hatten die falsche Kutsche aufgehalten, oder . . .

Ihr Unwohlsein wuchs, als sie die Passagiere musterte. Sie schienen keine Angst zu haben, einer von ihnen lächelte sogar. Im selben Moment fiel ihr noch etwas auf: ein leises, noch weit entferntes Trommeln wie von Pferdehufen, das aus der Richtung von Naas kam.

»Nur Kleider!« Liam richtete sich auf, vor sich die Truhe, die er gerade durchsucht hatte. Offensichtlich bemerkte er jetzt auch das Geräusch, denn er sah in die Richtung, aus der es kam, genau wie Connor. Cormac, der gerade eine Reisetasche durchwühlte, hob ebenfalls den Kopf. Der Gedanke traf sie wie ein Blitzschlag: Was, wenn es eine Falle war?

»Steigt auf!« rief Connor plötzlich, und Liam und Cormac liefen zu ihren Pferden.

»Los!« Connor riß Fharannain herum. Rory galoppierte schon in Richtung auf das Wäldchen, in dem sie sich verborgen hatten, gefolgt von Cormac und Mickeen. Liam feuerte noch einen Schuß ab, ehe er ihnen auf Thunderer nachsetzte. Connors Pistole spie Feuer. Caitlyn versuchte Finnbarr im Zaum zu halten und schoß ebenfalls. Der Rückstoß schlug ihr die Pistole aus der Hand; Caitlyns Handfläche war taub, und ihre Finger prickelten, als sie Finnbarr die Fersen gab. Ein Kugelhagel war die Antwort.

Caitlyn sah sich nach Connor um, er war unverletzt. Er beugte sich tief über Fharannains Hals, und sein schwarzer Umhang flatterte wie riesige Rabenflügel. Hinter ihm, nicht mehr weit von der Kutsche entfernt, sah sie etwas, das ihr das Blut in den Adern gefrieren ließ: ungefähr zwei Dutzend Dragoner, die sich an ihre Verfolgung machten. Sie beugte sich tief über Finnbarrs Hals und klammerte sich an seine Mähne, als er nur knapp über einen gefallenen Baumstamm setzte. Noch nie zuvor hatte sie solche Angst gehabt, doch irgendwie war die Gefahr auch seltsam erregend. Sie lauschte auf Fharannains Hufschläge hinter sich. Vor ihr galoppierten die anderen gerade über ein weites offenes Feld. Dann brach Finnbarr aus dem Wäldchen, streckte den Hals und setzte seinen Stallgefährten nach. Aus dem Augenwinkel sah sie Connor auf Fharannain neben sich auftauchen. Seine Augen blitzten durch die Schlitze der Maske, seine Lippen waren fest zusammengepreßt. Sie ritten viel zu schnell, um sprechen zu können, aber sie wußte so genau, als ob er es gesagt hätte, daß er sie eigenhändig erwürgen würde, falls sie diese Katastrophe überlebten.

Seite an Seite rasten sie dahin, nahmen eine Steinmauer in fast perfekter Übereinstimmung. Hinter ihnen dröhnten Pistolen wie zum Applaus. Connors Mund wurde noch schmaler, er zügelte Fharannain, so daß er nur knapp hinter Finnbarr ritt. Plötzlich wurde Caitlyn klar, daß er sich zwischen sie und die Männer hinter ihnen bringen wollte. Ihr Mund wurde trocken. Zum erstenmal verstand sie wirklich in aller Klarheit, daß sie um ihr Leben ritten.

Daß Connor sie mit seinem Körper schützen wollte, gefährdete ihn nur noch mehr, und alles, was sie jetzt noch tun konnte, war zu reiten, wie sie noch nie in ihrem Leben geritten war. Sie verfluchte ihre eigene Dummheit. In der Sicherheit ihres Schlafzimmers hatte sie gedacht, er wolle nur mit ihren Gefühlen spielen, jetzt wußte sie es besser. Ihre Gegenwart heute nacht brachte sein Leben noch mehr in Gefahr.

Die Dragoner feuerten noch eine Salve. Eine Kugel pfiff so dicht an ihrem Ohr vorbei, daß sie erschreckt zusammenzuckte. Connor hinter ihr schrie auf. Sie richtete sich auf und sah sich zu ihm um. Er war über Fharannains Hals zusammengesunken, eine Hand auf seinen Oberschenkel gepreßt. Er war getroffen!

»Connor!« Der Wind riß ihr seinen Namen von den Lippen. Trotz seiner Verletzung war Connor noch bei Bewußtsein. Sie konnte ihm jetzt nicht helfen, sie konnte nur weiterreiten und darum beten, daß er sich im Sattel würde halten können. Fharannain dicht hinter sich, durchquerte sie einen engen Durchlaß und fand sich wieder knapp hinter den anderen. Sie riskierte einen kurzen Blick. Zu ihrer Erleichterung saß Connor aufrecht im Sattel, die Hand auf die Wunde gepreßt. Sie versuchte nicht daran zu denken, daß er verbluten könnte. Ein verzweifeltes Schluchzen konnte sie nicht unterdrücken. Sie trieb Finnbarr an, um Liam einzuholen. Sie mußten Connor in die Mitte nehmen, falls er das Bewußtsein verlieren und aus dem Sattel fallen würde. Allein könnte sie ihm nicht helfen, und die anderen wußten wahrscheinlich noch nicht einmal, daß er getroffen war.

Wieder pfiffen ihr Kugeln um die Ohren. Zu ihrer Überraschung segelte sie plötzlich durch die Luft, als Finnbarr unter ihr zusammenbrach. Sie kam hart auf dem feuchten Torf auf, und sie wußte sofort, was passiert war. Sie hatten ihr Pferd unter ihr weggeschossen, aber glücklicherweise war sie nicht verletzt – noch nicht.

Sie kroch zu Finnbarr und kauerte sich hinter seinem Rükken zusammen, während um sie herum Kugeln den Boden aufrissen. Die Hufe des großen Tiers zuckten noch leicht, aber seine Augen wurden bereits glasig, und sie wußte, er war tot. Aber jetzt war keine Zeit, um zu trauern, auch wenn sie ihr Pferd geliebt hatte. Alle ihre Gedanken richteten sich nur auf ein Ziel: zu überleben. Fharannain war an ihr vorbeigaloppiert, als Finnbarr zusammengebrochen war. Der verwundete Connor konnte sich nicht mehr um sie kümmern. Sie war allein.

In wilder Angst sah sie sich um. Die Dragoner waren nicht mehr weit, sie würden sie bald erreicht haben. Verzweifelt drehte sie sich zu den anderen um – und sah, daß Connor sein Pferd herumgerissen hatte und zu ihr zurückgaloppierte.

Geduckt lief sie ihm entgegen. In einem Bruchteil von Sekunden hatte er sie erreicht. Ohne Fharannain zu zügeln, beugte er sich aus dem Sattel und streckte einen Arm nach ihr aus.

»Halt dich fest!« rief er, und dann donnerte Fharannain an ihr vorbei. Sie wurde gepackt und hing an Connors Arm. Er versuchte, sie hinter sich auf den Sattel zu ziehen. Sie ritten genau auf ihre Verfolger zu, Caitlyn hing an Fharannains Seite. Connors Griff an ihrem Arm war eisern. Seine Verletzung mußte ihn zwar geschwächt haben, aber sie wußte, daß er sie nie loslassen würde. Verzweifelt versuchte sie, ihr Bein über den Pferderücken zu schwingen. Gleichzeitig zog Connor mit fast übermenschlicher Kraft. Dann glitt ihr Bein plötzlich über das Pferd, sie saß auf Fharannain, richtete sich auf und schlang die Arme um Connor. Er löste seinen eisernen Griff, und sie mußte sich mit aller Kraft festhalten, um ihren kostbaren Platz auf Fharannain nicht zu verlieren. Connor riß sein Pferd wieder herum und jagte hinter den anderen her. Die Dragoner hatten gerade eine niedrige Steinmauer genommen und waren nicht mehr weit von ihnen entfernt. Kugeln durchschnitten die Luft um ihre Köpfe.

Connor neigte sich tief über Fharannains Hals. Er trieb das Pferd an, wie er es sonst nie tat. Caitlyn nahm die Arme von Connors Hüfte, preßte ihr Knie fest in Fharannains Seite und hielt sich an der zusammengerollten Decke hinterm Sattel fest. Sie wollte Connor sowenig Kraft wie möglich kosten. Die Wunde an seinem Oberschenkel sah schlimm aus. Blut schoß aus einem großen Loch und färbte seine schwarze Hose noch dunkler.

Langsam holten sie wieder auf. Gerade als sie sich einer weiteren Mauer näherten, etwas höher als die letzte und mit einem Graben dahinter, der den Sprung doppelt schwierig machte, drehte sich Liam zu ihnen um. Als er bemerkte, was geschehen war, zügelte er Thunderer etwas, damit Fharannain aufholen konnte. Mickeen fiel auf, daß Liam zurückgeblieben war. Er drehte sich um, dann zügelte er ebenfalls sein Pferd und rief Cormac und Rory etwas zu.

Sie würden den Verletzten in ihre Mitte nehmen und ihn mit ihrem Leben beschützen. Wenn nötig, würden sie sich mit ihren Verfolgern schießen, aber Caitlyn hoffte, es würde sich vermeiden lassen. Die Verfolger waren in der Überzahl, gut trainiert und schwer bewaffnet. Da hätten sie kaum eine Chance. Einige von ihnen würden getötet werden, und wer überlebte, würde hängen. Die Angst hinterließ einen bitteren Geschmack in Caitlyns Mund.

Cormac und Rory nahmen soeben die Mauer in einem fehlerlosen Sprung, und Caitlyn dachte mit einem seltsamen Anflug von Stolz, daß sie es vor allem den großen Herzen der Pferde von Donoughmore danken müßten, wenn einer von ihnen diese Nacht überleben würde. Mickeen folgte ihnen. Aristedes' Huf streifte die Mauer, aber er blieb nicht hängen und kam sicher auf. Auch Liam nahm die Mauer problemlos. Dann sprang Fharannain, und trotz der doppelten Last auf seinem Rücken nahm er das Hindernis, als hätte er Flügel. Aber während sie noch durch die Luft flogen, traf Caitlyn etwas mit ungeheurer Gewalt zwischen den Schulterblättern. Schmerz durchfuhr sie wie ein Blitz, dann verlor sie das Gleichgewicht und fiel.

Noch bevor sie auf dem Boden aufkam, war alles um sie herum schwarz geworden.

31

Der Schmerz in seinem Oberschenkel war enorm, aber er konnte ihn ertragen. Er hatte schon Schlimmeres durchgestanden, aber der Blutverlust beeinträchtigte seine Konzentration. Ihm wurde langsam schummrig. Wenn die Wunde weiter so blutete, würde ihm bald schwarz vor Augen werden. Bisher hatte er sich nur mit eiserner Entschlossenheit bei Bewußtsein halten können. Verlöre er es, wäre es um ihn und Caitlyn geschehen, und um seine Brüder wahrscheinlich auch. Er bezweifelte, daß sie ihn einfach so zurücklassen würden.

Er mußte sich mit aller Kraft darauf konzentrieren, sich im Sattel zu halten. Darum sickerte die Information, daß Caitlyn nicht mehr hinter ihm war, nur langsam durch den dicken Nebel in seinem Gehirn. Er drehte den Kopf und sah, daß er allein auf Fharannain saß. Die Dragoner setzten gerade über die Mauer, die sein Pferd erst vor kurzer Zeit so mühelos genommen hatte. Dicht am Graben lag ein schmaler Körper, fast verdeckt von einem schwarzen Umhang. Ein Schatten unter Schatten, aber Connor wußte, daß Caitlyn dort lag. Sein Herz machte einen Satz. Sie bewegte sich nicht, und ihre Haltung war so seltsam, daß lähmende Furcht von ihm Besitz ergriff. Ihre Verfolger versammelten sich jetzt um sie. Wenn sie nicht tot war, war sie gefangen.

»Nein!« Er wollte schreien, aber es kam nur ein heiseres Flüstern heraus. Er war schon erschreckend schwach, trotzdem, er mußte durchhalten, mußte zu ihr zurück! Er zerrte verzweifelt an Fharannains Zügel, um das große Tier zum Wenden zu bringen. Um ihn herum drehte sich alles. Fharannain war solche Behandlung nicht gewöhnt, und der plötzliche Schmerz in seinem Maul ließ ihn sich aufbäumen. Connor konnte sich nur noch mit Mühe im Sattel halten. Als das Tier wieder auf allen vieren landete, sank er über seinem Hals zusammen. Liam tauchte neben ihm auf, nahm ihm die Zügel aus der Hand und trieb Thunderer dann wieder von den Reitern weg, die sich um Caitlyns gefallenen Körper scharten. Cormac kam von der anderen Seite an ihn heran und machte einen gewagten Sprung auf Fharannains Rücken. Er legte die Arme um seinen Bruder und hielt ihn so im Sattel. Rory führte den reiterlosen Kildare am Zügel. Mickeen ritt an der Spitze ihrer kleinen Gruppe, und gemeinsam rasten sie um ihr Leben.

»Caitlyn«, stöhnte Connor durch die Dunkelheit, die ihn zu umschlingen drohte. Der Schmerz in seinem Oberschenkel schnitt wie glühende Messer durch die Schwärze, aber noch schlimmer war der Schmerz in seinem Herzen.

»Wir können ihr jetzt nicht helfen«, sagte Cormac ihm ins Ohr, seine Stimme rauh vor Schmerz. »Dazu sind wir zu wenige. Außerdem müssen wir uns unbedingt um deine Wunde kümmern, du verlierst zuviel Blut. Wir können froh sein, wenn wir es heil bis nach Hause schaffen. Vielleicht können wir ihr später helfen, sie befreien, aber im Moment sind wir machtlos.«

»Ich werde sie nicht im Stich lassen«, murmelte Connor, dann verlor er das Bewußtsein.

Da Caitlyns Sturz ihre Verfolger aufgehalten hatte, erreichten sie ohne weitere Zwischenfälle die Farm. Kaum hatten sie den Tunnel verlassen und waren sicher im Stall angekommen, senkte Cormac vorsichtig den Körper seines Bruders zu Rory und Liam hinab, und die beiden trugen ihn in sein Zimmer. Das Bein sah schlimm aus, und er hatte ziemlich viel Blut verloren. Aber als sie bedrückt um sein Bett standen, wußten sie alle, daß, wenn ihr Bruder aufwachte, der schlimmste Schmerz in seinem Herzen sein würde.

Sie hatten mit verbissenen Gesichtern eine Viertelstunde wie fanatisch gearbeitet, bis es ihnen gelungen war, die Blutung zu stillen. Aber schließlich verebbte der Blutstrom zu einem leichten Tröpfeln und hörte dann ganz auf. Als Liam den Verband verknotete, sprach Cormac in die angespannte Stille.

»Ich werde versuchen, soviel wie möglich über Caitlyn herauszufinden.«

Liam sah ihn an, und seine Hände ruhten für einen Augenblick. »Ich weiß nicht, ob das so eine gute Idee ist.«

Mickeen setzte an zu spucken, besann sich, wo er war, und verkniff es sich. »Es wird dem Mädel nichts helfen, wenn sie dich auch noch gefangennehmen.«

»Ich werde schon vorsichtig sein. Es gibt ein Pub in Naas, dort werden sie mehr wissen.«

»Ich komme mit«, meinte Rory, und die beiden verließen das Zimmer.

Als sie Stunden später zurückkamen, dämmerte es bereits. Mickeen erwartete sie im Stall, er saß auf einem umgedrehten Eimer, die Hände zwischen den Knien, den Kopf gesenkt. Als sie hereinkamen, sah er auf, das Gesicht blaß und erschöpft.

»Wie geht es Connor?« fragte Rory besorgt und sprang von Balladeer.

Mickeen stand auf und begann Balladeer das Zaumzeug abzunehmen. Wenn er sich mit etwas ablenken wollte, kümmerte er sich am liebsten um Pferde. Er hatte als Pferdeknecht angefangen, und wenn er Kummer hatte, kehrte er zu dieser Arbeit zurück.

»Seine Lordschaft ist wach, er fragt ständig nach ihr. Er – er kann sich nicht genau erinnern, was passiert ist. Er hat hohes Fieber. Liam mußte ihn am Bett festbinden, um ihn daran zu hindern, nach ihr zu suchen.«

»O mein Gott!« Müde stieg Cormac ab und band Kildare an. Er wußte, Mickeen würde froh sein, sich um ihn kümmern zu können.

»Was ist mit dem Mädchen?« fragte Mickeen.

Cormacs Augen glänzten von ungeweinten Tränen. »Sie ist tot«, sagte er leise, und seine Stimme zitterte. Er holte tief Luft. »Sie war sofort tot, haben sie gesagt, und ich habe keine Ahnung, wie wir das Connor beibringen sollen.«

Sie sagten es ihm etwas später am Tag, als sie dachten, er würde es ertragen können. Liam brachte es ihm bei. Zuerst weigerte er sich, es zu glauben. Und als er es schließlich akzeptierte, war sein Schmerzensschrei so durchdringend und klagend wie das Heulen eines Wolfs bei Vollmond.

Zurückblickend nannte Connor die Zeit, die folgte, für sich selbst immer die ›Dunkelheit der Seele‹.

32

Es würde ein harter Winter werden. Bereits Mitte Oktober waren die Nächte schon ziemlich kalt, und die Luft verhieß Schnee. Trotz der knisternden Feuer in den Kaminen des englischen Landhauses fröstelte ihn, als er vom Treppenabsatz aus das Geschehen im Ballsaal unter sich beobachtete.

Das Haus gehörte Marquis von Standon, einem Lebemann, der erst letzte Woche seine dritte Frau beerdigt hatte. Die Gäste waren ein buntes Gemisch dessen, was bei den Engländern wohl als Gentlemen durchgehen mochte, und bei ihren Lustbarkeiten lag die Betonung auf Lust. So konnte Connor gerade eine nicht mehr ganz nüchterne junge Frau beobachten, die auf einem Marmortisch tanzte und sich zu den lüsternen Rufen der Zuschauer nackt auszog. Angewidert zog er die Oberlippe hoch, während sie, splitternackt und kichernd, von dem Gentleman, der heute nacht ihre Gunst genießen würde, aus dem Saal gescheucht wurde.

Die Hausparty hatte eine Woche gedauert, heute war der letzte Tag. Connor bezweifelte nicht, daß die junge Frau während dieser Zeit so viele Liebhaber gehabt hatte wie die Woche Tage. Es war ein Maskenball, und die Frauen – man konnte sie kaum Ladys nennen – waren auffallend aufreizend gekleidet. Bei manchen war der Ausschnitt so tief und der Rock so hoch gerafft, daß dazwischen nicht mehr viel der Vorstellungskraft überlassen blieb. Andere wieder trugen enganliegende, durchscheinende Gewänder. Die Gentlemen waren zurückhaltender gekleidet, die meisten beschränkten sich auf Dominos in leuchtenden Farben und Schwarz. Hier und dort bevorzugte ein Dandy eine etwas ausgefallenere Verkleidung, wie zum Beispiel der kichernde Julius Cäsar in der Ecke. Alle trugen Masken.

Aus diesem Grund hatte sich Connor dieses Haus auch ausgesucht. Es war lächerlich einfach gewesen, hineinzukommen. In seinem Domino und mit der Maske unterschied er sich in nichts von den anderen Gentlemen. Er war vor einer Stunde angekommen und hatte in der Zwischenzeit nähere Bekanntschaft mit dem Schmuck der meisten anwesenden Frauen gemacht. Sein eigentliches Ziel waren aber die Rubine gewesen, die ihr Gastgeber von seiner kürzlich verschiedenen Frau geerbt hatte. Unachtsam hingeworfen, waren sie noch immer in dem Schmuckkästchen gelegen, das zwischen den anderen Sachen auf ihrem Frisiertischchen gestanden hatte.

Das Ledersäckchen mit den erbeuteten Juwelen hatte er aus einem Fenster fallen lassen, und jetzt war er auf dem Weg, sie zu holen. Ein kleines Lächeln umspielte seine Lippen, als er den Wert seiner Beute abschätzte. Das Leben eines Einbrechers war einfacher und einträglicher als das eines Straßenräubers.

Gerade wollte er die Treppe hinuntergehen, als ihm eine junge Frau ins Auge stach. Was an ihr seine Aufmerksamkeit erregt hatte, wußte er nicht. Im Gegensatz zu den anderen Frauen trug sie einen schwarzen Domino, ähnlich dem seinen. Ihr Haar, zu einer komplizierten Frisur aufgetürmt, war ebenfalls schwarz und mit schimmernden Perlen verziert. Eine ausladende Katzenaugenmaske aus goldfarbenem Satin verdeckte die obere Hälfte ihres Gesichts. Sie tanzte gerade mit einem großen, ziemlich dürren Gentleman, und sie lächelte nicht. Jetzt wußte er es: etwas an ihrer Haltung, ihren graziösen Bewegungen erinnerte ihn an Caitlyn. Er folgte ihr mit den Augen, und seine Lippen wurden schmal. Automatisch legte er eine Hand auf die Narbe an seinem Oberschenkel. Die Erinnerung schmerzte immer noch.

Heute war es fast auf den Tag genau ein Jahr, daß er sie verloren hatte, und noch immer ertappte er sich dabei, daß er junge schwarzhaarige Damen anstarrte, weil ihn für einen Moment die irrsinnige Hoffnung durchfuhr, es wäre wie durch ein Wunder seine Caitlyn. Aber da hätte Gott schon ein ganz außergewöhnliches Wunder tun müssen, denn Caitlyn war tot, und wie es sich für einen Straßenräuber gehörte, war sie irgendwo verscharrt worden, ohne ein Wort oder Gebet. Er hatte nicht einmal ein Grab, über dem er hätte trauern können, aber das hinderte ihn nicht daran.

Er hatte ihr nie gesagt, daß er sie liebte, und das fraß an ihm. Er hatte es ja selbst nicht gewußt, bis Liam ihm damals gesagt hatte, daß sie tot war. Damals hatte er zum erstenmal in den Armen seines Bruders geweint. Als sein Bein langsam heilte und aufhörte, ihm Schmerzen zu bereiten, dachte er, daß auch seine Seele heilen würde, aber da hatte er sich getäuscht. Selbst nach einem Jahr war jede Erinnerung an Caitlyn noch schmerzhafter, als sein Bein es je gewesen war.

Zuerst hatte er versucht, seinen Kummer im Alkohol zu ertränken, aber es hatte nicht funktioniert. Wenn er betrunken gewesen war, hatte sie so deutlich Gestalt angenommen, daß es ihm hinterher so vorgekommen war, als hätte er sie eben von neuem verloren. Dann war ihm klargeworden, daß selbst der beste irische Whiskey sie nicht zurückbringen würde, und er hatte damit aufgehört. Zwei Wochen später hatte er Donoughmore dann einem Verwalter übergeben und mit seinen Brüdern und Mickeen Irland verlassen. Wenigstens wurde er so nicht ständig an sie erinnert, aber der Schmerz war deshalb nicht geringer geworden.

Er hatte Caitlyn verloren, und er hatte entdeckt, daß er mit Verlusten nicht gerade gut umgehen konnte. Wahrscheinlich lag es daran, daß seine Eltern so früh gestorben waren. Selbst jetzt überkam ihn noch manchmal das Gefühl, das ihm nach Caitlyns Tod lange ein ständiger Begleiter gewesen war. Er kam sich dann vor wie ein Kind, das man im Dunkeln alleingelassen hat. Er, Lord Earl von Iveagh, schwarzer Rebell, Herr über Donoughmore, hatte in jenen dunklen Tagen nach ihrem Tod manches Mal wie ein kleines Kind geweint. Dieses Geheimnis beschämte ihn und war auch mit ein Grund gewesen, warum er Donoughmore verlassen hatte.

Der schwarze Rebell war mit Caitlyn gestorben, und eine tiefe Angst um seine Brüder ließ ihn verhindern, daß sie seinen Platz einnahmen. Er hatte sie mit nach England genommen und Rory und Cormac einen Studienplatz in Oxford verschafft, damit sie ihre längst fällige Ausbildung nachholen konnten. Die beiden waren davon gar nicht begeistert gewesen, aber ihm zuliebe hatten sie sich schließlich gefügt. Liam hatte sich strikt geweigert, ihn zu verlassen, und sie lebten jetzt zusammen mit Mickeen in einem Stadthaus in London. Ein Lächeln umspielte seine Lippen, als er an Liam dachte. Er und Mickeen hatten ihn umsorgt wie zwei Hennen ein Küken. Dann, als die Monate vergingen und sein Schmerz nicht nachgelassen hatte, hörten sie auf, ihn so bemüht zu umsorgen, und er spürte auch ihre forschenden Blicke nicht mehr so oft auf sich ruhen.

Es war wohl so vor drei Monaten gewesen, als ihn eine Nachricht von Vater Patrick erreicht hatte. Der Vater einer neunköpfigen Familie hatte sich eine schwere Lungenkrankheit zugezogen und lag im Sterben, und jetzt liefen sie Gefahr, von Ballymara vertrieben zu werden, weil sie die Pacht nicht mehr bezahlen konnten. Es gab noch viele solcher Fälle, und jetzt, da der schwarze Rebell nicht mehr unterwegs war, war ihre Lage noch verzweifelter geworden. Also hatte er wieder begonnen,

Leute zu berauben, um sich und diese Menschen zu versorgen. Immerhin wurde sein Schmerz vorübergehend betäubt, wenn er arbeitete. Außer natürlich, es begegnete ihm wie heute abend jemand, der ihn an Caitlyn erinnerte.

Er beobachtete die junge Frau, wie sie über die Tanzfläche wirbelte, und seine Finger umklammerten das Geländer, bis die Knöchel weiß hervortraten. Sie tanzte, und Caitlyn hatte nie gelernt zu tanzen. Ab und zu öffnete sich ihr Domino ein bißchen, das Kleid darunter war aus schimmernder, mit Spitzen besetzter blauer Seide. Caitlyn hatte nie so ein Kleid besessen, sie hatte auch nie Interesse daran gezeigt. Aber das Kleid der jungen Frau hatte dieses Kornblumenblau, das Caitlyns Augen gehabt hatten.

Natürlich konnte er aus dieser Entfernung die Augen der jungen Frau nicht erkennen. Aus der Nähe gesehen, wären sie bestimmt braun oder schwarz, vielleicht sogar grün, aber sie würden nicht dieses leuchtende Blau haben, das Blau von Kornblumen. Sie würde nicht diese schön geschwungenen Brauen haben, diese dichten Wimpern; ihre Nase würde nicht schlank und elegant sein, die vollen Lippen würden nicht kleine weiße Zähne entblößen, wenn sie lachte. Ihr Haar würde nicht dieses seidige Schwarz haben und würde ihr nicht bis zur Hüfte fallen, einer Hüfte, die so schmal war, daß er sie mit beiden Händen umfassen konnte. Kurz gesagt, wenn er näher käme, würde er erkennen, daß sie nicht Caitlyn war.

Aber unter der Maske konnte er ihren Mund sehen: Er war voll und rot, wie Caitlyns Mund es gewesen war. Das Kinn war zerbrechlich und doch stark, die Haut weiß wie Schnee.

Als er sich umdrehte, sah er einen Bediensteten vorbeigehen und winkte den Mann zu sich heran.

»Wer ist das?« krächzte er und deutete auf sie. Er wußte, daß er ein unnötiges Risiko einging, aber er mußte wissen, wer sie war – oder nicht war.

»Die Lady im Domino, Sir? Ich weiß es nicht, sie ist mit einem der Gäste gekommen.«

Connor schloß für einen Moment die Augen, und der Bedienstete wollte schon weitergehen, da packte er ihn mit einer Hand am Arm.

»Weißt du, mit wem sie gekommen ist? Welches Zimmer hat sie?«

»Leider weiß ich das nicht, Sir, aber wenn Sie es wünschen, werde ich es in Erfahrung bringen.«

»Ja, tu das.«

Der Bedienstete verbeugte sich und verschwand. Connor blieb, wo er war, und beobachtete die junge Frau auf der Tanzfläche. Sie tanzte jetzt mit einem neuen Partner, und sie hielt sich steif und aufrecht, als wäre seine Berührung ihr unangenehm. Ihre Lippen verzogen sich zu einem kleinen höflichen Lächeln. Es erinnerte ihn so sehr an Caitlyn, daß er sich nur mit Mühe daran hindern konnte, die Treppe hinabzustürzen und ihr die Maske vom Gesicht zu reißen. Aber er durfte hier keine Aufmerksamkeit erregen.

»Verzeihung, Sir, leider konnte ich den Namen der Lady nicht herausbekommen, aber ich könnte Ihnen ihr Zimmer zeigen, wenn Sie es wünschen.«

»Ja, in Ordnung.«

Wie benommen folgte Connor dem Mann zu einer Tür im zweiten Stock des Ostflügels.

»Möchten Sie gerne hineingehen, Sir?« Dem Grinsen des Bediensteten entnahm Connor, daß er dachte, Connor habe sich in die geheimnisvolle Lady verliebt und wolle sein Glück bei ihr versuchen. Natürlich, die Frauen da unten waren käuflich für den, der das höchste Angebot machte. Die Frau, die ihn so an Caitlyn erinnerte, war nichts weiter als eine gewöhnliche Hure.

Connor nickte. Der Bedienstete zog schwungvoll einen Schlüssel hervor und öffnete damit die Tür. Connor drückte ihm einen Geldschein in die Hand, trat ein und steckte dabei den Schlüssel in die Tasche. Dann fiel ihm etwas ein, und er drehte sich um. »Sag aber niemandem etwas davon!« sagte er mit verstellter Stimme.

Der Mann nickte und verschwand. Connor versperrte die Tür von innen, nahm die Maske ab und untersuchte das Zimmer. Hier gab es nichts, was Caitlyn gehören konnte. Die Kleider waren aus den feinsten Materialien und entsprachen der neuesten Mode. Kamm und Bürste auf dem Frisiertischchen waren aus geschlagenem Silber, daneben standen eine Puderdose und ein Döschen mit Rouge. Es gab sogar einen Kristallflakon mit Parfüm. Caitlyn hatte nie Parfüm benützt.

Diese junge Frau war nicht Caitlyn, das fühlte er. Er mußte

endlich begreifen, daß sie tot war. Es wäre besser für ihn, von hier zu verschwinden, ehe jemand die Diebstähle entdeckte oder auf das Ledersäckchen in dem Gebüsch unter dem Fenster aufmerksam wurde. Er wußte das, aber er konnte nicht gehen. Er war im Griff einer Besessenheit, die so stark war, daß er schon lange aufgegeben hatte, dagegen anzukämpfen.

Connor setzte sich auf den einzigen Stuhl im Zimmer und begann zu warten. Hin und wieder hörte er schrilles Gelächter, begleitet von leiserem Gemurmel, wenn eine der Frauen sich mit ihrem jeweiligen Partner für die Nacht zurückzog. Er begann sich zu fragen, was er tun würde, wenn sie in männlicher Begleitung zurückkäme. Ihn töten, war sein erster Gedanke, und wieder mußte er sich daran erinnern, daß die Frau nicht Caitlyn war. Wenn sie in Begleitung war, würde er nur dafür sorgen, daß er ihr Gesicht zu sehen bekam, und dann verschwinden.

Aber als sie in ihr Zimmer kam, war sie allein, und sie schlüpfte so heimlich in den Raum, als fürchte sie, beobachtet zu werden. Sie schloß die Tür schnell hinter sich ab und lehnte sich in einer stummen Geste der Erleichterung dagegen. Sie trug noch immer ihr Kostüm und die Maske, und zusammen mit der ausladenden Frisur ließ sie das alles von nahem wie einen exotischen Vogel erscheinen. Nervös umklammerte Connor die Armlehnen seines Stuhls.

Das Zimmer wurde nur von dem Feuer erleuchtet. Es war schon ziemlich weit heruntergebrannt, und er saß tief im Schatten. Sie hatte eine Kerze mitgebracht, und damit entzündete sie jetzt den Leuchter auf dem Frisiertischchen. Dann – sie hatte ihn immer noch nicht bemerkt – begann sie sich auszuziehen.

Sie stand mit dem Rücken zu ihm vorm Bett, das von einer exklusiven Decke aus goldfarbenem Satin verdeckt wurde. Sie legte den Domino ab und enthüllte das kostspielige Kleid in seiner ganzen Eleganz. Dann entfernte sie den Schmuck aus ihrem Haar und schüttelte den Kopf, bis es ihr wie ein weicher, seidiger Vorhang über den Rücken und bis zur Hüfte fiel. Connor schluckte und beobachtete sie wie unter Schock. Sie nahm die Maske ab und legte sie aufs Bett.

Er konnte ihr Gesicht immer noch nicht sehen, denn sie stand mit dem Rücken zu ihm. Sie griff nach hinten und versuchte, die Haken ihres Kleids zu öffnen. Die ersten beiden stellten kein Problem dar, nur den dritten bekam sie nicht auf. Schließlich verlor sie die Geduld, zog heftig an und zerriß dabei das feine Material. Der leise Fluch, der dem Geräusch von reißendem Stoff folgte, ließ sein Herz stillstehen.

»Bei der heiligen Jungfrau«, flüsterte er und starrte fasziniert auf die schlanke Gestalt.

Sie mußte ihn gehört haben, obwohl er kaum lauter, als sein Atem ging, gesprochen hatte, denn sie fuhr herum. Zu seiner ausgesprochenen Überraschung starrte er in das delikat geschminkte und gepuderte Gesicht seiner verlorenen Liebe.

33

»C-C-Connor!« Ihr Hände flogen zum Mund, und sie starrte ihn mit weit aufgerissenen Augen so entsetzt an, als wäre er der Geist und nicht sie. Trotz des Schocks arbeitete sein Gehirn auf Hochtouren. Seine erste Erklärung für ihre Anwesenheit hier, am Leben und bei Gesundheit, war demnach falsch. Er hatte gedacht, sie hätte vielleicht bei dem Sturz von Fharannain ihr Gedächtnis verloren, aber sie wußte ja, wer er war, und war vor Angst fast völlig aus dem Häuschen.

Er brachte kein Wort heraus. Seine Augen hingen an ihrem Gesicht, als er wie ein Schlafwandler auf sie zukam. Sie sah zu ihm auf, und es gab keinen Zweifel an der panischen Angst in ihren Augen. Sie sah verzweifelt aus – und unheimlich verängstigt. Hatte sie Angst vor ihm? Es sah so aus. Er runzelte die Stirn, legte eine Hand unter ihr Kinn und hob ihr Gesicht an, um es eingehender zu betrachten. Sie zuckte von seiner Berührung zurück, aber davon ließ er sich nicht abhalten.

Plötzlich kam ihm ein Gedanke: Vielleicht war er eingeschlafen und träumte nur? Aber ihr Kinn fühlte sich ziemlich real an, und ihre Haut war noch so seidig, wie er sie in Erinnerung hatte. Er fühlte die Anspannung, die von ihr ausging. Sie ließ sich auf die Bettkante sinken, als hätten ihre Knie plötzlich unter ihr nachgegeben. Diese kornblumenblauen Augen, die ihn jetzt seit einem Jahr verfolgten, sahen ihn an. Er erwägte, ob er vielleicht den Verstand verloren hatte und ihr Gesicht auf eine unbekannte junge Frau projizierte. Aber nein, sie hatte ihn ja beim Namen genannt, und er hatte den Schock des Erkennens in ihren Augen gesehen.

»C-Connor«, krächzte sie noch einmal. Sie schien so erstaunt wie er. Nein, vielleicht nicht ganz, sagte er sich selbst mit zunehmender Bitterkeit. Immerhin hatte er sie für tot gehalten, während sie genau gewußt hatte, daß er lebte. Ja, vielleicht aber auch nicht! Vielleicht hatte sie geglaubt, daß er an seiner Verletzung gestorben war, und ihr Schmerz über seinen Tod war zu groß gewesen, als daß sie noch einmal nach Donoughmore hätte zurückkehren können. Er hatte es dort ja auch nicht mehr ausgehalten ... Konnte es sein, daß dieses alptraumhafte Jahr nur die Folge eines Mißverständnisses gewesen war?

»Caitlyn.« Seine Stimme klang eingerostet, der Blick seiner Augen auf ihrem Gesicht war der eines Blinden, der plötzlich wieder sehen kann. Sie befeuchtete die Lippen mit der Zungenspitze, und sein Magen zog sich zusammen. Er hätte sie daran unter Tausenden erkannt, auf ihre Art war diese Bewegung einzigartig, und in glücklicheren Tagen hatte sie ihn damit mehr als einmal bis in seine Träume verfolgt. Endlich erlaubte er sich, es zu glauben.

»Caitlyn«, wiederholte er, dann zog er sie hoch und in seine Umarmung, drückte sie so fest an sich, daß es weh tat. Sie schloß ihre Arme unter dem Domino und dem Überrock aus blauer Wolle um ihn, und er konnte ihre Wärme durch sein dünnes Hemd spüren, fühlte ihre Brust an seiner, spürte ihren Herzschlag. Für einen Moment umarmte sie ihn so leidenschaftlich wie er sie. Er drückte seine Lippen auf das seidige Haar, von dem er geglaubt hatte, daß er es nie wieder berühren würde, und schickte ein kurzes Dankgebet zum Himmel.

»Oh, lieber Gott, ich danke dir, du bist es wirklich! Ach, ich habe dich so vermißt, *cuilin*!«

Er spürte ihr Zittern, während seine Welt langsam wieder ins Gleichgewicht geriet. Zum erstenmal in seinem Leben erhielt er zurück, was er schon verloren geglaubt hatte. Es war alles nur ein groteskes Mißverständnis gewesen, irgendein böser Shedu hatte seinen Spaß mit ihnen getrieben. Aber das war jetzt egal. Sie lebte! Gott hatte tatsächlich ein Wunder geschehen lassen.

»C-Connor.« Sie schien seinen Namen nicht sagen zu können, ohne dabei zu stottern. Er öffnete die Augen und blinzelte, um die Tränen zurückzuhalten. Noch einmal dankte er Gott für seine Gnade, preßte seine Lippen auf ihr glänzendes schwarzes Haar, küßte ihre Augen, ihre Nase, ihren Mund und ihr Kinn, dann drückte er ihren Kopf an seine Schulter.

Als hätten seine Küsse etwas in ihr ausgelöst, ließ sie die Arme fallen. Dann stemmte sie sich gegen seine Brust; sie wollte, daß er sie losließ, aber er brachte es noch nicht über sich. Unter dem ungewohnten Duft des Parfüms roch er den klaren, reinen Geruch ihrer Haut und ihres Haars.

»Laß mich los, Connor!« Sie sprach die Worte leise und ruhig, und ein seltsamer Ton schwang in ihrer Stimme mit, der nicht ganz zu seiner Vorstellung einer wundersamen Wiedervereinigung paßte. Er holte tief und zitternd Luft, dann hob er den Kopf und sah sie fragend an.

»Wir müssen miteinander reden, Connor. Bitte laß mich los!« Ja, sie mußten reden, die Umstände klarstellen, die ihm so viel Schmerz bereitet hatten. Dann konnte er sie wieder in seine Arme reißen und sie auf Händen nach Donoughmore zurücktragen, und alles wäre wieder wie früher. Er würde sie heiraten und für immer mit ihr zusammensein. Sie lieben. Er lächelte ihr liebevoll zu, er fühlte sich auf einmal so frei und leicht, als hätte man eine zentnerschwere Last von seinen Schultern genommen.

»Hier ist nicht der richtige Ort für Erklärungen, mein Liebling«, sagte er lächelnd, und seine Stimme zitterte noch leicht. »Was verloren war, ist wiedergefunden, und im Moment ist das der Wunder genug. Nimm deinen Mantel oder was immer du brauchst, um in diesem hübschen Kleid nicht zu erfrieren, und laß uns aufbrechen. Mickeen wartet in einem Gasthaus ein Stück die Straße hinauf, und er hat sich mittlerweile bestimmt schon halb zu Tode geängstigt. Ich bin schon viel zu lange weg. Der wird überrascht sein, wenn er dich sieht! Und meine Brüder erst! Wir werden ein riesiges Fest feiern. Ich kann es noch gar nicht glauben, daß ich dich wiederhabe! Gepriesen sei Gott im Himmel und . . .«

»Ich werde nicht mit dir kommen«, sagte sie ruhig, und es gelang ihr, sich aus seiner Umarmung zu befreien. Er runzelte die Stirn. Etwas war ganz und gar nicht in Ordnung, aber seine übergroße Freude, sie am Leben gefunden zu haben, überschattete alles andere.

»Was meinst du damit, du wirst nicht mitkommen? Natürlich kommst du mit mir! Du gehörst zu mir, mein Liebling, also hol deinen Mantel!« Aber er hatte ein ungutes Gefühl, sogar schon in dem Moment, als er diese Worte sprach. Seine Augen sahen, was sein Kopf nicht erkennen wollte. Sie war seine Caitlyn und doch, seltsamerweise, auch nicht. Ihr liebliches Gesicht war weiß vom Puder wie vom Schock, auch wenn die künstliche Röte des Rouges noch ihre Wangen zierte. Auch die Lippen hatte sie bemalt, und ein Schönheitspunkt klebte an einer Seite neben ihrem Mund.

Jetzt verließen seine Augen zum erstenmal ihr Gesicht und wanderten über ihren Körper. Ihr Kleid war wie das der anderen Frauen gerade noch als anständig zu bezeichnen. Es war aus feiner blauer Seide, mit brokatener Spitze besetzt. Der Saum wurde von brokatenen Schleifen hochgehalten, darunter blitzte ein Unterkleid aus weißer Seide hervor, und der Ausschnitt enthüllte neben den Schultern auch den reizvollen Busen gut bis zur Hälfte. Sie mußte fest geschnürt sein, denn ihre Brüste drückten sich provozierend gegen den Ausschnitt, und ihre Taille wirkte noch schmaler als ohnehin schon. Er musterte sie noch einmal mit gerunzelter Stirn. Sie war angezogen wie eine kostspielige Hure.

»Ich freue mich, dich zu sehen, Connor, wirklich, und richte auch deinen Brüdern liebe Grüße von mir aus; aber ich möchte gerne, daß du jetzt gehst. Bitte!«

Connor fühlte sich, als hätte ihm jemand einen Hieb versetzt. Die Furchen auf seiner Stirn vertieften sich, aber er war eher verwirrt als böse. Er griff nach ihr; schnell trat sie einen Schritt zurück, und er ließ die Hand fallen.

»Wie wäre es, wenn du mir das erklärst, Mädchen? Wir haben alle geglaubt, du wärst tot. Jetzt finde ich dich, dank Gottes Gnade, am Leben, und du sagst mir, ich soll gehen? Wir sind verlobt, Caitlyn. Dein Zuhause ist bei mir auf Donoughmore. Ist mit deinem Gedächtnis etwas nicht in Ordnung?«

Sie sah ihn an und trat noch einen Schritt zurück. Er erlaubte ihr, so viel Abstand zwischen sie zu bringen, wie sie wollte, aber seine Augen verließen nicht einen Moment ihr Gesicht.

Wieder fuhr sie mit der Zungenspitze über die Lippen, und er hätte am liebsten laut gestöhnt. Sie war seine geliebte Caitlyn – und sie war es auch nicht. Er zweifelte an seinem Verstand.

»Du hast ein Recht auf eine Erklärung, das ist richtig. Ich weiß, es war nicht richtig, euch nicht mitzuteilen, daß ich noch am Leben bin. Aber ich bin dieses letzte Jahr so ... so glücklich gewesen. Ich ... ich bin verliebt, Connor.«

Er verstand die Welt nicht mehr.

»Ich dachte, du liebst mich«, sagte er sehr ruhig, fast wie versteinert. Ihre Augen waren riesig, als sie seinen Blick trafen, dann senkte sie die Lider.

»O Gott, es ist schwer für mich, das zu sagen. Ich wollte es dir ersparen. Das war einer der Gründe, warum ich keinen Kontakt mit dir aufgenommen habe, als ich ... wieder dazu in der Lage war. Du solltest glauben, ich wäre tot, mich vergessen. Du hast recht gehabt, damals auf Donoughmore: Ich war kaum mehr als ein Kind, und was ich für Liebe gehalten hatte, war nur Schwärmerei. Auch wenn ich dich wirklich liebe, Connor, aber als einen Bruder. Nicht mehr, Connor.«

»Ein Bruder.« Wie betäubt wiederholte er ihre Worte. Sie warf ihm einen schnellen Blick zu und sprach dann hastig weiter.

»Es gibt jetzt einen anderen, den Mann, der mein Leben gerettet hat. Er war einer der Dragoner, die uns verfolgt haben. Als ich getroffen wurde – aye, ich wurde angeschossen –, war die Verletzung sehr schwer. Die Kugel hatte mich im Rücken getroffen, ich blutete sehr stark, und die anderen dachten, ich wäre tot. Aber er ... er hat gemerkt, daß noch ein Funke Leben in mir war und daß ich eine Frau war. Er hat den anderen nichts gesagt, sondern angeboten, sich um die Leiche zu kümmern. Es war eine Belohnung ausgesetzt, und er hat sie aus der eigenen Tasche bezahlt, damit niemand merkte, daß ich nicht wirklich tot war. Während der nächsten Wochen hat er mich dann gepflegt, bis ich wieder ganz gesund war. Er war sehr lieb zu mir, und irgendwann habe ich gemerkt, daß ich ihn sehr, sehr gern hatte. Ich hatte kein Geld, nichts, womit ich ihm seine Freundlichkeit hätte danken können, und darum vergalt ich sie ihm auf die einzig mögliche Art und Weise. Später habe ich dann herausgefunden, daß ich ihn liebe, und er liebt mich auch. Er ist ein Gentleman, ein englischer Gentleman. Als er zurück nach Hause fuhr, hat er mich mitgenommen. Ich habe gedacht, es wäre besser, wenn du mich nie wiedersehen würdest.«

Connor beobachtete sie ungläubig, während sie sprach. Die Caitlyn, die er kannte, hätte so etwas nicht tun können. Sie hätte nie einen Mann aus Dankbarkeit und Mitleid in ihr Bett gelassen, nicht, wenn sie damit einen anderen betrog. Sie hätte sich nicht in jemand anderen verlieben können.

»Seit zwölf Monaten glaube ich jetzt, daß du tot bist«, sagte er, und seine Stimme klang heiser. »Soll das heißen, daß du die ganze Zeit ein fröhliches Leben geführt hast, sogar mit einem anderen Mann ins Bett gegangen bist, ohne auch nur einen Gedanken daran zu verschwenden, mir wenigstens eine Nachricht zukommen zu lassen? Hast du eine Ahnung, wie sehr wir gelitten und getrauert haben, nicht nur ich, sondern auch meine Brüder, die dich ebenfalls lieben? Hast du dein Herz zusammen mit deinem Verstand verloren?«

»Es tut mir sehr leid, Connor. Ich weiß, es war wirklich gedankenlos von mir.«

»Gedankenlos.« Er dachte an den Schmerz, die schlaflosen Nächte, wenn er geglaubt hatte, sein Herz würde zerspringen, und fühlte das Bedürfnis, ihr die Hände um den schlanken weißen Hals zu legen und zuzudrücken. »Aye, ich würde sagen, du warst ein klein wenig gedankenlos in dieser Hinsicht.«

Sein Sarkasmus schien sie nicht zu beeindrucken, und ihre Gleichgültigkeit machte ihn schließlich rasend. Er packte sie am Arm und zog sie zum Schrank. Er hielt sie fest, obwohl sie sich mit Händen und Füßen wehrte, und begann, den Inhalt durchzugehen. Alle Kleider waren auffallend kostspielig und keines davon für einen nächtlichen Ritt geeignet. Er warf mehrere Kleider achtlos zur Seite, ehe ihm ein smaragdgrünes Kostüm in die Hände fiel. Es hatte einen anständigen Ausschnitt, lange Ärmel, und würde einigermaßen warm sein.

»Zieh das an!« Sie nahm das Kostüm, hörte mit ihrer sinnlosen Gegenwehr auf und beschränkte sich darauf, ihn anzufunkeln. »Bis ich das alles zu meiner Zufriedenheit geklärt habe, möchte ich nicht, daß du mir erfrierst.«

»Ich habe es dir schon gesagt, ich komme nicht mit, Connor!«

»So, du kommst also nicht mit? Nun, das werden wir ja sehen.« Mit mühsam unterdrückter Aggressivität faßte er in ihren Ausschnitt und riß heftig an dem dünnen Material, das sofort nachgab.

Sie schnappte nach Luft und versuchte sich aus seinem Griff zu befreien, aber es war sinnlos. Er zog ihr das Kleid aus, und angesichts ihrer Unterwäsche wurden seine Augen ganz eng. Sie war sehr hübsch, ebenfalls aus weißer Seide mit Schleifen aus Satin. Unterwäsche, die dazu gedacht war, gesehen zu werden. Sie hatte gesagt, sie hätte einen Liebhaber.

»Hör auf, Connor! Du kannst mich nicht zwingen mitzukommen! Ich komme nicht mit, hörst du, ich komme nicht mit!«

Er ignorierte sie, drehte sie herum und zerrte an den Schnüren ihres Korsetts. Sie versuchte, sich zu befreien, aber er zog sie an den Schnüren zurück, die er gerade öffnete.

»Du kannst darin nicht reiten.« Ihr Korsett fiel zu Boden, Busen und Taille nahmen unter Unterkleid und Petticoats wieder ihre normale Form an. Instinktiv hielt sie das grüne Kostüm schützend vor die Brust, als sie ihn anfuhr:

»Was muß ich noch sagen, um dich zu überzeugen? Ich komme nicht mit! Es tut mir leid, wenn ich dich verletze, aber ich liebe dich nicht mehr! Ich liebe einen anderen!«

»Wie ist sein Name?«

Sie lachte. »Glaubst du, daß ich so dumm bin? Ich kenne dich. Du bist so verdammt eifersüchtig, das warst du schon immer. Du würdest ihn umbringen.«

»Aye, wenn du mit ihm geschlafen hast.«

»Na bitte, da haben wir's! Darum habe ich dir nie gesagt, daß ich noch lebe. Geh weg, Connor! Ich bin glücklich, viel glücklicher, als ich mit dir jemals war, also geh bitte.«

»Ich glaube dir nicht.«

»So, du glaubst mir also nicht?« Ihre Augen wurden schmal, und eine Spur von irischem Temperament trat in ihre Stimme. »Du warst schon immer so verdammt eingebildet. Du siehst gut aus, sicher, aber du hast ein Temperament wie der Teufel und so eine verdammt arrogante Art, die ich nicht leiden kann! Der Mann, den ich liebe, ist sanft zu mir, freundlich, und er läßt mich tun, was ich will. Du bildest dir ein, jeder muß nach deiner Pfeife tanzen. Auf Donoughmore mußte ich von früh bis spät auf deiner verdammten Schaffarm schuften! Und hätte ich dich geheiratet, würde ich das ohne Zweifel bis an mein Lebensende tun, vielleicht würde ich zusätzlich noch ein paar schreiende Bälger aufziehen, natürlich ohne Hilfe. Der Mann, den ich liebe, hat mir mein eigenes Haus in London geschenkt, und ich habe Bedienstete, die mir die Arbeit abnehmen. Ich kann bis mittags schlafen, wann immer ich es will, und das Anstrengendste, was ich tue, ist einkaufen zu gehen. Kannst du dich noch an die Lumpen erinnern, die ich auf Donoughmore getragen habe? Der Mann, den ich liebe, kleidet mich in Samt und Seide, und immer nach der neuesten Mode. Hier, siehst du das?« Sie hielt ihm das Kostüm unter die Nase. »Ich hatte nichts, was auch nur halb so fein war, als ich noch mit dir gelebt habe. Jetzt ist mein Schrank voll davon, ein Kleid schöner als das andere. Und du willst mir nicht glauben, daß ich ihn dir vorziehe?« Sie lachte spöttisch. Ihre Augen blitzten. Die Szene kam ihm so bekannt vor, daß er sie zur gleichen Zeit küssen und ihr den Hintern versohlen wollte; bis ihre Worte zu ihm durchdrangen, denn da wollte er ihr den Hals umdrehen. Seine Wut, die bisher von Schock und Verwirrung im Zaum gehalten worden war, begann heiß in ihm aufzusteigen. Wie auch immer sie sich geändert haben mochte, sie schaffte es noch, ihn zur Weißglut zu treiben.

»Du kleine Hure«, sagte er kalt und um sie zu verletzen. Zu seiner Zufriedenheit sah er sie weiß werden.

»Nenn mich, wie du willst. Es macht keinen Unterschied, Hauptsache, du gehst.«

»Ich gehe? Ja, ich werde gehen. Glaubst du, ich will eine Hure zur Frau? Ich hätte mir denken können, daß du eines Tages in die Fußstapfen deiner Mutter, der Hure, treten würdest. Heißt es nicht: Der Apfel fällt nicht weit vom Stamm?«

»Wage es nicht, meine Mutter eine Hure zu nennen!« Er hatte gewußt, daß sie das wütend machen würde, darum hatte er sein Wissen über ihre Mutter bewußt zu einem Schlag unter die Gürtellinie benützt. Er sah ihre Augen aufblitzen.

»Dann hast du also nichts dagegen, selbst so bezeichnet zu werden?«

»Bastard!«

»Nun ja, eine Hure flucht nun mal wie ein verdammter Dragoner«, entgegnete er. Sie stürzte sich auf ihn und versuchte, sein Gesicht zu zerkratzen. Er schlug ihre Hände zur Seite, aber sie war außer sich. Sie trat und biß, zerrte an seinem Hemd und versuchte, ihn zu kratzen. Er hörte sein Hemd reißen, griff nach ihren Handgelenken und drückte so fest zu, daß sie zusammenzuckte.

»Ich hasse dich«, zischte sie, und Tränen liefen ihr übers Gesicht.

»Nicht annähernd so sehr wie ich dich«, entgegnete er hart, und in diesem Moment kamen die Worte von Herzen. Sie funkelten sich an, dann senkte sie den Blick auf seine Brust, und ihre Augen wurden weit. Verdammt, wenn sie ihn gekratzt hatte . . .! Er sah an sich hinunter.

Entblößt durch sein zerrissenes Hemd, lag in einem Nest von schwarzem Haar der Verlobungsring, den er ihr damals gegeben hatte. Seit ihrem Verlust hatte er ihn Tag und Nacht an einer dünnen Goldkette um den Hals getragen. Er bemerkte, wie sie ihn ansah, und wußte, was es über seine Gefühle verriet. Wut stieg in ihm auf, so dunkel und unkontrollierbar, daß er Angst bekam, er könnte ihr etwas antun. Mit einem Fluch stieß er sie zur Seite, drehte sich um und ging.

34

Er hatte ein Hinken zurückbehalten, und sein Anblick drehte ihr fast das Herz um. Ihr großartiger Connor hatte ein Andenken an jene Nacht zurückbehalten, genau wie sie. Mit einem fast unmerklichen Zögern im Schritt belastete er sein linkes Bein stärker. So deutlich, als würde sie alles noch einmal erleben, sah sie, wie das Blut aus dem riesigen Loch in seinem Oberschenkel geschossen war. Ihre Wut schmolz wie Butter im Feuer, zurück blieb nur Schmerz. Wie gerne würde sie ihm nachlaufen, mit ihm fliehen, wie er es gewollt hatte! Wie sie sich danach sehnte, ihn in die Arme zu schließen, ihn zu küssen!

Caitlyn vergrub das Gesicht in den Händen. Tränen stiegen ihr in die Augen, aber sie drängte sie zurück. Während der letzten zwölf Monate hatte sie zu viel ertragen, um noch Trost in Tränen finden zu können. Es gab keinen Trost für den Schmerz in ihrem Herzen. Schmerz jeder Art war ein unausweichlicher Teil ihres Lebens geworden.

Sie hatte gehofft, ihn nie wiederzusehen, und das war der Preis, den sie willig für sein Leben bezahlt hatte. Trotzdem hatte sie damit gerechnet, daß er sie eines Tages finden könnte, und sie hatte ihre Geschichte geübt, bis sie so überzeugend war, wie sie sie eben hinbekommen hatte. Aber sie war nicht auf das vorbereitet gewesen, was sein Anblick in ihr bewirkt hatte. Und als er so plötzlich in ihrem Zimmer gestanden war, hatten Überraschung und Schock sie so aus der Fassung gebracht, daß sie nicht mehr klar denken konnte.

Für einen kurzen, herrlichen Moment war sie wieder in seinen Armen gelegen, hatte ihn umarmt und war umarmt worden. Sie war zu Hause gewesen – bis ihr Verstand wieder zu arbeiten begann. Connor durfte nicht in ihrem Zimmer entdeckt werden, durfte nicht länger Teil ihres Lebens sein. Sie hatte ein Geheimnis, ein schreckliches Geheimnis, und er durfte auf keinen Fall dahinterkommen, sonst würde er mit dem Leben dafür bezahlen. Auch wenn es ihr das Herz brach, sie mußte ihn fortschicken, nein, wegekeln, sonst würde er nie gehen.

Die Tür ihres Zimmers öffnete sich ohne Vorwarnung. Caitlyn sah auf, sie hoffte und fürchtete zugleich, Connor dort zu sehen. Sie hoffte, er würde sie zwingen mitzugehen, ihr die schreckliche Wahl abnehmen. Aber nein, sie wollte es nicht wirklich. Egal, wie er jetzt litt, egal, was sie noch würde durchleiden müssen, alles war besser, als ihn und seine Brüder hängen zu sehen.

Der Mann, der in diesem Moment so selbstsicher ihr Zimmer betrat, war nicht Connor. Er schloß die Tür sanft hinter sich, dann drehte er sich um und lächelte ihr zu. Caitlyn starrte ihn an und fühlte, wie ihre Knie weich wurden. Sie kannte dieses Lächeln. Sie hatte es zum erstenmal gesehen, als er sie geohrfeigt hatte, damals, als sie noch unschuldig gewesen war. An jenem Tag hatte Connor sie gerächt und ihn blutig geschlagen, und sie hatte es seither oft bereut, daß sie ihn daran gehindert hatte, ihn zu töten. Damals hatte sie es noch nicht gewußt, und es hätte sie auch kaum interessiert, aber dieses Lächeln verbarg eine widerliche Perversion. Leider hatte sie seither dazugelernt. Sir Edward Dunne, der sie so perfekt und unsichtbar gefangenhielt wie einen Schmetterling unter Glas, gewann Vergnügen aus den Schmerzen und dem Leid anderer.

»Ah, meine Liebe, ich hatte schon befürchtet, ich hätte dich nach der Party verloren. Aber ich hätte es besser wissen müssen, nicht wahr? Ich werde dich nie verlieren, du wirst immer bei mir bleiben, stimmt es nicht?«

»Ja, Edward«, antwortete sie tonlos. Auch wenn es ihr nicht bewußt war, hatte sie die Hände zu Fäusten geballt. Ihm entging die ohnmächtige Geste allerdings nicht, und sein Lächeln wurde breiter.

»Was für ein hübsches kleines Ding du doch bist.« Er kam auf sie zu. Caitlyn fühlte, wie sich ihr Magen vor Ekel zusammenzog. Egal, wie oft sie seine Berührung ertragen mußte, sie fühlte sich seelisch und körperlich abgestoßen, wenn er in ihre Nähe kam.

Zu Beginn dieses teuflischen Handels hatte sie gedacht, daß es mit der Zeit nicht mehr so schlimm sein würde, aber das zeigte nur, wie naiv sie noch gewesen war. Sie hatte geglaubt, die Männer zu kennen, aber sie hatte nichts gewußt.

»Oh, was ist denn das?« Er blieb stehen und musterte mit gerunzelter Stirn das zerrissene Kleid auf dem Boden und die anderen Kleider, die achtlos hingeworfen daneben lagen. Am verräterischsten war Connors schwarze Maske, die noch auf dem kleinen Stuhl lag. Sir Edward durfte nicht einmal vermuten, daß Connor sie gefunden hatte. Sie hatte nicht so lange so vieles ertragen, um jetzt Connors Leben zu gefährden.

»Ich . . . Ich habe Kleider anprobiert, ich wollte sehen, was ich morgen anziehen werde. Ich muß vergessen haben, die Tür abzuschließen. Ein Gentleman – einer der Gäste – kam herein und . . . und versuchte – er zerriß mein Kleid.«

»Einer der Gäste wollte also mit dir ins Bett, was? Nun, wie schon gesagt, du bist ein hübsches Ding, ich kann es ihm nicht verdenken. Ich hoffe doch, du hast ihn entmutigt?«

»J-ja.«

»Und wie hast du das wohl angestellt?« Er lächelte, und Caitlyn wurde blaß.

»Ich . . . ich habe ihm das Gesicht zerkratzt.«

Sir Edward kicherte. Caitlyn beobachtete ihn, sie haßte ihn so sehr, daß es schmerzte. Wenn sie gekonnt hätte, hätte sie ihn getötet, aber sie wagte es nicht. Er hatte eine Waffe gegen sie in der Hand, die ihn vor ihr schützte. Sie rief sich ins Gedächtnis zurück, wie Connor ihn geschlagen hatte, wie Sir Edward sich gewunden und um Gnade gebettelt hatte. Diese Erinnerung war es, die ihr immer wieder Kraft verlieh.

Als sie in dem Haus auf Ballymara erwacht war, hatte sich Sir Edward damit gebrüstet, daß er der Anführer der Gruppe gewesen war, die dem schwarzen Rebellen eine so geschickte Falle gestellt hatte. Er hatte sie nur für seine eigenen üblen Zwecke geschützt, und in der ersten Zeit hatte sie sich mit dem Gedanken getröstet, daß sie nur Connor eine Nachricht zukommen lassen müßte und er Sir Edward zerquetschen würde wie eine Fliege. Das hatte Sir Edward allerdings vorausgesehen, und er hatte einen Plan entwickelt, der es ihr unmöglich machte, Connor jemals etwas zu erzählen. Außer, sie wollte ihn hängen sehen.

»Du hättest die Tür nicht unverschlossen lassen sollen. Man könnte fast glauben, du sehntest dich nach Gesellschaft. Bin ich denn nicht Manns genug für dich, meine Liebe? Der Gedanke schmerzt.«

»Ich . . . hatte es nur vergessen, wirklich!«

Er nickte abwägend. »Das ist natürlich möglich. Trotzdem, ich dachte, ich hätte eindeutig klargestellt, daß du mein ausschließlicher Besitz bist, bis ich deiner überdrüssig bin. Ich fürchte, ich werde dich bestrafen müssen.«

Caitlyn biß die Zähne zusammen. Sie hatte es kommen sehen. Von dem Moment an, als er das Zimmer betreten hatte, hatte sie gewußt, daß er den einen oder anderen Grund finden würde. Sein Lächeln hatte es ihr gesagt. Ihr blieb nichts anderes übrig als sich zu fügen, so wie sie es jetzt schon seit einem Jahr tat, seitdem ihre Wunde soweit verheilt war, daß er seine besondere Art von Dankbarkeit von ihr fordern konnte. Sie hatte sich allen Demütigungen und Qualen gefügt, die er von ihr verlangt hatte, auch wenn es sie krank machte. Denn wenn sie sich weigern sollte, würde er den Behörden die Wahrheit sagen, die er sofort erraten hatte, als er sie damals erkannt hatte. Sir Edward war als erster abgestiegen und hatte sich über den liegenden Körper gebeugt. Sobald er sie gesehen hatte, hatte er gewußt, daß ihm ein Preis von unschätzbarem Wert in die Hände gefallen war. Er konnte ihren Körper für seine Perversionen mißbrauchen und sich gleichzeitig an Connor rächen. Wenn sie nicht bei ihm bliebe, nicht immer tat, was er ihr befahl, würde er alle Welt wissen lassen, daß Connor d'Arcy der schwarze Rebell war und daß sie und seine Brüder zu seiner Bande gehörten. Sie würden alle dafür hängen. Auch wenn sie für sich selbst den Tod jener Hölle vorziehen würde, zu der ihr Leben geworden war, so konnte sie es doch nicht ertragen, daß Connor und seine Brüder sterben würden. Sir Edward hatte sie in der Gewalt, und es gab nichts, was sie dagegen hätte tun können.

Wenn Connor etwas darüber herausfände, würde er ihn töten, ungeachtet der Konsequenzen. Und die Konsequenzen, das waren identisch versiegelte Briefe, die Sir Edward seinem Notar, seinem persönlichen Vertrauten und noch einigen Personen, deren Namen sie nicht einmal kannte, übergeben hatte mit der Anweisung, sie im Falle seines Todes zu öffnen. Briefe, in denen er Connor d'Arcy als den schwarzen Rebellen entlarvte und als den vermutlichen Schuldigen an seinem Tod.

»Zieh dich aus!«

Caitlyn wußte nur zu gut, daß es keinen Sinn hatte zu argumentieren. Das erregte ihn nur noch mehr, bedeutete noch mehr Schmerzen für sie. Sie hatte gelernt, sich tief in ihr Inneres zurückzuziehen und nur ihre körperliche Hülle zurückzulassen. Diesen Trick hatte sie vor langer Zeit auf den Straßen Dublins gelernt, und er hatte ihr während des letzten Jahres gute Dienste geleistet. Nur so hatte sie es geschafft, sich ihre geistige Unversehrtheit und sogar so etwas wie Stolz zu erhalten.

Obwohl ihre Hände zitterten und ihre Knie so weich waren, daß sie sie kaum tragen wollten, stand sie auf und begann die Verschnürung ihrer Petticoats zu lösen. Sie konnte ihm nicht entgehen, konnte nur alles über sich ergehen lassen und um Gerechtigkeit beten. Eines Tages – wenn sie auch noch nicht wußte, wann oder wie – würde sie sich rächen.

Er ging zum Schrank und holte die kleine Reitpeitsche, die sie immer in der Nähe haben mußte. Bei ihrem Anblick dachte Caitlyn, sich übergeben zu müssen.

»Na, na, Caitlyn, willst du mich die ganze Nacht warten lassen?« Seine leicht zurechtweisende Stimme sagte ihr, daß er nur auf einen Grund aus war, noch ärgerlicher werden zu können. Ärger erregte ihn, machte ihn gefährlich. Sie schluckte nervös, griff nach dem Saum ihres Unterkleids und zog es über den Kopf. Seine Augen wanderten über ihren nackten Körper, und ein seltsames Leuchten trat in sie, als sie jede Einzelheit in sich aufnahmen. Wehrlos stand sie vor ihm und fühlte heiße, tiefe Scham in sich aufsteigen, gefolgt von brennendem, heilendem Haß.

»Du bist wirklich ein edles Geschöpf«, sagte er, und seine Stimme klang rauh, als seine Augen sie überall berührten. »Wie schade, daß du so verdorben bist. Ich muß dich mit der Peitsche wieder auf den rechten Pfad bringen. Wirst du nie lernen, daß du für mich rein sein mußt, daß du, ohne zu fragen, gehorchen mußt? Es macht mich wütend, daß du mich dazu zwingst, deine liebliche Haut zu zeichnen.«

Sie sagte nichts. Es gab nichts, was sie hätte sagen können, um seine widerliche Litanei zu stoppen. Jedesmal, wenn er zu ihr kam, verfiel er in eine andere Version. Es erregte ihn, genau, wie die Wut ihn erregte und die Angst. Ihre Angst. Und indem er ihr die Schuld gab, fand er einen weiteren Grund für seine Wut.

Sie hob stolz den Kopf, die einzige Geste des Widerstandes, die ihr geblieben war. Wenigstens wollte sie ihm mutig gegenübertreten, auch wenn ihr nicht danach zumute war. Eine Caitlyn O'Malley bat um nichts – schon gar nicht, wenn es von vornherein vergeblich war.

»Leg dich hin und nimm deine Strafe auf dich, du verdorbenes Ding.« Der rauhe Unterton in seiner Stimme verriet ihr, daß seine Erregung bald den Punkt erreicht haben würde, wo von Vernunft nicht mehr die Rede sein konnte. Sie unterdrückte ein ängstliches Wimmern und legte sich mit dem Gesicht nach unten auf den kühlen Satin der Überdecke. Sie hoffte nur, daß er das angstvolle Zittern ihrer Glieder nicht bemerken würde, aber sie hatte keine Kontrolle mehr darüber. Trotz allem, was er ihr angetan hatte, hatte sie ihn nie wissen lassen, wie tief ihre Angst und Scham wirklich gingen.

»Nimm die Haare von deinem Rücken«, sagte er guttural. Mühsam unterdrückte sie ein Schluchzen und holte tief Luft, als sie tat, wie er ihr geheißen hatte. Sie schlang die Arme um den Kopf, um ihn vor den Schlägen zu schützen. Sie war noch nicht richtig vorbereitet, als der erste Hieb auf sie niedersauste. Brennender Schmerz zog sich durch ihre Pobacken, auf denen die Striemen der letzten Schläge noch nicht ganz verheilt waren. Ein leiser Laut entschlüpfte ihr. Anfangs hatte sie versucht, die Prozedur schweigend zu ertragen, aber das machte ihn nur noch wütender. Er brauchte den Beweis für ihren Schmerz, um Erfüllung finden zu können.

Er peitschte ihre Schenkel und ihren Hintern, während sie unter seinen Hieben zuckte und stöhnte. Endlich warf er die Peitsche zur Seite und kam zu ihr aufs Bett. Er zog ihre Beine gewaltsam auseinander und kniete sich zwischen sie, dann verspritzte er seinen Samen auf ihrem geschundenen Fleisch. Er kam nie in ihr, und als sie die warme Feuchtigkeit auf ihrem Po spürte, wußte sie, daß es für heute vorbei war. Sie wurde schlaff.

Kurz darauf erhob er sich vom Bett und knöpfte seine Hose zu. Auch wenn sie ihr Gesicht fest auf die Überdecke gepreßt hatte, wußte sie, daß er sie mit gieriger Intensität betrachtete. Auch das war Teil des Rituals. Er starrte sie an, nackt, geschlagen und mit seinem Samen gezeichnet, als wolle er sich ihre Demütigung in sein Hirn einbrennen. Dann ging er.

Sie hörte, wie sich die Tür öffnete und schloß, und wußte, daß sie allein war. Ihre Muskeln entspannten sich, und der brennende Schmerz verstärkte sich tausendfach. Sie holte ein paarmal tief Luft und versuchte die Tränen zurückzuhalten, aber heute nacht gelang ihr das zum erstenmal seit Monaten nicht. Sie erstickte ihr Schluchzen mit den Händen, dann weinte sie, als ob ihr Herz brechen würde.

Schon als kleines Mädchen hatte sie gelernt, daß Tränen nichts änderten. Als sie schließlich aufhörte zu weinen, brannten ihre Schenkel und ihr Po immer noch, sie war noch immer nackt und besudelt, immer noch Sir Edwards Gefangene und Spielzeug, und Connor war immer noch außer ihrer Reichweite.

Der Gedanke allein ließ neue Tränen in ihr aufsteigen, aber dieses Mal zwang sie sie zurück. Sie kletterte vom Bett, wusch sich und versorgte ihre Wunden, so gut sie konnte.

Als sie sich danach in dem langen ovalen Spiegel betrachtete, hatte sie das Gefühl, eine Fremde zu sehen. Dieses Mädchen mit dem geschminkten Gesicht, den rotumrandeten Augen und geschwollenen Lippen kannte sie nicht. Ihre

Nacktheit war obszön. Die Striemen auf Po und Oberschenkeln waren leuchtend rot und überlagerten die blauen Flecken von der letzten Mißhandlung. Sie fühlte sich in ihrer eigenen Haut wie eine Fremde. Plötzlich biß sie die Zähne zusammen. Sie würde sich nicht kleinkriegen lassen.

Und eines Tages würde sie sich rächen.

35

London war eine große Stadt. Caitlyn in ihr zu finden, war nicht einfach. Connor machte sich methodisch auf die Suche. Da Caitlyns Beschützer ihr ein eigenes Haus geschenkt hatte und Gast des Marquis von Standon gewesen war, konnte er nicht unbedeutend sein, und bedeutende englische Gentlemen waren meist Gewohnheitsmenschen. Es gab bestimmte Teile Londons, wo solche Gentlemen ihre Kurtisanen einquartierten. Covent Garden war das Zentrum, und dort konzentrierte er auch seine Suche.

Er hatte niemandem von seiner Entdeckung erzählt. Nicht Mickeen, der gerade sein Pferd hatte satteln und sich auf die Suche nach ihm machen wollen, auch nicht Liam, der aber trotzdem bemerkt hatte, daß etwas ihn aus der Bahn geworfen hatte. Die beiden versuchten direkt und indirekt, Näheres herauszubekommen, aber ohne Erfolg. Auch in seinem Brief an Rory und Cormac – er schrieb ihnen einmal in der Woche – erwähnte er nichts. Er konnte nicht zugeben, daß er Caitlyn gefunden hatte, nur um sie gleich wieder zu verlieren. Außerdem würden Liam und Mickeen ihn ohne einen Beweis für ihre Existenz bestimmt für verrückt erklären.

Sie hatte sich geweigert, ihm den Namen ihres Liebhabers zu nennen, aber er hatte nicht den geringsten Zweifel, daß er ihn bald herausfinden würde. Sobald er sie gefunden hätte, würde er ihr Haus Tag und Nacht beobachten lassen, und wenn ein Gentleman eintrat, würde er benachrichtigt werden. Er wollte Caitlyns Liebhaber mit eigenen Augen sehen. Was dann passieren würde, hing von vielen Umständen ab.

Es war kein Wunder, dachte er müde, daß er den Theaterbezirk mittlerweile in- und auswendig kannte. Es war jetzt drei

Wochen her, seit er erfahren hatte, daß ihm Caitlyn nicht durch ihren Tod, sondern durch ihren eigenen unverständlichen Willen verlorengegangen war. Auch wenn er sich selbst oft einen eigensinnigen Idioten schimpfte, konnte er sich doch nicht dazu bringen, sie in Ruhe zu lassen, selbst wenn sie das offensichtlich wollte. Denn je mehr er darüber nachdachte, um so weniger konnte er glauben, daß seine Caitlyn mit dem feurigen Geist und dem loyalen Herzen sich innerhalb eines Jahres in so ein egoistisches, käufliches Geschöpf verwandelt haben sollte. Das Mädchen, das er gekannt und geliebt hatte, wäre nicht fähig gewesen, ihn in dem Glauben zu lassen, daß sie tot war. Und dann diese plötzliche Liebe zu materiellen Dingen, noch etwas, das nicht zu ihr paßte. Trotzdem, als er seine geliebte Caitlyn wie durch ein Wunder wiedergefunden hatte, da hatte sie ihn erkannt, sich an alles erinnert – und sie hatte ihn weggeschickt, gesagt, sie liebe einen anderen. Auch wenn sich alles in ihm dagegen sträubte, war es doch immerhin möglich, daß sie die Wahrheit sagte. Die Frage war nur: Was sollte sie überhaupt für einen Grund haben, ihn zu belügen?

Er durchstreifte auf der Suche nach ihr die gewundenen Straßen des Theaterbezirks, manchmal zu Fuß, obwohl sein Bein noch weh tat, wenn er zu weit lief, manchmal in seinem Wagen, manchmal lieh er sich eine Kutsche. Das schlechte Wetter ließ sein Bein schmerzen und verbesserte seine oft recht üble Laune nicht gerade. Er hatte gehofft, sie irgendwo auf der Straße zu sehen und ihr bis nach Hause folgen zu können. Am liebsten hätte er sich breit auf jede Straßenkreuzung gestellt und ihren Namen gebrüllt, bis sie herausgekommen wäre, aber sein Instinkt riet ihm, vorsichtig vorzugehen.

Dann, als seine vorsichtige Methode keinen Erfolg zeigte, mußte er direktere Maßnahmen ergreifen. Er klopfte diskret an die Türen mehrerer Dutzend Häuser und fragte nach einer Caitlyn O'Malley. Natürlich beschrieb er sie für den Fall, daß sie unter einem anderen Namen hier lebte. Endlich, in der vierten Woche, hatte er Glück. Ein dralles Dienstmädchen öffnete ihm die Tür eines hübschen Reihenhauses in der Lisle Street. Auf seine Frage hin begann sie albern zu kichern, dann sagte sie, sie kenne zwar keine Caitlyn O'Malley, aber eine junge Frau, auf die seine Beschreibung passe, wohne etwas weiter die Straße hoch, auf Nummer zwei, um genau zu sein. Connor dankte ihr für die Information und ging weg. Sein erster Gedanke war, sofort nachzusehen, ob er sie wirklich gefunden hatte, aber dann beschloß er, erst einmal nach Hause zu gehen und alles gut durchzudenken.

Die Curzon Street, in der Connor ein kleines Haus gemietet hatte, war keine vornehme Adresse, auch wenn sie es einmal gewesen war. Connor war das egal, er hatte keinen Sinn für Extravaganz, und das ordentliche kleine Häuschen reichte für ihre Bedürfnisse vollkommen aus. Er hatte Mrs. Dabney bei einer Agentur als Haushälterin und Köchin engagiert, und sie hatte darauf bestanden, daß er noch zwei Mädchen einstellte, die alles sauber hielten. Mickeen spielte Butler und Mädchen für alles, man konnte also sehr wohl sagen, daß Liam und er gut versorgt waren.

Liam gefiel es in London überraschend gut, und Connor bezweifelte nicht, daß das zum Großteil mit den englischen Mädchen zusammenhing, die sich nicht gleich zum ewigen Höllenfeuer verdammt sahen, wenn sie einmal die Röcke hoben, ohne mit dem Betreffenden verheiratet zu sein. Trotzdem sehnte sich wohl auch Liam ab und zu nach der frischen Luft und den grünen Feldern von Donoughmore zurück, auch wenn er nie darüber sprach. Aber auch wenn er London gehaßt hätte, wäre Liam bei ihm geblieben. Er liebte ihn und war fest entschlossen, ihm dabei zu helfen, seinen Schmerz über Caitlyns Tod zu überwinden.

»Da bist du ja, Conn! Ich werde heute in Gibbs Parlor vorbeischauen, hast du nicht Lust mitzukommen? Etwas Abwechslung würde dir guttun!« Liam, in gelben Hosen und einem grünen Überrock, die nur einen kleinen Teil seiner Londoner Garderobe bildeten, kam gerade die Treppe herunter, als Connor die Tür aufsperrte. Mickeen war kein besonders typischer Butler, aber wahrscheinlich hätte Connor damit auch nichts anfangen können.

»Was? O nein, ich habe noch ein paar Dinge zu erledigen, danke.« Connor war tief in Gedanken versunken und sah nur kurz auf, um seinem Bruder zu antworten. Liam musterte ihn besorgt.

Connor wußte sehr wohl, daß er sich in letzter Zeit recht merkwürdig verhielt, und ein paarmal hätte er Liam beinahe alles erzählt, aber dann brachte er es nicht über sich. Er wußte, daß es Caitlyn gegenüber nicht loyal wäre. Würde er ihnen erzählen, daß sie am Leben war und ihnen nicht einmal eine Nachricht hatte zukommen lassen, während er vor Kummer fast verrückt geworden war, würden seine Brüder sie hassen. Er wollte nicht, daß sie schlecht von ihr dachten, und auch wenn er sich selbst oft genug dafür einen Narren schimpfte, so war sein Herz doch nicht bereit, sie aufzugeben.

Connor durchquerte gerade die Halle in Richtung auf sein Büro, da fiel ihm etwas ein. »Paß auf, daß du nicht zu viel verspielst! Meine Mittel sind nicht unerschöpflich«, sagte er warnend und warf Liam einen Blick über die Schulter zu. Das klang schon eher nach Connor, und etwas von der Sorge verschwand aus Liams Gesicht. Er grinste, versprach, die Familie nicht zu ruinieren, und überließ seinen Bruder mit leichterem Herzen sich selbst.

Connor brütete bis zum Abendessen im Büro vor sich hin, danach zog er sich in den kleinen Salon zurück, wo er mit einem Glas Cognac in der Hand ins Feuer starrte, ohne es zu sehen. Nach einer Weile beschloß er, ein Spaziergang würde ihm guttun und die frische Luft seine Gedanken klären, wenn das überhaupt möglich war.

Er wies Mickeens Bitte – ja fast schon Forderung –, ihn mitzunehmen, zurück, legte Hut und Mantel an und trat auf die Straße hinaus. Er war fast eine Stunde gelaufen, tief in Gedanken versunken, als er sich in der Lisle Street wiederfand und erkannte, daß sie eigentlich die ganze Zeit sein Ziel gewesen war. Er mußte Caitlyn sehen, ihr Einfluß auf ihn grenzte beinahe schon an Besessenheit.

Ganz egal, was sie gesagt oder getan hatte, für ihn fühlte oder nicht fühlte, er konnte sie nicht so einfach gehen lassen. Sie hatte einen zu großen Platz in seinem Herzen eingenommen, und ob Liebe oder Haß, es gab ein Band zwischen ihnen, das zu stark war, als daß man es hätte verleugnen können. Sie gehörten zusammen, in guten wie in schlechten Tagen. Er würde sie nicht gehen lassen, nicht, ohne um sie gekämpft zu haben.

Connor schlich um das Haus herum und versuchte sein schmerzendes Bein nicht zu beachten. Es war kurz vor elf, zu spät, um noch an Türen zu klopfen. Außerdem wollte er nicht, daß irgendwelche Bedienstete seine Unterhaltung mit Caitlyn störten. Was er zu sagen hatte, war nur für ihre Ohren bestimmt. Er musterte das Haus mit den Augen eines Profis.

Vielleicht war ja auch ihr Liebhaber bei ihr, und bei dem Gedanken grinste er grimmig. Nun, sollte er die beiden in einer kompromittierenden Situation erwischen, würden sich alle seine Probleme auf einmal lösen. Er wüßte nicht, was ihn daran hindern sollte, den Bastard zu töten.

Ein schwacher Lichtschimmer drang durch einen Vorhang im ersten Stock. Wahrscheinlich ihr Schlafzimmer, und er entdeckte auch sofort einen Weg, wie er unbemerkt hineingelangen konnte. Um die Vorderseite des Hauses verlief ein eleganter kleiner Balkon mit einem geschnitzten Geländer. Hinaufzukommen war nicht schwer. Er sprang, erwischte das Geländer und zog sich daran nach oben; dann kauerte er sich in seinem Schatten zusammen. Schnell sah er sich um; er hoffte nur, daß niemand von den Nachbarhäusern aus ihn beobachtet hatte. Aber es war unwahrscheinlich. Es war eine dunkle, mondlose Nacht, so wie sie der schwarze Rebell bei seinen Ausritten bevorzugt hatte.

Die Vorhänge waren zugezogen, und er konnte nichts sehen. Er würde auf gut Glück einsteigen müssen. Er zog das Messer aus dem Stiefel und arbeitete damit vorsichtig und geschickt am Fensterrahmen, bis er vom Geräusch des fallenden Riegels belohnt wurde. So leise wie möglich öffnete er das Fenster und zog den Vorhang ein kleines Stück auf. Der Anblick, der sich ihm bot, ließ ihn fast rückwärts vom Balkon fallen.

Caitlyn stand mit dem Gesicht zu ihm keine fünf Meter von ihm entfernt. Sie war nackt und gerade im Begriff, in die Badewanne zu steigen.

Ihm stockte der Atem, und seine Lenden spannten sich. Er hatte ganz vergessen, wie unglaublich schön sie war. Er kniete am Fenster und beobachtete sie, bewunderte jede sanfte Kurve und Vertiefung. Ihr langes Haar trug sie auf dem Kopf aufgetürmt, und es wurde von einer goldenen Nadel gehalten. Ihre schön geschwungenen Brauen zeichneten sich samtig schwarz gegen ihre glatte weiße Haut ab. Ihre Wimpern waren immer noch so unglaublich dicht, und sie warfen halbmondförmige Schatten auf ihre Wangen. Ihre Lippen waren voll und von einem sanften Rot. Er bewunderte ihre edlen Gesichtszüge, ihre zierliche Figur, die grazilen Bewegungen ihrer Hände, als sie sich mit Wasser bespritzte. Er starrte sie an wie ein Verdurstender, der endlich in der Ferne einen Fluß sieht und genau weiß, daß er ihn nicht mehr erreichen kann.

Er starrte auf ihre Brüste, erinnerte sich, wie sie sich in seinen Händen angefühlt hatten, wie sie geschmeckt hatten. Sein Körper reagierte darauf so stark, daß es schon fast unangenehm war. Noch nie hatte eine andere Frau ihn so schnell so sehr erregt, nicht einmal seine erste. Allerdings war er seit jenem ersten Mal auch nie so lange ohne die Wärme und Nähe einer Frau gewesen, seit der Nacht mit Caitlyn hatte er keine andere mehr angerührt. Nun, sie hingegen schien keine derartigen Skrupel gehabt zu haben.

Er stand auf, um das körperliche Unbehagen zu verringern, das sie verursacht hatte, und zog ärgerlich seine engen schwarzen Hosen zurecht. Nun, Miß O'Malley hatte ihm eine Menge zu erklären. Und er war gekommen, um ihr die eine Frage zu stellen, vor der sein Schock sie bei ihrem ersten Wiedersehen bewahrt hatte.

Leise kletterte er ins Zimmer und blieb so stehen, daß der Vorhang ihn verdeckte. Vorsichtig sah er sich um. Der Raum war in verschiedenen Rosatönen gehalten und sehr elegant eingerichtet. Das Bett hatte vier hohe Bettpfosten und war mit schöner Schnitzerei verziert, eine Überdecke aus rosa Satin lag darauf. Der Frisiertisch mit Spiegel war aus Mahagony, darauf standen einige kleine Tiegel und Töpfe und noch andere Dinge, die modische Damen als lebensnotwendig erachteten. Früher hatte Caitlyn nie Interesse an so etwas gezeigt. An der gegenüberliegenden Seite des Zimmers war ein großer Mahagonyschrank, dessen Türen geöffnet waren. Davor standen eine halb ausgepackte Truhe und zwei Reisetaschen. Entweder war sie gerade von irgendwoher zurückgekommen, oder sie würde bald verreisen. Nun, das konnte er sie ja jetzt selbst fragen.

Die Badewanne war vors Feuer gestellt worden, das, abgesehen von der Kerze auf dem Nachttisch, die einzige Beleuchtung darstellte. Nachdem er sich vergewissert hatte, daß sie allein war, richtete er seine Aufmerksamkeit wieder ganz auf Caitlyn. Sie wusch sich gerade. Dabei hatte sie die Augen fest geschlossen und fuhr sich mit einem weichen weißen Tuch übers Gesicht. Die Seife mußte mit Lilien parfümiert sein, denn ihr feiner Geruch füllte den Raum. Das und der Anblick der nackten Caitlyn in der Badewanne ließ ihn fast vergessen, warum er gekommen war. Aber nur für einen Moment.

36

Caitlyn rieb sich mit dem Tuch übers Gesicht, sie konzentrierte sich auf das angenehm rauhe Gefühl, damit sie das Brennen auf Schenkeln und Pobacken nicht so spüren würde. Das heiße Wasser ließ die Striemen von Sir Edwards letzten Schlägen erst so richtig weh tun, aber sie war daran gewöhnt, mit Schmerzen zu baden – zu leben, genaugenommen. Das einzige, was einigermaßen dagegen half, war, an etwas ganz anderes zu denken. Dann schienen die Schmerzen zu vergehen oder zumindest nachzulassen.

Sie wusch sich die Seife vom Gesicht und tastete nach dem Handtuch, das Minna ihr auf das Tischchen neben der Wanne gelegt hatte. Ihr Stolz hatte es ihr verboten, Minna bleiben zu lassen. Sie konnte es nicht ertragen, daß jemand die Striemen sah, die stumm von der Demütigung zeugten, die sie ertragen mußte. Minna war ihr ebenfalls von Sir Edward zur Verfügung gestellt worden, und sie war sowohl ihr Mädchen als auch ihr Wachhund. Sie und der hünenhafte Butler gehorchten zwar ihren Anweisungen, aber sie bezweifelte nicht einen Moment, daß ihre Loyalität Sir Edward gehörte.

Ihre tastende Hand fand die Oberfläche des Tischchens, aber da war kein Handtuch, nur ein Stück Seife. Die Seife fiel zu Boden, und ihr Aufprall wurde von dem weichen Teppich gedämpft. Das Handtuch mußte auch hinuntergefallen sein, denn sie konnte es nicht finden.

»Zum Teufel damit«, murmelte sie ärgerlich und öffnete ein Auge, um danach zu suchen. Was sie dann sah, ließ sie beide Augen und den Mund weit aufreißen.

»Ich wünsche dir einen guten Abend, Caitlyn«, sagte Connor süßlich. Sein Blick verriet ihr, daß er sie schon eine Weile beobachtete. Caitlyn schickte ein Stoßgebet zum Himmel. Gestern nacht um diese Zeit hatte Sir Edward gerade sein grausames Ritual an ihr verübt, und der Gedanke, wie Connor darauf wohl reagiert hätte, ließ sie schaudern.

»Kalt?« Er mißverstand ihr Schaudern und hielt ihr das Handtuch hin, das er an sich genommen hatte. Sie nahm es, klappte den Mund wieder zu und trocknete sorgfältig ihr Gesicht, während sie versuchte, sich in ihre Rolle zu versetzen. Als sie ihn schließlich ansah, waren ihre Augen kühl und wachsam.

»Was willst du hier?«

»Ich statte dir einen Besuch ab. Hast du geglaubt, ich würde dich hier nicht finden?«

»Ich hatte es gehofft.«

Seine Augen wurden schmal. »Dann tut es mir leid, wenn ich dich enttäuschen muß. Wenn ich du wäre, würde ich aus dem Wasser steigen, sonst wird dir bald eiskalt sein.«

»Würdest du dich bitte umdrehen?«

Er lachte, aber es klang nicht heiter. »Mich umdrehen? Komm, komm, Caitlyn! Du hast ja wohl jeden Anspruch auf Schüchternheit verloren. Du bist schließlich, egal, wie sehr du behauptest, deinen Freund zu lieben, egal, wie sehr er angeblich dich liebt, doch nicht mehr als seine Hure. Genau, wie du meine warst. Warum also Zeit mit etwas verschwenden, was du unmöglich empfinden kannst? Körperlich zumindest kenne ich dich gut, von der Narbe an deinem Daumen bis zu dem niedlichen Leberfleck auf deinem hübschen kleinen Hintern.«

»Würdest du dich umdrehen?« sagte sie mit einem seltsamen Unterton. Seine Worte waren beleidigend und beunruhigend, aber vor allem erinnerten sie sie an die verräterischen Male auf ihrem Fleisch. Er durfte sie nicht zu sehen bekommen, sonst würde die Katastrophe sich nicht mehr vermeiden lassen.

»Nein.« Diese knappe Antwort grenzte an Brutalität. Caitlyn musterte ihn einen Moment, dann änderte sie ihre Meinung. Sie würde die Rolle der Hure spielen, die er ihr zugedacht hatte, vielleicht würde er dann gehen, denn dann würde er sie wohl kaum noch haben wollen.

»Nun gut. Wie du schon gesagt hast, ist es völlig sinnlos, in deiner Gegenwart schüchtern zu sein. Ich hatte ganz vergessen, wie gut wir uns gekannt haben. Schließlich ist es doch schon ziemlich lange her.«

»Ein Jahr«, entgegnete er tonlos. Sie kletterte aus der Wanne, sorgsam bemüht, ihn nicht ihre mißbrauchte Rückseite sehen zu lassen. So präsentierte sie ihm scheinbar provokativ ihre nackte Front, und in seine Augen trat ein gefährliches Glitzern, halb Wut, halb Begehren. Sie trocknete sich sorgfältig ab, dann griff sie, äußerlich ruhig und ohne augenfällige Hast, nach dem seidenen Morgenmantel, den Minna über eine Stuhllehne gelegt hatte. Kaum hatte sie ihn angezogen, fühlte sie sich schon ein ganzes Stück wohler. Die Bediensteten hatten sich schon für die Nacht zurückgezogen, und es war unwahrscheinlich, daß Sir Edward nach ihrem gestrigen höllischen Zusammentreffen heute schon wieder vorbeischauen würde. Eine bessere Gelegenheit würde sie nicht bekommen, um ihn davon zu überzeugen, daß sie keine passende Frau für ihn war.

Er musterte ihren Körper, dessen Konturen durch die dünne Seide, die an ihrer stellenweise noch feuchten Haut klebte, gut erkennbar waren. So erlaubte sie sich für einen Moment den Luxus, ihn anzusehen. Bei ihrem ersten Wiedersehen war sie zu erschrocken gewesen, um Details aufnehmen zu können. Jetzt bemerkte sie, daß er älter aussah, der Schmerz hatte Linien durch sein Gesicht gezogen, die in jenen Tagen auf Donoughmore nicht dagewesen waren. Hier und da entdeckte sie sogar ein weißes Haar in seiner schwarzen Mähne. Seine Kleidung war aus feiner schwarzer Wolle und sehr elegant, die hohen schwarzen Stiefel hatten Flecken von der Feuchtigkeit draußen. Das Leinenhemd war leicht verknittert, und sie fragte sich, ob er darunter wohl immer noch ihren Verlobungsring um den Hals trug. Bei dem Gedanken zog sich ihr Herz zusammen.

Er hob die Augen von der Betrachtung ihres Körpers und stellte fest, daß sie ihn ebenso hungrig musterte.

»Du hast dich nicht verändert«, murmelte er, und die Flammen, die in seinen Augen hochsprangen, hätten sie fast die Fassung gekostet.

»Du schon«, entgegnete sie und lachte, ein sorgsam moduliertes kleines Trillern. Eine der Frauen auf der letzten dieser Partys, zu denen die Gentlemen ihre Geliebten mitbringen statt ihrer Frauen, hatte so gelacht. Damals hatte sie es für gewagt gehalten, aber der Effekt auf die umstehenden Gentlemen war prompt und unmißverständlich gewesen. Als jetzt dieses Lachen aus ihrem Mund ertönte, kam die Wirkung auf Connor ebenso prompt und eindeutig. Er sah wütend und angewidert zugleich aus.

»Ich hatte vergessen, wie – wie attraktiv du bist, Connor«, hauchte sie. Sie schürte die Flammen absichtlich. Dann löste sie die goldene Nadel aus ihrem Haar. Als ihr die schwarze Pracht ums Gesicht und über Schultern und Rücken fiel, lächelte sie ihn bewußt provokativ an. Wie erwartet, spannte sich sein Gesicht, aber seine nächste Reaktion hatte sie nicht vorausgesehen. Mit zwei Schritten war er bei ihr und packte ihre Oberarme.

»Schluß damit«, sagte er, funkelte sie an, und seine Finger gruben sich strafend in ihr weiches Fleisch. »Ich werde nicht dulden, daß du dich in meiner Gegenwart wie eine Hure benimmst.«

»Ich benehme mich, wie ich will, in deiner Gegenwart oder anderswo!« fuhr sie ihn an, aus ihrer Pose aufgeschreckt. Er hob die Augenbrauen, dann runzelte er drohend die Stirn.

»Du tust, was ich sage, mein Mädchen. Und ich sage dir, hör auf damit, oder ich werde dir den Hintern versohlen.«

»Leg eine Hand an mich, Connor d'Arcy, und du wirst sie sehr schnell zurückziehen! Du hast wohl vergessen, daß du mir nichts mehr befehlen kannst, also zügle gefälligst dein gottverdammtes Temperament!«

»Und ich will auch nicht mehr hören, daß du fluchst!«

»Bastard! Elender Schweinehund! Dreimal verdammter . . .« Er schüttelte sie heftig.

»Paß auf, was du sagst!«

»Ich fluche, wann immer ich will! Das geht dich gar nichts mehr an. Wer hat dich überhaupt gebeten, hinter mir herzuschnüffeln?«

Plötzlich hielt Caitlyn ein und holte tief Luft. Zu ihrem Entsetzen hatte sie sich genauso mit Connor gestritten, wie sie es früher schon immer getan hatte. Der Sinn der Sache war schließlich, Connor zu retten, aber so würde sie das nicht schaffen. Mühsam unterdrückte sie ihre Wut und fuhr mit mild zurechtweisendem Ton fort:

»Was muß ich wohl tun, um dich zu überzeugen? Ich will dich nicht mehr, Connor, ich brauche dich nicht mehr. Ich bin dir dankbar, daß du mich damals von der Straße geholt hast, und doppelt dankbar, daß du mir meine Angst vor Männern genommen hast. Aber ich bin kein kleines Mädchen mehr, das du erziehen mußt. Ich bin erwachsen und habe meinen eigenen Lebensweg gewählt. Jetzt ist in meinem Leben kein Platz mehr für dich, also geh und bemuttere deine Brüder, aber laß mich in Ruhe.«

Als sie diese nette kleine Rede beendet hatte, starrte Connor sie so böse an, daß seine Augen nur noch blitzende Schlitze in dem dunklen Gesicht waren. »So, du bist mir also dankbar, was? Nun, das solltest du auch sein, du Teufelsbraten. Ich habe dir das Leben gerettet, dich mit nach Hause genommen, dich gefüttert. Ich habe aus dem kleinen schmutzigen Dieb ein hübsches junges Mädchen gemacht. Ich habe mich fast auf den Kopf gestellt, um dich vor mir, meinen Brüdern und noch einigen anderen zu bewahren. Hätte ich gewußt, daß dir die Hure im Blut liegt, hätte ich mir keine Mühe gegeben.«

Caitlyn konnte sich nicht beherrschen, ihm einen bösen Blick zuzuwerfen. Er funkelte sie aus diesen glitzernden Schlitzen heraus an und fuhr fort:

»Aber ich bin sogar noch ein zweites Mal davongekommen. Hättest du bei unserer rührenden Wiedervereinigung nicht einen klareren Kopf behalten als ich, wärst du jetzt mit mir auf Donoughmore. Und dann hätte ich wirklich ein Problem.«

»Was soll das heißen?«

Da lächelte er, ein kleines, spöttisches Lächeln, das sie trotz ihrer Bemühungen, ruhig zu bleiben, anstachelte.

»Nun, das heißt, daß ich es, egal, wie gerne du das möchtest, nicht zulassen könnte, daß du mit meinen Brüdern ins Bett steigst, mein beschmutztes Täubchen.«

Ehe sie noch darüber nachdenken konnte, hatte sie ihn schon geohrfeigt. Seine Augen weiteten sich, und für einen Moment kam es ihr so vor, als hätte sie eine Spur von Befriedigung in ihnen entdeckt. Dann zog er sie plötzlich an sich und suchte ihre Lippen. Er preßte seinen Mund so fest auf ihren, als wolle er ihr weh tun, sie verletzen. Sie versuchte sich zu befreien, ihn wegzustoßen, aber er war zu stark. Er zwang ihre Lippen auseinander. Trotz ihres Ärgers und der warnenden

Stimme in ihrem Inneren konnte sie nicht gegen die Leidenschaft an, die in ihr aufstieg. Er mußte es gespürt haben, denn er ließ sie plötzlich los und musterte sie mit beunruhigender Intensität.

Ihre Reaktion und die Tatsache, daß er davon wußte, machten ihr angst. Es gelang ihr, einen Arm zu befreien, und sie ohrfeigte ihn noch einmal. Der Schlag war, halb aus Panik, halb aus Wut, ziemlich kräftig gewesen, und sein Kopf flog zur Seite. Ehe er sich erholt hatte, ohrfeigte sie ihn noch ein drittes Mal, dann fing er ihr Handgelenk und hielt es fest. Der Abdruck ihrer Hand war deutlich auf seiner Wange zu sehen. Ein Muskel zuckte neben seinem Mund. Er ragte vor ihr auf, die Schultern unter dem weiten schwarzen Umhang breit genug, um ihr den Blick auf das restliche Zimmer zu versperren. Sie hatte vergessen, wie groß er war, wie stark und muskulös. Für sie war er immer nur Connor gewesen. Ihr Connor, der ihr niemals etwas antun könnte.

Aber als sie ihn jetzt ansah, ermahnte sie sich selbst: Er war nicht länger ihr Connor. Diesen Schutz hatte sie durch ihre eigenen Worte und Taten selbst verwirkt. Jetzt war sie dem Teufel in ihm ausgeliefert, und so sah er jetzt auch aus: wie ein Teufel.

37

Er sagte kein Wort. Das mußte er auch nicht, seine Augen sprachen Bände. Caitlyn starrte ihn an, spürte, wie seine Finger sich fester um ihre Handgelenke schlossen. Er zog sie an sich, und sie dachte nicht einmal daran, sich zu wehren. Sie hätte es gar nicht gekonnt. Er war zu stark, zu wütend, zu entschlossen. Er hielt ihre Arme fest und beugte sich zu ihr hinunter. Der Kuß, den er ihr aufzwang, war beleidigend. Noch nie zuvor hatte Connor sie so geküßt, sie hätte ihn dazu gar nicht für fähig gehalten, nicht einmal einer Frau gegenüber, die er verabscheute. Connor war im Grunde ein sanfter Mann. In diesem Moment erkannte Caitlyn ganz deutlich, wieviel Schmerz er um ihretwillen erlitten haben mußte.

Irgendwo hatte sie einmal gehört, daß Haß der Zwilling der

Liebe wäre. Was er für ihren Verrat hielt, hatte seine Liebe in Haß verwandelt. Aber irgendwo tief unter dem Haß und dem Schmerz liebte Connor sie immer noch. Und trotz der Verachtung, die in seinem Kuß lag, ließ dieses Wissen ihre Lippen unter seinem heftigen Angriff weich werden.

Er fühlte die Veränderung in ihr und hob den Kopf, um sie anzusehen. Caitlyn sah ihm in die Augen. Ihr hartes Glitzern war geschmolzen, aber die neue Botschaft war ebenso klar. Er wollte sie, er begehrte sie, und auch wenn ihr Kopf schrie, sie dürfe es nicht, ihr Herz war stärker. Es war Connor, ihr Connor, dem sie weh getan hatte. Ihr Herz schwoll vor Sehnsucht nach ihm, einem fast unkontrollierbaren Begehren, ihn in die Arme zu nehmen, ihn zu lieben, den Schmerz wiedergutzumachen. Wenn sie ihm nur die Wahrheit sagen könnte, die allein sein gebrochenes Herz heilen würde. Aber das war unmöglich, und alles, was sie ihm jetzt noch anbieten konnte, war der vorübergehende Trost ihres Körpers.

Sie schlang die Arme um seinen Hals und stellte sich auf die Zehenspitzen, damit sie ihn küssen konnte. Er schloß die Augen und zog sie so fest an sich, daß sie fast keine Luft mehr bekam. Sie konnte sein Zittern spüren, als sein Mund sich auf ihren drückte, nicht schmerzhaft dieses Mal, sondern voller Leidenschaft und Sehnsucht.

Sie fühlte, wie er sich bewegte, spürte seinen Arm hinter ihren Knien, dann hob er sie mit einer einzigen schwungvollen Bewegung hoch, seinen Mund immer noch auf ihrem, und trug sie die drei Schritte bis zum Bett. Er legte sie hin, beugte sich über sie und zog ihren Morgenmantel mit schnellen, ruckartigen Bewegungen auf. Sie hielt die Augen fest geschlossen, als könne sie damit die Welt ausschließen, drückte ihn fest an sich und stöhnte seinen Namen. Für kurze Zeit würde sie den Schmerz, die Scham und die Demütigung vergessen. Für kurze Zeit würde sie so tun, als wäre alles zwischen ihnen, wie es gewesen war, bevor sie sich in den Kopf gesetzt hatte, in jener verfluchten Nacht mit dem schwarzen Rebellen zu reiten. Für kurze Zeit . . .

Fluchend versuchte er sich die Kleider vom Leib zu zerren. Er verlangte nach ihr wie sie nach ihm. Sie hörte Stoff reißen und Knöpfe fliegen, aber sie hielt die Augen fest geschlossen. Nichts zu sehen, hieß die Gefahr nicht zu beachten, in der sie schwebten. Nur noch einmal, ein einziges Mal, würde sie sich erlauben, ihn zu lieben und von ihm geliebt zu werden. Was konnte dieses eine Mal schon ausmachen?

Er war jetzt nackt. Sie fühlte die Hitze seiner Haut, die sanfte Rauheit seiner Körperhaare, als er die Arme um sie schlang und sich auf sie legte, so daß ihre prallen Brüste von dem Gewicht seines breiten Oberkörpers fast zerdrückt wurden. Seine Oberschenkel, hart und fordernd, drängten sich zwischen ihre Schenkel. Das Gefühl ließ sie die Luft anhalten, sie schauderte und öffnete sich für ihn. Dann war er in ihr, hart und heiß und groß und wundervoll. Sie schnappte nach Luft und drückte ihn an sich, ihre Nägel gruben sich in seinen Nakken. Sie hatte vergessen, daß ein Mann sich so anfühlen konnte. Daß sie so fühlen konnte.

Er stieß tief in sie, zitternd vor Verlangen, und sie schrie auf. Ihre Beine schlossen sich von alleine um seine Hüften. Sein Mund löste sich von ihrem und zog eine Bahn glühendheißer Küsse ihren Hals entlang, ehe er sein Gesicht zwischen ihrem Hals und ihrer Schulter vergrub. Er nahm sie hart und drängend, sein Körper zuckte auf ihr, als habe er ihn nicht mehr unter Kontrolle. Sie zog ihn an sich, und als sie dieses fast vergessene Gefühl in ihren Lenden überkam, rief sie seinen Namen.

»Oh, mein Gott, Caitlyn, Caitlyn. Meine geliebte Caitlyn«, flüsterte er, dann stieß er so fest und schnell und gleichmäßig in sie, daß sie jedesmal ein Stückchen von ihm weggeschoben wurde, taub, stumm und blind für alles außer Connor und die Gefühle, die er in ihr weckte. Sie fand diesen wundervollen Ort wieder, den er ihr vor so langer Zeit gezeigt hatte, und betrat ihn mit einem tiefen Stöhnen. Die ganze Welt und ihr ganzer Kummer fielen von ihr ab. Sie hörte ihn leise aufschreien, fühlte ihn zittern und langsam erstarren. Dann brach er auf ihr zusammen. Er hielt sie dicht an sich gedrückt, sein Atem warm an ihrem Hals, sein schweißnasser Körper so nahe, als wären sie wirklich eins.

Die Welt kam nur langsam zurück, aber sie kam. Mit ihr kehrte auch das Wissen um das zurück, was sie getan hatte, aber sie versuchte es noch für eine Weile wegzuschieben. Sie streichelte sein dichtes Haar, die warme feuchte Haut seiner Schultern, seinen Rücken.

»Caitlyn.« Sie fühlte, wie er den Kopf hob, und wußte, daß er sie ansah. Sie hielt die Augen fest geschlossen. Sie zu öffnen hieß, der Realität ins Auge zu sehen und zu tun, was sie um seinetwillen tun mußte.

»Sieh mich an, Caitlyn!« Seine Stimme klang ruhig, aber bestimmt. Caitlyn fühlte, wie sich sein Gewicht verlagerte, dann lag er ganz dicht neben ihr ausgestreckt, ein Bein besitzergreifend über ihre Schenkel gelegt. Sie würde es nicht viel länger hinauszögern können, aber sie versuchte es trotzdem. Sanft streichelte er die Wimpern, die so eigensinnig auf den Wangen ruhten.

»Mach die Augen auf, *cuilin*«, flüsterte er. Dieser gälische Kosename aus seinem Mund war fast ihr Untergang. Mit brennender Deutlichkeit erinnerte sie sich daran, wie er sie das erstemal so genannt hatte. Tränen drohten sie zu überwältigen, und sie konnte sie nur mit großer Mühe zurückhalten. Sie durfte nicht nachgeben, nicht jetzt. Sie mußte ihre Rolle spielen, und zwar gut. Später, wenn er weg war, konnte sie über den Scherben ihres gebrochenen Herzens weinen.

Sie holte tief Luft und öffnete die Augen. Er hatte sich über sie gebeugt, er war so schön und sanft, und sie liebte ihn so sehr . . . Aber sie mußte die Zärtlichkeit in seinem Gesicht, die Zärtlichkeit seiner Berührung zerstören, zu seinem eigenen Besten.

Ein Nerv zuckte an seinem Mundwinkel, als er ihr lang in die Augen sah. »Und jetzt sag mir, daß du mich nicht liebst«, sagte er schließlich. Tief in ihrem Innern fand Caitlyn noch ein letztes Reservoir an Kraft, und das zapfte sie jetzt an. So schaffte sie es, dem Blick seiner Augen mit Spott in den ihren begegnen zu können.

»O Connor, sei doch kein so romantischer Idiot! Das hatte mit Liebe nichts zu tun. Es war lediglich das Bedürfnis einer Frau nach einem Mann. Irgendeinem Mann.« Sie betonte diese letzte Feststellung mit diesem trillernden Lachen. Er starrte sie nur grimmig an.

»Du lügst.«

»Ja? Ich denke, daß dir deine ganzen Eroberungen zu Kopf gestiegen sind. Nicht jede Frau, die mit dir ins Bett geht, stirbt auch gleich vor Liebe zu dir, weißt du.«

Seine Augen wurden eisig. »Du kleines Miststück von einer Hure!«

»Deshalb mußt du nicht gleich beleidigend werden. Schließlich bist du zu deinem Vergnügen gekommen.«

»Genau wie du.« Sein Gesicht war sehr ernst, und Wut glühte in seinen Augen, als er sie musterte. So beiläufig wie möglich zog sie den Morgenmantel unter sich hervor und hüllte sich in die von ihrer Leidenschaft zerknitterte Seide.

»Oh, aye, ich habe gelernt, mein Vergnügen zu finden, wo immer es sich bietet«, sagte sie, beinahe wie eine Katze schnurrend, während alles in ihr sich aufbäumte, weil sie ihm solchen Schmerz zufügen mußte. Seine blaugrünen Augen blitzten plötzlich auf, und sie schrak zurück. Für einen Moment war sie sich sicher gewesen, daß er sie schlagen würde.

»Möge deine Seele in der tiefsten Hölle braten, zusammen mit deinem verdorbenen Körper«, sagte er grollend und stand auf. Als er sich mit wütenden Bewegungen anzog, bemerkte sie, daß er den Ring nicht mehr um den Hals trug. Sie fragte sich, was er wohl damit gemacht hatte, denn irgendwo sah sie den Ring noch immer als den ihren an. Dann lenkte sein nackter Körper sie von allen Gedanken ab, die nicht direkt mit ihm zu tun hatten. Zum erstenmal sah sie die Narbe, die sich fast über den halben Oberschenkel zog, und das Herz tat ihr weh. Die Narbe wirkte im Gegensatz zu soviel männlicher Schönheit obszön. Sie mußte die Augen gewaltsam losreißen, sonst hätte sie die Beherrschung verloren.

»Ich wünsche deinem Liebhaber viel Freude an dir, genau wie allen anderen, die zweifelsohne nach ihm kommen werden. Mögen sie so wie ich von deinem Engelsgesicht getäuscht werden und den Teufel kennenlernen, der sich dahinter verbirgt.«

»Aber Connor, das klingt ja fast wie ein irischer Fluch!« sagte sie amüsiert und hatte das schmerzliche Vergnügen, ihn blaß vor Wut werden zu sehen, ehe er sich abwandte.

38

»Ich habe ein für allemal genug von deinem Geschwätz, also überleg dir gut, was du sagst.« Er funkelte sie einen Moment lang an, schlüpfte in Stiefel und Mantel und deutete dann mit dem Daumen auf sie. »Steh auf und zieh dich an. Du kommst mit mir nach Hause.«

Caitlyn starrte ihn überrascht an. Alles hatte sie erwartet, nur das nicht. Sie hatte vorgehabt, ihn so wütend zu machen, daß er verschwinden und für alle Zeiten die Finger von ihr lassen würde. Nun, wütend war er tatsächlich. Er sah aus, als könnte er die Wände hochgehen, aber er dachte gar nicht daran, sie in Ruhe zu lassen. Ein Blick auf sein dunkles Gesicht genügte. Sie hatte Connor schon öfter so gesehen, und dann bekam er meistens, was er wollte.

»Rede keinen Unsinn. Ich werde nirgendwo hingehen. Obwohl ich wünschte, du würdest gehen und mich nicht wieder belästigen.«

»Oh, ja, ich werde gehen. Aber du kommst mit.«

»Bestimmt nicht! Du kannst mich nicht zwingen!«

»Was für ein Kind du doch bist«, sagte er mitleidig, ging zum Bett und zog sie auf die Füße. Caitlyn entriß ihm ihre Hand und wich zurück, dabei starrte sie ihn wütend an.

»Verdammt, Connor, du kannst hier nicht einfach so hereinplatzen und mich herumkommandieren! Ich gehöre dir nicht. Du hast keinerlei Ansprüche an mich! Ich will nicht mit dir kommen! Ich will dich noch nicht einmal wiedersehen. Kannst du es nicht in deinen Dickschädel bekommen, daß, was zwischen uns einmal war, vorbei ist?«

»Den Teufel ist es«, entgegnete er unbeeindruckt und kam auf sie zu. Alarmiert von seinem Blick, wich Caitlyn zurück, bis die Wand ein weiteres Zurückweichen unmöglich machte. Knapp eine Handbreit vor ihr blieb er stehen.

»Wirst du dich jetzt anziehen?« fragte er mit drohender Stimme, als er sie gegen die Wand drückte. Seine Augen waren wie zwei Dolche. Caitlyn wußte nicht, ob sie lachen oder weinen sollte. Diesen Connor kannte sie gut, er würde sie mitnehmen, ob sie wollte oder nicht, wenn es sein mußte, mit Gewalt. Oh, und wie sie sich das wünschte! Aber sie durfte es nicht zulassen. Denn sobald Sir Edward entdecken würde, daß sie verschwunden war, würde er seine Geschichte erzählen. Sie wußte nicht einmal, ob er vorher versuchen würde, sie zu finden.

»Ich werde nichts dergleichen tun«, sagte sie und versuchte, ruhig und entschlossen zu wirken. »Ich werde nirgendwo hingehen. Ich habe jetzt ein neues Leben, und das ist hier. Du machst es sehr schwer für mich, Connor. Bitte, bitte, geh jetzt einfach und laß mich in Ruhe!«

»In tausend Jahren nicht«, sagte er grimmig. Dann wickelte er sie mit einer blitzschnellen Bewegung in seinen Umhang, beugte sich hinunter und legte sie sich über die Schulter. Einen Moment lang hing sie überrascht mit dem Kopf nach unten, während er sich umdrehte und zum Fenster stapfte. Sie versuchte sich zu wehren, sie wand sich und stieß, so gut es ging, mit den Füßen, aber ohne Erfolg. Endlich hatte sie ihre Hände aus dem Umhang befreit, und sie begann ihn mit ihren Fäusten zu bearbeiten.

»Verdammt, Connor d'Arcy, laß mich runter!«

Er ging weiter auf das Fenster zu. Sie schlug ihn mit aller Kraft, aber er zuckte nicht einmal zusammen.

»Laß mich runter, hörst du? Ich bin nicht allein im Haus! Ich werde schreien!«

»Fang an«, sagte er einladend und legte eine Hand auf ihr Hinterteil, um sie besser im Griff zu haben. Den anderen Arm hatte er um ihre Beine geschlungen, damit sie nicht hinunterrutschen würde oder ihn treten konnte, als er mit ihr durchs Fenster stieg. Die eiskalte Nacht traf Caitlyn wie ein Schlag. Es war stockdunkel, ein eisiger Wind wehte, und vereinzelt schwebten dicke Schneeflocken vom Himmel. Der dünne Morgenmantel war schon völlig unzureichend, um sie zu bedecken, an Schutz vor Kälte war gar nicht zu denken.

»Du kannst mich nicht einfach so verschleppen, verdammt! Ich bin noch nicht einmal angezogen!« Trotz ihres wütend gezischten Protests klammerte sie sich mit beiden Händen an seinen Mantel. Wie sie so mit dem Kopf nach unten hing, war der Abstand zur Straße furchteinflößend. Er bewegte sich trotz des leichten Hinkens so sicher wie eine Katze, aber sie wollte keinen Biß oder Schlag riskieren, denn wenn er erschräke und sie fallen ließe . . .

»Ich dachte, du wolltest schreien«, sagte er mit einer Hand

auf dem Geländer. »Halt dich gut fest«, warnte er sie dann und schwang sich vorsichtig darüber, bis er an einer Hand vom Geländer hing. Caitlyn schnappte nach Luft, als der Boden unter ihr hin und her schwang. Sie schloß die Augen und klammerte sich an ihn. Er ließ los, und sie hatte das kurze Gefühl von freiem Fall, dann landete er mit einem dumpfen Geräusch auf beiden Füßen, ohne sie dabei loszulassen.

»Du Schwein«, sagte sie und öffnete die Augen, als ihr klarwurde, daß sie sich wieder auf festem Boden befanden.

»Beiß mich, und du wirst dir wünschen, du wärst tot«, drohte er ihr als Antwort. Anscheinend hatte er sich erinnert, wie sie früher darauf reagiert hatte, wenn er sie davonzutragen versuchte. Caitlyn wußte sich zu beherrschen. Seine Rache käme schnell und wäre in Anbetracht ihres gequälten Hinterteils viel schmerzhafter, als er sich vorstellen konnte. So begnügte sie sich damit, ihn zu beschimpfen, als er mit ihr die Straße entlangging.

»Paß auf, was du sagst, oder ich werde dir den Mund mit Seife auswaschen, wenn wir zu Hause sind«, warnte er sie ernst.

»Zum Teufel mit dir, ich bin kein Kind mehr! Hör auf, mich wie eines zu behandeln! Du kannst mich nicht einfach so verschleppen, ich habe ein Recht auf mein eigenes Leben! Ich will zurück! Verdammt, Connor d'Arcy, hörst du nicht?«

Sie hatten das Ende der Straße erreicht. Eine Mietdroschke ratterte vorbei, Connor pfiff einmal schrill, und der Fahrer blieb stehen. Sie konnte sein Gesicht nicht sehen, aber ihres brannte, als sie sich vorstellte, was sie für ein Bild abgeben mußte. Barfuß, halb nackt und wie ein Sack über Connors Schulter geworfen.

»Macht sie Ihnen Ärger, mein Freund?« fragte der Mann und lachte heiser. Caitlyn ballte die Fäuste. Das würde sie ihm heimzahlen!

»Ein bißchen«, antwortete Connor, und auch wenn Caitlyn es nicht sehen konnte, war sie sich sicher, daß die beiden ein recht männliches Grinsen austauschten, ehe Connor mit ihr in die Kutsche stieg und der Fahrer die Tür hinter ihnen schloß.

»Du bist der elendeste . . .«, platzte sie heraus, als er sie auf den Sitz senkte. Sie zog den Umhang fester um sich und funkelte ihn an, während er sich ihr gegenüber setzte.

»Der elendeste was?« fragte er und zog eine Augenbraue hoch.

»Der elendeste, verabscheuungswürdigste, eingebildetste Bastard, dem ich zu meinem Mißvergnügen je begegnet bin!« gab sie zurück und kuschelte sich in den Umhang, um den kalten Wind abzuhalten, der direkt durch die Kutsche zu wehen schien. »Was fällt dir ein, mich einfach so wegzutragen? Was willst du tun, mich irgendwo einsperren? Denn das wirst du tun müssen, wenn du willst, daß ich bleibe!«

»Ich werde alles tun, was nötig ist, bis die Betreffende wieder bei Verstand ist«, entgegnete er trocken und lehnte sich zurück. Jetzt, da er die Oberhand hatte, schien ein Großteil seiner Wut verraucht zu sein. Er beobachtete sie wie ein Luchs, und da war auch etwas Abwägendes in seinen Augen, nur war Caitlyn zu wütend, um darüber nachzudenken.

»Bis die Betreffende zur Vernunft gekommen ist«, wiederholte sie aufgebracht. »Willst du damit sagen, daß ich nicht bei Vernunft bin, weil ich einen anderen Mann dir vorziehe? Du bist ein arroganter, eingebildeter Bastard!«

»Und du wirst Seife essen, sobald wir zu Hause sind«, entgegnete er fast freundlich. Die Kutsche hielt, und Caitlyn spürte Panik in sich aufsteigen. Sie kannte Connor. Er hatte nicht die geringsten Hemmungen, sie irgendwo in einen Speicher zu sperren, bis sie, wie er es ausdrückte, wieder bei Verstand war. Das Problem war nur, wenn Minna morgen früh ihr Verschwinden entdeckte, würde sie Sir Edward benachrichtigen. Also mußte sie noch heute nacht zurück in die Lisle Street.

»Wirst du laufen, oder muß ich dich tragen?« Seine Augen blitzten. Alle Gegenwehr war sinnlos, aber sie wollte sich trotzdem nicht so einfach geschlagen geben, darum musterte sie ihn eisig und hob nur stolz den Kopf.

»Nun gut, sehr schön.« Trotz ihres wütenden Protests hob er sie wie zuvor auf die Schulter, aber Strafe oder nicht, dieses Mal vergrub Caitlyn ihre Zähne in seinem Rücken, gerade als er ausstieg. Er schnappte nach Luft und stolperte fast. Der Fahrer lachte, und Caitlyn erwartete seine Hand auf ihrem Hinterteil zu spüren.

Aber er murmelte nur: »Dafür wirst du bezahlen, du Teufelsbraten«, und verlagerte sie so, daß sie ihn nicht mehr beißen konnte, auch wenn es ihm nicht ganz gelang, sich vor ihren wütenden Hieben und Tritten zu schützen. Er hielt nicht an, um den Kutscher zu bezahlen, sondern stapfte direkt auf die Tür zu, die sich öffnete, ehe er sie berührt hatte.

»Mylord!« Caitlyn hörte jemanden schockiert Luft holen, und sie wußte, daß es Mickeen war. Sie war zu wütend, als daß es sie interessiert hätte. Fluchend und schimpfend wie der Straßenjunge, der sie einmal gewesen war, wand sie sich in Connors eisernem Griff.

»Bezahl den Mann bitte«, grunzte Connor als Antwort und trat ins Haus. Er marschierte direkt die Treppe hinauf und den Gang hinunter bis zu einer Tür, die er mit dem Fuß aufstieß. Caitlyn bekam einen kurzen Eindruck von einem gemütlichen, wenn auch leicht schäbigen Raum, ehe er die Tür wieder zustieß und sie aufs Bett legte, wobei er ihr den Umhang wegzog.

»Zum Teufel mit dir, Connor d'Arcy«, fuhr sie ihn an, als sie hilflos auf der weichen Matratze aufkam.

Er warf den Umhang über die Stuhllehne, ging zur Waschschüssel und kam mit einem feuchten Stück weißer Seife zurück.

»Wage es ja nicht!«

»Ich habe dich gewarnt! Deine schmutzigen Redensarten . . .«, sagte er, und ehe sie noch vom Bett hochkam, war er schon über ihr. Sie wehrte sich, aber es hatte keinen Sinn. Er drückte sie an seine Brust, faßte mit einer Hand in ihr Haar, zog ihren Kopf zurück und rieb ihr den Mund mit der Seife gründlich aus. Als er sie schließlich losließ, beugte sie sich über den Bettrand und würgte elend.

»Ich hasse dich, du . . .«, murmelte sie mit echtem Abscheu durch den fürchterlich schmeckenden Seifenschaum. Ein Klopfen an der Tür unterbrach sie, bevor sie sich weiter darüber auslassen konnte.

»Geh weg«, sagte Connor, wobei er sie nicht aus den Augen ließ. Sie spuckte in seine Richtung.

»Conn, Mickeen hat gesagt . . .« Das war Liams Stimme. Ehe er den Satz beenden konnte, war Connor bei der Tür und öffnete sie weit, so daß Liam und Mickeen freien Blick aufs Bett hatten. Caitlyn, halb nackt und immer noch Seife spuckend, funkelte die beiden an und zog ihren Morgenmantel zusammen.

»Heilige Jungfrau«, brachte Liam heraus, Mickeen hinter ihm bekreuzigte sich.

»Seht da, unser Lazarus«, sagte Connor trocken. »Aber ehe ihr jetzt an Exorzismus denkt: Sie ist kein Geist und ist auch noch nie einer gewesen. Sie hatte lediglich versäumt, uns wissen zu lassen, daß sie den kleinen Zwischenfall, über den wir uns so aufgeregt haben, überlebt hat. Obwohl sie sich natürlich dafür entschuldigt hat, daß sie so gedankenlos war.«

Caitlyn spuckte noch immer Seifenblasen und wand ihren wütenden Blick Connor zu. Eine lose Strähne ihres Haars hing ihr ins Gesicht, und sie schob sie gereizt zurück. Mickeen und Liam starrten sie mit derart erschrockener Faszination an, als wäre sie tatsächlich von den Toten auferstanden.

»Du bist ein Schwein, Connor d'Arcy!« sagte sie inbrünstig, und Liam blinzelte.

»Sie ist es wirklich«, sagte er, als wäre er bis zu diesem Moment selbst nicht davon überzeugt gewesen. Dann sah er Connor verblüfft an. »Aber wie –?«

»Ich erkläre alles morgen früh«, unterbrach ihn Connor und schloß kurzerhand die Tür. »Was dich betrifft«, sagte er zu Caitlyn, »wir haben ein Wörtchen miteinander zu reden.«

»Ich habe dir nichts zu sagen«, entgegnete sie und verschränkte die Arme.

»Auch gut, denn ich habe dir einiges zu sagen. Zuerst aber will ich den Namen deines Liebhabers.«

»Hah!« erwiderte Caitlyn zornig, schlug die Beine unter und zog die oberste Decke über sich. Ein Fluch lag ihr auf der Zunge, aber sie unterdrückte ihn. Connor würde nicht zögern, noch einmal mit der Seife auf sie loszugehen. »Für wie dumm hältst du mich? Soll ich dir seinen Namen präsentieren, damit du ihn für mich umbringst?«

»Es wird nicht schwer sein, ihn herauszufinden, auch wenn du ihn mir nicht sagst.«

»Dann finde ihn heraus. Ich habe dir nur eines zu sagen: Ich mag es nicht, wenn man mich mit brutaler Gewalt aus meinem Zuhause verschleppt und gegen meinen Willen festhält. Ganz abgesehen von deinen barbarischen Methoden, mich zu bestrafen.«

»Schwierige Umstände erfordern harte Maßnahmen«, sagte Connor achselzuckend, setzte sich neben sie aufs Bett und musterte sie intensiv. Sein Blick machte Caitlyn nervös. Sie hatte das ungute Gefühl, er könne direkt in ihrer Seele lesen.

»Und, treibst du es mit deinem Beschützer?« Caitlyn starrte ihn an. Sie konnte nicht glauben, daß sie richtig gehört hatte. Ein Blick in sein Gesicht überzeugte sie, und sie wurde rot. Connor, erinnerte sie sich, war schon immer dafür gewesen, das Kind beim Namen zu nennen.

»Wie kannst du es wagen, mir so eine Frage zu stellen?«

»Dein Getue beeindruckt mich gar nicht«, sagte er grimmig. »Wir haben schon über viel delikatere Dinge gesprochen – und nicht nur gesprochen –, wenn du dich erinnern willst. Also, ich möchte eine Antwort: Schläfst du mit ihm?«

»Was glaubst du, daß er tut? Mir von Zeit zu Zeit den Kopf tätscheln wie einem verdamm ..., äh, einem Schoßhündchen?«

»Die Seife ist noch in der Nähe«, warnte er sie.

»Versuch das noch einmal, und ich ... ich werde ...«

»Dich in Stücke reißen«, beendete er ihren Satz für sie. »Ich kann mich erinnern. Ich zittere vor Angst.«

Sie musterte ihn. Er beobachtete sie wie eine Katze ein Mauseloch. Plötzlich war sie sich sicher, daß sie etwas gesagt oder getan hatte, was ihn ihre Geschichte bezweifeln ließ.

»Du möchtest mich also glauben machen, daß du seit einem knappen Jahr seine Geliebte bist, ist das richtig?« Er sah sie an, als erwarte er eine Antwort. Als sie nichts sagte, fuhr er fort: »Dann sag mir doch bitte eines: Warum bist du nicht schwanger?«

Caitlyns Augen wurden weit. Sie hatte nie zuvor darüber nachgedacht, aber sie wußte, daß man von dem, was sie und Connor getan hatten, Kinder bekam. Bei Connor war es ihr damals egal gewesen, genaugenommen hätte sie gern ein Kind von ihm empfangen. Aber Sir Edward ... Sie konnte kaum ein Schaudern unterdrücken. Es sah so aus, als gäbe es wenigstens eines, wofür sie dankbar sein durfte. Wäre Sir Edward kein so abnormales Monster, stünden die Chancen ganz gut, daß sie jetzt sein Kind tragen würde. Bei dem Gedanken wurde ihr übel.

»Woher willst du wissen, daß ich kein Kind erwarte?« forderte sie ihn heraus, als sie wieder sprechen konnte.

Sein Gesichtsausdruck wurde eisig, die Lippen hatte er fest

zusammengepreßt. Für einen Moment flammte echte Wut in seinen Augen auf, dann wurde sie wieder von dem Ausdruck gespenstischer Wachsamkeit ersetzt.

»Hast du vor, mich davon zu überzeugen, daß du schwanger bist?« Beherrschung schwang in seiner Stimme mit, und Caitlyn wurde bewußt, daß auch er verbissen darum kämpfte, seine wahren Gefühle nicht zu zeigen.

»Nein«, gab sie ganz plötzlich zu. Selbst wenn er sie dann hätte gehen lassen – was sie nicht glaubte –, konnte sie nicht so tun, als trage sie Sir Edwards Kind unter ihrem Herzen. Bei dem Gedanken wurde ihr wirklich schlecht.

»Und warum nicht? Hast du etwas getan, um es zu verhindern?«

»Natürlich«, sagte sie vorschnell. Sein Mund verzog sich zu einem triumphierenden Lächeln.

»Dann sag mir doch bitte, was.«

Caitlyn hatte nicht die geringste Ahnung, was man dagegen tun konnte. Sie wußte nicht, was sie sagen sollte, und sie vermutete stark, daß er ihr eine Falle stellte. Aber sie war nicht so dumm, da hineinzutappen!

»Benütz deine Fantasie, du hast ja genug.« Da lächelte er wieder, etwas grimmig dieses Mal.

»Du hast vergessen, wie gut ich dich kenne. Du lügst, daß sich die Balken biegen, mein Liebling, und ich will die Wahrheit. Als ich dich heute geliebt habe, warst du wieder so ungeübt wie eine Jungfrau. Ich weiß sehr wohl, daß du keine mehr bist, aber du bist auch keine erfahrene Frau. Und das müßtest du mittlerweile sein, wenn alles, was du mir erzählt hast, wahr wäre. Und du hättest bei meiner Berührung auch nicht in Flammen aufgehen dürfen.«

»Deine Fantasie wird nur noch von deiner grenzenlosen Arroganz übertroffen«, sagte Caitlyn durch zusammengebissene Zähne.

»Du hast dich auch nicht wie eine Frau verhalten, die einen Mann betrügt, den sie liebt«, fuhr Connor sanft fort. »Genaugenommen – obwohl ich mich damit wieder dem Vorwurf der Arroganz aussetze – hast du dich so verhalten, als würdest du mich lieben.«

Caitlyn sagte nichts, sondern musterte ihn nur mit zunehmendem Unbehagen. Connor würde nicht so schnell aufgeben, und sie befürchtete, daß er über kurz oder lang alarmierend nahe an die Wahrheit herankommen könnte. Nicht, daß es noch etwas ausmachen würde, wenn sie bis zum Morgen nicht wieder in der Lisle Street war. Fände Connor die Wahrheit heraus, würde Sir Edward sich nicht mehr lange seines Lebens erfreuen, so oder so würde die Katastrophe ihren Lauf nehmen, und all ihr Leiden, genau das zu verhindern, wäre umsonst gewesen.

Es gab nur eine Chance: Sie mußte morgen früh, wenn Minna mit der heißen Schokolade kam, wieder in ihrem Bett in der Lisle Street liegen, oder der Schutz, den sie so sorgsam für Connor aufgebaut hatte, wäre für immer vertan. Natürlich würde sie die Katastrophe damit nicht für alle Zeiten abwenden, aber sie könnte sie noch eine Weile aufhalten, bis ihr etwas Neues einfiel. Außerdem würde sie morgen verreisen. Sir Edward hatte sie zu einem Zusammentreffen mit seinen zweifelhaften Freunden befohlen, in seinem Jagdhaus in Kent. Dort würde Connor sie nicht finden, und sie könnte über eine dauerhafte Lösung nachdenken.

»Ich möchte nach Hause, Connor. In mein Zuhause in der Lisle Street. Heute nacht. Du hattest kein Recht, mich gegen meinen Willen herzubringen.« Sie klang müde, als sie versuchte, ihn mit Argumenten zu überzeugen. Er verzog spöttisch den Mund.

»Du hast wohl noch nie etwas vom Recht des Stärkeren gehört, mein Liebling?« Sie preßte die Lippen aufeinander und weigerte sich zu antworten. Nach einer Weile kam er zu der Überzeugung, daß er fürs erste nicht mehr aus ihr herausbekommen würde. Er stand auf und schlüpfte aus dem Mantel. Caitlyn beobachtete ihn mit einer Mischung aus Erstaunen und wachsendem Ärger.

»Was soll das werden?« Er knöpfte gerade sein Hemd auf.

»Ich gehe ins Bett. Morgen wird ein interessanter Tag werden, und ich brauche meinen Schlaf.«

»Ich hoffe doch sehr, daß du nicht vorhast, bei mir zu schlafen.«

»Dann hoffst du ganz entschieden vergebens. Ich werde dich nicht eine Sekunde aus den Augen lassen, bis ich dieser Sache auf den Grund gegangen bin. Wenn du nach Hause willst – was du dein Zuhause nennst –, dann solltest du mir besser die Wahrheit sagen. Die ganze Wahrheit. Denn das, was du mir erzählt hast, nehme ich dir nicht ab.«

»Du willst es mir nicht abnehmen, meinst du«, murmelte sie verstimmt. »Du bist ein unglaublich sturer Dickschädel.« Im Feuerschein war seine Haut heller, als sie sie in Erinnerung hatte. Es lag wohl daran, daß er diesen Sommer nicht draußen gearbeitet hatte. Trotzdem waren Brust und Schultern noch so muskulös und seine Taille noch genauso schmal. Sein Bauch war noch immer flach, und eine dünne Spur schwarzen Haars zog sich von der Brust aus darüber und verschwand dann unterm Hosenbund. Als sie ihn so ohne sein Hemd sah, hielt sie unwillkürlich die Luft an. Er hatte schon immer diese Wirkung auf sie gehabt, vom ersten Moment an. Sie sah plötzlich auf. Er hatte sie genau beobachtet, und sie wußte, daß ihre Reaktion sie verraten hatte.

»So, so, du liebst also einen anderen«, sagte er mit sanftem Spott und setzte sich aufs Bett, um die Stiefel auszuziehen. Er drehte ihr den Rücken zu, und sie ertappte sich dabei, daß sie seine weiche Haut bewunderte, das Spiel seiner Muskeln, als er an den Stiefeln zog, die tiefe Linie seines Rückgrats. Der Drang, mit den Fingern diese Linie nachzuziehen, war für einen Moment so stark, daß sie sich auf die Lippen beißen mußte, um ihm nicht nachzugeben. Statt dessen kam ihr in den Sinn, daß er ihr eben die perfekte Möglichkeit bot – wenn sie stark genug war, sie zu nützen. Er hatte ihr den Rücken zugedreht, seine Aufmerksamkeit war auf die Stiefel gerichtet. Und ein schwerer silberner Kerzenleuchter stand griffbereit auf dem Nachtkästchen.

Wenn sie zurück in das Haus in der Lisle Street wollte, bevor sie vermißt wurde, war das ihre einzige Chance. Er hatte einen leichten Schlaf und würde damit rechnen, daß sie versuchen würde zu verschwinden. Außerdem traute sie ihm durchaus zu, daß er sie fesseln würde. Nein, wenn sie entkommen wollte, mußte sie ihn bewußtlos schlagen, aber würde sie es fertigbringen? Um Connors willen?

Sie warf ihm einen kurzen Blick zu, dann griff sie nach dem Kerzenleuchter. Er hatte den zweiten Stiefel schon fast ausgezogen. Sie kämpfte noch einen Augenblick mit sich, dann kam sie auf die Knie und schlug ihm auf den Hinterkopf. Der Kerzenleuchter machte ein schrecklich dumpfes Geräusch, das ihr durch und durch ging. Connor grunzte, schwankte, dann brach er langsam zusammen und lag wie tot da.

Entsetzt ließ Caitlyn den Kerzenleuchter fallen und kniete sich neben ihn auf den Boden. Plötzlich packte sie die schreckliche Überzeugung, daß er tot war. Aber seine Brust hob und senkte sich gleichmäßig, und ihre Finger fanden kein Blut, nur eine langsam anschwellende Beule an seinem Hinterkopf. Sie glättete sein Haar darüber – eine kleine Geste der Wiedergutmachung.

»Es tut mir so leid, Connor«, flüsterte sie, obwohl sie wußte, daß er sie nicht hören konnte. Dann beugte sie sich über ihn und drückte ihm einen Kuß auf die leicht geöffneten Lippen.

Sie richtete sich auf und sah sich nervös im Zimmer um. Über einem Stuhl lag Connors Umhang. Schnell griff sie danach, eilte zum Fenster und riß es auf. Es war ein gutes Stück bis zum Boden, aber ein schmaler Vorsprung zog sich über die Vorderseite des Hauses. Vom Fenster bis zum Vorsprung war es nicht sehr weit.

Auf dem Fensterbrett zögerte sie kurz und sah sich noch einmal nach ihm um. Das Bett verdeckte ihr zum Teil die Sicht, aber sie konnte seinen Kopf und die Schultern sehen. Es tat ihr im Herzen weh, ihn so liegen zu lassen, aber es mußte sein.

»Ich liebe dich, Connor«, flüsterte sie, dann ließ sie sich vorsichtig vom Fenster hinab.

39

Als Connor wieder zu sich kam, wußte er sofort, was geschehen war. Er stöhnte, befingerte seinen pochenden Hinterkopf und setzte sich langsam auf. Wie hatte er nur so dumm sein können, dem kleinen Biest den Rücken zuzudrehen! Er kannte sie so gut wie sich selbst. Er hätte es wissen müssen!

Der eisige Luftzug vom Fenster, das sie hinter sich offen gelassen hatte, half ihm, wieder einen einigermaßen klaren Kopf zu bekommen. Er konnte nicht länger als eine Viertelstunde weggewesen sein, wenn überhaupt. Die Zeit würde ihr kaum gereicht haben, in die Lisle Street zurückzukehren. Er mußte sofort hinter ihr her, oder es würde verdammt schwer werden, sie wiederzufinden.

Er taumelte zur Tür, riß sie auf und schrie nach Mickeen. Er und Liam mußten ganz in der Nähe gewartet haben, denn die beiden erschienen sofort. Sie sahen ihn schwankend in der Tür stehen und seinen schmerzenden Hinterkopf befühlen, nur mit einer Hose bekleidet, und tauschten einen vielsagenden Blick aus.

»Das kleine Miststück hat mich überrumpelt«, grollte Connor als Erklärung, bevor sie fragen konnten. »Ich muß ihr nach, Mickeen, ich brauche die Kutsche.«

»Ich komme mit, Conn«, sagte Liam bestimmt, und Mikkeen plusterte sich auf.

»Ihr wollt mich doch hoffentlich nicht hier lassen, Eure Lordschaft? Ich wollte schon das letzte Mal mit Euch kommen. Ich habe mir ja gleich so etwas gedacht!«

»Beeil dich, Mickeen – mein Kopf tut höllisch weh.« Connor zuckte zusammen, als er die Beule an seinem Hinterkopf berührte. Sie war so groß wie ein Hühnerei und schmerzte nicht schlecht. »Ihr könnt beide mitkommen, wenn ihr wollt. Ich werde wahrscheinlich sogar froh sein, daß ihr dabei seid. Ich habe das Gefühl, es könnte Ärger geben. Irgend etwas an der Situation, in die sie sich da gebracht hat, gefällt mir überhaupt nicht.«

Sie sahen ihn fragend an.

»Ich erkläre es euch später, Liam. Nehmt eure Waffen mit. Ich brauche nur einen Augenblick, um mich anzuziehen.« Er wollte zurück in sein Zimmer, taumelte und ging auf die Knie.

»Conn!«

»Eure Lordschaft!«

Mickeen und Liam waren sofort neben ihm. Connor erlaubte ihnen, ihm beim Aufstehen zu helfen und ihn zum Bett zu bringen. Er legte sich für einen Moment hin, schloß die Augen und biß die Zähne zusammen. Er fühlte sich so, als hätte Caitlyn ihm den Schädel gespalten.

»Womit hat sie dich denn niedergeschlagen?« Liams Stimme klang leicht angewidert.

»Mit dem Kerzenleuchter. Dieses kleine Miststück! Sie

hat sich kein bißchen verändert. Ich hätte es besser wissen müssen. Dieser Teufelin den Rücken zuzukehren!«

»Conn, jetzt sag doch endlich mal, was eigentlich los ist! Du brauchst sowieso etwas Ruhe, ehe wir loskönnen, und ich halte es nicht mehr länger aus. Wie kommt es, daß Caitlyn lebt? Wo ist sie gewesen? Wie hast du sie gefunden? Und warum, in Gottes Namen, hat sie dich mit einem Kerzenleuchter niedergeschlagen?«

Connor verspürte einen seltsamen Widerwillen dagegen, seinem Bruder die ganze Wahrheit zu sagen. Es verletzte seinen Stolz, und er brachte es auch nicht über sich, Caitlyn als das billige Frauenzimmer darzustellen, das ihre eigenen Worte aus ihr gemacht hatten. Außerdem fühlte er tief in seinem Inneren, daß mehr hinter der Sache steckte, als sie ihn glauben machen wollte. Trotzdem hatte Liam ein Recht darauf zu erfahren, was eigentlich los war. Aber Liam hatte recht: Er mußte sich hinlegen, wenigstens bis sein Kopf wieder etwas klarer war. Dann kam ihm Caitlyn in den Sinn, halb nackt und allein, zu Fuß unterwegs durch London. Die Geschichte würde warten müssen, bis er sie wieder sicher hier bei sich hatte.

»Später«, sagte er und setzte sich trotz der hämmernden Kopfschmerzen auf. Das Zimmer schien sich um ihn zu drehen. Erstaunt stellte Connor fest, daß Caitlyn ihm einen ganz ordentlichen Schlag verpaßt haben mußte: Ihm wurde schwarz vor Augen. Er murmelte einen Fluch und sank seitlich aufs Bett.

Als sie schließlich in der Lisle Street ankamen, war es schon später Vormittag. Niemand öffnete auf sein lautes Klopfen hin. Das Vögelchen war ausgeflogen.

40

Neun Tage später verließ Caitlyn widerwillig Sir Edwards Jagdhaus. Sir Edward und seine Freunde hatten Kent schon vor zwei Tagen verlassen, aber sie hatte eine Krankheit vorgetäuscht, um noch bleiben zu können. Schließlich konnte sie es nicht länger hinauszögern. Sir Edward wollte sich heute abend mit ihr auf einem öffentlichen Ball im Londoner Pantheon zeigen, und es würden auch einige seiner Freunde kommen. Sollte sie nicht fertig sein, wenn seine Kutsche käme, um sie abzuholen, wäre er nicht nur sehr ärgerlich, sondern würde vielleicht sogar Verdacht schöpfen. Es paßte nicht zu ihr, daß sie in einem der Häuser, in die er sie gelegentlich brachte, länger als unbedingt nötig blieb. Normalerweise konnte sie es kaum erwarten, zurück nach London zu kommen, wo sie, wenn sie Glück hatte, Sir Edward nicht öfter als zweimal die Woche zu Gesicht bekäme.

Als Caitlyn sich für den Ball ankleidete, war sie am Verzweifeln. Jedesmal, wenn sie im Haus ein Geräusch hörte, zuckte sie zusammen. Sie erwartete, Connor jeden Moment in der Tür stehen zu sehen; ihre Nerven waren zum Zerreißen gespannt, und sie war mit ihrer Kraft beinahe am Ende. Die Schmerzen von den Schlägen, die sie fast jede Nacht hatte ertragen müssen, da Sir Edward sie dauernd in seiner Nähe gehabt hatte, waren kaum auszuhalten, und sie litt Todesangst. Ihr war immer noch kein Ausweg eingefallen, obwohl sie Tag und Nacht darüber nachgegrübelt hatte, bis ihre Gedanken sich nur noch im Kreis zu drehen schienen. Die Konfrontation würde sich nicht mehr lange aufschieben lassen, und sie wußte nicht, was sie dann tun sollte.

»Die Kutsche ist da, Miß.« Fromers Klopfen schreckte Caitlyn aus ihren Gedanken auf. Sie hatte Minna gestattet, ihr das Kleid zuzuknöpfen und ihr Haar zu machen, und jetzt trat sie mit der Bürste in der Hand von Caitlyns Stuhl zurück und betrachtete ihr Werk kritisch.

»Sie werden Sir Edward gefallen, Miß«, sagte sie tonlos. Nun, davon abgesehen, daß Sir Edward ziemlich ärgerlich wurde, wenn sie nicht so strahlend aussah, wie er es von ihr erwartete, wäre es Caitlyn lieber gewesen, sie würde ihm nicht gefallen.

»Danke, Minna«, sagte sie und stand auf. Auch wenn sie beide wußten, daß es nur eine Farce war, benahmen sie sich so, als wäre Caitlyn wirklich die Herrin und Minna ihr Mädchen.

»Werden Sie Ihren neuen Umhang tragen, Miß? Es ist ziemlich kalt draußen.« Minna klang so unpersönlich, daß sie genausogut mit einem Möbelstück hätte sprechen können. Während Minna den Umhang holte, betrachtete Caitlyn sich in dem ovalen Spiegel. Die junge Frau, die sie daraus ansah, war groß und sehr schlank, trug ihr schwarzes Haar aufgetürmt, und eine dunkle Locke fiel über ihre weiße Schulter. Das Gesicht war delikat geschminkt, die Augen wie zwei riesige Juwelen, und der rote Mund wurde an einer Seite raffiniert von einem Schönheitspunkt betont. Das atemberaubende Kleid aus smaragdgrüner Seide war großzügig mit schwarzer Spitze besetzt, und der Ausschnitt zeigte mehr, als er verhüllte. Smaragde, in Gold gefaßt, funkelten an Ohren und Hals. Sie sah schön aus, teuer, unerreichbar – und sie war eine Fremde für Caitlyn. Diese junge Frau hatte nichts mit ihr zu tun.

»Du brauchst nicht auf mich zu warten«, sagte sie, als Minna ihr den luxuriösen Samtumhang um die Schultern legte. Minna nickte, eine Farce, wie alles andere auch. Das Haus in London, prunkvoll eingerichtet, die Kleider, immer nach der neuesten Mode und so geschnitten, daß sie ihre Reize auch wirklich zur Geltung brachten, der Schmuck: alles war pompös und verhieß Reichtum. Hätte sie damals, in den Slums von Dublin, gewußt, daß sie einmal in solchem Luxus leben würde, hätte sie sich für den glücklichsten Menschen auf Erden gehalten. In Wirklichkeit allerdings war sie so unglücklich, wie ein Mensch überhaupt sein konnte. Sie hätte bereitwillig alles dafür gegeben, wieder mit Connor auf Donoughmore leben zu können.

Es dauerte nicht lange, und sie waren am Pantheon angelangt. Wenn es nach ihr gegangen wäre, hätte die Fahrt ruhig doppelt soviel Zeit in Anspruch nehmen können. Sie sah diesem Ball ungefähr so freudig entgegen, als würde sie einen Zahn gezogen bekommen. Sie reihten sich in der Schlange von Kutschen vor der Oxford Street ein. Dienstboten liefen mit Laternen die Straße auf und ab, um denen den Weg zu erleuchten, die beschlossen hatten, ihre Vehikel dem Chaos zu überlassen und zu Fuß zu gehen. Caitlyn blieb, wo sie war. Sie hatte es nicht eilig, Sir Edward zu sehen, aber auch so hatten sie bald den Eingang erreicht, und ein Bediensteter war ihr beim Aussteigen behilflich.

Das Pantheon war wirklich beeindruckend. Riesige Kristallüster hingen von der gewölbten, mit Fresken verzierten Decke der Eingangshalle. Breite Marmorstufen führten zu einem enormen rechteckigen Ballsaal, von dem unzählige Salons, Alkoven und abgeteilte Sitzecken abzweigten. Am anderen Ende spielte auf einer erhöhten Plattform eine Kapelle.

Obwohl es eigentlich noch früh am Abend war, drängten die Gäste sich durch die Räume. Es war eine bunt gemischte Gesellschaft, und gut die Hälfte der Anwesenden war maskiert. Für die Mitglieder der oberen Gesellschaftsschicht galt es als gewagt, an den Festen im Pantheon teilzunehmen. Hier stand man Schulter an Schulter mit wirklich jedermann; junge Burschen, die eben erst vom Land in die Stadt gekommen waren, Abenteurer, Gauner, Geldhaie, die versuchten, junge unachtsame Männer in ihre Spieleretablissements zu locken – alles war hier vertreten.

Ein weiterer Dienstbote schien Caitlyn bereits erwartet zu haben, denn er eilte auf sie zu und führte sie zu dem Salon, in dem Sir Edward mit seinen Freunden saß. Als sie Sir Edward erblickte, blieb sie etwas zurück, denn Übelkeit und Abscheu, die sie überkamen, waren so stark, daß sie sie kaum verbergen konnte.

Sir Edward drehte sich um und sah sie stehen, und sie gesellte sich zu ihm. Er musterte sie kritisch, als sie näher kam. Seine Abendgarderobe bestand aus matt goldfarbenem Satin, und sie wußte, daß er für sie die smaragdgrüne Seide mit einem Auge auf das Bild, das sie zusammen abgeben würden, gewählt hatte. Sie mußte zugeben, daß sie Sir Edward, hätte sie ihn nicht so gut gekannt, durchaus für einen anziehenden Mann gehalten hätte. Aber sie kannte die Grausamkeit und Gemeinheit, die zu den Grundzügen seines Charakters gehörten, und als er einen Arm ausstreckte und sie näher zog, mußte sie ein Schaudern unterdrücken. Seine Augen trafen ihre und blitzten auf. Er genoß es, daß sie ihn haßte, aber hilflos war und nichts dagegen tun konnte. Es gab ihm ein Gefühl von Macht. Er hielt ihrem Blick stand, als er den Kopf senkte und ihr einen lüsternen Kuß auf den Mund drückte. Sie wußte, daß er das hauptsächlich wegen seiner Freunde tat, aber sie mußte sich zusammenreißen, um nicht zurückzuzucken.

»Du kommst spät«, sagte er leise. Auch wenn sein Ton mild klang, wußte sie, daß sie sein Mißfallen erregt hatte. Ihre Pupillen verengten sich, aber sie versuchte instinktiv, ihre Furcht nicht zu zeigen.

»Es tut mir leid«, brachte sie heraus und war erleichtert, als er sich abwandte, um ihr die Gäste vorzustellen, die sie noch nicht kannte. Außer ihr und Sir Edward waren noch drei Paare in dem kleinen Salon. Die Gentlemen gehörten offensichtlich ebenfalls zur oberen Gesellschaftsschicht, die Frauen in ihrer Begleitung waren vom Covent-Garden-Typ. Ihre Kleidung hatte einzig den Zweck, den Männern, die ihr tägliches Brot – und nicht nur das – beschafften, zu gefallen. Mit Sittlichkeit hatte das – wie auch ihre eigene Kleidung – kaum was zu tun. Ihre Namen lauteten Yvette, Suzanne und Mimmi, und wenn sie auch nur einen Tropfen französischen Bluts in den Adern hatten, war Caitlyn die Königin von England. Sie setzte sich, um mit ihnen am Essen teilzunehmen, und obwohl sie sich aus Angst vor Sir Edward alle Mühe gab, in ihr fröhliches Geplapper mit einzustimmen, fiel es ihr heute abend besonders schwer. Als sie das Essen beendet hatten und einzelne Paare begannen, auf die Tanzfläche abzuwandern, war sie erleichtert. Jetzt, wo sie nicht mehr so direkt unter Sir Edwards Aufsicht stand, konnte sie sich wieder ihren eigentlichen Problemen zuwenden: Wie sie Connor dazu bringen würde, wieder aus ihrem Leben zu verschwinden, dieses Mal endgültig.

Einer von Sir Edwards Freunden reichte ihr die Hand zur Quadrille, und sie akzeptierte gern. Der Tanzlehrer, den Sir Edward für sie angestellt hatte, hatte ihr die Schritte eingehämmert, so konnte sie tanzen, ohne darüber nachdenken zu müssen. Ihr Partner hatte nicht soviel Glück. Während er leise die Schritte auszählte, konnten ihre Gedanken ungehindert schweifen, auf der Suche nach einer Lösung.

Ganz egal, welche Geschichte sie ihm erzählen mochte, es war unwahrscheinlich, daß sie ihn so loswerden würde. Sie kannte ihn zu lange und zu gut, um sich dieser Hoffnung auch nur einen Augenblick hinzugeben. Die Versuchung, ihm die Wahrheit zu sagen und ihn um seinen Rat zu bitten, wie man Sir Edward überlisten konnte, wurde immer mächtiger. Vielleicht könnten sie fliehen, zusammen mit Mickeen und seinen Brüdern . . . Nein, das würde nicht funktionieren. Connors Charakter und sein Temperament, dazu noch sein Haß auf Sir Edward, würden das nicht zulassen. Schon zweimal nicht, wenn sie ihm erzählte, wie Sir Edward sie erpreßt und mißbraucht hatte. Als sie sich Connors Reaktion darauf vorstellte, schauderte sie. Die Arme des Mannes, der sie schon näher an sich gezogen hatte, als der Tanz das erforderte, schlossen sich fester um sie.

»Sie sind so wunderschön heute abend, ein funkelndes Juwel. Warum streifen wir beide nicht ein wenig durch die Salons, es gibt ja so viel, was ich Ihnen zeigen möchte!« Der ehrenwerte Sir Winthrop Cunningham kicherte auf diese Bemerkung hin, die er offensichtlich für sehr witzig hielt. Er war nicht mehr ganz nüchtern und nicht gerade sicher auf den Beinen, als er sich mit ihr durch die komplizierten Figuren des Tanzes bewegte. Caitlyn konnte ihren Abscheu kaum verbergen, aber Sir Edward – das wußte sie aus Erfahrung – würde ziemlich wütend sein, wenn sie unfreundlich zu einem seiner Gäste wäre.

Der ehrenwerte Sir Winthrop wagte mehr, als er je gewagt hatte, und legte eine Hand auf ihren Busen. Sir Edward hin oder her, sie trat ihm daraufhin instinktiv gegen das Schienbein. Der Gedanke, daß er sich bei Sir Edward beschweren könnte, ging ihr durch den Kopf. Dann würde sie eben dafür büßen müssen – es war ihr egal. Langsam fühlte sie ihren alten Geist zurückkehren und die verzweifelte Hoffnungslosigkeit des letzten Jahres verdrängen.

»Oh! Au! Warum haben Sie mich getreten?« Der ehrenwerte Sir Winthrop taumelte einen Schritt zurück und wäre beinahe auf sein dick gepolstertes Hinterteil gefallen. Niemand sonst auf der Tanzfläche schien den Zwischenfall bemerkt zu haben. Sie waren alle zu beschäftigt mit ihren eigenen Intrigen und Verwicklungen. Für die Nacht oder länger den Partner zu tauschen war einer der Gründe, warum man das Pantheon besuchte. Hier war der richtige Ort, um entsprechende Kontakte zu knüpfen. Von den drei Paaren, die mit ihnen gegessen hatten, schienen zwei schon für die Nacht getauscht zu haben. Der dritte war der ehrenwerte Sir Winthrop, mit dessen Freundin Suzanne Sir Edward verschwunden war.

»Es tut mir leid, ich muß ausgerutscht sein«, flötete Caitlyn und schenkte ihrem Partner ein gekünsteltes Lächeln. »Das passiert schon mal, wenn Gentlemen ihre Hände wandern lassen.«

»Sie sind mir ein sauberes Früchtchen«, sagte der ehrenwerte Sir Winthrop mit einem Schluckauf und griff nach ihr, um den Tanz fortzusetzen. Der untersetzte Mann stellte wirklich keine Gefahr für sie dar, darum erlaubte Caitlyn ihm, sie zurück in die Quadrille zu ziehen. Manche von Sir Edwards Freunden machten ihr angst, und sie tat ihr möglichstes, um nie mit ihnen allein zu sein. Der ehrenwerte Sir Winthrop allerdings war ein fetter Dummkopf, und sie würde ohne große Schwierigkeiten mit ihm fertig werden.

»Wo hat Neddie Sie eigentlich entdeckt?« murmelte ihr Partner, als die Bewegungen des Tanzes sie wieder zusammenführten. »Sie sind wirklich außergewöhnlich! Eine unbezahlbare Perle!«

»Das müßt Ihr ihn selbst fragen«, entgegnete Caitlyn. Sie hatte es schmerzlich gelernt, auf solche Fragen keine Auskunft zu geben. Sir Edward hatte seiner Meinung darüber klar und deutlich Ausdruck verliehen, nachdem sie zum erstenmal in der Öffentlichkeit als seine Geliebte aufgetreten war und seiner Ansicht nach zuviel erzählt hatte. Sie vermutete, er hatte Angst, daß trotz seiner Sicherheitsvorkehrungen Nachricht von ihrem Verbleib zu Connor vordringen könnte. Sir Edward fürchtete Connor fast so sehr, wie er ihn haßte, und er hatte guten Grund dazu.

»Ich würde Sie großzügig belohnen, wenn Sie mit mir auf eines der Zimmer kämen. Und wenn es Neddie nicht gefallen sollte, nun, dann erzählen Sie es ihm einfach nicht. Von mir erfährt er es bestimmt nicht. Wir wären nicht länger als eine halbe Stunde verschwunden.«

Caitlyn machte sich kaum die Mühe, ein Seufzen zu unterdrücken. Sie wünschte, ihr Partner würde schweigen, so daß sie nachdenken konnte. Die Zeit wurde knapp. Connor konnte schon auf sie warten, wenn sie heute in die Lisle Street zurückkehrte.

Endlich war der Tanz zu Ende, und Caitlyn machte einen Knicks. Die Musiker setzten schon zum nächsten Stück an. Der ehrenwerte Sir Winthrop fuhr sich über die Stirn. Es war ziemlich warm im Saal, und seine Fettleibigkeit wurde von dem leise quietschenden Korsett, das er unter dem reich verzierten Anzug trug, nicht verborgen. Viel Anstrengung bedeutete auch viel Schweiß, und dunkle Linien zogen sich längst durch den Puder, der kaum noch dazu beitrug, seine gesunde Gesichtsfarbe zu verdecken.

»Würden Sie wohl gerne auch den nächsten Tanz mit mir tanzen?« erkundigte er sich und tupfte seine Wangen mit einem feinen Taschentuch ab. Caitlyn verspürte schon fast Mitleid mit ihm und wollte gerade den Kopf schütteln, als ein großer Mann ihre Aufmerksamkeit auf sich zog. Er war noch ein Stück entfernt, und sein Vorwärtskommen wurde sowohl von den Tänzern behindert, die sich soeben wieder aufstellten, als auch von einem leichten Hinken. Es war kaum bemerkbar, als er sich seinen Weg durch die Menge bahnte, aber Caitlyn spürte ihr Herz höher schlagen. Er hatte die Kapuze seines Umhangs über den Kopf gezogen, und sein Gesicht war maskiert, aber Caitlyn hatte keine Zweifel. Sie hätte Connor überall erkannt, in jeder Verkleidung. Freude und Erleichterung durchfuhren sie, dicht gefolgt von Angst. Ihre Zeit zum Nachdenken war abgelaufen.

»Nein«, antwortete sie instinktiv. Ihr erster Gedanke war die Flucht. Dann ging ihr etwas anderes durch den Kopf. Wenn Connor sie finden würde, dann besser auf der Tanzfläche als allein mit Sir Edward in dem Salon. »Ich meine, ich würde sehr gerne mit Euch tanzen«, verbesserte sie sich schnell und zog den verdutzten Sir Winthrop in die wirbelnde Bewegung des Tanzes. Sie war sich nicht sicher, ob er sie schon entdeckt hatte, aber er war bestimmt nicht zufällig hier. Irgendwie mußte er herausgefunden haben, daß sie im Pantheon sein würde.

Connor hatte die Richtung geändert und kam jetzt direkt auf sie zu. Caitlyns Herz begann so laut zu klopfen, daß sie dachte, jeder müßte es hören können. Genau wie es ihr mit ihm ging, so hatte auch er einen schon fast unheimlichen sechsten Sinn, was sie anbetraf. So unauffällig wie möglich sah sie sich nach Sir Edward um. Er war nirgendwo zu sehen, und sie konnte nur hoffen, daß er sich mit Suzanne in ein Zimmer zurückgezogen hatte. Wenn sie Connor irgendwie loswerden konnte, ehe Sir Edward ihn zu Gesicht bekam und umgekehrt, war noch nicht alles verloren.

»Ist etwas nicht in Ordnung, meine Schöne?« Sogar der ehrenwerte Sir Winthrop hatte ihre Aufregung bemerkt. Caitlyn löste ihre Augen gewaltsam von dem Trubel, der sie umgab, und lächelte ihrem Partner scheinbar unbesorgt zu.

»Oh, nein, nicht direkt. Ich habe nur einen alten Freund entdeckt. Es – es ist eher lästig, fürchte ich, aber ich werde wohl mit ihm sprechen müssen. Er – er bringt Neuigkeiten von zu Hause.«

Sir Winthrop wirkte überrascht, aber auch interessiert. »Ich hatte keine Ahnung, daß Sie noch Verbindung mit daheim haben. Neddie gab mir zu verstehen, Sie hätten niemanden. Genaugenommen war er immer verdammt geheimnisvoll, was Sie betrifft, wenn ich es mir so überlege.«

»Sir Edward ist – ein etwas besitzergreifender Mann«, entgegnete Caitlyn, und ihr Gehirn arbeitete auf Hochtouren. Connor hatte sie fast erreicht. »Äh, Winthrop, ich wäre Euch sehr dankbar, wenn Ihr Sir Edward gegenüber nicht erwähnen würdet, daß ich einen alten Freund getroffen habe.«

Der ehrenwerte Sir Winthrop vergaß fast weiterzutanzen. »Wie dankbar?«

»Außerordentlich dankbar«, sagte Caitlyn mit zusammengebissenen Zähnen. Connor war nur noch ein paar Schritte entfernt. Als der ehrenwerte Sir Winthrop ihr gerade versicherte, daß ihn nichts dazu bringen könnte, sie zu verraten, solange sie ausreichend dankbar wäre, legte Connor ihm eine schwere Hand auf die Schulter. Obwohl er die Kapuze über den Kopf gezogen hatte und maskiert war, konnte Caitlyn genug von seinem Gesicht sehen, um zu wissen, was er dachte.

»Nein, nein, er ist es nicht!« quiekte sie. Der ehrenwerte Sir Winthrop drehte sich langsam um, und der empörte Protest auf seinen Lippen erstarb, als er Größe und Körperbau seines Gegners in sich aufnahm.

»Tanz mit mir«, sagte Caitlyn verzweifelt und glitt zwischen ihn und Sir Winthrop, ehe sie noch mehr Aufmerksamkeit erregen würden. »Bitte!«

»Ich erwarte, daß Sie wirklich sehr, sehr dankbar sind«, sagte der ehrenwerte Sir Winthrop leicht beleidigt, als sie nach Connors Arm griff und hektisch daran zog. Connor musterte sie einen Moment, seine Augen glitzerten durch die Schlitze der Maske, und Sir Winthrop verschwand langsam in der Menge.

»Du hast nicht zufällig einen Kerzenleuchter dabei?« fragte Connor boshaft, ohne ihre Versuche zu beachten, ihn zum Tanzen zu bewegen.

»Bitte tanz mit mir«, sagte sie, ohne auf seine Bemerkung einzugehen. »Ich möchte keine Aufmerksamkeit erregen.«

»So, möchtest du das nicht?« entgegnete Connor, und sein Ton verkündete Unheil. »Und warum bitte nicht?«

Sie standen bewegungslos mitten auf der Tanzfläche, während um sie herum bunt kostümierte Paare sich im Rhythmus der Musik drehten. Sie begannen bereits aufzufallen.

»Tanze!« zischte Caitlyn ihm verzweifelt zu, sich der fragenden Blicke bewußt, die sie von allen Seiten streiften. Sie machte einen Knicks und fiel in ihren Teil des Tanzes. Einen Moment später schloß Connor sich ihr an. Seine Hand war warm und fest, als er sie durch die Figuren führte. Er war ein hervorragender Tänzer, und unter anderen Umständen wäre es ihr ein Vergnügen gewesen, hier mit ihm zu tanzen. Ab und zu öffnete sich sein Domino leicht, und sie sah, daß er einen Abendmantel aus silbernem Brokat trug, dazu eine passende Weste. Der Rest seiner Kleidung war schwarz. Er sah ganz wie ein Gentleman der obersten Gesellschaftsschicht aus, und Caitlyn fühlte einen Anflug von Stolz, der sofort von Angst ausgelöscht wurde. Sie mußte ihn aus dem Ballsaal weglokken, weg vom Pantheon, sofort. Sir Edward würde sie erzählen, sie wäre plötzlich krank geworden. Er würde zwar toben und seine Wut an ihrem Fleisch auslassen, aber Connor wäre erst einmal sicher.

Sie tanzte mit ihm in Richtung auf den Ausgang und sah sich dabei unauffällig nach Sir Edward um, der jeden Moment auftauchen und nach ihr suchen konnte.

»Ist dein Liebhaber hier? Bist du deshalb so nervös?« Seine klare Stimme ließ Caitlyn zusammenzucken. Sie sah zu seinem geliebten Gesicht auf, das im Moment aggressiver war, als sie es je gesehen hatte, und ihr Mut sank. Connor war auf einen Kampf aus.

»Woher hast du gewußt, daß ich hier sein würde?« Sie versuchte, die schnellen, nervösen Blicke, die sie ständig um sich warf, unter Kontrolle zu bekommen. Er durfte ihre Panik nicht bemerken. Connor grinste ihr zu, als sie sich unter seiner Hand drehte.

»Ich habe dein Haus beobachten lassen, seit du verschwunden bist. Der Mann hat dich heute nachmittag ankommen sehen und mir Bericht erstattet. Leider war ich gerade außer Haus, aber sobald ich zurück war, habe ich dem Haus in der Lisle Street einen Besuch abgestattet. Es hieß, du wärst ausgegangen, zum Pantheon. Und hier bin ich. Dieses Mal kommst du mir nicht davon, es hat also keinen Sinn, mir den Schädel einschlagen zu wollen.«

»Connor, kannst du mich nicht in Ruhe lassen? Nicht einmal, wenn ich dir sage, daß ich glücklich bin, dich nicht mehr liebe, daß du mir hier alles verdirbst?« Echte Verzweiflung schwang in ihren Worten mit, und seine Augen wurden schmal.

»Du gehörst zu mir, mein Liebling. Ich werde dich nie in Ruhe lassen, das weißt du so gut wie ich.«

Nun, dann sollte es so sein. Das war die Antwort, die sie erwartet hatte, auf die sie gehofft und die sie gefürchtet hatte. Plötzlich, als hätte ihr Schutzengel es ihr ins Ohr geflüstert, wußte sie, was sie zu tun hatte.

»Dann laß uns jetzt hier verschwinden. Schnell!« drängte sie. Er runzelte die Stirn. Um sie herum wirbelten die anderen Paare, aber Caitlyn vergaß ganz ihren Teil des Tanzes. Sie klammerte sich fest an seine Hand, ihre kornblumenblauen Augen standen groß und ängstlich in dem weißen Gesicht.

»Laß uns zumindest mal von der Tanzfläche verschwinden«, entgegnete Connor. Er musterte sie fragend, als er sie unterhakte und auf die Seite führte.

»Beeil dich«, sagte sie und versuchte ihn hinter sich herzuziehen. Um die Tanzfläche herum standen die Menschen dicht gedrängt, und es war nicht einfach, schnell zwischen ihnen durchzukommen, noch weniger ohne Connors Mithilfe. Er schlenderte so gemütlich hinter ihr her, als habe er alle Zeit der Welt. Es war zum Verzweifeln.

»Auf einmal hast du es aber sehr eilig, hier wegzukommen.« Connors Stimme hatte einen nachdenklichen Unterton. »Was ist mit deinem Gentlemanfreund, den du so sehr liebst?«

»Das war gelogen«, sagte Caitlyn und zog an seinem Ärmel. »Ich erkläre dir alles später, aber bitte beeil dich jetzt!«

»Caitlyn!« Sie zuckte zusammen und warf einen ängstlichen Blick hinter sich. Connor blieb wie angewurzelt stehen, und sein Kopf schwang langsam in die Richtung, aus der der Ruf gekommen war.

»Wo bist du gewesen? Ich habe nach dir gesucht! Es war sehr unhöflich von dir, unsere Gäste einfach allein zu lassen. Und wer ist bitte dieser Gentleman?« Sir Edwards eisige

Stimme ließ Caitlyn einen Schauer über den Rücken laufen. So, wie er auf sie zukam, die Augen so eisig wie seine Stimme, war es offensichtlich, daß er keine Ahnung hatte, daß es Connor war, der neben ihr stand. Seine Wut galt nur ihr. Als Connor ihn sah, zuckte sein Körper zusammen. Die Begegnung, die Caitlyn so sehr gefürchtet hatte, würde sich jetzt nicht mehr verhindern lassen.

»Bitte geh! Bitte! Du kannst später zu mir in die Lisle Street kommen!« flüsterte sie in panischer Angst, obwohl sie wußte, daß es keinen Sinn hatte. Noch während sie ihn anflehte, faßte er nach oben, um die Maske abzunehmen.

»Endlich beginne ich zu verstehen«, sagte Connor und ließ ihre Hand los, als er die Maske vom Gesicht zog. Sir Edward erstarrte, als habe er sich soeben in Stein verwandelt. Sein Gesicht wurde so weiß wie die Wand.

»D'Arcy«, krächzte er. Connor schob die Kapuze seines Dominos zurück und musterte ihn drohend.

Entsetzt beobachtete Caitlyn die beiden. Es war zu spät, um noch etwas retten zu können. Sie hatte ihre Chance vertan. Connors Augen glitzerten gefährlich, als sie auf Sir Edward ruhten. Er war größer und muskulöser als sein Gegner, und in einem fairen Kampf würde es ihm ein leichtes sein, Sir Edward zu schlagen. Aber Sir Edward, immer noch durchsichtig weiß, aber langsam seine Fassung zurückgewinnend, würde nicht fair kämpfen.

»Ich wünsche Euch einen guten Abend, Sir Edward«, sagte Connor mit derart eisiger Höflichkeit, daß Caitlyn das Blut in den Adern stockte. Dann wandten sich Connors glitzernde Augen ihr zu. »Sag mir, mein Liebling, wie hat dieses englische Stinktier dich dazu gebracht, seine Geliebte zu werden?« Seine Stimme hatte fast den Ton einer normalen Unterhaltung. Nur Caitlyn, die ihn so gut kannte, hörte die Wut heraus, die sich langsam in ihm aufbaute. Er hatte nicht mehr viel Zeit, um zu fliehen. Und sie wußte, daß er niemals ohne sie gehen würde. Nicht in diesem Leben.

»Er hat mich nicht gezwungen, ich bin freiwillig mit ihm gegangen. Ich – ich wußte, du würdest wütend sein, darum habe ich es dir nicht gesagt. Oh, bitte geh, und laß uns in Frieden, ja? Um meinetwillen?« Ihre Worte signalisierten Panik, und ihre Augen schickten ihm eine verzweifelte Warnung, aber er stand wie ein Felsen in der Brandung. Er musterte ihr Gesicht interessiert, ehe er sich wieder Sir Edward zuwandte. Die Leute spürten, daß sich eine Szene anbahnte. Zuschauer begannen sich um sie zu versammeln, aber keine der drei Hauptpersonen hatte einen Blick für sie übrig. Sie waren auf sich selbst konzentriert und auf das Drama, das sich zwischen ihnen abspielte.

»Tatsächlich, d'Arcy, sie hat mich Euch vorgezogen«, meinte Sir Edward. »Findet Ihr das so schwer zu glauben? Wie Ihr wißt, habe ich mehr zu bieten. Laßt sie wählen und seht, ob sie nicht zu mir kommt. Überzeugt Euch selbst, daß es ihr eigener, freier Wille ist.«

Sir Edward hatte sich schnell von dem Schock erholt. Caitlyn sah eine Chance, Connor mit heiler Haut davonkommen zu sehen. Wenn sie ihn überzeugen konnte, daß sie freiwillig mit Sir Edward gegangen war, würde er wütend verschwinden und sie den Konsquenzen ihrer Wahl überlassen. Sir Edward wäre über seinen Triumph hocherfreut – auch wenn sie später dafür bezahlen würde. Aber darauf kam es nicht an, wenn der Preis für ihre Freiheit Connors Leben war.

»Würdest du wirklich zu ihm gehen, mein Liebling?« Caitlyn begegnete Connors ruhigem Blick und nickte. »Wie schade, daß ich mich letztes Mal von dir überreden ließ, ihn nicht zu töten. Uns allen wäre viel erspart geblieben«, sagte Connor scheinbar gelassen. Dann wandte er sich wieder Sir Edward zu, und Caitlyn sah Mordlust in seinen Augen blitzen. Auch Sir Edward mußte die Botschaft verstanden haben, denn er trat einen Schritt zurück. Connor lächelte und schob Caitlyn sanft zur Seite. Dann packte er mit einer blitzschnellen Bewegung Sir Edward am Kragen und hob ihn hoch, so daß er von seinem Arm baumelte.

»Gott ist mein Zeuge, ich werde denselben Fehler nicht noch einmal machen«, sagte Connor zwischen zusammengebissenen Zähnen hervor. Caitlyn griff nach seinem freien Arm.

»Du verstehst nicht – du kannst ihn nicht töten –, bitte, hör mir zu!« rief sie. Connor drehte an Sir Edwards Kragen, der sich langsam zusammenzog. »Ich habe beim letzten Mal auf dich gehört, mein Liebling, und schau, wohin es uns gebracht hat. Dieses Mal werde ich ihn umbringen.«

»Ihr hört besser auf sie, d'Arcy«, keuchte Sir Edward halb erstickt. Er wurde schon langsam blau im Gesicht, seine Füße streiften kaum den Boden. Caitlyn begriff ganz plötzlich, daß Connor ihn direkt vor ihren Augen erwürgte.

»Holt die Wache!« hörte sie jemanden in der Menge schreien. Sie griff wieder nach Connors Arm und zog an ihm, bis er sie ansah.

»Du mußt gehen! Ich komme mit dir, aber wir müssen hier weg, ehe die Wache kommt! Sie werden dich hängen! Sir Edward weiß . . .«

»Was weiß der Bastard?« Connors Lächeln war verzerrt, und seine Augen fixierten Sir Edward. Dieser kämpfte um Luft und zerrte in Todesangst an Connors Hand. Bis zu diesem Moment war Caitlyn nie wirklich klargeworden, wie stark Connor war. Sir Edward war so hilflos in seinem Griff, wie sie selbst es gewesen wäre.

»In Gottes Namen, töte ihn nicht! Wir müssen hier weg! Bitte, Connor, bitte!« Sie war verzweifelt und den Tränen nahe. Connor warf ihr einen Blick zu und runzelte die Stirn. Irgend etwas von ihrer Panik schien zu ihm durchzudringen, ihm bewußt zu machen, wo er sich befand, und daß eine beachtliche Zuschauermenge sich um sie versammelt hatte. Er biß die Zähne fest zusammen. Langsam erstarb etwas von der Wut in seinen Augen, und sein Verstand kam wieder durch. Wenn er Sir Edward vor all diesen Zeugen ermordete, würde er dafür aller Wahrscheinlichkeit nach mit dem Leben bezahlen. Er drehte seine Hand noch einmal kurz, so daß Sir Edwards Mund offenstand wie bei einem Fisch auf dem Trockenen, dann ließ er ihn los. Sir Edward brach zusammen und kniete auf dem Boden, die Hände an seiner Kehle.

Connor beugte sich über ihn und sprach leise, aber bedrohlich auf ihn ein. Nur Caitlyn war nahe genug, um ihn verstehen zu können.

»Ich werde dich umbringen, du englischer Abschaum, aber es wird kein Mord sein, sondern ein fairer Kampf. Du wirst eine Chance haben, und das ist mehr, als du meinem Vater oder Caitlyn gegeben hast. Und ich warne dich: Wenn du versuchst zu fliehen, werde ich dich finden, und wenn es ein Leben lang dauert.«

»Connor, bitte . . . Laß uns gehen!«

»Pistolen oder Schwerter, die Wahl überlasse ich dir. In der Morgendämmerung, auf Hounslow Heath. Sei dort, oder verbringe den Rest deines erbärmlichen Lebens damit, ständig über die Schulter zu schauen. Du wirst nie wissen, wann ich dich finden werde, aber du kannst sicher sein, daß ich dich finde.«

Connor richtete sich auf, streifte die Menge mit einem durchdringenden Blick, worauf sie geschlossen von ihm zurückwich, und nahm Caitlyns Hand. Sie wurde fast ohnmächtig vor Erleichterung. Zumindest würde man ihn nicht jetzt und hier verhaften.

»Was geht hier vor? Macht Platz, zur Seite, Leute!« Vier stämmige Polizisten bahnten sich ihren Weg durch die Menge.

»Lauf! Wir müssen fliehen!« schrie Caitlyn verzweifelt, aber ihre Warnung kam zu spät. Sir Edward hatte sich wieder soweit erholt, daß er aufspringen und sich auf Connor stürzen konnte. Connor taumelte unter dem unerwarteten Angriff ein paar Schritte nach vorne. Caitlyn schrie auf. Sir Edward klammerte sich an Connors Rücken, der griff sich eine Handvoll Haare, beugte sich nach vorn, und Sir Edward flog durch die Luft.

Aber selbst im Fallen schrie er noch: »Schnell, verhaften Sie diesen Mann! In Irland ist ein Preis auf seinen Kopf ausgesetzt – er ist der, den man den schwarzen Rebellen nennt!«

41

»Wirklich, meine Liebe, du warst sehr ungezogen. Sehr, sehr ungezogen! Du mußt hart bestraft werden.«

»Ihr seid ein Monster und kein Mann! Ich warne Euch, legt Hand an mich, und wir werden uns in der Hölle wiedersehen!«

»Was für ein undankbares kleines Ding du doch bist! Ich hätte dich zusammen mit d'Arcy verhaften lassen können, das weißt du doch, oder? Statt dessen habe ich mich bereit erklärt, dich hier bei mir zu behalten, wenn du mich auch mit diesem irischen Galgenvogel betrogen hast. Wenn du schön brav bist, lasse ich dich sogar zusehen, wenn er gehängt wird!«

»Dazu wird es niemals kommen!«

»O doch, meine Liebe, und ob! Er wird schreien, treten und sich winden, wenn ihm der Strick die Luft abschneidet – und dann wird er sterben!«

»Wenn das so ist, dann verratet mir doch bitte, was mich daran hindern sollte, Euch eines Nachts die Kehle durchzuschneiden?«

Sir Edward lächelte. Sie war wie eine Wildkatze auf ihn losgegangen, als man Connor mit vorgehaltenen Pistolen abgeführt hatte. Er hatte die Hilfe des Kutschers und eines Bediensteten benötigt, um sie, schreiend und um sich schlagend, zur Kutsche bringen zu können, wo er sie mit ihrem eigenen zerrissenen Umhang hatte binden lassen. Zurück in der Lisle Street, hatte der Kutscher sie auf die Schulter geladen und ins Haus getragen. Sir Edward war ihr auf ihr Zimmer gefolgt, aber nicht, ehe er Fromer befohlen hatte, unten Wache zu halten. Nach der Überraschung mit Connor hatte er kein Risiko mehr eingehen wollen.

»Du vergißt doch nicht etwa die Brüder, oder? Ein Wort von mir, und sie könnten leicht neben d'Arcy hängen, genau wie du.«

Caitlyn funkelte ihn vom Bett aus an, aber sie war noch immer gefesselt und ziemlich hilflos. Sir Edward hatte sich vor ihr aufgebaut, seine Augen strahlten, und er genoß sichtlich die Entwicklung der Dinge. Connors Verhaftung und ihre hilflose Wut entzückten ihn, er liebte es, andere leiden zu sehen.

»Ihr glaubt also, Ihr könnt mich halten, indem Ihr mich mit Cormac, Rory und Liam erpreßt, nicht wahr?«

»Nicht zu vergessen dein eigenes Leben, meine Liebe. Auch nicht gerade eine Kleinigkeit.«

Caitlyn kochte vor Wut und Haß. Er lächelte und zog langsam seinen Mantel aus goldenem Satin aus. Sie wußte, was jetzt kommen würde, aber die Sorge um Connor ließ sie alles andere vergessen. Sir Edward konnte sie nicht länger schrekken. Er ging zum Schrank, um die Peitsche zu holen. Obwohl es zum Schlimmsten gekommen und Connor gefangengenommen war, wollte er sie noch immer auf diese Weise mißbrauchen.

»Was wollt Ihr tun, wenn Connor entkommt?« fragte sie herausfordernd, als er neben ihr am Bett stand. Er hielt einen

Moment inne, bog nervös die Peitsche zwischen seinen Händen.

»Das wird er nicht. Es ist noch nie jemand aus Newgate entkommen.«

»Connor ist ziemlich außergewöhnlich.«

»Weißt du, ich habe es satt, dich von deinem Liebhaber sprechen zu hören. Du bist ein verdorbenes Ding. Verdorben. Du hast mit ihm gesündigt, ich weiß es.«

»Ja, das habe ich tatsächlich«, sagte sie mit ausgesprochenem Vergnügen. Er starrte sie einen Moment lang fassungslos an, dann trat ein hungriger Glanz in seine Augen. Früher hätte dieser Blick sie erzittern lassen, aber jetzt war sie wieder stark. Noch nie zuvor hatte sie jemanden so abgrundtief gehaßt, und dieser Haß gab ihr Kraft.

»Du bist schamlos«, murmelte Sir Edward. Dann riß er ihr die Kleider Stück für Stück vom Leib, bis sie nackt war. Immer noch gefesselt, schaffte sie es gerade noch, sich auf den Bauch zu rollen, ehe der erste Peitschenhieb auf sie niedersauste. Zuerst schrie sie nicht, sie gab keinen Laut von sich. Aber als er weiter erbarmungslos auf sie einschlug, konnte sie sich schließlich nicht mehr beherrschen. Dieses Mal beschränkte er sich nicht auf Po und Schenkel, er zog ihr die Peitsche um den Kopf und über den Rücken. Da ihre Hände gefesselt waren, konnte sie sich nicht vor seinen Hieben schützen. Einer traf sie mitten ins Gesicht, und noch als sie vor Schmerz aufschrie, spürte sie Blut über ihre Wange laufen.

Endlich war er erschöpft. Er stieg zu ihr aufs Bett, benützte sie, wie er es immer tat, und verließ dann den Raum. Kurz darauf betrat Minna das Zimmer, aber sie machte keine Anstalten, ihr zu helfen oder ihren Schmerz zu lindern, sondern setzte sich auf einen Stuhl in der Ecke und begann zu stricken. Caitlyn drehte trotz des unmenschlichen Schmerzes den Kopf und musterte die andere Frau. Da war kein Mitleid für sie in diesen kalten, schwarzen Augen.

Caitlyn biß sich auf die Unterlippe, bis sie Blut schmeckte. Nackt und gefesselt, voller Schmerzen und gedemütigt, war sie dennoch stärker als je zuvor. Er konnte ihr nichts mehr anhaben. Der Haß in ihr war wie ein lebender, atmender Verbündeter. Bald, sehr bald, würde sie Rache nehmen . . .

Wie Caitlyn vermutet hatte, waren Minna und Fromer weit

bessere Gefängniswärter als Dienstboten. Während der nächsten zwei Tage blieb sie ans Bett gefesselt, abgesehen von gewissen notwendigen Unterbrechungen. Dann wurde sie von Minna begleitet, Fromer immer in Rufweite. Ihre ehemaligen Dienstboten fanden einiges Vergnügen darin, sie über die Aufregung auf dem laufenden zu halten, die die Ergreifung des irischen Banditen verursacht hatte. Wie sie Caitlyn freudig versicherten, war dieses Ereignis das Gesprächsthema in London. Die Verhandlung würde in Dublin stattfinden, da das günstiger für die Zeugen gelegen war. Über das Ergebnis bestand wenig Zweifel. Wetten wurden abgeschlossen, wie bald nach der Urteilsverkündung der schwarze Rebell hängen würde, und Fromer hatte zehn Pfund gesetzt, daß er schon am nächsten Tag baumeln würde.

Am dritten Tag nach Connors Verhaftung kam Sir Edward zu ihr. Es war schon spät in der Nacht, wie immer, wenn er bei ihr auftauchte. Minna hatte sie losgebunden, so daß sie noch einmal auf die Toilette konnte, ehe sie schlafen ging. Sir Edward entließ Minna, die seither in ihrem Zimmer geschlafen hatte, da sie laut Anordnung nicht einen Moment alleingelassen werden durfte. Offensichtlich befürchtete er, sie könnte irgendwie entkommen. Dabei dachte sie weniger an Flucht als an Rache.

Er betrachtete sie gierig, und seine Augen verweilten auf ihrem Körper, den das durchscheinende Nachthemd kaum verbarg.

»Ich habe dein schönes Gesicht gezeichnet, wie ich sehe. Es heilt gut. Ich habe schon oft bewundert, wie schnell deine Haut heilt. Ich hoffe, das trifft auch auf dein Herz zu, denn ich habe heute erfahren, daß dein irischer Geliebter innerhalb eines Monats hängen wird.«

Caitlyn sagte nichts, die Nachricht traf sie wie ein Schlag. Aber das würde sie ihm nicht zeigen. Haß brannte in ihren Augen; er sah es und betrachtete sie einen Moment mit gerunzelter Stirn, dann kicherte er.

»Oh, ich glaube, du hast diesen irischen Abschaum wirklich geliebt. Nun, streiche ihn besser aus deinem Gedächtnis, meine Liebe, denn er ist so gut wie tot.«

»Ich würde ihn an Eurer Stelle nicht so schnell abschreiben.«

Sir Edward kicherte, zog den Mantel aus und legte ihn sorgsam auf den Stuhl neben dem Bett. »Hast du dich mit deinem Schicksal abgefunden, oder muß ich dich weiterhin von Minna und Fromer bewachen lassen? Auch wenn d'Arcy sterben wird, so kannst du doch immer noch seine Brüder und dich retten, meine Liebe. Aber du mußt ganz vernünftig sein.«

»Ich bin vernünftig.«

Er sah sie mit hochgezogenen Augenbrauen an. Sie erwiderte seinen Blick ruhig. »Ob Ihr es glaubt oder nicht, ich bin nicht dumm. Ich schätze mein Leben, sogar das von Connors Brüdern. Ich werde nichts tun, was sie gefährden würde.«

»Ah, ich glaube, du bist wirklich wieder vernünftig geworden«, sagte er in verwundert-belustigtem Ton. Dann veränderte sich sein Gesichtsausdruck. »Aber trotzdem mußt du bestraft werden. Du hast mich wütend gemacht, so daß ich dich im Gesicht verletzt habe, was nie meine Absicht war. Du hast mich vor meinen Freunden blamiert, als du, schreiend wie ein Fischweib, aus dem Pantheon geschleift werden mußtest. Du mußt zugeben, daß du eine weitere Bestrafung verdient hast, meine Liebe. Würdest du dich also ausziehen?«

Caitlyns Hände verkrampften sich. Er hatte sich bereits umgedreht und ging zum Schrank, um die Peitsche zu holen. Schnell und geschmeidig wie eine Katze trat sie einen Schritt zur Seite und kniete sich neben dem Stuhl auf den Boden. Dort stand Minnas Handarbeitskörbchen, in dem sie ihre Stricksachen aufbewahrte. In dem Korb war auch eine Schere.

»Was, warum bist du noch nicht ausgezogen?« fragte er und bog die Peitsche, als er sich zu ihr umdrehte.

»Meine Arme tun noch zu weh von den letzten Schlägen, die Ihr mir erteilt habt, ich kann sie nicht heben«, entgegnete sie scheinbar demütig, die Hand mit der Schere hielt sie dabei in den Falten ihres Nachthemds versteckt. »Wenn Ihr Minna rufen würdet, damit sie mir hilft, könnte ich mich ganz schnell ausziehen. Bitte seid nicht böse mit mir, ich kann nichts dafür.«

Er musterte sie mit gerunzelter Stirn. »Ich werde dir selbst dabei behilflich sein«, sagte er abrupt. Er legte die Peitsche aufs Bett und kam auf sie zu. In dem Moment, als er nach ihr greifen wollte, vergrub sie die Schere mit einer blitzschnellen Bewegung tief in seinem Hals, dort, wo er mit der Schulter zusammentraf. Er stieß einen Schrei aus und taumelte zurück. Seine Augen wurden riesig, als er sie verwundert anstarrte. Die Schere steckte tief in seinem Hals, und die Ringe des Griffs glänzten silbern im Kerzenlicht. Blut quoll um sie herum aus der Wunde und färbte sein weißes Hemd rot. Schulter und Brust waren innerhalb weniger Sekunden blutig. Er versuchte zu sprechen, aber es kam nur ein heiseres Krächzen heraus. Unsicher hob er eine Hand und versuchte, die Schere herauszuziehen, dabei starrte er sie die ganze Zeit an. Entsetzen stieg in ihr auf wie ein dunkler Quell, und sie schlug beide Hände über den Mund, um den Schrei zurückzuhalten. Dann, als sie gerade dachte, er würde für immer so stehenbleiben, schwankte er, sank langsam auf die Knie und brach schließlich mit dem Gesicht nach unten zusammen.

Sie starrte ihn an, unfähig sich zu bewegen, dann kam plötzlich wieder Leben in sie. Sie erinnerte sich an Minna und Fromer und durchquerte den Raum, um an der Tür zu lauschen. Kein Laut war zu hören. Offensichtlich war Sir Edwards Schrei ihnen nicht ungewöhnlich vorgekommen, falls sie ihn überhaupt gehört hatten. Aber schließlich waren sie ja an Schreie aus diesem Zimmer gewöhnt.

Schnell zog sie ihr wärmstes Kleid an und griff nach dem wollenen Umhang. Auf dem Weg zum Fenster hielt sie ein und warf noch einmal einen Blick auf Sir Edward. Eine Blutlache hatte sich unter seinem Hals gebildet, sein Gesicht war grau. Die Finger einer ausgestreckten Hand zuckten. Lebte er etwa noch? Vielleicht sollte sie ja ganz sichergehen und noch einmal zustechen? Aber wenn er nicht tot war, so fehlte nicht mehr viel, und zu ihrer Überraschung stellte Caitlyn fest, daß sie nicht die Nerven dazu hatte, die Schere aus seinem Hals zu ziehen und sie ihm ins Herz zu stoßen. Rache war doch nicht so süß, wie sie geglaubt hatte.

»Möge deine Seele für alle Ewigkeit in der Hölle schmoren«, sagte sie zu dem Mann zu ihren Füßen und spuckte auf ihn, bevor sie aus dem Fenster in die eisige Nacht hinauskletterte.

42

Selbst die Hölle konnte nicht schlimmer sein als Kilmainham Goal, dachte Connor, als er den Kopf an die schleimige Steinwand lehnte und das Herumirren einer Schabe über die modernde Decke beobachtete.

Ein rauher Wind pfiff durch die engen dunklen Gänge, die zu den Zellen führten. Kilmainham war so eisig kalt, wie man der Hölle nachsagte, daß sie heiß war, und bald würde er beide aus erster Hand miteinander vergleichen können. Seine Verhandlung war vor einer Woche abgeschlossen worden, und er würde morgen bei Tagesanbruch an dem Galgen gehängt werden, der eben am Rande des Phoenixparks aufgestellt wurde. Jede Hinrichtung war ein Fest für die Bevölkerung, aber wenn der berüchtigte schwarze Rebell gehängt wurde, würde das etwas ganz Besonderes sein.

Sie würden ihn an einen offenen Wagen gekettet zur Hinrichtung bringen, und die Wache hatte ihn schon darüber informiert, daß die Leute bereits entlang der Route und am Galgen ihr Lager aufschlugen, um sich die besten Plätze zu sichern. Nach der Hinrichtung würde man ihn aufschlitzen und seine Eingeweide verbrennen: eine beliebte Zugabe für die Schaulustigen. Ihm war das egal. Wenn er tot war, konnten sie mit seinem Körper machen, was sie wollten.

Zitternd zog er die Reste seines silbernen Brokatmantels enger um sich. Ihm war in den sechs Wochen seit seiner Gefangennahme nicht einmal warm gewesen, und wenn sie ihn nicht hängen würden, würde er wahrscheinlich bald an Lungenentzündung sterben. Vielen ging es so wie ihm, wenn sie nicht zuvor das Fieber erwischte.

Er wollte nicht sterben. Er war noch nicht einmal dreißig, und es gab noch so viel, was er erleben wollte. Er wollte nicht sterben, schon gar nicht auf die Art und Weise, die sie ihm zugedacht hatten. Durch eine Falltür zu stürzen, einen Strick eng um den Hals und die Hände auf den Rücken gefesselt, war nicht unbedingt das Schicksal, das er sich wünschte. Er hoffte nur, er würde es wenigstens mutig ertragen, wenn es soweit war. Bis dahin wollte er sich sowenig Gedanken wie möglich darüber machen, aber es fiel schwer.

Die Verhandlung hatte im Gefängnis stattgefunden, und sie

war kurz und bündig gewesen. Seine Schuld war von vornherein eine ausgemachte Sache. Der verdammte englische Richter hatte sich praktisch vor Freude die Hände gerieben, als er ihm das Urteil verkündet hatte. Seine Hinrichtung würde auch ein Zeichen für die Iren sein, daß die verfluchten englischen Unterdrücker noch alles fest im Griff hatten.

Seit seiner Verhaftung hatte er keinen Besuch empfangen dürfen, aber das war ihm egal. Die Menschen, die er gerne gesehen hätte, würden sich in Lebensgefahr begeben, wenn sie kämen. Seine Brüder waren mit ihm geritten und würden ebenfalls hängen, wenn man sie gefangennähme. Er hoffte nur, daß sie genug gesunden Menschenverstand hatten, sich ruhig zu verhalten, bis alles vorbei war. Und Caitlyn . . . seine Caitlyn. Er hoffte nur, daß sie nicht wieder Sir Edward, diesem Bastard, in die Hände gefallen war. Er bedauerte inbrünstig, daß er ihm nicht den Hals gebrochen hatte, solange er noch die Gelegenheit dazu gehabt hatte. Er haßte diesen Mann, und es ärgerte ihn, daß Sir Edward noch leben würde, wenn er schon tot und irgendwo verscharrt war, doch daran konnte er jetzt nichts mehr ändern.

43

»Aber wir müssen doch irgend etwas tun können!« Verzweifelt sah Caitlyn zu Vater Patrick auf. Auch wenn es draußen noch hell war, herrschte in dem Tunnel unter Donoughmore undurchdringliche Dunkelheit. Nur eine kleine Laterne beleuchtete die Stelle, wo die sechs sich versammelt hatten, dahinter war alles schwarz.

»Die Samen sind gesät und sollten, so Gott es will, Früchte tragen. Alles, was wir tun können, ist, bis morgen zu warten und zu beten.«

»Wir könnten versuchen, ihn aus dem Gefängnis zu befreien«, warf Cormac ein. Er war blaß, wie sie alle, denn sie hatten einen Großteil des letzten Monats in dem dunklen Tunnel verbracht. Die Aufregung und der Hunger hatten an ihnen gezehrt, sie waren dünner geworden, und Mickeen war kaum mehr als ein Strich. Der einzige, der so aussah wie immer, war

Vater Patrick, der seit der Nachricht von Connors Gefangennahme ohne Unterlaß an seiner Rettung gearbeitet hatte.

»Kilmainham ist uneinnehmbar«, entgegnete Vater Patrick mit dem geduldigen Ton dessen, der dasselbe schon ein paarmal gesagt hatte. »Es ist sinnlos, wenn ihr euer Leben für eine Dummheit riskiert. Und Connor würde es euch nicht danken, wenn ihr auch noch sterbt, das wißt ihr.«

»Aber, Vater, wird es funktionieren?« Liam kaute nervös an einem Fingernagel. Sie saßen auf Sätteln und anderen provisorischen Sitzgelegenheiten, die Reste eines Mahls aus Brot und Käse, das Vater Patrick ihnen gebracht hatte, lagen auf dem improvisierten Tisch.

»Um die Wahrheit zu sagen, Liam, ich weiß es nicht. Ich kann nur zu Gott beten. Aber so, wie ich es sehe, ist es die einzige Chance, die dein Bruder hat.«

»Wir können und werden es nicht zulassen, daß sie ihn hängen!« Rory sprang auf und ging erregt auf und ab.

»Glaub mir, es gibt viele, die auch so denken, und darauf müssen wir unsere Hoffnung setzen. Kommt, seid ihr soweit?«

Auch die anderen standen jetzt auf. Es war Zeit, sich auf den Weg nach Dublin zu machen. Es würde eine gefährliche Reise werden, denn Dragoner durchkämmten noch immer das Land auf der Suche nach der Bande des schwarzen Rebellen, und nur, weil sie sich unter der Erde verl ›rgen hatten, waren sie so lange der Gefangennahme entgangen. Sie würden getrennt reiten, allein und zu zweit, um weniger Aufmerksamkeit zu erregen, und sich am Botany Bay in den Slums von Dublin treffen. Alle Vorbereitungen für den morgigen Tag waren getroffen. Jetzt kam der schwierigste Teil: abzuwarten.

»Vater, habt Ihr irgendwie die Möglichkeit, Connor wissen zu lassen, was wir vorhaben? Er muß schon ...« Liams Stimme versiegte, und er beendete den Satz mit einer ausdrucksvollen Geste. Caitlyn dachte daran, wie Connor sich wohl an diesem letzten Abend seines Lebens fühlen mochte, und ihr Herz wurde schwer. Sie wollte zu ihm, ihn trösten und ihm beistehen. Es könnte das letzte Mal in ihrem Leben sein, daß sie ihn sah.

»Seid ruhig, meine Kinder. Ich habe diesbezüglich einen Plan. Auch Connor hat morgen seinen Teil zu tun.« Vater Patrick überflog die fünf Gesichter, die ihn erwartungsvoll musterten. Er wirkte müde und ernst. »Nicht einmal die verdammten Engländer werden einem zum Tode Verurteilten verwehren, am Abend vor seiner Hinrichtung einen Priester zu sehen.«

»Ihr werdet ihn sehen, Vater?«

»Werden sie Euch zu ihm lassen, was meint Ihr?«

»Sagt Seiner Lordschaft – sagt ihm – ah, sagt ihm, was Ihr für richtig haltet.« Mickeen, unfähig, seine Gefühle in Worte zu fassen, runzelte die Stirn und spuckte.

»Sie werden mich zu ihm lassen, habt keine Angst. Ich werde tun, was ich kann, um ihm den Weg in den Tod zu erleichtern, sollte es wirklich dazu kommen.« Ein in der letzten Zeit selten gewordenes Zwinkern erschien in Vater Patricks Augen. »Auch wenn es mich ein nettes Sümmchen gekostet hat, das zu arrangieren. Glücklicherweise sind die Engländer geldgierig.«

»Nun, wenn alle Vorbereitungen getroffen sind, was stehen wir dann noch hier herum?«

»Nicht so hastig, Cormac. Ich möchte erst noch dein Wort – euer aller Wort –, daß ihr nichts Übereiltes tun werdet. Eure Aufgabe beginnt morgen in der Dämmerung, nicht früher.«

»Ihr habt unser Wort, Vater.« Liam sprach für sie alle. Dann bewegte sich ihre kleine Gruppe auf den Ausgang des Tunnels zu, wo auch die Pferde standen, gefüttert und getränkt. Sie sattelten die Tiere schweigend. Mickeen sattelte auch Fharannain. Er würde reiterlos an ihrer Reise teilnehmen, Ausdruck ihrer gemeinsamen Hoffnung. Wenn alles gutging, würde Connor auf ihm sitzen, wenn sie morgen aus Dublin fliehen würden.

»Wenn ich darf, werde ich mit Euch reiten, Vater«, sagte Caitlyn, als er seinem wohlgenährten Tier den Sattel auflegte. Er sah sie an, Mitleid in den Augen. Dann nickte er.

»Aye, mein Kind, ich habe nichts dagegen. Ich werde mich über deine Begleitung sogar freuen.«

Caitlyn, in Männersachen gekleidet, schwang sich auf die hübsche Stute, die Cormac bei einem seiner Ausflüge in die Welt über ihnen für sie gestohlen hatte. Caitlyn hatte sie Meg genannt, und sie versuchte nicht daran zu denken, was passieren würde, sollte sie durch einen dummen Zufall Megs Besitzer begegnen. Cormac hatte ihr versichert, daß die Gefahr gering wäre, denn er hatte das Tier aus dem Stall eines Gasthofs in Crumcondra entwendet, das ein gutes Stück von hier entfernt war.

Mickeen rollte den großen Stein beiseite, der den Ausgang zwischen den Felsen versperrte. Dann waren sie auch schon draußen in dem eisigen Regen und zogen die Kapuzen enger um ihre Gesichter, als sie sich verabschiedeten. Sie würden sich kurz vor der Morgendämmerung wiedersehen.

»Wenn Ihr nichts dagegen habt, werde ich auch mit Euch reiten, Vater«, sagte Cormac und zügelte Kildare neben Meg. »Ich möchte Caitlyn ungern aus den Augen lassen. Connor wäre ziemlich sauer, wenn wir mit ihm fliehen könnten und Caitlyn dabei wieder verlieren würden.«

Vater Patrick hatte keine Einwände, und die drei ritten schweigend nach Dublin. Auf der Straße war ziemlich viel Verkehr, alle wollten zu der Hinrichtung. Das ganze Land war in Aufruhr über das Schicksal des schwarzen Rebellen.

Sie waren einige Stunden unterwegs, und die Dunkelheit und gefrierender Regen machten den Boden gefährlich. Caitlyn ritt zwischen Vater Patrick, der vorausritt, und Cormac. Sie war so ungeduldig, anzukommen und die Sache hinter sich zu bringen, daß sie sich sehr zurückhalten mußte, um nicht auf Meg davonzugaloppieren. Aber sie mußte geduldig sein. Connor zuliebe. Seit Wochen hatten sie und die d'Arcys sich halb verrückt gemacht, um eine Möglichkeit zu Connors Rettung auszuklügeln. Vater Patrick war mit dem einzigen Plan zu ihnen gekommen, der überhaupt eine leise Chance bot, erfolgreich zu sein. Trotzdem konnte immer noch so vieles schiefgehen, und alles, was sie jetzt noch tun konnten, war zu beten. Und sie betete fieberhaft, sogar, als sie in Gedanken die letzten Wochen rekapitulierte.

Nachdem sie mit Sir Edward abgerechnet hatte, war sie sofort zu Connors Haus in der Curzon Street geflohen, nur um es verlassen zu finden. Sobald sie die Nachricht von Connors Verhaftung erhalten hatten, war Liam nach Oxford geritten, um Rory und Cormac zu holen. Sie waren sicher gewesen, daß man bald auch nach ihnen suchen würde, und hatten sich mit Mickeen in einem schäbigen Gasthof einquartiert, um auf Neuigkeiten über Connors weiteres Schicksal zu warten. Ihre

Befürchtungen waren begründet gewesen, denn selbst als er sie noch damit unter Druck gesetzt hatte, hatte Sir Edward schon die Beteiligung der Brüder an Connors Verbrechen hinausposaunt. Caitlyn war sich nicht sicher, ob er sie auch erwähnt hatte. Sie glaubte es zwar nicht, denn damals war sie ihm schließlich noch von Nutzen gewesen, aber sie wollte kein Risiko eingehen.

Allein und ohne einen Pfennig in den Straßen Londons, voller Angst, man könnte bereits auf der Suche nach ihr sein, hatte Caitlyn sich schnell in die Person zurückverwandelt, die sie einmal gewesen war. Sie hatte Männerkleider von einer Wäscheleine gestohlen und war die folgende Woche durch die Straßen um Newgate gewandert, wohin man Connor den Gerüchten zufolge gebracht hatte. Leider hatte sie nicht daran gedacht gehabt, Sir Edwards Geldbeutel einzustecken, aber sie konnte das Kleid, in dem sie die Lisle Street verlassen hatte, an eine Hure verkaufen. Das Geld reichte, um sie mit Essen zu versorgen, und sie schlief auf der Straße. Es war erstaunlich, wie schnell alles zurückkam, was sie als O'Malley, der Dieb, gelernt hatte.

Nach einer Woche hatte sie gehört, daß man den schwarzen Rebellen zur Verhandlung nach Irland bringen würde. Sie hatte sich zu der kleinen Menschenmenge vor dem Gefängnis gesellt, aber nicht mehr von Connor zu Gesicht bekommen als die Außenseite eines Gefängniswagens. Dafür hatte sie Mikkeen unter den Schaulustigen entdeckt, und auch als sie direkt neben ihm stand, hatte er sie erst erkannt, als sie ihn am Ärmel gezogen und sich flüsternd zu erkennen gegeben hatte. Zum erstenmal, seit sie ihn kannte, schien er froh, sie zu sehen.

Ihr Wiedersehen mit Cormac und Rory war tränenreich gewesen, während Liam im Namen seines Bruders Rache schwor, als sie ihnen erzählte, wie sie erpreßt und mißbraucht worden war. Die drei hätten sich sofort auf die Suche nach Sir Edward gemacht, hätte sie ihnen nicht versichern können, daß sie ihn dort, wo er jetzt wahrscheinlich war, kaum finden würden.

Dann waren sie nach Irland aufgebrochen, wo sie als erstes Vater Patrick von St. Albans aufgesucht hatten. Er hatte ihnen geraten, sich zu verstecken, während er für Connor tun würde, was er konnte. Jetzt blieb ihnen nur noch zu beten, daß sein

Plan funktionieren würde, denn sonst würde Connor morgen früh sterben – und dann wollte sie auch nicht mehr leben.

Als sie Dublin erreichten, war es schon nach Mitternacht. Die Stadt war in Feststimmung und die Straßen voller Menschen, trotz des eisigen Regens. Eine Hinrichtung war immer ein Fest, erst recht, wenn es sich bei dem Verurteilten um den schwarzen Rebellen handelte, und jeder, der auch nur irgendwie nach Dublin kommen konnte, war da.

Vor St. Catherines teilten sich ihre Wege. Vater Patrick zügelte sein Pferd und wandte sich zu ihnen um.

»Bis zum Morgen, meine Kinder«, sagte er und hob eine Hand. Caitlyn lenkte Meg neben ihn. Sie hatte eine dringende Bitte an den Priester, auch wenn sie ihm nur ungern erzählte, was sie ihm wohl oder übel würde sagen müssen.

»Könnt Ihr nicht eine Möglichkeit finden, mich mitzunehmen, Vater? Ich möchte Connor sehen, wenn es möglich ist. Er – ich – es ist noch so vieles unerledigt zwischen uns.«

»Ich möchte auch gern mitkommen, wenn das geht«, sagte Cormac aus der Dunkelheit hinter ihr. Vater Patrick schüttelte den Kopf.

»Du bist ein erwachsener Mann, Cormac, und solltest selbst wissen, daß das keine gute Idee ist. Sie suchen nach dir, genau wie nach Rory und Liam. Du siehst deinem Bruder so ähnlich, daß du leicht zu erkennen bist. Und was dich betrifft, Mädchen . . .«

»Bis jetzt hat noch niemand gesagt, daß sie mich auch suchen würden.« Sie sah, daß Vater Patrick zögerte. »Bitte, Vater! Wenn Connor sterben sollte, und ich . . .« Ihre Stimme brach. »Wenn es eine Möglichkeit gibt, ich bitte Euch . . .«

Vater Patrick runzelte die Stirn. »Es ist zu gefährlich. Ich kann es nicht zulassen. Es tut mir leid, Mädchen, aber . . .«

»Bitte, Vater!« unterbrach ihn Caitlyn. »Es ist noch viel wichtiger, als Ihr denkt. Es gibt etwas, das ich Euch erzählen muß.« Zögernd erklärte sie ihm die Dringlichkeit ihrer Bitte. Als sie geendet hatte, war sie knallrot angelaufen, und Vater Patrick musterte sie mit gerunzelter Stirn. Cormac sah aus, als hätte ihm jemand über den Kopf geschlagen.

»Heiliger Himmel«, murmelte Cormac, und er ließ seine Augen über Caitlyn wandern. Sie bedeutete ihm mit einem Blick zu schweigen.

»Das macht allerdings einen Unterschied«, meinte Vater Patrick nach langem Schweigen. »Nun gut, du kannst mit mir kommen, ich werde es schon irgendwie regeln. Aber ich habe eine Bedingung.«

Als er ihr sagte, was es war, warf sie ihm so stürmisch die Arme um den Hals, daß er fast vom Pferd gefallen wäre.

44

Allein mit seinen Gedanken in der kalten dunklen Zelle, war Connor fast eingeschlafen, als das Geräusch eines Schlüssels im Schloß der Zellentür ihm verriet, daß er Gesellschaft bekam. Einen schrecklichen Moment dachte er, es wäre bereits soweit und sie kämen, um ihn zu holen. Dann sah er die Gestalt in der schwarzen Robe, die hinter dem Wärter in der Tür stand. Die Kerze in der Hand des Wärters beleuchtete das runde Gesicht, und erst da erkannte er seinen Besucher.

»Vater Patrick!« Er wäre vor Freude aufgesprungen, aber sein lahmes Bein und die Eisenketten verhinderten das. Sein Bett bestand aus einer dünnen Decke auf dem Steinboden, und durch die ständige Kälte war sein Bein steif geworden. Die Ketten, die seine Knöchel miteinander verbanden und ihn an die Wand fesselten, rasselten, als er mühevoll aufstand.

»Ich bin gekommen, um dir in deinen letzten Stunden auf Erden Trost zu spenden.« Mit diesen Worten umarmte Vater Patrick Connor. Ein zweiter Priester betrat die Zelle, den Kopf gesenkt und die Hände in der Robe verborgen. Connor schenkte ihm kaum einen Blick. Er war so froh, Vater Patrick zu sehen, daß er einen Kloß im Hals hatte. Einen Moment dachte er, er würde kein Wort herausbekommen.

»Gott segne Euch, Vater!«

»Und dich, mein Sohn«, erwiderte Vater Patrick, trat einen Schritt zurück und machte das Kreuzzeichen über Connor.

»Verfluchte Baptisten«, murmelte der Wärter mit deutlichem Abscheu und steckte die Kerze in die eiserne Halterung neben der Tür. Dann warf er einen nervösen Blick hinter sich und fügte etwas lauter hinzu: »Aber nicht zu lange, Vater!«

»Nicht länger, als es nötig ist, seid versichert«, antwortete

Vater Patrick ruhig, ohne den Blick von Connor zu nehmen, der, mit einem sechs Wochen alten Bart, die Haare lang und wirr, wirklich wie ein Bandit aussah. Der Wärter verschwand und schloß die Tür hinter sich ab. Connor fand seine Fassung wieder und ließ die Hand des Priesters fallen.

»Bitte verdeckt das Schlüsselloch«, sagte Vater Patrick zu dem zweiten Priester. Connors Aufmerksamkeit war ganz auf Vater Patrick gerichtet.

»Gut, daß Ihr gekommen seid, Vater, aber vielleicht etwas unklug.«

»Ich wäre schon eher gekommen, wenn das möglich gewesen wäre. Sei beruhigt, mir werden daraus keine Schwierigkeiten erwachsen. Wir haben viel zu tun und nur wenig Zeit. Ich habe eine Überraschung für dich, ich hoffe, sie wird dir gefallen.«

»Dann seid Ihr also nicht gekommen, um mir die Sterbesakramente zu spenden? Ich muß gestehen, daß ich nur ungern meinem Schöpfer ohne sie gegenübertreten würde.« Connor lächelte gezwungen, und Vater Patrick legte ihm eine Hand auf die Schulter.

»Ich hoffe doch sehr, daß du mich noch lange überleben wirst, mein Sohn. Aber für alle Fälle werde ich dir die Absolution erteilen, ehe ich gehe. Bist du nicht neugierig auf meine Überraschung?«

»Ihr seid Überraschung genug für mich, Vater. Aber ich bin trotzdem gespannt, was Ihr mir bringt. Ich warne Euch, ich hoffe auf ein schönes Stück Braten, vielleicht ein paar Kartoffeln dazu . . .«

»Ich habe nicht an Essen gedacht«, sagte Vater Patrick ungeduldig. »Aber ich möchte fast wetten, daß du in wenigen Augenblicken auch nicht mehr daran denkst.« Er drehte sich um und winkte dem zweiten Priester. Connor beobachtete ihn mit mäßigem Interesse, dann erregte etwas an dessen Bewegungen seine Aufmerksamkeit. Noch bevor sie die Kapuze zurückschob, wußte er es.

»Caitlyn!« stöhnte er, als sie ihm in die Arme fiel. Er hielt sie fest an sich gedrückt. »O Caitlyn!« Seine Stimme brach, und er vergrub sein Gesicht in ihrem glänzenden Haar. Sie klammerte sich an ihn, murmelte Liebkosungen, die er nicht verstand, und sie war so warm und weich und lebendig in seinen

Armen, daß sie alle Gedanken an seinen Tod verbannte. Er hielt sie, wie ihm schien, eine Ewigkeit, dann erinnerte er sich an ihren interessierten Zuschauer. Er hob den Kopf und lächelte Vater Patrick unsicher zu.

»Das ist wirklich eine tolle Überraschung, Vater.«

»Ich dachte mir, daß sie dir gefallen würde.« Vater Patricks Stimme klang wie immer, aber im Kerzenlicht schimmerte es feucht um seine Augen.

»Connor, liebst du mich?« Caitlyn hob den Kopf, eine Spur von Unsicherheit in ihren Augen. Er sah auf sie hinunter, erinnerte sich daran, daß er es ihr nie gesagt hatte, und lächelte.

»Mehr als mein Leben, mein Liebling.«

»Genug, um mich zu heiraten?«

»Aye, und ob. Aber . . .«

»Das Mädchen hat mir gesagt, sie glaubt, daß sie schwanger ist. Ich hätte nicht gern, daß du sie so zurückläßt, unverheiratet, solltest du morgen wirklich sterben.« Vater Patrick sah Connor so ernst an, wie es ihm unter den gegebenen Umständen möglich war.

»Schwanger!« Connor sah verblüfft aus. Seine Augen weiteten sich, als er in ihre sah, die ihn erwartungsvoll anblickten. Für einen Moment entging ihm der Grund für ihre Nervosität. Sie wußte doch sicher, daß er sie nie verleugnen würde. Dann traf ihn plötzlich der Gedanke wie ein Fausthieb, das Kind könnte nicht von ihm sein. Vielleicht war es das Balg seines Erzfeindes, Caitlyns Schänders . . . Er sah in ihr wunderschönes Gesicht, das er mehr als alles andere auf der Welt liebte, und wußte, daß es egal war. Er würde sie heiraten und dem Kind den Schutz seines Namens geben. Das war alles, was er noch für sie tun konnte.

»Freust du dich?« fragte sie ihn leise. Etwas in ihm wehrte sich, er konnte beim besten Willen keine Freude empfinden.

»Mich freuen?« wiederholte er und fühlte, wie sie ganz starr wurde. Dann entzog sie sich seinen Armen. Sowohl sie als auch Vater Patrick bedachten ihn mit eisigen Blicken.

»Ja, genau.« Auch wenn sie leise sprach, war ihr Ärger unverkennbar. »Ein Mann sollte sich freuen, wenn er hört, daß er Vater wird.«

»Ich bin von dir enttäuscht, Connor«, sagte Vater Patrick

nicht weniger zurechtweisend. Connor starrte die beiden an, dann gab er auf.

»In Ordnung, ich freue mich. Ich werde dich heiraten, mein Liebling, und der glücklichste Mann auf Erden sein. Ich werde deinem Kind meinen Namen geben, ob es von mir ist oder nicht.«

»Ob es von dir ist oder nicht?« Caitlyns entsetzter Einwurf spiegelte sich in Vater Patricks Gesichtsausdruck. Connor hätte sich selbst einen Tritt geben können. Wahrscheinlich litt sie noch so sehr unter dem, was Sir Edward ihr angetan hatte, daß sie alles verdrängt hatte, einschließlich der Gründe, warum das Kind nicht von ihm sein konnte.

»Ich habe das nicht so gemeint. Es ist mir nur so herausgerutscht, ein Versprecher, sozusagen.« Verzweifelt versuchte er die Situation zu retten. Caitlyn und Vater Patrick funkelten ihn an.

»Es ist von dir! Von wem sollte es denn sonst sein?«

»Sir Edward . . .« Kaum hatte er den Namen ausgesprochen, hätte er sich die Zunge abbeißen können. Caitlyns Augen wurden weit, Vater Patrick sah schockiert aus, und Connor vermutete, daß es einiges gab, was er noch nicht wußte.

»Würdet Ihr uns einen Moment entschuldigen, Vater? Wir – ich glaube, wir müssen unter vier Augen miteinander reden.« Vater Patrick musterte ihn, dann nickte er, ging zur Zellentür und verlangte mit einem kräftigen Tritt, hinausgelassen zu werden.

»Ich habe meinen Rosenkranz vergessen«, murmelte er, als der Wärter die Tür öffnete, und verließ die Zelle. »Ich brauche unbedingt einen Rosenkranz. Vater Simmeon kann ihm die Beichte abnehmen, aber ich muß einen Rosenkranz haben. Ob es wohl möglich wäre . . .?«

Die Tür wurde geschlossen und abgesperrt. Connor wandte sich wieder Caitlyn zu, die die Geistesgegenwart besessen hatte, die Kapuze rechtzeitig über den Kopf zu ziehen. Er hätte sie in die Arme genommen, aber er konnte sie nicht erreichen. Sie sah ihn an und befeuchtete die Lippen.

»Ich habe – das nie mit Sir Edward getan«, sagte Caitlyn ruhig, und der Zorn verschwand aus ihren Augen. »Sir Edward war nicht – er hat nicht – er war kein normaler Mann. Er hat – sein Vergnügen gefunden, indem er mich geschlagen hat . . .«

Sie sprach sehr leise, und der Schluß war gar nicht mehr zu verstehen. Ihre Unterlippe zitterte, und sie sah auf die rauhen Steine unter ihren Füßen. Beim Anblick ihres blassen und beschämten Gesichts füllte sich sein Herz mit Liebe. Er griff nach ihr, aber die verdammten Ketten hielten ihn an der Wand fest, und er konnte sie nicht erreichen.

»Nein«, sagte sie, schüttelte den Kopf und trat einen Schritt zurück. Zu seiner Überraschung öffnete sie die Priesterrobe und zog sie aus, dann begann sie, das Hemd aufzuknöpfen. Connor starrte sie an.

»Was –?« begann er erstaunt, aber sie schüttelte nur wieder den Kopf und drehte sich um, als sie jetzt auch das Hemd auszog. Sein Mund wurde trocken, als sie nur in Hosen und Stiefeln vor ihm stand. Er warf einen schnellen Blick zur Tür; das Guckloch war mit einem Tuch verdeckt, und Vater Patrick würde seine Rückkehr lauthals ankündigen. Caitlyn hatte mittlerweile auch die Hosen ausgezogen, sie lagen in einem grauen Häufchen zu ihren Füßen. Sie hatte ihm immer noch den Rücken zugedreht, und nur ihr langes, glänzendes Haar verbarg sie noch vor ihm.

Sein Herz schlug schneller, als ihm bewußt wurde, daß sie ganz nackt war.

»Ich möchte, daß du es mit eigenen Augen siehst, damit du weißt, daß ich die Wahrheit sage. Du sollst nicht den geringsten Zweifel haben, daß es dein Kind ist.« Während sie sprach, zog sie ihr Haar zur Seite. Connor fühlte sich, als hätte ihm eben jemand einen gewaltigen Fausthieb in den Magen verpaßt, als er die Narben auf ihrem Körper sah. Die meisten waren schon fast verheilt, aber die rötlichen Spuren einer Peitsche waren noch immer deutlich auf ihrer hellen Haut zu erkennen.

»Oh, mein Gott«, sagte er. Dann fluchte er laut und kräftig, er verfluchte Sir Edward zu hundert verschiedenen Höllenqualen, ehe ihm bewußt wurde, daß sie sich wieder zu ihm umgedreht hatte. Sie war fast schon wieder angezogen und knöpfte gerade ihr Hemd zu, und ein Blick in ihr Gesicht brachte ihn in die Gegenwart zurück. Er konnte Sir Edward jetzt nicht zu fassen bekommen, aber sie war hier bei ihm.

»Komm her, *cuilin*«, sagte er leise und öffnete die Arme weit. Sie hob den Kopf, sah den Ausdruck in seinem Gesicht und lief mit einem unterdrückten Schluchzen in seine Arme. Er drückte sie an sich und hielt sie ganz fest, während sie in unzusammenhängenden Brocken herausplatzte, wie Sir Edward sie gequält hatte. Als sie ihm alles erzählt hatte, schluchzte sie heftig, und Tränen liefen ihr übers Gesicht. Er war weiß wie die Wand, und in seinen Augen stand Mord. Er hätte diesen Bastard schon damals umbringen sollen!

»Wein dich aus, mein Liebling. Es ist alles in Ordnung, du bist hier bei mir«, flüsterte er, und sie schluchzte an seine Brust gedrückt, bis die Tränen langsam versiegten. Dann hob sie ihr tränenüberströmtes Gesicht, um ihn anzusehen.

»Oh, Connor, ich liebe dich so«, flüsterte sie.

»Und ich liebe dich, mein Schatz«, antwortete er mit rauher Stimme. Blaß und mit verweinten Augen war sie trotzdem die schönste Frau, die er je gesehen hatte. Er schloß die Arme fester um sie. »Ich werde dich immer lieben, für alle Zeiten. Auch wenn ich morgen sterbe, werde ich dich noch lieben, und selbst dann noch, wenn mein Körper schon in seinem Grab verfault ist. Ich werde dich in himmlischen Freuden lieben oder in den Qualen der Hölle.«

»Du darfst nicht vom Sterben sprechen, das bringt Unglück«, stöhnte sie, und neue Tränen begannen unter ihren geschlossenen Lidern hervorzuquellen. Er beugte sich hinunter, um sie zu küssen. Lange Zeit hielt er sie fest, und er ließ sie nur gehen, weil sie Vater Patrick lauthals den Wärter verfluchen hörten, der natürlich keinen Rosenkranz gefunden hatte. Als der Schlüssel sich im Schloß der großen Eichentür drehte, war Caitlyn wieder als Priester verkleidet, und er kniete vor ihr, wie um zu beichten.

»Äh, Kinder, wir haben nicht mehr viel Zeit«, sagte Vater Patrick, als sich die Tür hinter ihm schloß. »Ich nehme an, ihr habt die Sache zu eurer Zufriedenheit gelöst?«

Connor nickte. »Es war mein Fehler, Vater. Das Kind ist von mir, es konnte ja auch gar nicht anders sein.«

Er nahm Caitlyns Hand und zog sie an sich. Sie legte wie ein müdes Kind den Kopf an seine Brust, er schob ihre Kapuze zurück und küßte ihr Haar.

»Ich nehme an, Ihr seid bereit, uns zu trauen, Vater?«

Vater Patrick nickte. »So ist es.«

»Gut, wir können gleich anfangen. Aber zuerst . . .« Connor

sah Caitlyn zärtlich an und fragte sanft: »Willst du mir die Ehre erweisen, meine Frau zu werden?«

»Ja, ich will«, antwortete sie, und ihre Augen strahlten vor Liebe. Vater Patrick begann mit den Worten der Zeremonie, die sie vereinen würde, und sie lehnte sich an Connor, ihre Hand ganz fest in der seinen. So wurden sie getraut, in einer kalten Kerkerzelle in Kilmainham Goal, mitten in der Nacht. Das sanfte Murmeln des Priesters deckte sie zu, und ihre Herzen waren voller Liebe und Furcht. Als Connor nach dem traditionellen Kuß, der sie zu Mann und Frau machte, den Kopf hob, klammerte sie sich wieder an ihn und brach in Tränen aus.

»Caitlyn, Mädchen, es tut mir leid, daß ich dich stören muß, aber ich muß unbedingt noch mit Connor sprechen, bevor ... Wir haben nicht mehr viel Zeit.« Caitlyn zitterte und zog Connor fester an sich. Vater Patricks Worte ließen ein tiefes Entsetzen in ihr aufsteigen. Bald würde sie Connor verlassen müssen, und sie würde ihn vielleicht nie wiedersehen.

»Wein nicht, mein Liebling, es könnte dem Baby schaden«, sagte Connor ihr ins Ohr. Sie sah auf, überrascht von dem Stolz in seiner Stimme. Connor küßte sie kurz, dann schob er sie von sich weg. Sie schwankte leicht und wischte sich die Tränenspuren vom Gesicht.

»Ihr werdet Euch darum kümmern, daß sie – ich möchte nicht, daß sie zusieht, wenn ...« Er konnte den Gedanken an sein grausiges Ende nicht in Worte fassen, nicht, wenn sie neben ihm stand und ihn so ansah.

»Wenn es wirklich dazu kommt, kannst du sicher sein, daß ich sie rechtzeitig wegbringen werde. Aber vielleicht kommt es gar nicht soweit. Wir haben noch eine Chance ...« Und Vater Patrick schilderte ihm in kurzen Worten ihren Plan. Als er geendet hatte, strahlten Connors Augen vor neugewonnener Hoffnung, und er hielt Caitlyns Hand ganz fest in der seinen.

»Vater, wenn das funktioniert, werde ich persönlich nach Rom pilgern und ein Gesuch um Eure Heiligsprechung an den Heiligen Stuhl richten.« Das schelmische Lächeln, das er Vater Patrick zuwarf, war so vertraut, daß Caitlyn das Herz im Leib weh tat. O Gott, es mußte einfach funktionieren!

»Und denk daran, die Kanone ist das Signal.«

»Aye, ich werde bereit sein.«

»Und jetzt, mein Sohn, sollten wir uns besser um andere Dinge kümmern. Caitlyn, verzeih den Vorschlag, aber falls morgen nicht alles so läuft, wie wir hoffen, sollte Connor vorbereitet sein.«

Caitlyn starrte ihn verständnislos an, aber Connor nickte, drückte noch einmal kurz ihre Hand, dann ließ er sie los. »Ich muß gestehen, es würde mich beruhigen, meinen Frieden mit Gott gemacht zu haben, wenn ich morgen den Galgen besteige.«

»Dann laß uns beginnen, mein Sohn.« Endlich verstand Caitlyn, und sie zog sich in eine Ecke der Zelle zurück. Connor kniete nieder und beichtete, dann gab Vater Patrick ihm die Sterbesakramente. Die bekannten Worte des Rituals trafen Caitlyn tief in der Seele. Sie schloß die Augen und betete mit aller Kraft um Connors Befreiung. Sie wußte, wie unsicher der Plan zu seiner Rettung trotz allem war, und hoffte, daß Gott ein Wunder vollbringen würde.

Die Zeremonie nahm nicht viel Zeit in Anspruch. Die Worte verloren sich im gedämpften Hintergrund der Gefängnisgeräusche. Als sie fertig waren, stand Connor auf.

»Ich danke Euch, Vater.«

»Ich habe noch etwas für dich, mein Sohn, was schon deinem Vater und deinem Großvater vor dir gehört hat.«

Caitlyn ging wieder zu Connor hinüber, und er legte einen Arm um sie, als Vater Patrick unter seine Robe faßte und ein fein gearbeitetes irisches Kreuz an einer silbernen Kette herauszog. Connor starrte es einen Moment lang an, dann streckte er die Hand aus. Vater Patrick reichte es ihm, und Connors Faust schloß sich fest darum. Dann öffnete er die Hand, küßte das Kreuz und legte es sich um den Hals.

»Du sollst als der schwarze Rebell leben oder sterben, geliebt von allen Iren, die den wahren Glauben haben«, sagte Vater Patrick, als würde er ihn segnen. »Was auch immer morgen geschehen mag, ich hoffe, das wird dir ein Trost sein.«

»Egal, was morgen geschieht, ich danke Euch für alles, was Ihr für mich getan habt. Und jetzt, wie geht es meinen Brüdern? Und Mickeen?«

»Ihnen geht es gut.« Vater Patrick schüttelte den Kopf. »Obwohl sie krank vor Sorge um dich sind. Aber ich hoffe, ich konnte sie davon überzeugen, nichts Unüberlegtes zu tun.«

»Ich schicke ihnen meine Liebe. Und wenn morgen etwas schiefgehen sollte und ich sterben muß, dann sagt ihnen – sagt ihnen, mein letzter Wunsch ist, daß sie sich um Caitlyn und das Baby kümmern.«

»Connor . . .« Caitlyn drückte sich fester an ihn, und sie zitterte, als ihre Arme um seine Hüfte glitten. Er küßte ihr Haar, dann ließ das Geräusch eines Schlüssels im Türschloß sie erstarren.

»Paß gut auf dich und unser Kind auf, mein Liebling«, sagte Connor ihr ins Ohr, ehe er sie wegschob.

Ihr blieb gerade noch genug Zeit, »Ich liebe dich« zu flüstern, ehe der Wärter die Tür öffnete. Dieses Mal war es Connor, der gerade noch rechtzeitig daran dachte, ihr die Kapuze wieder über den Kopf zu ziehen, und als der Wärter eintrat, sah er nur zwei Priester, die einem zum Tode Verurteilten Trost spendeten.

»Es ist Zeit«, sagte er säuerlich und nahm die Kerze aus der Halterung. Caitlyn warf Connor noch einen Blick zu, Tränen in den Augen. Vater Patrick machte das Kreuzzeichen und sagte: »Sei stark im Herzen, mein Sohn!« Dann legte er eine Hand auf Caitlyns Schulter und führte sie aus der Zelle.

45

Als sie draußen waren, schwammen Caitlyns Augen in Tränen. Sie klammerte sich an Vater Patricks Arm, und der Priester eilte mit ihr in Richtung auf den Gasthof, in dessen Stall sie ihre Pferde abgestellt hatten. Die Nacht war dunkel und mondlos, und Caitlyn schätzte, daß es in etwa zwei Stunden hell werden würde. Sogar um diese Uhrzeit machten Betrunkene die Straßen rund ums Gefängnis unsicher.

Bei soviel Unruhe schenkte Caitlyn der geschlossenen Kutsche, die auf sie zukam, keine Aufmerksamkeit. Erst als sie neben ihnen anhielt, sah sie auf. Zwei Männer sprangen heraus, Knüppel in der Hand. Vater Patrick blieb stehen und schob Caitlyn hinter sich.

»Im Namen Gottes, verschwindet«, donnerte er. »Wir haben nichts für euch, nichts, was wert wäre, es zu stehlen.«

»Wir wollen euch nicht berauben, du verdammtes Katholikenschwein! Wir sind hinter der Schlampe her. Gib sie heraus, oder wir spalten dir den Schädel, Priester oder nicht!«

»Ihr könnt es ja versuchen!« brüllte Vater Patrick und stürzte auf einen der Männer, während er Caitlyn zurief, wegzulaufen. Aber es war zu spät. Der zweite Mann schlug Vater Patrick mit dem Knüppel nieder; Caitlyn versuchte zu fliehen, aber schon nach wenigen Schritten erwischte einer der beiden sie am Zipfel ihrer Robe und zog sie von den Füßen.

»Halt sie fest! Au, paß auf, das Luder beißt! Schnell, schaff sie in die verdammte Kutsche, Vorsicht!«

Caitlyn schrie und wehrte sich aus Leibeskräften, aber gegen die zwei stämmigen Kerle hatte sie keine Chance. Die Betrunkenen vor dem Gefängnis beachteten sie kaum – solche Szenen waren gang und gäbe in Dublin –, bis einer von ihnen bemerkte, daß der Mann, der bewußtlos auf der Straße lag, ein Priester war.

»Hey, schaut mal da drüben! Die verdammten Schweine haben einen Priester niedergeschlagen! Verfluchte Protestanten!«

»Einen Priester? Sie haben einen Priester geschlagen? Los, die kaufen wir uns!« Aber die ungeschickten Rettungsversuche kamen zu spät. Caitlyn wurde in die Kutsche gestoßen, als die betrunkenen Helden gerade die Straße überquerten. Sie hörte einen der Männer aufschreien, offensichtlich wurde er gerade angegriffen, aber die Kutsche fuhr einfach ab und ließ die beiden zurück. Sie fiel zurück und schlug mit dem Kopf auf dem Boden auf. Jemand packte ihre Arme, dann lehnte sich ein anderer über sie und preßte ihr einen übelriechenden Lumpen auf Mund und Nase. Sie rang nach Luft, und als sie in das Gesicht ihres Entführers aufsah, wurde sie von Entsetzen gepackt. Es war Sir Edward Dunne!

46

Entlang der Straßen standen bewaffnete Freiwillige, und hinter ihnen drängten sich die Schaulustigen und kämpften um bessere Plätze. Auch die Fenster waren gut besetzt. Ladys winkten mit Taschentüchern, Hausmädchen mit ihren Staubwedeln und bloßen Händen. Grenadiere mit irischen Streitäxten marschierten hinter dem offenen Wagen, auf dem Connor stand. Vor dem Wagen zogen Trommler her und schlugen einen betäubenden Rhythmus auf ihren Kesselpauken. Hier und dort brachen »Strohmänner« mit grünen Tüchern um ihre Shillelaghs durch die Reihen der Freiwilligen und riefen dem Verurteilten auf gälisch Mut zu. Ihre Bemühungen wurden von den Freiwilligen oft mit einem gespaltenen Schädel belohnt.

Schwere Artillerie war für die Gelegenheit aufgefahren worden. Die Grenadiere wurden von einer Gruppe berittener Dragoner gefolgt, danach kamen Flötenspieler und Dudelsackbläser, die mit dem Dröhnen der Trommeln, dem Geräusch marschierender Füße und dem Rattern des Karrens konkurrierten.

Die Menge entlang der Straße jubelte ihm zu, als er vorbeikam, und er akzeptierte ihre ›Hurrahs‹ mit einem schiefen Lächeln. Leider hatte er keine Hand frei, sonst hätte er zurückgewinkt, aber die Wächter, die angespannt zu beiden Seiten von ihm standen, hatten seine Hände bereits auf den Rücken gefesselt. Seine Füße lagen in Eisen und wurden mit einer dicken Kette verbunden. Man wollte kein Risiko eingehen.

Als der Wagen den Hügel zum Phoenixpark hinaufratterte, hatte Connor Mühe, sich in dem schwankenden Gefährt auf den Beinen zu halten. Aber wenn er es verhindern konnte, würde er nicht fallen, um von seinen beiden Wärtern wieder hochgezerrt zu werden. Er wollte aufrecht sterben, wie ein Mann. Er würde weder seinem Land, noch seiner Familie, noch sich selbst Schande bereiten. Obwohl er hoffte, nein, betete, daß Vater Patricks Plan Erfolg haben würde.

Der Galgen war hastig errichtet worden, für Connors ausschließlichen Gebrauch. Nachdem man ihm die Eingeweide herausgenommen hätte, würde man ihm den Kopf abhacken und auf einem Pfahl aufspießen, als Warnung für alle, die seinen Taten nacheifern wollten. Die Überreste seines Körpers würden, in ein Tuch gehüllt, in einen Sarg gelegt und in dem Leichenwagen, der bereits unter dem Galgen wartete, zum Arbour Hill geschafft werden. Dort würde man ihn ohne ein Wort oder Gebet in eine Grube werfen, die schon seit längerem Endstation irischer Märtyrer war. Wenn der Galgen dann abgerissen war, wäre der Phoenixpark wieder das, was er immer war, mit Ausnahme eines weiteren Geists, der alle Abergläubischen ängstigte.

Die Menge jubelte, als der Wagen vor dem Galgen hielt. Menschen drängten nach vorne, aber die Gewehre der Freiwilligen stoppten sie. Eine tote Katze landete auf dem Kopf eines Wärters. Er stieß einen Fluch aus, aber es half nichts. Mehr tote Katzen segelten durch die Luft.

»Komm jetzt!« Die Wärter, die Connor von dem Wagen halfen, waren nicht unfreundlich, sie taten nur ihre Pflicht. Connor ging die paar Schritte bis zum Galgen, dann begann er die Treppe hinaufzusteigen, was mit den Ketten nicht einfach war. Auf der Plattform über ihm wartete der maskierte Henker. Connors Augen überflogen die Menge auf der Suche nach einem bekannten Gesicht, aber da waren nur Fremde. Er konnte nur hoffen, daß seine Brüder an ihrem Platz waren, aber auch sie waren nirgendwo zu sehen. Es war doch hoffentlich nicht schon alles schiefgelaufen?

Ihm blieb keine Zeit, darüber nachzugrübeln. Er würde seinen Teil des Plans so gut wie möglich erfüllen. Er schloß die Augen und murmelte ein kurzes Gebet. Caitlyns Gesicht erschien vor seinem inneren Auge. Vater Patrick hatte versprochen, sie heute fernzuhalten. Er liebte sie mehr, als er je geglaubt hatte, eine Frau lieben zu können – und sie trug sein Kind. Gott im Himmel, er war noch nicht bereit, zu sterben!

Als er die Plattform betrat, hielt eine der Wachen ihn auf, und der andere beugte sich hinunter, um die Eisen aufzuschließen. Seine Hände blieben hinter dem Rücken gefesselt.

Sie begleiteten ihn über die Plattform bis zu dem maskierten Henker, der einen Schritt vortrat und ihn um Verzeihung bat, wie es Tradition war. Connor nickte und sagte: »Ich verzeihe dir«, wobei er betete, daß es keinen Grund geben möge, ihm zu verzeihen. Dann traten der Henker und die Wachen zurück, und Connor drehte sich zu der wartenden Menge um. Jeder Verurteilte hatte das Recht, vor seinem Tod eine Erklärung abzugeben, obwohl sie manchmal, wenn sie das Mißfallen der Zuschauer erregte, recht kurz ausfiel.

In dem Brokatmantel, mit seinen schwarzen Hosen und Stiefeln wirkte er ziemlich eindrucksvoll, als er zum Rand der

Plattform ging und auf die Menge hinuntersah. Ein rohes Ei zerplatzte nur wenige Zentimeter von ihm entfernt. Er ignorierte es und ließ seinen Blick über die Schaulustigen streifen, die langsam verstummten. Das Licht der aufgehenden Sonne brach durch die vereinzelten Kumuluswolken und wurde von dem silbernen Kreuz auf seiner Brust reflektiert. Er war eine Gestalt aus einer Legende, ein Mythos. Jeder der Anwesenden hatte schon mehr als eine Geschichte über den schwarzen Rebellen gehört.

Connor holte tief Luft und schickte ein Stoßgebet zum Himmel, daß Gott seine Worte inspirieren möge. Dann begann er. Seine Stimme hallte über den Park und gewann an Stärke, als er sprach:

»Meine Freunde, ich stehe vor euch, zum Tode verurteilt für Verbrechen gegen Gott und die Menschheit. Die gegen Gott streite ich ab. Und die, die ich gegen die Menschheit verübt haben soll – nun, ich sage euch, ich habe sie für die Menschen verübt, aber gegen jene, die mein Blut wollen – und eures. Ich bin als Ire geboren worden, und als ein Ire werde ich sterben. Ich bin stolz darauf. Lang nachdem mein Körper verfault ist, wird meine Seele noch den grünen Wiesen und dahinziehenden Nebeln, den Flüssen, Tälern und Hügeln Irlands treu sein. Und wenn die Krähen schon das Fleisch von meinen Knochen gerissen haben, wünsche ich euch, meinen irischen Landsleuten, noch immer *slante geal.*«

Während dieser kurzen, leidenschaftlichen Rede lief manch eine Träne über die Wangen der Zuschauer, und nach dem verbotenen gälischen Abschiedsgruß ging ein Brüllen durch die Menge. Irische Katholiken hinter dem Ring der Freiwilligen drängten nach vorn. Die schwere Artillerie, die am Rande des Parks zurückgeblieben war, verlagerte sich in Richtung auf den Galgen. Eine Gruppe bewaffneter Strohmänner tauchte wie aus dem Nichts auf und kämpfte mit den Freiwilligen. Schüsse fielen. Frauen schrien. Männer fluchten und stürmten den Galgen. Ein Kanonenschuß donnerte in der Ferne.

»Ein Aufstand! Es ist ein Aufstand«, schrie irgend jemand in der Menge. Connor zögerte nicht. Als die Wachen gerade nach ihm griffen, stieß er das Brett zur Seite, auf dem er für die Hinrichtung gestanden hatte, und sprang in die Dunkelheit darunter, wie Vater Patrick es ihm gesagt hatte. Er taumelte in einen offenen Leichenwagen, fühlte Hände, die nach ihm faßten und seinen Fall bremsten, als der Leichenwagen auch schon vorwärts schoß. Dann waren sie auf ihrem Weg durch die kämpfende Menge, die sich trotzdem für dieses Symbol des Todes teilte.

»In Gottes Namen, Mickeen, gib ihnen die Peitsche!« rief eine vertraute Stimme. Connor, der mit dem Gesicht nach unten in etwas gelandet war, was wahrscheinlich sein Sarg hätte werden sollen, drehte sich um und sah auf. Cormac, ganz in Schwarz, wie es sich für einen Leichenbestatter gehörte, grinste ihn an. Rory schlug ihm auf die Schulter. Liam, auf dem Kutschbock neben Mickeen, drehte sich zu ihm um.

»Verdammt, es tut gut, dich zu sehen, Conn!« rief er ihm zu, während Cormac an den Stricken säbelte, die seine Hände fesselten.

»Aye, wir haben Euch sicher weggebracht, Eure Lordschaft, jawohl, das haben wir, auch wenn eine verdammte Revolution dazu nötig war!« Mickeen wirkte aufgedreht, er peitschte die Pferde, trieb sie weg vom Phoenixpark und dem Galgen, der dort umsonst auf sein Opfer wartete.

»Laßt uns Caitlyn holen und hier verschwinden!« Connor grinste und legte einen Arm um Cormacs Schulter, als seine Brüder ihm halfen, aus dem, was beinahe sein Sarg geworden wäre, herauszuklettern.

47

In den Straßen, durch die sich die Kutsche kämpfte, in der Sir Edward sie gefangenhielt, herrschte Aufruhr. Gruppen von Freiwilligen kämpften gegen Strohmänner; Arbeiter zogen mit brennenden Fackeln und bewaffnet mit Sensen gegen ihre Gutsherren ins Feld. An manchen Stellen hatten sich Dragoner ihnen entgegengestellt, und es gab Tote und Verwundete auf beiden Seiten. Leichen lagen, wo sie gefallen waren; Blut, Tod und Rebellion lagen in der Luft. Die Verurteilung des schwarzen Rebellen hatte die Herzen der Iren berührt. Er war einer von ihnen, von allen geliebt. Es war diese Liebe und der

Status des schwarzen Rebellen als Symbol der Hoffnung einer unterdrückten Nation, worauf Vater Patrick seinen Plan aufgebaut hatte, als er die Saat des Aufstands in die dafür am empfänglichsten Ohren gestreut hatte. Die Arbeiter lehnten sich auf, Katholiken waren bereit zur Rache an ihren Unterdrükkern. Und daß der schwarze Rebell trotz allem dem Galgen entkommen war, erfüllte sie mit Stolz, sobald die Nachricht rasch von Mund zu Mund ging.

Obwohl sie noch immer von dem Mittel, mit dem Sir Edward sie betäubt hatte, benommen war, entging ihr der Aufruhr in den Straßen nicht. Sir Edward fluchte und rief dem Kutscher zu, sie in Sicherheit zu bringen, aber heute gab es in Irland keinen sicheren Ort. Der Kutscher konnte nur weiterfahren, in der Hoffnung, daß man sie unbelästigt durchlassen würde.

Soweit Caitlyn das beurteilen konnte, mußte es auf Mittag zugehen. Obwohl der Kutscher mehrmals angehalten hatte, um die eine oder andere Gruppe passieren zu lassen, und mit einigen auch ein paar Worte gewechselt hatte, wußte sie noch nichts Näheres über Connors Schicksal. Sie fuhren nach Norden, in Richtung auf Donoughmore und Ballymara. Caitlyn nahm an, daß er sie in sein Haus auf Ballymara bringen wollte, und wenn sie bedachte, wie nah es an Donoughmore lag, hielt Caitlyn es nicht gerade für ein gutes Versteck. Aber Sir Edward dachte natürlich, Connor wäre tot und seine Brüder befänden sich auf der Flucht. Es war auch durchaus möglich, daß er recht hatte.

Von den Bewegungen der Kutsche wurde ihr allmählich schlecht, und sie lehnte sich mit geschlossenen Augen in ihrem Sitz zurück. Sir Edward hatte sie an Händen und Füßen gefesselt. Sie war einige Zeit bewußtlos gewesen und täuschte immer noch Bewußtlosigkeit vor. Sie war mit Sir Edward allein in der Kutsche. Der andere Mann hatte sich offensichtlich zu dem Kutscher gesellt, und sie zögerte, die Augen zu öffnen und sich Sir Edward zu stellen. Aber sie wußte eines: Sie würde es nicht länger zulassen, daß er sie mißbrauchte. Sie mußte an ihr Kind denken.

Die Kutsche holperte durch ein tiefes Schlagloch, und Caitlyn biß sich auf die Zunge. Überrascht von dem plötzlichen Schmerz, stieß sie einen Schrei aus und öffnete die Augen. Sir Edward musterte sie.

»Ich dachte mir fast, daß du wach bist, meine Liebe. Die Dosis war nicht hoch genug, als daß du so lange bewußtlos hättest sein können.«

Caitlyn sagte nichts, sondern sah ihn nur an.

»Ich vermute, du trauerst diesem d'Arcy nach. Wie schade, daß du seine Hinrichtung versäumt hast!«

»Wie schade, daß ich nicht noch einmal zugestochen habe!«

Sir Edward bedachte sie mit dem grausamen Lächeln, das sie kennen und fürchten gelernt hatte. Sie richtete sich stolz auf. Jetzt, da er keine Gewalt mehr über sie hatte, würde er feststellen, daß er es ganz und gar nicht leicht mit ihr haben würde.

»Ja, von deinem Gesichtspunkt aus sicherlich. Aber im Leben bekommt man nie eine zweite Chance, nicht wahr? Und die Tatsache bleibt bestehen, daß du mich nur verwundet hast, und ich habe mich schon wieder ganz gut davon erholt. Aber du wirst dafür bestraft werden, hart bestraft!« Er genoß sichtlich jedes Wort.

»Eines Tages werde ich Euch umbringen.« Das war eine Feststellung, keine Drohung, und für einen Moment verschwand das Lächeln von seinem Gesicht – aber nicht für lang.

»Weißt du, ich glaube, du gefällst mir so fast noch besser. Es wird viel mehr Spaß machen, dir Gehorsam beizubringen.«

Er legte ihr mit beiläufiger Vertrautheit eine Hand auf die Brust. Obwohl sie wußte, daß er es nur tat, um seine Macht über sie zu demonstrieren, konnte sie seine Berührung nicht ertragen. Sie spuckte ihm mitten ins Gesicht.

»Du Miststück!« Er zuckte und funkelte sie an, als er sich langsam ihre Spucke abwischte. Dann lächelte er, holte aus und schlug sie mit aller Kraft ins Gesicht.

Caitlyn schrie auf, als ihr Kopf zur Seite flog. Sie schmeckte Blut, ihre Lippe war aufgeplatzt. Ihre Wange brannte, als sie sich stolz aufrichtete, und er holte aus, um sie noch einmal zu schlagen.

»Brrr! Was zum Teufel – brrrr!« Der unterdrückte Fluch des Kutschers und das plötzliche Anhalten ihres Gefährts lenkten ihn ab.

»Was ist da vorne los?« brüllte er aus dem Fenster, und Caitlyn sank erleichtert in die Polster zurück.

»Da sind Männer auf der Straße – Aufständische, so wie es aussieht, Sir. Sie haben die Straße blockiert.«

»Fahr durch!« befahl Sir Edward, als Caitlyn das vertraute Kommando hörte:

»Geld oder Leben!«

»Connor!« schrie sie und rutschte über den Sitz zum Fenster. »Connor, ich bin hier!«

»Zurück, du Schlampe!« fuhr Sir Edward sie an, und sein Schlag ließ sie in den Sitz zurückfallen. Die Tür wurde aufgerissen, noch ehe die Kutsche zum Stillstand gekommen war, und Connor stand in der Öffnung, mit einem zu allem bereiten Ausdruck im Gesicht. Caitlyn wußte sofort, daß er den Schlag mit angesehen hatte. Noch während er sie besorgt musterte, packte er Sir Edward am Kragen und zerrte ihn aus der Kutsche.

»Er hat ein Schwert, paß auf!«

Connors Hand schloß sich über Sir Edwards Handgelenk und drückte zu, bis dieser aufschrie und das Schwert zu Boden fiel.

»Für diesen Schlag werdet Ihr teuer bezahlen!« sagte Connor zähneknirschend. Er packte ihn am Mantelkragen und zog ihn ein Stück von der Kutsche weg, wo er jemandem, den Caitlyn nicht sehen konnte, befahl, auf ihn aufzupassen. Sir Edward stand wie erstarrt. Sie nahm an, daß eine Pistole auf sein Herz gerichtet war.

»O Connor!« Sie ließ sich mit einem erleichterten Lächeln in den Sitz zurücksinken, und er begann mit Sir Edwards eigenem Schwert, das er an sich genommen hatte, ihre Fesseln zu durchschneiden.

»Du hast mir einen ganz schönen Schrecken eingejagt, mein Liebling! Als wir zu dem Platz gekommen sind, wo wir euch treffen sollten, und von Vater Patrick mit der Nachricht empfangen wurden, daß man dich entführt hat . . . Nun, ich hoffe, ich werde nie mehr in meinem Leben so einen Morgen durchmachen müssen!«

»Wie hast du mich schließlich gefunden?«

»Ein paar Männer haben alles beobachtet und sich einen der Kerle geschnappt. Vater Patrick hat ihn – äh, überredet, uns zu sagen, wer dich entführt hat und wohin du gebracht werden solltest. Wir sind wie die Teufel geritten, um euch einzuholen. Ich hatte solche Angst, daß der Bastard dir etwas antut. Hat er dir etwas getan – außer dem Schlag, den ich gesehen habe?«

»Er hat mich zuvor schon einmal geschlagen, aber sonst ist alles in Ordnung.«

Er hatte sie von den Fesseln befreit, und sie stürzte sich auf ihn und umarmte ihn stürmisch. Er küßte die unverletzte Seite ihres Mundes.

»Jetzt bist du endgültig bei mir, mein Liebling, und ich werde dich nie mehr gehen lassen. Ich muß nur noch mit diesem Wurm da draußen abrechnen, dann können wir los.«

»Sie werden dich suchen! Es ist unwichtig, du mußt fliehen, schnell!«

Er schüttelte den Kopf und schob sie von sich weg. »Ich werde erst frei sein, wenn ich mit ihm fertig bin.«

Sie sah ihn an und wußte, daß es sinnlos sein würde, mit ihm zu streiten. »Sei vorsichtig«, sagte sie heiser, aber er war schon aus der Kutsche gestiegen, Sir Edwards Schwert in der Hand. Er half ihr beim Aussteigen, dann wandte er sich zu Sir Edward um, wobei ihre Hand noch immer fest in der seinen lag.

»Als du meine Frau mißbraucht hast, hast du dein eigenes Todesurteil unterschrieben, du stinkende Imitation eines Mannes«, sagte er grimmig. »Trotzdem werde ich dir die Chance der Wahl lassen: Willst du wie der feige Hund, der du bist, erschossen werden oder einen fairen Kampf ausfechten?«

Sir Edward, der nicht nur von Liam, sondern auch von Rory in Schach gehalten wurde, sah sich verzweifelt um. Der Kutscher und der andere Mann wurden von Mickeen bewacht und erweckten nicht den Anschein, als wären sie versessen darauf, ihm zur Hilfe zu kommen. Er war ganz auf sich allein gestellt und sah dem Tod ins Angesicht, das wußte er.

Langsam wandte er sich wieder Connor zu und richtete sich auf. »Nun gut, ich werde mit Euch kämpfen, d'Arcy. Und Euch töten, wie ich schon Euren Vater getötet habe. Wißt Ihr, was seine letzten Worte waren, ehe ich ihn aus dem Fenster stieß? ›Habt Erbarmen‹, winselte er, der feige Hund. Und genau so werdet auch Ihr um Gnade betteln, ehe ich Euch töte.«

»Du lügst, du verdammter Hurensohn!« Cormac starrte ihn an und richtete seine Pistole auf ihn. Einen Moment lang dachte Caitlyn, daß er Sir Edward erschießen würde.

»Nein!« sagte Connor mit schneidender Stimme und hob eine Hand. »Ich habe schon seit langem auf diesen Moment gewartet, Cormac, bring mich nicht um meine Rache.«

»Er lügt, Conn!«

»Aye, aber er ist nun mal ein verlogenes Schwein. Er hat das nur gesagt, um mich in Wut zu versetzen. Am besten, du beachtest ihn gar nicht, Bruder.«

»Conn!« Connor sah sich zu Liam um, der dem Packpferd eines der Bündel abgenommen hatte. Er streckte seinem Bruder ein Schwert mit juwelenbesetztem Knauf entgegen. Connor ging zu ihm hinüber, Hand in Hand mit Caitlyn, und nahm das Schwert entgegen.

»Paß auf sie auf, Bruder«, sagte er und ließ ihre Hand los. Liam stellte sich neben sie, während Connor die Klinge bog, um sie zu prüfen.

»Sir Edward!« Connor warf ihm sein Schwert hinüber. Er fing es und bog ebenfalls prüfend die Klinge. Dann sah er Connor mit haßerfüllten Augen an.

»Wenn ich gewinne, werden Eure Brüder mich erschießen. Das kann man wohl nicht gerade einen fairen Kampf nennen«, sagte er höhnisch.

»Du wirst nicht gewinnen«, entgegnete Connor zuversichtlich und legte sein Schwert beiseite, um den Mantel auszuziehen. Sir Edward folgte seinem Beispiel. Dann hoben sie die Waffen wieder auf und standen sich gegenüber.

»Bis zum Tod«, sagte Connor, und seine Augen blitzten so kalt wie die Klinge seines Schwerts.

»Bis zu Eurem Tod«, erwiderte Sir Edward feindselig und mit angespanntem Gesicht. Die Klingen trafen aufeinander in klingendem Salut. Caitlyn hielt den Atem an. Liam legte den Arm um sie, seine Hand fest an ihrer Schulter.

»Tu nichts, was ihn ablenken könnte«, warnte er sie leise. Sie konnte seine Anspannung fühlen, und das machte ihr mehr Angst als alles andere. Wenn Liam Angst hatte, dann nicht ohne Grund. Er kannte die Fertigkeit seines Bruders mit dem Schwert und auch die von Sir Edward.

Die Zuschauer hielten den Atem an, als die beiden mit dem Kampf begannen. Nur das tödliche Klirren der Schwerter und der schwere Atem der Kontrahenten unterbrachen die Stille. Zu ihrem Entsetzen stellte Caitlyn fest, daß Sir Edward ein ausgezeichneter Schwertkämpfer war, leichtfüßig und mit geschickten Angriffstechniken. Connor war ihm technisch zwar nicht ganz gewachsen und durch sein lahmes Bein behindert, aber er brachte solche Kraft und Ausdauer in den Kampf ein, daß sich nach einer Weile die Anstrengung bei Sir Edward bemerkbar machte. Sie trieben sich über das unebene Gelände vor und zurück, und keiner der beiden Todfeinde schaffte es, einen Vorteil zu erringen. Schweißperlen standen auf Sir Edwards Stirn und liefen ihm übers Gesicht. Connor bemerkte das verräterische Anzeichen und grinste, aber da griff Sir Edward an, und seine Klinge streifte Connors Arm, bevor dieser ausweichen konnte. Caitlyn sah, wie sich der Schnitt in Connors weißem Hemd langsam rot färbte, und schnappte nach Luft. Liams Griff an ihrer Schulter verstärkte sich und ermahnte sie, ruhig zu bleiben.

Die Verletzung schien Connor nur noch mehr anzutreiben. Ungeachtet des Bluts, das von seinem Arm tropfte, drängte er Sir Edward Stück für Stück zurück. Sir Edward atmete schwer und kämpfte verzweifelt, um die schnellen Hiebe, die ihn auf die Knie zwangen, abzuwehren. Eine schnelle Bewegung des Schwerts, ein Satz, und Sir Edwards Schwert flog durch die Luft. Die Zuschauer atmeten erleichtert auf. Connor beachtete sie nicht. Er ging auf Sir Edward zu und hielt ihm die Klinge an den Hals. Zu Sir Edwards Anerkennung muß man sagen, daß er mit keiner Wimper zuckte.

»Töte mich, und sei verflucht dafür, d'Arcy«, fuhr er ihn an. Connor schüttelte langsam den Kopf.

»Ich möchte, daß du mir erzählst, wie du meinen Vater umgebracht hast, bis in die kleinste Einzelheit.«

Sir Edward schluckte. Die Spitze des Schwertes ritzte seine Kehle, und Blut trat hervor. Da verlor Sir Edward die Nerven und begann zu reden, und er beschrieb die Ereignisse jener weit zurückliegenden Nacht. Als er geendet hatte, sahen Liam, Rory und Cormac bereit zu einem Mord aus. Connor jedoch war blaß und gefaßt.

»Und jetzt glaube ich, daß du meiner Frau noch etwas schuldest.«

Sir Edward warf Caitlyn einen Blick zu, und sie sah einen Hoffnungsschimmer in seinen Augen. Aber sie hielt es für unwahrscheinlich, daß Connor ihn am Leben ließe, egal, was er jetzt noch sagen würde.

»Ich entschuldige mich, Caitlyn.« Sir Edwards Stimme war kaum mehr als ein Krächzen. Sogar von da, wo sie stand, konnte sie seine Angst riechen, aber sie hatte kein Mitleid mit ihm.

»Es mißfällt mir, daß du meine Frau so vertraulich ansprichst. Für dich ist sie noch immer Lady Iveagh.«

»Ich entschuldige mich, Lady Iveagh.«

»Steig auf, Liam, und reite mit Caitlyn ein Stück die Straße hoch.«

»Nein!« Sie schüttelte Liams Arm ab.

»Denk an das Kind«, sagte Connor, ohne sie anzusehen. Sir Edward erkannte, daß das Ende nahe war, und er begann zu keuchen – ein beinahe obszönes Geräusch in der plötzlichen Stille. Liam nahm ihren Arm, und dieses Mal wehrte Caitlyn sich nicht. Sie waren jedoch noch keine fünfzig Schritte geritten, als sie Meg zügelte und herumlenkte.

»Du hast gehört, was Connor gesagt hat.« Liam ritt zu ihr zurück und versuchte nach Megs Zügel zu greifen. »Denk an das Baby.«

»Pah«, gab Caitlyn zurück und hielt die Zügel außer Reichweite. »Ich möchte zusehen. Stell dich nicht so an, Liam. Es wird weder mir, noch dem Kind schaden. Vergiß nicht, ich hätte den Bastard fast selbst umgebracht. Dieses Mal möchte ich sicher sein, daß er tot ist.«

Liam schwieg, und sie beobachteten, wie Connor die Schwertspitze an Sir Edwards Kehle legte.

»Wenn du ein Gebet kennst, solltest du es jetzt sagen.« Connors Worte waren über die Entfernung kaum zu verstehen.

Sir Edward begann hysterisch zu plappern, Connor sah ihm lächelnd in die Augen und stieß ihm das Schwert durch die Kehle. Blut schoß hervor und färbte den Boden rot. Connor zog mit einer schnellen Bewegung das Schwert zurück, und Sir Edward brach zusammen und war tot.

EPILOG

Der nächste Morgen fand sie in der Nähe von Inver, einem kleinen Fischerdorf westlich von Donegal. Sie hatten auf einem Hügel mit Blick auf den Fluß Eany haltgemacht, um sich und den Pferden eine Ruhepause zu gönnen, ehe sie ins Dorf hinunterritten. In Inver erwartete sie schon ein Curragh, mit dem sie über die Bucht von Inver übersetzen würden. Dort, am äußersten Ende des Landes, würde sie noch heute ein Schiff aufnehmen, das zu den Kolonien segelte, wo sie ein neues Leben beginnen würden. Die Kolonien hatten erst vor kurzem die Unabhängigkeit von den verdammten Engländern erlangt, und sie schienen ein erstrebenswertes Ziel. Vater Patrick, der die Vorbereitungen für sie getroffen hatte, hatte genau gewußt, daß es in Irland keinen sicheren Ort mehr für den schwarzen Rebellen geben würde. Der Aufstand war immer noch nicht niedergeschlagen, und den Gerüchten zufolge waren Truppen aus Connaught angefordert worden, um die Kämpfe zu beenden. Caitlyn bezweifelte nicht, daß ihnen das gelingen würde. Von dem schwarzen Rebellen wurde viel erzählt, und die Legende hatte bereits zu wachsen begonnen.

Ihr Urheber legte gerade den gesunden Arm um seine Frau und drückte ihr einen Kuß auf das glänzende Haar. Sie hatte ihm den Rücken zugedreht, aber seine Zärtlichkeit ließ sie lächeln und beide Hände auf den Arm legen, der sie umschlang.

»Es wird eine lange Reise werden. Bist du sicher, daß du sie gut überstehen wirst? Wir könnten auch nach Frankreich gehen, wenn dir das lieber ist.«

Caitlyn schüttelte den Kopf. »Mach dir keine unnötigen Sorgen, Connor. Schließlich habe ich keine tödliche Krankheit. Ich bekomme ein Kind, das ist alles. Nein, Amerika ist das richtige Land für uns. Außerdem, man wird mir ja kaum etwas ansehen, wenn wir ankommen. Ich werde bei der Überfahrt keinen Schaden nehmen und unser Kind auch nicht.«

»Das hoffe ich doch.« Connor klang immer noch besorgt, und Caitlyn drehte sich um, um ihm einen Kuß auf die Lippen zu drücken. Er warf einen kurzen Blick auf Mickeen und seine Brüder, die die Gelegenheit genützt hatten, sich etwas auszustrecken und zu schlafen. Dann küßte er sie so leidenschaftlich, daß ihre Knie weich wurden. Als er schließlich den Kopf hob, starrte sie ihm überwältigt in die Augen.

»Ich liebe dich«, sagte sie.

»Und ich liebe dich, *cuilin*. Bis in alle Ewigkeit werde ich dich lieben.« Er sprach die Worte so andächtig, als würde er einen Eid leisten. Sie lächelte ihm zu, dann warf sie einen Blick auf den Topas, der jetzt wieder an ihrem Finger war, wo er auch bleiben würde, für immer.

»Du wirst es vermissen«, sagte sie. »Irland und dein Land. Das Land deiner Familie, schon seit Generationen.«

Connor schüttelte den Kopf. »Glaube mir, mein Liebling, ich kann ganz gut ohne Donoughmore überleben, sogar ohne Irland – aber nicht ohne dich.«

Sie betrachtete ihn, das schwarze Haar, die starken, vertrauten Züge seines Gesichts, den festen Mund, die blaugrünen Augen. Er war ihr Connor, ihr wundervoller, geliebter Connor. Ihr Mann, der Vater des Kindes, das sie trug. Ihr Herz schwoll an vor Liebe zu ihm, und sie wußte genau, was er gemeint hatte. Solange sie Connor hatte, war alles andere egal.

Sie lächelte und hob den Kopf und wartete auf seinen Kuß.

HEYNE BÜCHER

Catherine Coulter

... Romane von tragischer Sehnsucht und der Magie der Liebe

04/104

Außerdem lieferbar:

Lord Deverills Erbe
04/15

Liebe ohne Schuld
04/45

Magie der Liebe
04/58

Sturmwind der Liebe
04/75

Die Stimme des Feuers
04/84

Die Stimme der Erde
04/86

Die Stimme des Blutes
04/88

Jadestern
04/96

Wilhelm Heyne Verlag
München